Eine Gruppe junger Leute, sieben Frauen und drei Männer, ziehen vor die Tore von Florenz, um die Schrecken der apokalyptischen Pest durch einen Aufenthalt auf dem Land zu mildern und mit dem Erzählen unterhaltsamer Geschichten zu bannen. In zehn Tagen werden jeweils zehn Geschichten erzählt. So entsteht die Sammlung von hundert Novellen, die unter dem Titel *Decameron* zu den berühmtesten Werken des späten Mittelalters zählt.

Als das Buch um 1350 erschien, war es ein Skandal. Denn diese Geschichten über eifersüchtige, geizige oder dumme Männer, über den korrupten Klerus und die neuen, beutelschneiderischen Geldleute wurden genau so verstanden, wie sie gemeint waren: als schneidende Kritik an der spätmittelalterlichen Gesellschaft. Als besonders skandalös wurde empfunden, daß Boccaccio die Partei der Frauen ergriff und ihnen Beistand und Ermutigung durch das Erzählen beispielhafter Novellen gab. Zwar sind die Frauen – historisch gesehen – das schwache Geschlecht, aber in einem Teil der hier versammelten Geschichten richten ihr Stolz und ihr Eigensinn, ihr Witz und ihre Lebensfreude sich wirkungsvoll gegen männliche Dummheit, fromme Heuchelei und dumpfe Askese. In einer bestechenden Auswahl und Neuübersetzung präsentiert dieser Band Boccaccios Vorrede zum schwarzen Tod, seine Schilderung der Erzählsituation und 24 Novellen von Männern und Frauen.

Kurt Flasch, der Herausgeber, 1930 in Mainz geboren, langjähriger Professor für Philosophie mit dem Schwerpunkt mittelalterliche Philosophie an der Ruhr-Universität in Bochum, wurde im Jahr 2002 mit dem Sigmund-Freud-Preis für wissenschaftliche Prosa ausgezeichnet. Er ist Verfasser zahlreicher Werke zur Geschichte des philosophischen Denkens.

Unsere Adresse im Internet: www.fischerverlage.de

GIOVANNI BOCCACCIO

MÄNNER UND FRAUEN

GESCHICHTEN AUS DEM DECAMERON

Aus dem Italienischen von
Kurt Flasch

Fischer Taschenbuch Verlag

Veröffentlicht im Fischer Taschenbuch Verlag,
einem Unternehmen der S. Fischer Verlag GmbH,
Frankfurt am Main, September 2005

Lizenzausgabe mit freundlicher Genehmigung
des Carl Hanser Verlag München Wien

Druck und Bindung: Clausen & Bosse, Leck
Printed in Germany
ISBN 3-596-15576-2

Inhalt

Auftakt

Hier beginnt das Buch namens Decameron. Es heißt auch Fürst Galeotto. Es enthält hundert Geschichten, die an zehn Tagen von sieben Frauen und von drei jungen Männern erzählt werden.

Menschlich ist es, Mitleid zu haben mit den Bedrängten. Jedem stünde es gut an, aber am meisten erwartet man es von denen, die selbst schon des Trostes bedurft und ihn bei Freunden gefunden haben. Wenn je einer ihn gebraucht und geschätzt und über ihn sich gefreut hat, dann ich. Von frühester Jugend an bis ins reife Mannesalter hat hohe, edle Liebe mich entflammt. Über jedes Maß hinaus hat sie mich ergriffen, höher und edler wohl, als es, wenn ich von ihr erzählen wollte, meiner niedrigen Stellung angemessen schiene. Einsichtige Menschen freilich, die davon erfuhren, haben mich deshalb gelobt und höher geachtet. Dennoch ist mir aus der Liebe unerträgliches Leid erwachsen, nicht durch Hartherzigkeit der geliebten Frau, sondern weil das maßlose Verlangen ein gewaltiges Feuer in meinem Geist entfachte. Dieses Feuer ließ mich an keiner vernünftigen Grenze befriedigt haltmachen und brachte mir oft unerträglich großen Schmerz. Was mich in Qualen dieser Art einzig wiederherstellte, waren aufheiternde Gespräche mit einem Freund, seine Anerkennung und sein Trost. Daß ich noch lebe, habe ich nur ihm zu verdanken, dessen bin ich gewiß. Nun hat der,

der allein unendlich ist, kraft unwandelbarer Gesetze bestimmt, daß alle irdischen Dinge ein Ende finden. Wie es ihm gefiel, so nahm mit der Zeit auch meine Liebe ab. Früher war sie glühender als jede andere; keine Macht der Welt, kein Zureden und kein Ratschlag, keine offene Schande oder drohende Gefahr konnten sie brechen oder beugen. Jetzt ist in meinem Geist von ihr nur noch das Vergnügen übriggeblieben, also das, was sie gewöhnlich dem gewährt, der sich auf ihr tiefes Meer nicht zu weit hinauswagt. Früher brachte sie immer Qual, jetzt hat sie allen Schmerz verloren, nur das Angenehme ist geblieben.
Die Qual ist gewichen, nicht jedoch die Erinnerung an das Gute, das ich von denen empfing, die wohlwollend Anteil nahmen an meinen Leiden. Ich bin sicher, die Erinnerung an sie wird erst mit meinem Tod enden. Nun finde ich, Dankbarkeit sei mehr als andere Tugenden zu loben, und ihr Gegenteil verdiene besonderen Tadel; daher will ich nicht undankbar erscheinen und habe bei mir beschlossen, jetzt, da ich mich »frei« nennen kann, anderen ein wenig Erleichterung zu verschaffen. Ich versuche es mit dem wenigen, das ich vermag, und als Ausgleich für das Gute, das ich erhalten habe. Meine Hilfe gilt nicht denen, die mir geholfen haben, denn sie haben es dank ihrer Klugheit oder glücklicher Umstände nicht nötig, sondern denen, die der Erleichterung bedürfen. Meine Hilfe oder sagen wir: mein Trost wird denen, die ihn brauchen, gering vorkommen. Er ist es auch. Dennoch meine ich, man müßte ihn vor allem dort anbieten, wo er am dringendsten gebraucht wird. Denn dort bringt er am ehesten Nutzen, und dort wird er am meisten geschätzt.
Mag diese Ermutigung auch noch so schwach sein, so wird doch niemand leugnen, daß sie den feinfühlenden Frauen

mehr als den Männern zusteht. Denn sie halten die Flammen der Liebe aus Furcht und Scham im Innern zurück, daß aber heimliche Liebe mehr Gewalt hat als offene, das wissen alle, die sie erfahren haben. Mehr noch: Die Frauen sind eingeengt durch Pläne, Wünsche und Befehle ihrer Väter, Mütter, Brüder und Ehemänner. Die meiste Zeit verbringen sie eingeschlossen im engen Kreis ihrer Zimmer. Sie sitzen wie untätig herum; sie wälzen, freiwillig oder unfreiwillig, die verschiedensten Gedanken hin und her, die nicht immer heiter sein können. Überfällt sie dabei die Melancholie, genährt von feurigem Verlangen, dann setzt sie sich oft in ihrem Geist als schweres Leiden fest, wenn nicht neue Gedanken sie vertreiben. Hinzu kommt, daß Frauen weniger ertragen können als Männer. Sind Männer verliebt, so geschieht ihnen das nicht, wie die Erfahrung deutlich zeigt. Denn werden Männer von einer Art Melancholie oder Schwermut berührt, so finden sie viele Wege, sie zu mindern und zu überwinden. Männer können, wenn sie wollen, in der Stadt herumlaufen, viele Dinge sehen und hören. Sie können den Vögeln nachstellen oder auf die Jagd gehen, fischen, reiten, um Geld spielen oder ihre Geschäfte betreiben. Alle diese Tätigkeiten können den Geist, ganz oder teilweise, so fesseln, daß sie uns ablenken von lästigen Gedanken, wenigstens für eine Weile. Danach kommt dann schon, so oder so, irgendein Trost, oder die Qual läßt von selbst nach.

Fortuna geizt immer dort mit ihrer Hilfe, wo ohnehin weniger Kraft ist. Das können wir besonders bei den zarten Frauen sehen. Um diesen Fehler der Fortuna etwas auszugleichen, will ich hundert »Novellen« erzählen – nennt sie meinetwegen auch »Fabeln« oder »Parabeln« oder »Geschichten« – als Hilfe und Zuflucht für Frauen, aber nur für jene, die lieben, den anderen genüge Nadel, Spindel und Haspel. Die Novellen wurden an zehn Tagen von einer ehrbaren Gruppe aus sieben Frauen und drei jungen Männern erzählt, die in der Zeit der Pest und des Sterbens, die wir soeben überstanden haben, zusammengekommen waren. Ich füge einige Lieder hinzu, die diese Frauen zu ihrem Vergnügen gesungen haben. Die Novellen handeln von lustvollen und von traurigen Liebesgeschichten und von anderen zufälligen Begebenheiten, die teils im Altertum, teils in neueren Zeiten spielen. Liebende Frauen, die sie lesen, können sich vergnügen an den unterhaltenden Dingen, die darin vorkommen. Auch nützlichen Rat können sie hier finden, indem sie erkennen, was zu vermeiden und was zu erstreben ist. Und wenn sie Vergnügen und Nutzen gefunden haben, dann ist, glaube ich, auch ihr Kummer vergangen.

Wenn dies eintritt, was Gott geben möge, dann sollen sie sich bei Amor bedanken. Mich hat er befreit aus seinen Banden und mir dadurch die Kraft gegeben, für ihr Vergnügen zu sorgen.

Der schwarze Tod

Hier beginnt der erste Tag des Decameron. Zunächst zeigt der Autor, weshalb die später auftretenden Personen zusammenkommen mußten, um sich Geschichten zu erzählen. Dann erzählt jede dieser Personen unter dem Regiment von Pampinea eine Geschichte über ein beliebiges Thema.

Ihr anmutigen Frauen, jedesmal wenn ich darüber nachdenke, wie mitfühlend ihr von Natur aus seid, meine ich: Ihr müßt den Anfang dieses Buches schwer und leidvoll finden. Denn es beginnt mit der schmerzlichen Erinnerung an die tödliche Pest, die für jeden ein ungeheures Unglück war, ob er sie nun erlebt oder sonst von ihr erfahren hat. Aber ich möchte nicht, daß der Anfang euch so sehr erschüttert, daß ihr nicht weiterlest, weil ihr glaubt, ihr müßtet das ganze Buch unter lauter Seufzern und Tränen durchqueren. Der schreckliche Anfang soll für euch sein wie für Wanderer ein rauher und steiler Berg, hinter dem eine schöne und angenehme Ebene liegt, die ihnen um so mehr gefällt, je beschwerlicher Aufstieg und Abstieg waren. Wie die äußerste Freude in Schmerz umschlägt, so endet das Elend mit der Freude, die darauf folgt. Diesem kurzen Leiden (ich nenne es nur deshalb kurz, weil es in wenigen Worten beschrieben ist) folgt rasch das süße Vergnügen, das ich euch eingangs versprochen habe, das nach diesem Anfang aber niemand erwartet, wenn man es nicht eigens ankündigt.

Denn ich hätte euch wahrhaftig gern auf einem anderen Weg als auf diesem rauhen Pfad dorthin geführt, wohin ich will. Aber das ist, ohne die Wahrheit zu verfälschen, nicht möglich. Die Begebenheiten, von denen ihr später lest, haben ihren Grund in der Pest. Das kann ich unmöglich zeigen, ohne euch an sie zu erinnern. Weil also sozusagen die Notwendigkeit selbst mich zwingt, entschließe ich mich, die Pest zu beschreiben.

So sage ich denn: 1348 Jahre waren seit der heilbringenden Fleischwerdung des Gottessohns vergangen, als die edle Stadt Florenz, die schönste Stadt Italiens, von der todbringenden Pest heimgesucht wurde. Entstand sie durch die Einwirkung der Himmelskörper, oder schickte sie der gerechte Zorn Gottes zu unserer Besserung, nachdem er entbrannt war wegen unserer Untaten? Jedenfalls hatte sie einige Jahre zuvor im Orient begonnen. Nachdem sie dort unzählige Menschen getötet hatte, pflanzte sie sich unaufhaltsam von Ort zu Ort fort und dehnte sich unheilbringend gegen Westen hin aus.

Da halfen weder Klugheit noch die menschliche Vorsorge, daß eine eigens eingerichtete Behörde die Stadt von allem Unrat reinigen ließ und jedem Kranken den Einlaß verbot. Die vielen Empfehlungen, wie man die Gesundheit erhalten könne, bewirkten ebensowenig wie die demütigen Bittgebete, mit denen fromme Menschen sich nicht nur einmal, sondern immer wieder an Gott wandten, in feierlichen Prozessionen und in anderer Weise. Schlagartig, zu Beginn des Frühjahrs des genannten Jahres, begann sie, schreckenerregend und unfaßbar, ihre verheerenden Wirkungen zu zeigen. Die Pest war anders als im Orient. Wenn dort jemandem Blut aus der Nase trat, war dies das Vorzeichen des unvermeidlichen Todes. Bei uns hingegen zeigten sich als erstes Symptom bei Männern wie bei

Frauen Schwellungen in der Leistengegend oder unter der Achsel, von denen einige die Größe eines mittleren Apfels oder eines Eies erreichten und die das Volk Pestbeulen, *gavoccioli,* nannte. Von diesen beiden Stellen aus begannen die todbringenden Pestbeulen sich wahllos über den ganzen Körper auszubreiten. Im weiteren Verlauf traten neue Symptome auf. Auf Armen und Schenkeln und an allen anderen Körperteilen erschienen viele schwarze oder blaue Flecken, wenige große oder viele kleine. Und auch sie waren jetzt für jeden, bei dem sie auftraten, ein sicheres Zeichen des bevorstehenden Todes wie zuvor die Pestbeulen.

Zur Heilung dieser Krankheit erwiesen sich weder ärztlicher Rat noch die Kraft irgendeiner Arznei als wirksam oder nützlich. Mehr noch: Sei es, weil diese Krankheit ihrer Natur nach keine Rettung zuließ, sei es wegen der Unwissenheit der Ärzte (deren Zahl ständig zunahm, denn darunter gab es nicht nur solche, die Medizin studiert hatten, sondern auch Männer und Frauen, die nie eine medizinische Ausbildung erhalten hatten), die den Grund der Krankheit nicht kannten und folglich kein wirksames Gegenmittel finden konnten, jedenfalls wurde fast niemand geheilt. Vielmehr starben fast alle innerhalb von drei Tagen nach dem ersten Auftreten der genannten Symptome, der eine früher, der andere später, die meisten ohne Fieber oder sonstige Komplikationen. Die Gewalt dieser Pest war deshalb so furchtbar, weil sie sich ebenso schnell von den Kranken auf die Gesunden ausbreitete, die mit ihnen in Berührung kamen, wie Feuer auf trockene oder ölgetränkte Dinge übergreift, wenn es nur in ihre Nähe kommt. Es war gar noch schlimmer: Denn man zog sich die Krankheit und das Schicksal eines gemeinsamen Todes nicht nur dann zu, wenn man mit den Kranken sprach und mit ihnen zu tun hatte. Offenbar übertrug sich die Krankheit schon dann, wenn jemand mit den Kleidern eines Kranken in Berührung kam oder mit anderen Dingen, die dieser berührt hatte. Das klingt unglaublich, aber ich muß noch mehr berichten, und hätten nicht viele andere und ich selber es beobachtet, ich würde kaum wagen, es zu glauben, geschweige denn, es niederzuschreiben, selbst wenn ich es von einer glaubwürdigen Person gehört hätte.

Die Pest, die ich beschreibe, war so ansteckend, daß sie sich nicht nur von Mensch zu Mensch übertrug, sondern daß man sogar, was viel schlimmer ist, beobachten konnte, wie ein Gegenstand, der einem Kranken oder einem Pesttoten gehört hatte, auch Tiere ansteckte und in kürzester Zeit tötete. Wie gesagt, ich habe das selbst mehrmals beobachtet. So wurden eines Tages die Lumpen eines Armen, der an der Pest gestorben war, auf die Straße geworfen; zufällig machten zwei Schweine sich daran zu schaffen. Wie es ihre Art ist, berochen sie die Lumpen zuerst mit dem Rüssel, packten sie dann mit den Zähnen und zerrten sie mit ihren Backen hin und her. Kurz darauf krümmten sie sich, als hätten sie Gift gefressen, dann brachen sie beide tot zusammen, genau auf den Lumpen, die ihnen den Tod gebracht hatten.

Solche und ähnliche Dinge oder gar noch schlimmere Erfahrungen erzeugten bei den Überlebenden derartige Ängste und Alpträume, daß alle nur noch das eine grausame Ziel verfolgten: den Kranken und ihrer Habe auszuweichen und zu fliehen; jeder glaubte, so die eigene Gesundheit retten zu können. Und es gab einige, die dachten, man könne der Pest widerstehen, indem man maßvoll lebe und sich vor jedem Übermaß hüte. Sie taten sich zusammen und hielten sich fern von allen anderen. Sie trafen sich nur in komfortablen Häusern, in denen kein Kranker lag, und schlossen sich dort ein. Sie aßen nur ausgesuchte Speisen und tranken nur die besten Weine; in beidem hielten sie sorgfältig Maß und mieden jede Ausschweifung. Sie weigerten sich, mit denen draußen zu sprechen oder von ihnen angesprochen zu werden und irgendwelche Nachrichten über Tote oder Kranke anzuhören. Ihre Zeit vertrieben sie sich mit Musik und mit den Vergnügungen, die sie sich selbst verschaffen konnten. Andere meinten das Gegenteil und behaupteten, die beste Arznei gegen ein so großes Übel sei es, reichlich zu trinken, sich des Lebens zu freuen, singend herumzulaufen und sich zu amüsieren, mit allem, was man haben könne, seine Begierden zu befriedigen, und alles, was geschehe, zu verhöhnen und zu verlachen. Und wie sie redeten, so handelten sie auch, sofern es in ihrer Macht stand. Bei Tag und bei Nacht zogen sie von einer Schenke zur anderen und tranken ohne Maß und Ziel. Noch häufiger zechten sie in Privathäusern, denn hier brauchten sie sich nur das anzuhören, was ihnen paßte und Vergnügen bereitete. Solche Häuser zu finden fiel ihnen leicht. Denn jeder hatte sich und seinen Besitz bereits aufgegeben, als gäbe es ohnehin kein Weiterleben. Deshalb waren die meisten Häuser in gemeinsamen Besitz übergegangen, und jeder Fremde, der zufällig vorbeikam, benutzte sie, als sei er der Eigentümer. Sie kannten Eigentum sowenig wie die Tiere, doch vermieden sie klug, soweit sie konnten, jede Berührung mit den Kranken. Angesichts von so viel Bedrängnis und Not in unserer Stadt war die ehrwürdige Autorität der Gesetze, der göttlichen wie der menschlichen, fast gänzlich verfallen und aufgelöst. Diejenigen, die diese Gesetze anwenden und sichern sollten, waren, wie alle anderen Menschen, entweder tot oder krank, oder es fehlte ihnen an

Bediensteten, so daß keiner von ihnen sein Amt ausüben konnte. Daher konnte jeder machen, was er wollte.

Viele andere wiederum hielten zwischen diesen beiden Gruppen einen mittleren Weg ein. Sie beschränkten sich mit dem Essen nicht so wie die einen und übertrieben es beim Trinken und sonstigen Vergnügungen nicht so wie die anderen. Sie konsumierten in ausreichendem Maße, wie es ihrem Appetit entsprach; sie schlossen sich nicht ein, sondern gingen umher und trugen dabei Blumen in der Hand. Der eine hielt duftende Kräuter, der andere Gewürze an die Nase, denn sie glaubten, das beste Mittel sei es, das Gehirn mit solchen Düften zu stärken, da die gesamte Luft durchdrungen war vom Gestank der Leichen, der Krankheit und der Arzneien. Einige äußerten die noch grausamere Ansicht, die einzig sichere Arznei gegen die Pest sei es, vor ihr zu fliehen. Sie handelten auch danach und kümmerten sich ausschließlich um sich selbst. Viele, Männer und Frauen, verließen ihre Stadt, ihre Häuser, ihre Anwesen, ihre Verwandten und ihr Eigentum und flohen aufs Land oder wenigstens in die Umgebung – als könne sie der Zorn Gottes über die Untaten der Menschen nicht überall, wo sie sich zufällig befanden, mit der Pest treffen, oder als ziele er, einmal erregt, nur auf die, die sich innerhalb der Stadtmauern aufhielten. Sie nahmen wohl auch an, in Florenz werde niemand überleben und die letzte Stunde der Stadt sei gekommen.

Von diesen Menschen mit ihren so verschiedenen Ansichten starben nicht alle, aber sie kamen auch nicht alle davon. Aus jeder Gruppe starben viele, auf dem Lande wie in der Stadt. Völlig verlassen siechten sie dahin, denn die, die überlebten, verhielten sich so, wie die Kranken sich als Gesunde verhalten hatten.

Reden wir nicht davon, daß Mitbürger sich gegenseitig im Stich ließen, daß sich fast kein Nachbar um den anderen kümmerte und daß Verwandte sich selten oder fast nie und dann nur mit großem Abstand besuchten. Das Unglück hatte in den Seelen von Männern und Frauen einen solchen Schrecken verbreitet, daß alle sich gegenseitig im Stich ließen – der Bruder den Bruder, der Onkel den Neffen, die Schwester den Bruder, oft auch die Frau ihren Mann. Was aber noch schwerer wiegt und kaum zu glauben ist: Väter und Mütter weigerten sich, ihre kranken Kinder zu besuchen und zu pflegen, so als wären es nicht ihre Kinder. Die unabsehbare Masse der Kranken, Männer wie Frauen, war daher allein auf die Hilfe von Freunden, von denen es wenige gab, oder auf die Geldgier ihrer Dienerschaft angewiesen. Aber auch Diener bekam man so gut wie keine, selbst wenn man ihnen einen ungewöhnlich hohen Lohn zahlte. Die wenigen, die es gab, waren von grober Art; sie waren an Krankenpflege nicht gewöhnt, und ihre Pflege bestand nur darin, daß sie dem Kranken etwas reichten, wenn er darum bat, und zusahen, wie er starb. Und oft verloren sie bei dieser Art Pflege ihr Leben mitsamt ihrem Geld.

Weil die Kranken von Nachbarn, Freunden und Verwandten im Stich gelassen wurden und Diener sehr selten waren, entstand eine Gewohnheit, die es vorher wohl nie gegeben hatte: Keine Frau, die erkrankte, und wäre sie noch so anmutig, schön oder vornehm gewesen, kümmerte sich darum, ob es ein Mann war, der sie pflegte, und ob er jung oder alt war; sie schämte sich gar nicht, ihm jeden Teil ihres Körpers zu zeigen, wenn die Krankheit es notwendig machte, so wie sie es bei einer Frau getan hätte. Dies war vielleicht der Grund, weshalb die Frauen, die wieder gesund wurden, später weniger sittenstreng waren. Eine andere Folge war, daß viele starben, die davongekommen wären, wenn jemand sie gepflegt hätte. Weil die Kranken nicht versorgt werden konnten und weil die Pest von ungeheurer Gewalt war, stieg die Zahl derer, die in der Stadt stündlich starben, derart, daß alle sich entsetzten, die es hörten, und erst recht die, die es sahen. Fast notwendig folgte daraus, daß bei den Überlebenden Sitten aufkamen, die im Widerspruch standen zur Tradition.

Es hatte der Brauch bestanden, den wir auch heute noch beobachten, daß die Frauen der Verwandtschaft und die Nachbarinnen im Haus des Toten zusammenkamen und dort mit den angehörigen Frauen weinten, während draußen vor dem Haus des Toten seine Nachbarn und viele Bürger sich versammelten. Je nach dem Stand des Toten kamen viele oder wenige Geistliche; die Altersgenossen trugen den Toten auf ihren Schultern zu der Kirche, die er vor seinem Tode für das Begräbnis gewählt hatte, in feierlichem Trauerzug, unter Gesängen, mit Kerzen in der Hand. Je wilder die Pest tobte, desto mehr verfielen diese Bräuche, wenn nicht ganz, so doch zum großen Teil, und machten anderen, neuen Gewohnheiten Platz. Nicht nur starben viele Leute, ohne daß Frauen ihnen beistanden; viele schieden aus diesem Leben, ohne daß überhaupt jemand bei ihnen war. Ganz wenigen nur waren die frommen Klagen und die bitteren Tränen der Angehörigen vergönnt. Oft traten sogar Gelächter, Witze und fröhliche Feste an deren Stelle. Die meisten Frauen hatten ihr weibliches Mitgefühl abgelegt und eigneten sich die neuen Bräuche an, weil sie nur an ihre eigene Gesundheit dachten. Selten gab es Leichen, die von mehr als zehn oder zwölf Nachbarn zur Kirche begleitet wurden; und diese waren dann nicht etwa befreundete und angesehene Bürger, sondern eine neue Sorte von Totengräbern. Diese Leute kamen aus dem einfachsten Volk, ließen sich *becchini* nennen und boten gegen Geld ihren Dienst an. Hastig ergriffen sie die Bahre und trugen sie mit eiligen Schritten fort, nicht etwa zu der Kirche, die der Verstorbene vor seinem Tod bestimmt hatte, sondern meist zur nächstgelegenen. Nur vier oder sechs Geistliche gingen vor ihnen her. Man sah nur wenige Kerzen, zuweilen gar keine. Die Geistlichen machten sich nicht mehr die Mühe eines langen, feierlichen Totenamtes, sondern ließen die Leiche durch die *becchini* so schnell wie möglich vergraben, sobald sie nur eine leere Grabstelle fanden.

Die armen Leute, aber wohl auch ein Großteil der Mittelschicht, boten ein noch elenderes Bild. Da sie die Armut oder auch die Hoffnung auf Überleben in ihren Häusern zurückhielt, blieben sie in ihrer Umgebung und erkrankten täglich zu Tausenden. Niemand pflegte sie, niemand versorgte sie, und da sie keinerlei Hilfe erfuhren, starben sie alle. Viele von ihnen endeten auf offener Straße, tags oder nachts. Andere starben zwar in den Häusern, aber die Nachbarn merkten erst, daß sie tot waren, wenn sie den Gestank der verwesenden Leichen rochen. Gestorben wurde überall, und alles war voll von Leichen. Die Nachbarn verhielten sich fast überall gleich, und dabei bewegte sie nicht so sehr die Liebe zu den Verstorbenen als vielmehr die Furcht, von den verwesenden Leichen angesteckt zu werden. Sie entfernten die Leichen aus ihren Häusern und legten sie vor die Haustür, entweder eigenhändig oder mit Hilfe von Trägern, wenn sie welche finden konnten. Wäre jemand, besonders am Morgen, in der Stadt umhergegangen, hätte er überall vor den Haustüren zahllose Tote liegen sehen. Man ließ Totenbahren kommen, aber oft fehlten auch sie, und man legte die Toten auf Bretter.

Oft sah man auf einer Bahre gleich zwei oder drei Tote; oft lagen auf derselben Bahre eine Frau und ihr Mann, zwei oder drei Brüder, der Vater mit dem Sohn oder andere Paare. Unendlich oft kam es vor, wenn zwei Priester, ein Kreuz voraus, durch die Straße gingen, um einen Toten abzuholen, daß sich ihnen drei oder vier Träger mit ihren Bahren anschlossen; und während diese Priester glaubten, sie hätten nur *einen* Toten zu beerdigen, waren es nun sechs oder acht, manchmal noch mehr. Für diese Toten gab es keine Träne, keine Kerze, keinen Leichenzug, ja man kümmerte sich um die Sterbenden so wenig, wie man sich heute um tote Ziegen kümmert. Das ungeheure Ausmaß des Unglücks lehrte offenbar selbst die einfachen Leute, es gefaßt und resigniert aufzunehmen, während der natürliche Gang der Dinge mit seinen seltenen und kleinen Übeln nicht einmal die Weisen dazu bringt, ihn mit Geduld zu ertragen. Bei der großen Zahl von Leichen, die täglich, ja stündlich zu jeder Kirche gebracht wurden, reichte die geweihte Erde für die Beerdigungen nicht aus, solange man an dem alten Brauch festhielt, jedem seine eigene Grabstätte zu geben. Daher hob man bei den überfüllten Kirchhöfen Massengräber aus, in die man die neuen Toten zu Hunderten legte, schichtweise, wie man Handelsware in den Schiffen stapelt, mit wenig Erde dazwischen, bis man oben am Grubenrand ankam. Ich will hier aber nicht alle Einzelheiten des Unglücks berichten, das unsere Stadt traf; ich will nur noch erwähnen, daß das Unheil, das in ihr umging, auch die Umgebung nicht verschonte. Von den befestigten Städten dort brauche ich nicht zu reden; sie boten dasselbe Bild wie Florenz, nur eben im kleinen. In den verstreut liegenden Landhäusern und auf den Feldern hatten die elenden, armen Landarbeiter und ihre Familien keinen Arzt, der ihnen half, und keinen Diener, der sie pflegte. Daher starben sie nicht wie Menschen, sondern wie das Vieh – auf den Straßen, auf den Feldern, die sie bebauten, und in den Häusern. Wie die Stadtbewohner wurden sie nachlässig in ihrer Lebensführung; sie kümmerten sich nicht um ihr Eigentum und nicht um ihre Pflichten. Vor allem aber verhielten sie sich, als sei jeder Tag ihr letzter; sie fragten nicht mehr nach der Zukunft ihrer Tiere und ihrer Äcker, ihre frühere Arbeit wurde ihnen gleichgültig, ihr Sinn war einzig darauf gerichtet, im Augenblick zu genießen, was sie noch vorfanden. So kam es, daß Ochsen, Esel, Schafe, Ziegen, Schweine und selbst die treuesten Hunde aus den Häusern verjagt wurden; sie trieben sich, wie es ihnen gefiel, im freien Feld umher, wo noch das Getreide stand, das nicht geschnitten, geschweige denn eingebracht worden war. Viele von diesen Tieren kehrten am Abend, nachdem sie tagsüber ihre Nahrung gesucht hatten, satt zu ihren Häusern zurück, ohne daß ein Hirte sie führte, als seien sie verständige Wesen.

Doch lassen wir das Land, und kehren wir zur Stadt zurück. Aber es bleibt nicht mehr zu sagen als dies: Die Grausamkeit der Sterne – und vielleicht auch die der Menschen – war so ungeheuer groß, daß, wie man annimmt, zwischen März und Juli innerhalb der Stadtmauern von Florenz mehr als 100.000 Menschen aus dem Leben gerissen wurden, sowohl durch die Gewalt der Pest als auch weil viele Kranke schlecht gepflegt oder in ihrer Not verlassen wurden, da die Gesunden so große Angst hatten. Früher, *vor* diesem Massensterben, hätte man selbst die Zahl der Einwohner kaum so hoch angegeben. O wie viele große Paläste, wie viele schöne Häuser, wie viele vornehme Wohnungen, die vorher voller Leute waren, mit Herren und Damen, bis herunter zum untersten Knecht, standen nun leer! O wie viele alteingesessene Geschlechter, wie viele große Vermögen, wie viele sagenhafte Reichtümer blieben ohne rechtmäßigen Erben! Wie viele kräftige Männer, schöne Frauen, gutaussehende junge Leute, die selbst Galen, Hippokrates und Äskulap für gesund erklärt hätten, haben am Mittag noch mit ihren Verwandten, Kameraden oder Freunden zu Tisch gesessen und dann am selben Tag mit ihren verstorbenen Angehörigen in der anderen Welt zu Abend gegessen!

Der Beschluß

Es bedrückt mich selbst, so lange in so viel Elend hin und her zu waten. Daher will ich all das auf sich beruhen lassen, was ich, ohne zu verfälschen, weglassen kann, und erzähle jetzt: Als es so um unsere Stadt stand – sie war fast menschenleer –, da geschah, was ich von einer glaubwürdigen Person erfahren habe: An einem Dienstagmorgen, als so gut wie niemand in der Kirche war, trafen sich sieben junge Frauen, nachdem sie in Trauerkleidung, wie die Pestzeit sie forderte, die Messe gehört hatten, in der ehrwürdigen Kirche Santa Maria Novella. Alle waren sie einander durch Freundschaft, Nachbarschaft oder Verwandtschaft verbunden. Keine von ihnen war jünger als achtzehn und keine älter als achtundzwanzig. Jede von ihnen war klug und von vornehmer Herkunft, schön von Gestalt, wohlerzogen und von anmutiger Ehrbarkeit. Ich könnte ihre wirklichen Namen nennen, habe aber guten Grund, dies nicht zu tun: Ich möchte keine von ihnen wegen der Geschichten, die sie erzählt oder angehört hat, in Zukunft in Verlegenheit bringen. Heute sind die Regeln des Vergnügens strenger, während sie damals, aus den oben genannten Gründen, sehr großzügig waren, nicht nur für so junge, sondern auch für viel reifere Frauen. Außerdem will ich den neidischen Zungen, die auch an einem anständigen Leben immer etwas zu tadeln finden, keine Gelegenheit schaffen, den guten Ruf dieser anständigen Damen mit ihren Reden zu schmälern. Doch will ich jeder von ihnen einen Namen geben, der ganz oder teilweise zu ihren Eigenschaften paßt, damit man deutlich und ohne Verwechslung verstehen kann, was jede einzelne sagt. Deswegen nenne ich die erste und älteste von ihnen Pampinea, die zweite Fiammetta, die dritte Filomena, die vierte Emilia. Die fünfte nenne ich dann Lauretta, die sechste Neifile und die letzte, nicht ohne Grund, Elissa. Diese Frauen also trafen sich zufällig, ohne Verabredung, und setzten sich in einer Ecke der Kirche im Kreis zusammen. Sie hatten aufgehört, ihre Vaterunser zu sagen, und begannen nun, nach einigem Seufzen, über vielerlei Dinge dieser Pestzeit sich zu unterhalten.

Doch nach einiger Zeit schwiegen sie, und Pampinea begann so zu sprechen:

»Liebe Frauen, ihr habt bestimmt genausooft wie ich gehört, daß man niemandem einen Vorwurf machen kann, der auf anständige Weise sein Recht in Anspruch nimmt. Es ist das natürliche Recht eines jeden, der in diese Welt geboren wird, sein Leben zu fördern, zu bewahren und zu verteidigen, so gut er kann. Dieses Recht wird so allgemein anerkannt, daß es schon vorgekommen ist, daß jemand bei der Verteidigung seines Lebens andere Menschen getötet hat, ohne Schuld auf sich zu laden. Wenn dies die Gesetze zugestehen, denen doch das gute Leben aller Sterblichen anvertraut ist, erlauben sie dann nicht erst recht uns und jedem anderen anständigen Menschen, daß wir, ohne irgend jemandes Interesse zu verletzen, zur Rettung unseres Lebens die Mittel einsetzen, die uns zur Verfügung stehen? Wenn ich sehe, wie wir diesen Vormittag und viele andere verbracht haben, wenn ich bedenke, worüber und wie wir uns unterhalten haben, dann wird mir klar, was euch ebenso klar sein dürfte: Wir alle fürchten um unser Leben. Darüber wundere ich mich auch nicht. Worüber ich mich aber sehr wundere, ist dies: Wir sind kluge Frauen, aber keine von euch unternimmt etwas gegen das, wovor jede mit Recht Angst hat. Wir bleiben hier in der Stadt, scheint mir, als wollten und sollten wir nur die Leichen zählen, die zum Friedhof gebracht werden, oder nur um zu hören, ob die Mönche, deren Zahl verschwindend gering geworden ist, hier zu den vorgeschriebenen Stunden ihre Chorgesänge verrichten, oder um jedem, dem wir begegnen, durch unsere Trauerkleider zu zeigen, wie groß unser Unglück ist und worin es besteht. Wenn wir hier aus dieser Kirche hinaustreten, was sehen wir dann? Man trägt Leichen oder Kranke hin und her. Verbrecher, die das Gesetz wegen ihrer Vergehen zu Verbannung verurteilt hat, rennen durch die Stadt und üben Gewalt aus, weil sie erfahren haben, daß die Männer, die jene Gesetze anzuwenden hätten, tot oder krank sind. Oder wir sehen, wie der Abschaum unserer Stadt, der sich *becchini*, Totengräber, nennt, von unserem Blut in Saus und Braus lebt. Herausfordernd reiten sie überall herum und halten uns mit obszönen Spottliedern unser Elend auch noch vor. Hier hören wir nichts anderes mehr als ›die und die sind gestorben‹ oder ›die und die liegen im Sterben‹. Und wenn es überhaupt noch Menschen gäbe, die Totenklagen abhielten, würden wir in der ganzen Stadt nichts anderes mehr hören. Und wenn wir zurückkehren in unsere Häuser, ich weiß nicht, ob es euch dann genauso geht wie mir. Ich, die ich eine große Familie hatte, finde in meinem Haus keinen Menschen mehr vor außer meiner Dienerin. Ich schaudere; die Haare sträuben sich mir, überall, wo ich im Haus gehe und stehe, glaube ich die Schatten derer zu sehen, die hinübergegangen sind. Nicht mit ihren vertrauten Gesichtern schauen sie mich an, sondern sie entsetzen mich mit einem Schreckensausdruck, von dem ich nicht weiß, woher sie ihn auf einmal haben. Aus all diesen Gründen, finde ich, ist es nicht gut, hierzubleiben, weder hier in der Kirche noch draußen auf der Straße, noch drinnen im Haus, und das um so weniger, als offenbar außer uns kein Mensch, der es sich leisten kann und der weiß, wo er hingehen könnte, hiergeblieben ist. Bei denen, die weggegangen sind, habe ich immer wieder selbst beobachtet und von anderen gehört, daß sie, wenn sie überlebt haben, nur noch das treiben, wozu sie Lust haben, wie es ihnen gerade paßt, ohne nach Anstand zu fragen, allein und in Gesellschaft, Tag und Nacht. Nicht nur Laien handeln so, nein, auch Menschen hinter Klostermauern. Sie reden sich ein, sie selbst könnten sich das erlauben, verboten sei es nur für die anderen; so kündigen sie den Gesetzen den Gehorsam und geben sich fleischlichen Genüssen hin. Sie glauben, sie könnten dem Unglück entgehen, aber sie sind nur ausschweifend geworden und zuchtlos. Wenn das alles so ist – und offensichtlich ist es so –, was tun wir dann noch hier? Worauf warten wir? Wovon träumen wir? Warum kümmern wir uns so viel zögerlicher um unsere Gesundheit als alle anderen Mitbürger? Halten wir uns für weniger wert als alle anderen? Oder glauben wir, unsere Lebenskraft sei mit stärkeren Ketten an den eigenen Leib gebunden als bei anderen, so daß wir uns keine Sorge zu machen brauchten, irgend etwas sei stark genug, sie anzugreifen? Dann irren wir uns, dann sind wir betrogen! Ein tierischer Stumpfsinn wäre es, wenn wir das glaubten! Erinnern wir uns doch nur, welche jungen Männer und Frauen diese grausame Pest schon besiegt hat, dann haben wir dafür einen offensichtlichen Beweis. Deswegen, damit wir nicht durch Leichtsinn und Nachlässigkeit in das Unglück stürzen, dem wir vielleicht entgehen können, wenn wir nur wollen, wäre es für uns das beste – denke ich jedenfalls, ich weiß nicht, ob ihr darüber genauso denkt wie ich –, so wie wir sind, die Stadt zu verlassen, wie es viele vor uns schon getan haben und gegenwärtig tun, dabei aber das schlechte Beispiel anderer genauso zu fürchten wie den Tod. Laßt uns also auf unsere Landsitze gehen, von denen wir ja viele haben. Dort wollen wir in allen Ehren leben und uns, so gut es geht, alle Lebensfreude, alle Heiterkeit und alles Vergnügen gönnen, ohne durch irgendeine Handlung die Grenzen der Vernunft zu überschreiten. Dort hören wir die Vögel singen, wir sehen Hügel und Ebene in sattem Grün; die reichen Kornfelder wogen wie das Meer; wir sehen die verschiedensten Arten von Bäumen; der Himmel öffnet sich freier. Zwar zeigt der Sternenhimmel jetzt auch dort seinen Groll, aber er verbirgt doch nicht seine ewige Schönheit und ist erfreulicher anzuschauen als die leeren Straßen unserer Stadt. Außerdem ist die Luft dort viel frischer. Das, was man in dieser Notzeit wirklich braucht, findet sich dort reichhaltiger, und die Erschwernisse sind dort geringer. Zwar sterben die Landarbeiter genauso wie die Städter, aber das Unheil ist weniger fühlbar, weil es weniger Häuser und Bewohner gibt als in der Stadt. Und wenn ich es recht sehe, ist es nicht so, daß wir hier in der Stadt irgend jemanden verlassen. In Wahrheit sind eher wir die Verlassenen, denn unsere Verwandten haben uns verlassen, indem sie starben oder vor dem Tod geflohen sind, als hätten sie mit uns nichts zu tun; in einer so ungeheuren Not haben sie uns allein zurückgelassen. Folgt ihr meinem Rat, so könnt ihr euch keinerlei Tadel zuziehen; folgt ihr ihm nicht, so riskiert ihr Schmerz und Kummer, vielleicht den Tod. Wenn ihr mir zustimmt, dann tun wir gut daran, unsere Diener zu nehmen, alles Nötige nachkommen zu lassen und heute hier, morgen dort auf dem Lande die Vergnügen und gemeinsamen Freuden zu genießen, die uns diese Pestzeit noch gestattet. Und auf diese Weise sollten wir leben, bis wir erkennen, welches Ende der Himmel für dieses Unglück bestimmt hat, falls nicht vorher der Tod uns einholt. Und seid euch darüber im klaren: Gegen uns, die wir auf ehrbare Weise weggehen, gibt es nicht *mehr* Einwände als gegen die Frauen, die auf ehrlose Weise bleiben.«

Die anderen Frauen, die Pampinea zugehört hatten, lobten ihren Rat nicht nur, sondern wollten ihn voller Eifer sogleich befolgen. Sie hatten bereits begonnen, sich untereinander zu beraten, wie vorzugehen sei, als wollten sie aufstehen und sofort aufbrechen. Aber Filomena, die ausnehmend klug war, sagte: »Frauen, die Pläne, die Pampinea vorgetragen hat, sind ausgezeichnet, aber wir sollten sie nicht so überstürzt ausführen, wie ihr das offenbar wollt. Denkt daran: Wir alle sind Frauen, und wir alle sind alt genug, um zu wissen, daß Frauen ohne die Leitung eines Mannes kaum vernünftig zusammenleben und ihre Dinge regeln können. Wir sind wankelmütig und streitsüchtig, mißtrauisch, kleinmütig und ängstlich. Daher fürchte ich, daß unsere Gruppe sich sehr bald und zu unserer Schande auflösen wird, wenn wir uns nur der eigenen Führung überlassen. Deshalb sollten wir hierfür eine Lösung finden, bevor wir uns auf den Weg machen.« Daraufhin sagte Elissa: »Es ist wahr: Die Männer sind das Haupt der Frauen, und ohne ihre Leitung führen unsere Taten selten zu einem guten Ende. Aber wie können wir an diese Männer herankommen? Jede von uns weiß, daß die meisten unserer männlichen Verwandten tot sind. Und die am Leben geblieben sind, halten sich in verschiedenen kleinen Gruppen einmal hier, einmal dort auf; wir wissen nicht wo. Sie sind auf der Flucht vor der Pest, der auch wir zu entkommen suchen. Fremde Männer mitzunehmen, wäre unschicklich. Wenn wir daher für unsere Rettung etwas tun wollen, dann müssen wir es so einrichten, daß wir unserem Vergnügen und unserer Entspannung nachgehen können, ohne daß Kummer und Ärgernis daraus folgen.«

Während die Frauen noch darüber sprachen, betraten auf einmal drei junge Männer die Kirche, von denen keiner jünger war als fünfundzwanzig. Weder die Wirren der Zeit noch der Verlust von Freunden und Verwandten, noch die Angst vor Ansteckung hatten die Glut der Liebe in ihnen ausgelöscht; sie hatten sie nicht einmal abgekühlt. Der erste von ihnen hieß Panfilo, der zweite Filostrato und der dritte Dioneo. Alle waren schön und aus guter Familie, und sie waren gekommen, um ihre Freundinnen zu sehen, denn das war ihr größter Trost in dieser ungeheuren Verwirrung aller Dinge. Die Freundinnen gehörten zufällig zur Gruppe der sieben Frauen, und von den übrigen vier waren einige eng mit ihnen verwandt.

Die Männer hatten die Frauen noch nicht bemerkt, als diese sie schon gesehen hatten. Pampinea sagte daher lächelnd: »Sieh da, Fortuna begünstigt unsere Pläne. Sie hat uns drei kluge und tüchtige junge Männer geschickt, die gern bereit sein werden, uns zu führen und zu bedienen. Wir dürfen nur nicht zu vornehm tun und müssen sie mit diesem Amt beauftragen.«

Neifile sagte, purpurrot im Gesicht, denn einer von den jungen Männern war in sie verliebt: »Bei Gott, Pampinea, was sagst du da! Ich bin sicher, man kann von ihnen allen nur Gutes sagen, und ich glaube, jeder von ihnen ist noch zu weit schwierigeren Dingen geeignet als zu diesem Plan. Ich bin überzeugt, ihre gute und ehrenhafte Gesellschaft würde selbst zu Frauen passen, die viel schöner und liebenswerter sind als wir. Aber weil ja wohl jeder sieht, daß sie in einige von uns verliebt sind, fürchte ich, wir ernten Schande und Tadel, wenn wir sie mitnehmen, und das ohne ihre oder unsere Schuld.«

Darauf antwortete Filomena: »Das hat nichts zu bedeuten! Wenn ich selbst ehrbar lebe und mein Gewissen mir nichts vorwirft, da behaupte meinetwegen das Gegenteil, wer will. Dann werden Gott und die Wahrheit für mich die Waffen ergreifen. Sind sie bereit mitzukommen, dann können wir wirklich, wie Pampinea gesagt hat, behaupten, daß Fortuna unseren Aufbruch begünstigt.«

Draußen

Nachdem die anderen Frauen Filomenas Rede gehört hatten, ließen sie ihre Einwände fallen und beschlossen übereinstimmend, die jungen Männer herbeizurufen, ihnen ihren Plan zu erklären und sie zu bitten, die Frauen bei ihrem Weggang zu begleiten. Da stand Pampinea, die mit einem der drei verwandt war, ohne ein weiteres Wort auf und ging auf die Männer zu, die dort standen und zu den jungen Frauen hinüberblickten. Pampinea begrüßte sie freundlich, erklärte ihren Plan und fragte sie im Namen ihrer Freundinnen, ob sie ihnen rein und brüderlich Gesellschaft leisten wollten. Die jungen Männer glaubten zuerst, die Frauen wollten nur ihren Scherz mit ihnen treiben. Als sie aber sahen, daß Pampinea in vollem Ernst sprach, antworteten sie erfreut, sie seien bereit. Und ohne im geringsten zu zögern, gaben sie Anweisung, was noch vor der Abreise geregelt werden sollte. Zuerst schickten sie einen Boten dorthin, wohin sie gehen wollten, und nachdem alles Nötige sorgfältig vorbereitet war, brachen sie in der Morgendämmerung des nächsten Tages, einem Mittwoch, zusammen aus der Stadt auf, die Frauen mit einigen Dienerinnen, die drei jungen Männer mit ihren Dienern. Sie entfernten sich etwa drei Kilometer von der Stadt und erreichten den Ort, den sie zuvor bestimmt hatten.

Der Ort, den sie sich ausgesucht hatten, lag abseits der Straßen auf einem Hügel, schön anzuschauen wegen der Fülle von Büschen und Bäumen, über und über bedeckt mit grü-

nen Blättern. Auf seiner Höhe stand eine Villa mit einem schönen großen Innenhof, ringsum von Loggien, Sälen und Schlafräumen umgeben, alle in ihrer Art wunderschön und sehenswert wegen der heiteren Wandgemälde, mit denen sie ausgeschmückt waren. Der Palast lag inmitten von Wiesen und phantasiereichen Gärten; zu ihm gehörten Brunnen mit quellfrischem Wasser und Gewölbekeller voller kostbarer Weine, eher für raffinierte Weinkenner bestimmt als für nüchterne, ehrbare Frauen. Als sie ankamen, entdeckten sie zu ihrer großen Freude, daß das Haus vollständig gereinigt war und die Betten in den Schlafräumen frisch gemacht waren. Überall standen Blumen, wie die Jahreszeit sie hervorbrachte, und die Böden waren frisch mit Binsen ausgelegt.
Kaum waren sie angekommen und hatten es sich bequem gemacht, da sagte Dioneo, ein besonders liebenswürdiger und witziger junger Mann: »Ihr Frauen, es war nicht männliche Voraussicht, sondern euer Verstand, der uns hierhergeführt hat. Ich weiß nicht, wie ihr es hier mit euren Sorgen haltet; ich habe meine hinter den Stadttoren zurückgelassen, als ich heute früh in eurer Gesellschaft dort heraustrat. Deswegen müßt ihr euch entscheiden: Entweder ihr schickt mich zurück in die Stadt zu meinen Sorgen, so daß ich weiter in der heimgesuchten Stadt lebe, oder ihr seid bereit, euch mit mir zu amüsieren, zu lachen und zu singen, immer freilich in den Grenzen, die euer Sinn für Würde uns weist.« Darauf antwortete ihm Pampinea, als habe auch sie ihre Sorgen verjagt: »Dioneo, du hast vollkommen recht. Fröhlich zu leben ist unsere Absicht; aus keinem anderen Grund sind wir vor dem Kummer in der Stadt geflohen. Aber weil Maßloses nicht lange währt, denke gerade ich, die ich mit meinen Reden unsere schöne Gemeinschaft ins Leben gerufen habe, daß wir

um der Fortdauer unseres Vergnügens willen unbedingt ein Oberhaupt brauchen, das wir ehren, dem wir als unserem Herrscher gehorchen und dessen einzige Aufgabe es sein soll, dafür zu sorgen, daß wir heiter leben. Jeder von uns soll beides erfahren, sowohl das Gewicht der Sorge als auch die Freude, die oder der Erste zu sein. Jeder soll die eine wie die andere Seite kennenlernen. Dann kann niemand neidisch werden. Daher schlage ich vor: Jeder von uns erhält für je einen Tag diese Last und diese Ehre. Wir alle bestimmen durch Wahl, wer unser erster Herrscher sein soll. Dieser oder diese wählt dann jedesmal, wenn die Stunde der Vesper naht, seinen oder ihren Nachfolger, seine oder ihre Nachfolgerin, und wer gewählt ist, bestimmt für die Zeit seiner Herrschaft, ganz wie es ihm oder ihr beliebt, frei den Ort und die Art, wie wir leben.«

Diese Worte Pampineas fanden größten Beifall, und alle wählten sie einstimmig zur Herrin für den ersten Tag. Filomena lief eilig zu einem Lorbeerstrauch, denn sie hatte oft davon reden hören, Lorbeerblätter seien ehrwürdig und brächten den Menschen, die zu Recht mit ihnen gekrönt wurden, hohe Ehre. Sie pflückte einige Zweige, flocht daraus einen stattlichen Ehrenkranz und setzte ihn Pampinea auf. Von da an war der Lorbeerkranz das sichtbare Zeichen der königlichen Herrschaft und Autorität, solange die Gruppe zusammenblieb.

Nachdem Pampinea zur Königin gekrönt war, rief sie die Diener der drei jungen Männer und die vier Dienerinnen der Frauen zu sich. Sie befahl allen zu schweigen. Als Stille eingetreten war, sagte sie: »Um als erste euch allen ein Beispiel zu geben, wie unsere Gruppe im guten voranschreiten, in Ordnung und mit Vergnügen, aber ohne Schande leben und Bestand haben kann, ernenne ich Parmeno, den Diener von Dioneo, zu meinem Verwalter und vertraue ihm die Sorge für unseren Haushalt an, insbesondere für alles, was den Dienst im Speisesaal betrifft. Sirisco, der Diener von Panfilo, soll nach meinem Willen unser Einkäufer und Schatzmeister sein und die Befehle von Parmeno ausführen. Tindaro soll Filostrato und die beiden anderen Männer bedienen und sich um ihre Zimmer kümmern, wenn deren Diener wegen ihrer anderen Pflichten dort nicht arbeiten können. Meine Dienerin Misia und Licisca, die Dienerin von Filomena, sollen ständig in der Küche sein und mit größter Sorgfalt die Speisen bereiten, die Parmeno anordnet. Chimera und Stratilia, die Dienerinnen von Lauretta und Fiammetta, sollen sich um die Zimmer der Frauen kümmern und um die Sauberkeit der Orte, an denen wir uns aufhalten werden. Und für alle gilt: Wer sich nicht meine Gunst verscherzen will, den ersuche und dem befehle ich, daß er ausschließlich heitere Nachrichten von außen mitbringe, woher auch immer er komme, wohin auch immer er gehe, was auch immer er sehe oder höre.«

Nachdem sie kurz und bündig ihre Befehle gegeben und die Zustimmung aller gefunden hatte, erhob sie sich lächelnd und sagte: »Hier sind Gärten, hier sind Wiesen, hier gibt es viele schöne Stellen, hier mag jeder sich ergehen und sich amüsieren, wie es ihm gefällt. Aber wenn es zur Terz läutet, sollte jeder hier sein, so daß wir essen können, bevor die Hitze zu groß wird.«

Nachdem also die neugewählte Königin die heitere Gruppe entlassen hatte, schlenderten die jungen Männer mit den schönen Frauen gemächlich durch den Garten; sie unterhielten sich über angenehme Dinge, flochten einander Girlanden aus Zweigen verschiedenartiger Bäume und sangen Liebeslieder. Damit beschäftigten sie sich während der Stunden, die die Königin ihnen zugestanden hatte. Dann kehrten sie ins Haus zurück und fanden, daß Parmeno voller Eifer seinen Pflichten nachgekommen war, denn als sie den Speisesaal im Erdgeschoß betraten, sahen sie, daß die Tische mit schneeweißen Tafeltüchern gedeckt waren, die Becher silbern glänzten und der ganze Raum mit Ginsterblüten ausgeschmückt war. Sie wuschen sich die Hände, wie die Königin es gewünscht hatte; dann nahmen sie nach den Anweisungen Parmenos Platz. Feinste Speisen wurden hereingebracht und edelste Weine gereicht; ohne weitere Aufforderung begannen die drei Diener ihre Aufwartung bei Tisch. Alles war schön und geordnet. Heiterkeit breitete sich bei allen aus; sie aßen bei vergnüglichen Unterhaltungen und in heiterer Laune. Als die Tafel aufgehoben war, ließ die Königin die Musikinstrumente kommen. Da Frauen wie Männer sich auf den Reigentanz verstanden und einige von ihnen hervorragend Instrumente spielen und singen konnten, ergriffen Dioneo und Fiammetta auf Wunsch der Königin Laute und Viola und begannen eine süße Tanzmelodie zu spielen. Die Königin schickte die Diener zum Essen, und dann begann sie, mit den Frauen und den zwei Männern gemessenen Schrittes einen Reigen zu tanzen. Als er zu Ende war, fingen sie an, nette und fröhliche kleine Lieder zu singen. Damit vergnügten sie sich so lange, bis die Königin fand, es sei Zeit, schlafen zu gehen, und sie alle entließ. Die drei jungen Männer gingen in ihre Schlafzimmer, die von denen der Frauen getrennt lagen; sie fanden ihre Zimmer, wie zuvor den Speisesaal, mit Blumen geschmückt; die Betten waren ordentlich gemacht. Die Frauen fanden ihre Zimmer genauso vor; sie entkleideten sich und legten sich zur Ruhe.

Es hatte noch nicht lange zur Non geläutet, da erhob sich die Königin und ließ auch die anderen Frauen und die Männer aufstehen; es sei ungesund, am Tag zu lange zu schlafen, erklärte sie. Und so gingen alle zu einer Wiese, wo das Gras dicht und sattgrün stand, weil die Sonnenstrahlen dahin nicht durchdrangen. Sie spürten, daß ein leichter Wind ging. Und hier setzten sich alle auf Wunsch der Königin im Kreis ins grüne Gras, und sie sagte zu ihnen: »Wie ihr seht, steht die Sonne hoch am Himmel, und die Hitze ist groß. Nichts ist zu hören, nur die Zikaden in den Ölbäumen. Jetzt woanders hinzugehen, wäre zweifellos eine Dummheit. Hier ist es schön und kühl; hier stehen, wie ihr seht, Spieltischchen und Schachbretter, und jeder kann sich vergnügen, wie es ihm beliebt. Wenn ihr aber meinen Rat hören wollt, sollten wir die heißen Stunden des Tages nicht mit diesen Spielen verbringen, bei denen der Verlierer schließlich Mißvergnügen empfindet, während Gewinner und Zuschauer daraus kein allzu großes Vergnügen ziehen, sondern indem wir Geschichten erzählen, denn das macht allen Spaß – dem, der sie erzählt, und allen, die zuhören. Und noch bevor jeder von euch sein Geschichtchen erzählt hat, geht die Sonne unter, die Hitze läßt nach; dann können wir spazierengehen, wo wir wollen, und uns amüsieren. Gefällt euch mein Vorschlag, dann laßt ihn uns ausführen. Aber ich richte mich gerne nach dem, was euch gefällt, und wenn ihr anders denkt, dann mag jeder bis zur Vesperstunde treiben, was er will.« Doch die ganze Gesellschaft, Frauen wie Männer gleichermaßen, sprachen sich für das Erzählen aus.

»Nun denn«, sagte die Königin, »wenn es euch also recht ist, so bestimme ich, daß es für diesen ersten Tag kein vorgeschriebenes Thema gibt, sondern daß jeder frei wählen kann, wovon seine Erzählung handelt.« Sie wandte sich Panfilo zu, der rechts von ihr saß, und bat ihn liebenswürdig, er möge mit einer seiner Geschichten den Anfang machen. Panfilo hatte ihren Wunsch kaum vernommen, da begann er schon wie folgt, während alle gespannt lauschten:

Ein feiner Herr aus Prato

Ser Cepparello täuscht mit einer falschen Beichte einen heiligen Mönch und stirbt. Im Leben war er ein abgründig schlechter Mensch, aber als Toten hält man ihn für einen Heiligen und nennt ihn Sankt Ciappelletto.

Es ziemt sich, verehrte Damen, alles, was der Mensch anfängt, mit dem wunderbaren und heiligen Namen dessen zu beginnen, der alle Dinge gemacht hat. Da ich als erster mit dem Erzählen anfangen soll, will ich mit einer seiner Wundertaten beginnen, damit durch diese Erzählung unsere Hoffnung auf ihn, den Unwandelbaren, sich festige und sein Name von uns immer gelobt werde.

Eines ist ja offensichtlich: Alle zeitlichen Dinge sind vergänglich und sterblich. Sie sind von innen wie von außen bedroht durch Sorge, Angst und Mühsal. Sie unterliegen unendlich vielen Gefahren. Wir, die wir mitten unter ihnen leben und gar ein Teil von ihnen sind, können all dem gewiß nicht widerstehen oder ausweichen, es sei denn, eine besondere Gunst Gottes schenkte uns dazu Kraft und Einsicht. Von ihr darf man aber nicht etwa glauben, sie komme zu uns oder in uns, weil wir sie verdient hätten. Vielmehr kommt sie uns aus eigener Güte entgegen, und wir erlangen sie durch die Fürsprache derer, die sterblich waren, wie wir es sind, und die, solange sie am Leben waren, getreu seinen Willen erfüllt haben und jetzt mit ihm ewig und glückselig geworden sind. An sie wenden wir uns als Vermittler, die unsere Schwachheit aus eigener Erfahrung kennen, wenn wir um Dinge bitten, von denen wir glauben, daß sie uns fördern, uns aber vielleicht der Mut fehlt, solche Bitten vor das Angesicht des Weltenrichters zu bringen. Wir finden, daß er, der von gütiger Freigebigkeit gegen uns ist, noch Größeres tut: Da das sterbliche Auge in gar keiner Weise in das Geheimnis des göttlichen Geistes eindringen kann, kommt es wohl vor, daß wir, von Menschenmeinungen genarrt, jemanden zum Vermittler bei Seiner Majestät wählen, den er auf ewig von sich verbannt hat. Aber er, dem nichts verborgen ist, blickt dann mehr auf die Reinheit des Bittenden als auf seinen Irrtum oder auf das Verbanntsein des Angerufenen. Und er erhört die, die zu ihm beten, als stehe der Angerufene selig vor seinem Angesicht. Dies beweist die Geschichte, die ich euch jetzt erzählen will: Sie beweist es, behaupte ich, aber nicht nach dem Urteil Gottes, sondern nach dem Urteil von Menschen.

Man erzählt also, der reiche Großkaufmann Musciatto Francesi, der in Frankreich Ritter geworden war, habe auf Bitten und Drängen von Papst Bonifaz in die Toskana kommen müssen, in Begleitung des Fürsten Karl Ohneland, Bruder des Königs von Frankreich. Da er wußte, daß seine Geschäfte, wie häufig bei Kaufleuten, sehr verwickelt waren und sich auf verschiedene Orte erstreckten, daß er sie also nicht leicht und schnell würde abwickeln können, entschloß er sich, sie verschiedenen Personen zu übertragen, und er fand für alle eine Lösung. Nur zweifelte er, ob er jemanden finden könnte, der imstande wäre, die Darlehen einzutreiben, die er an mehrere Burgunder vergeben hatte. Der Grund seines Zweifels war folgender: Er hatte gehört, die Burgunder seien streitsüchtige, ruchlose und falsche Menschen, und ihm fiel niemand ein, der schlecht genug gewesen wäre, daß er ihm zutrauen konnte, es mit ihrer Bosheit aufzunehmen. Lange schon hatte er darüber nachgedacht, als ihm plötzlich Ser Cepparello aus Prato in den Sinn kam, der oft in seinem Haus in Paris Unterschlupf gefunden hatte. Cepparello war gedrungen von Gestalt und stutzerhaft herausgeputzt, und weil die Franzosen das Wort *Cepparello* nicht verstanden und glaubten, es bedeute soviel wie in ihrer Sprache »Hut« oder »Kopfschmuck«, so nannten sie ihn, weil er, wie gesagt, klein war, nicht Ciappello, sondern Ciappelletto (Hütchen). Als Ciappelletto war er überall bekannt, während ihn kaum jemand als Ser Cepparello kannte.

Dieser Ciappelletto lebte nun folgendermaßen: Von Beruf war er Notar, aber es wäre für ihn die größte Schande gewesen, wenn eine seiner Urkunden, so wenige er auch ausstellte, einmal keine Fälschung gewesen wäre. Fälschungen dagegen hätte er jedem ausgestellt, der ihn darum anging, denn lieber fertigte er umsonst eine Fälschung an als gegen noch so hohe Gebühr ein korrektes Dokument. Mit größtem Vergnügen legte er falsches Zeugnis ab, ob man ihn darum bat oder nicht. Da man in jenen Jahren in Frankreich große Stücke auf beeidete Urkunden hielt, und da es ihm nichts ausmachte, solche zu fälschen, gewann er mühelos jeden Prozeß, in dem er aufgefordert wurde, bei seinem Glauben zu schwören, daß er die Wahrheit sage. Zwischen Freunden, Verwandten und jedermann sonst böses Blut zu machen, Feindschaft und Streit zu stiften – daran hatte er größte Freude und betrieb es mit Leidenschaft. Je größeres Übel daraus erwuchs, um so größere Genugtuung zog er daraus. Lud man ihn ein, zu einem Mord oder zu einem anderen Verbrechen mitzukommen, lehnte er nie ab, sondern drängte sich noch auf; oft und gerne war er dabei, wenn es darum ging, Menschen eigenhändig zu verwunden oder zu töten. Gott und die Heiligen lästerte er fürchterlich, und er geriet aus nichtigem Anlaß in Zorn wie kein zweiter. In die Kirche ging er nie, und alle ihre Sakramente verspottete er mit abscheulichen Worten, als seien sie das Letzte. Hingegen besuchte er Kneipen und andere zweifelhafte Lokale gern und regelmäßig. Auf Frauen war er so scharf wie ein Hund auf den Stock; an Männern dagegen hatte er mehr als jeder andere traurige Kerl seine Lust. Bei Diebstahl und Raub hatte er das gute Gewissen eines Heiligen, der Gaben verteilt. Er trieb Völlerei und war ein so großer Säufer, daß es ihm selbst manchmal in widerlicher Weise hochkam. Als Falschspieler, der mit getricksten Würfeln spielt, war er berühmt. Aber warum so viele Worte? Er war wohl der schlechteste Mensch, der je in diese Welt kam. Seine Bosheit vergrößerte lange Zeit Macht und Reichtum des Messer Musciatto; deshalb ließen sie ihn gewähren – sowohl die einzelnen Personen, denen er Unrecht getan hatte, als auch die Gerichte, die er ständig betrog.

Dieser Ser Cepparello also kam Messer Musciatto in den Sinn. Er kannte das Leben, das Cepparello führte, bestens und dachte, nur dieser Mann sei der Bosheit der Burgunder gewachsen. Deshalb ließ er ihn zu sich rufen und sagte: »Ser Ciappelletto, wie du weißt, bin ich dabei, hier alles aufzugeben. Aber ich habe noch einige Geschäfte zu erledigen, unter anderem mit Burgundern, mit Menschen, die nur aus Betrug bestehen. Daher weiß ich nicht, wem ich auftragen könnte, mein Geld von ihnen einzutreiben, wenn nicht dir. Du hast ja im Moment nichts anderes zu tun. Wenn du das übernehmen willst, verschaffe ich dir eine königliche Vollmacht.

Außerdem gebe ich dir einen angemessenen Anteil von dem, was du eintreiben wirst.«
Ser Ciappelletto dachte daran, daß er gerade ohne Arbeit war und wenig Geld hatte und daß der Mann im Weggehen begriffen war, der ihm lange Zeit Unterhalt und Schutz geboten hatte. Daher entschied er sich ohne Zögern. Von seiner Notlage also gewissermaßen gezwungen, antwortete er, er nehme das Angebot gerne an. Sie wurden sich einig, Ciappelletto erhielt die Vollmacht und die schriftlichen Privilegien des Königs, Musciatto reiste ab, und Ciappelletto ging nach Burgund, wo ihn fast niemand kannte. Dort begann er, wider seine Natur, auf gütige und sanfte Weise das Geld einzutreiben und alles zu tun, was ihm aufgetragen war, als wolle er seinen Zorn bis zuletzt aufsparen.
Während dieser Tätigkeit nun – er wohnte im Hause zweier Brüder, die aus Florenz stammten, in Burgund Wuchergeschäfte betrieben und ihn Messer Musciatto zuliebe hoch in Ehren hielten – wurde er plötzlich schwer krank. Sofort stellten ihm die beiden Brüder Ärzte und Diener zur Verfügung und versorgten ihn mit allem, was seiner Gesundheit nutzen konnte. Aber alle Hilfe war vergeblich, denn dem guten Mann, der schon alt und verlebt war, ging es, nach Aussage seiner Ärzte, von Tag zu Tag schlechter, wie einem, der zu Tode erkrankt ist. Den beiden Brüdern war das sehr unangenehm.
Eines Tages standen sie ganz nahe bei dem Zimmer, in dem Ser Ciappelletto darniederlag, und begannen gemeinsam zu überlegen: »Was fangen wir mit dem bloß an?« fragte einer der beiden Brüder den anderen. »Wir sind durch ihn in eine schlimme Geschichte geraten. Denn wenn wir ihn so krank, wie er ist, aus unserem Hause jagen, würde uns das übel ver-

merkt, und es wäre ziemlich dumm, wenn die Leute sähen, daß wir ihn plötzlich todkrank fortschicken, ohne daß er inzwischen etwas gemacht hätte, was uns mißfallen könnte, nachdem wir ihn zuerst aufgenommen und gut mit Dienern und Ärzten versorgt haben. Andererseits ist er ein so schlechter Mensch gewesen, daß er nicht bereit sein wird, zu beichten oder ein Kirchensakrament zu empfangen. Stirbt er aber ohne Beichte, will keine Kirche seine Leiche beerdigen, ja man wird ihn wie einen Hund in den Stadtgraben werfen. Aber selbst wenn er beichten sollte, sind seine Sünden doch so zahlreich und so schrecklich, daß es auf dasselbe hinauskommen würde, denn weder Mönch noch Weltpriester würden ihm die Lossprechung erteilen wollen oder können, und ohne die Lossprechung wird er auch in den Stadtgraben geworfen. Und wenn das Volk hier das sieht, wird es ein großes Geschrei erheben, denn die Leute hassen uns wegen unseres Gewerbes, das sie für einen Ausbund an Ungerechtigkeit halten, und außerdem wollen sie bei uns plündern. Deshalb werden sie schreien: *Diese Hunde aus der Lombardei! Die Kirche will nichts von ihnen wissen, und wir wollen sie nicht mehr länger hier dulden!* Sie werden unsere Häuser stürmen und uns nicht nur ausrauben, sondern gar das Leben nehmen. In jedem Fall geht es uns schlecht, wenn der da stirbt.«
Ser Ciappelletto, der, wie gesagt, dort in der Nähe lag, wo sie sich so unterhielten, hörte, was sie über ihn sagten, denn er hatte ein feines Gehör, wie wir es bei Kranken oft beobachten. Er ließ sie zu sich rufen und sagte ihnen: »Ich will nicht, daß ihr euch meinetwegen irgendwelche Sorgen macht. Ihr sollt auch keine Angst haben, daß ihr durch mich zu Schaden kommt. Ich habe gehört, was ihr über mich gesagt habt, und ich bin ganz sicher, daß es so kommt, wie ihr sagt, wenn die

Sache so läuft, wie ihr denkt. Aber sie wird anders laufen. Ich habe mich in meinem Leben so oft gegen Gott vergangen, daß es nichts ausmacht, wenn ich es jetzt vor meinem Tod noch einmal tue. Besorgt mir deshalb schnell den heiligsten und tüchtigsten Mönch, den ihr auftreiben könnt, wenn es so etwas überhaupt gibt. Dann laßt mich nur machen. Dann bringe ich eure und meine Geschäfte mit Sicherheit schon so in Ordnung, daß alles gutgeht und ihr zufrieden sein könnt.«

Obwohl die beiden Brüder daraus nicht viel Zuversicht schöpften, gingen sie doch in ein Kloster und verlangten nach einem heiligen und weisen Mann, der einem Lombarden, der in ihrem Hause krank darniederliege, die Beichte abnehmen solle. Man gab ihnen einen älteren Mönch mit, einen Mann von heiligem und gutem Leben, einen berühmten Professor der Theologie, einen überaus ehrwürdigen Mann, vor dem alle Bürger der Stadt den größten Respekt hatten. Sie begleiteten ihn zu ihrem Haus. Er betrat das Zimmer, in dem Ser Ciappelletto lag, setzte sich an seine Seite und begann zunächst damit, ihn mit liebenswürdigen Worten zu trösten. Danach fragte er ihn, wann er zum letzten Mal gebeichtet habe.

Ser Ciappelletto, der niemals gebeichtet hatte, antwortete: »Mein Vater, meine feste Gewohnheit ist es, wöchentlich mindestens einmal zur Beichte zu gehen, außer in den vielen Wochen, in denen ich noch häufiger beichten gehe. Aber, um die Wahrheit zu sagen, seit ich vor acht Tagen krank geworden bin, bin ich überhaupt nicht mehr beichten gegangen; so groß war das Ungemach, das meine Krankheit mit sich gebracht hat.«

»Mein Sohn«, erwiderte darauf der Mönch, »daran hast du gut getan, und so sollst du's auch in Zukunft halten. Ich sehe, da du so oft zur Beichte gehst, werde ich nicht viel damit zu tun haben, dir zuzuhören oder dich zu fragen.«

»Mein Herr Pater«, rief Ser Ciappelletto, »so dürft Ihr nicht reden. Denn sooft ich auch gebeichtet habe, wollte ich doch immer eine Generalbeichte ablegen über all meine Sünden, an die ich mich erinnere, vom Tag meiner Geburt bis zum Tag der Beichte, und deshalb bitte ich Euch, mein guter Vater, mich über alles der Reihe nach abzufragen, als ob ich noch nie gebeichtet hätte. Und schont mich nicht etwa wegen meiner Krankheit, denn viel lieber züchtige ich mein Fleisch, als daß ich ihm zu sehr nachgebe und irgend etwas tue, was zum Verderben meiner Seele führt, die mein Erlöser erkauft hat mit seinem kostbaren Blut.«

Diese Worte gefielen dem heiligen Mann sehr. Sie schienen ihm zu beweisen, daß er es mit einer wohlgeordneten Seele zu tun hatte. Und nachdem er Ser Ciappelletto wegen dieser Gewohnheit sehr gelobt hatte, fragte er ihn, ob er je mit einer Frau durch Unzucht gesündigt hätte.

Darauf seufzte Ser Ciappelletto und antwortete: »Mein Vater, in dieser Sache schäme ich mich, Euch die Wahrheit zu sagen; ich habe Angst, ich könnte dabei sündigen durch Prahlerei.«

Und der heilige Mönch erwiderte: »Sprich nur frei heraus. Denn noch nie hat jemand dadurch gesündigt, daß er die Wahrheit gesagt hat. Das gilt für die Beichte und auch sonst.«

Da sagte Ser Ciappelletto: »Da Ihr mich darüber beruhigt, gut, so will ich es Euch sagen: Ich bin so unschuldig, wie ich aus dem Schoß meiner Mutter gekommen bin.«

»Oh, gesegnet seist du von Gott«, sagte der Mönch. »Wie gut hast du daran getan! Indem du jungfräulich gelebt hast, hast du dir um so mehr Verdienste erworben, da du frei warst, auch das Gegenteil zu tun, anders als wir und alle, denen es die Mönchsregel strikt verbietet.«

Danach fragte er ihn, ob er durch die Sünde der Völlerei Gott beleidigt habe. Ser Ciappelletto seufzte tief und antwortete: »Ja, und zwar oft.« Denn wenn er über die vorgeschriebene Fastenzeit hinaus, die fromme Personen im Laufe des Jahres einhalten, jede Woche mindestens an drei Tagen regelmäßig bei Wasser und Brot gefastet habe, dann sei es vorgekommen, besonders nach einem anstrengenden Tag, den er im Gebet oder auf einer Wallfahrt verbracht habe, daß er das Wasser mit einer solchen Lust und Sinnengier getrunken habe wie die größten Säufer ihren Wein. Und oft habe er sich dann danach gesehnt, so ein Salätchen aus Wildkräutern zu bekommen, wie es die Frauen machen, wenn sie aufs Land gehen. Manchmal habe er dabei das Essen höher eingeschätzt, als es jemand seiner Ansicht nach einschätzen dürfe, der, wie er, aus Frömmigkeit faste.

Darauf sagte der Pater: »Mein Sohn, das sind doch natürliche und ziemlich leichte Sünden. Ich will nicht, daß du damit dein Gewissen mehr beschwerst als nötig. Daß man nach langem Fasten das Essen hochschätzt und nach großer Mühsal das Trinken, das passiert doch jedem Menschen, mag er selbst der größte Heilige sein.«

»Oh«, sagte Ser Ciappelletto, »redet nicht so, mein Vater, nur um mich zu trösten. Ihr wißt genau, daß ich weiß, daß Dinge, die man im Dienste Gottes tut, ganz rein und ohne einen Flecken auf der Seele getan werden müssen und daß, wer anders handelt, sündigt.«

Der Mönch war tief zufrieden und sagte: »Ich bin froh, daß du so denkst, und daß du bei diesen Dingen eine so reine und gute Gesinnung hast, gefällt mir sehr. Aber jetzt sage mir:

Hast du durch Geiz gesündigt? Wolltest du mehr haben, als dir zustand, oder hast du behalten, was du nicht behalten durftest?«

Darauf antwortete Ser Ciappelletto: »Mein Vater, es würde mir leid tun, wenn Ihr mich danach beurteiltet, daß ich mich im Hause dieser Wucherer aufhalte. Ich habe mit ihrem Geschäft nicht das geringste zu tun, ja, ich bin hierhergekommen, um sie zu ermahnen und zu tadeln und sie so von dieser abscheulichen Geldmacherei abzubringen, und ich glaube, das wäre mir auch gelungen, hätte Gott mich nicht mit dieser Krankheit heimgesucht. Aber Ihr müßt wissen, daß mir mein Vater, als er starb, ein großes Vermögen hinterließ. Davon gab ich nach seinem Tod den größeren Teil den Armen. Danach habe ich einen kleinen Handel betrieben, nur um meinen Lebensunterhalt zu verdienen und um den Armen Christi helfen zu können. Dabei hatte ich freilich den Wunsch, Gewinn zu machen. Doch immer habe ich meinen Gewinn zur Hälfte mit den Armen Gottes geteilt. Die eine Hälfte habe ich für meine Bedürfnisse verbraucht, die andere Hälfte ihnen gegeben. Dabei hat mir mein Schöpfer so kräftig geholfen, daß meine Geschäfte immer besser gegangen sind.«

»Gut hast du daran getan«, sagte der Mönch. »Aber sag' mir, wie oft bist du zornig geworden?«

»Oh!« sagte Ser Ciappelletto, »das ist sehr oft vorgekommen, wie ich Euch offen gestehe. Aber wer kann an sich halten, wenn er täglich sieht, welche schmutzigen Dinge die Menschen treiben, wie sie die Gebote Gottes mißachten, ohne sein Strafgericht zu fürchten? Wie oft am Tag wünschte ich mir, lieber tot zu sein als zu leben, da ich sah, wie die Jungen ihren eitlen Vergnügungen nachjagen, da ich hörte, wie sie Meineide schwören, daß sie in die Tavernen gehen, aber nicht in die Kirche, und daß sie lieber auf den Wegen dieser Welt als auf den Wegen Gottes wandeln.«

»Mein Sohn«, sagte dann der Mönch, »diese Art von Zorn ist gut, und dafür könnte ich dir keine Buße auferlegen. Aber kam es nicht vor, daß dich dein Zorn hingerissen hat, einen Mord zu begehen, jemanden zu verletzen oder ihm sonst ein Unrecht anzutun?«

Darauf antwortete Ser Ciappelletto : »O weh! Mein Herr Pater! Oh, wie konntet Ihr so etwas sagen, Ihr, den ich für einen Mann Gottes halte? Oh, wenn ich auch nur das kleinste Gedänkchen gehabt hätte, so etwas zu tun, meint Ihr, ich hätte dann geglaubt, daß Gott mir so bei meinen Geschäften beigestanden hätte? So etwas tun nur Halsabschneider und Verbrecher. Immer wenn ich einen von ihnen zu Gesicht bekam, habe ich ihm zugerufen: Geh weg! Möge Gott dich bekehren.«

»Gott segne dich, mein Sohn«, sagte dann der Mönch. »Hast du je falsches Zeugnis gegen irgend jemanden abgelegt oder schlecht von einem anderen geredet oder ihm Dinge weggenommen, ohne daß er es erlaubte?«

»Ja, Herr Pater, ja«, antwortete Ser Ciappelletto, »gewiß doch habe ich schlecht von meinem Nächsten geredet. Denn ich hatte einmal einen Nachbarn, der völlig zu unrecht den ganzen Tag seine Frau schlug. So habe ich denn einmal schlecht von ihm geredet, bei den Verwandten seiner Frau; vom Mitleid übermannt, das ich mit dieser armen Frau hatte, denn er hat sie, immer wenn er zuviel getrunken hatte, Gott weiß wie zugerichtet.«

Da sagte der Mönch: »Schon gut. Aber du sagst mir, du seist Kaufmann gewesen. Hast du denn nie jemanden betrogen, wie die Kaufleute das so machen?«

»Mein Gott, ja, Pater!« sagte Ser Ciappelletto, »aber alles, was ich von diesem Menschen weiß, ist, daß er mir einmal Geld gab, das er mir für Tuch schuldete, das ich ihm verkauft hatte. Ich habe das Geld in meine Kasse gelegt, ohne nachzuzählen. Ein Monat verging, bis ich bemerkte, daß es vier Groschen mehr waren, als es sein mußten. Da ich ihn nie wiedersah, habe ich das Geld als Almosen verschenkt, nachdem ich es ihm ein Jahr lang zurückgelegt hatte, um es ihm wiederzugeben.«

Da sagte der Mönch: »Das war doch eine Kleinigkeit. Und was du dann mit dem Geld gemacht hast, war gut.«

Diese und viele andere Sünden fragte der heilige Mönch ihn ab, und immer antwortete er auf diese Weise. Schon wollte der Mönch zur Lossprechung kommen, da sagte Ser Ciappelletto: »Herr, ich habe noch eine Sünde auf dem Gewissen, die ich Euch noch nicht gebeichtet habe.«

Der Mönch fragte ihn, welche, und er sagte: »Ich erinnere mich, eines Samstagabends nach der Non befahl ich meinem Diener, das Haus zu kehren, ich erwies also dem heiligen Sonntag nicht die Ehrfurcht, die man ihm schuldet.«

»Oh! Mein Sohn!« sagte der Mönch, »das ist nicht so schlimm.«

»Nein«, entgegnete Ser Ciappelletto, »sagt nicht, das ist nicht schlimm. Den Sonntag kann man nicht genug in Ehren halten; es ist doch der Tag, an dem unser Herr vom Tode zum Leben auferstanden ist.«

Dann sagte der Mönch: »Hast du sonst noch etwas getan?«

»Ja, mein Herr«, antwortete Ser Ciappelletto, »einmal habe ich in der Kirche, dem Haus Gottes, achtlos ausgespuckt.«

Der Mönch begann zu lächeln und sagte: »Darüber, mein Sohn, brauchst du dir keine Gedanken zu machen. Wir, die wir doch Ordensleute sind, spucken dort den ganzen Tag lang.«

Da sagte Ser Ciappelletto: »Damit begeht Ihr großes Unrecht. Denn nichts auf der Welt muß man so rein halten wie den Tempel Gottes, in dem man Gott sein Opfer darbringt.«

Um es kurz zu machen: Von dieser Art Sünden bekannte er ihm noch viele. Zuletzt fing er an zu seufzen und dann auch bitter zu weinen, denn er war jemand, der das nur allzugut konnte, wann immer er wollte.

Da fragte der heilige Mönch: »Was hast du denn, mein Sohn?«

Ser Ciappelletto antwortete: »O weh, Herr, da ist noch eine Sünde bei mir übriggeblieben, die ich nie gebeichtet habe, so sehr schäme ich mich, davon zu sprechen. Und immer wenn ich an sie denke, muß ich weinen, wie Ihr ja seht, und ich bin ganz sicher, daß Gott mir nie verzeihen wird wegen dieser Sünde.«

Da sagte der heilige Mönch: »Komm, laß das, mein Sohn! Weißt du, was du da sagst? Kämen auch alle Sünden, die je von Menschen begangen wurden oder die noch von allen Menschen begangen werden, solange die Welt besteht, in einem einzigen Menschen zusammen, wenn er sie dann so zerknirscht bereute, wie ich es bei dir sehe, dann vergäbe sie ihm die Güte und Barmherzigkeit Gottes gern, wenn der Sünder beichtete. Deswegen beichte es nur ruhig!«

Da sagte Ser Ciappelletto unter ständigen heftigen Tränen: »O weh, mein Vater, meine Sünde ist zu schwer. Ich kann gar nicht glauben, daß Gott sie mir vergeben wird. Es sei denn, Ihr helft mir mit Eurem Gebet.«

Da sagte ihm der Mönch: »Du kannst es ruhig sagen. Denn ich verspreche dir, Gott für dich zu bitten.«

Ser Ciappelletto weinte immer weiter und wollte nicht sprechen, und der Mönch ermutigte ihn zu reden. Aber nachdem Ser Ciappelletto den Mönch eine sehr lange Zeit mit seinem Weinen hingehalten hatte, stieß er einen tiefen Seufzer aus und sagte: »Mein Vater, da Ihr versprecht, Gott für mich zu bitten, will ich es Euch gestehen: Wißt, daß ich, als ich noch ganz klein war, einmal meine Mutter beschimpft habe.« Kaum hatte er dies gesagt, fing er wieder heftig an zu weinen.

Da sagte der Mönch: »Oh, mein Sohn, das also hältst du für eine so große Sünde? Wieso? Die Menschen lästern den ganzen Tag lang Gott, und doch vergibt er gern, wenn jemand bereut, ihn gelästert zu haben. Und du glaubst, er werde dir das nicht vergeben? Fasse Mut, weine nicht. Denn das ist ganz gewiß: Wärst du einer von den Männern gewesen, die ihn ans Kreuz geschlagen haben, hättest es aber so bereut, wie ich dich bereuen sehe, er hätte dir vergeben.«

Da sagte Ser Ciappelletto: »O weh, mein Vater, was sagt Ihr da? Meine süße, liebe Mama, die mich neun Monate lang Tag und Nacht unter ihrem Herzen getragen hat. Hundertmal und mehr hat sie mich auf dem Rücken umhergetragen! Nein, es war ein Übermaß an Bosheit, sie zu beschimpfen, eine übergroße Sünde. Und wenn Ihr nicht für mich betet, wird mir nie verziehen!«

Als der Mönch sah, daß Ser Ciappelletto nichts weiteres mehr zu beichten hatte, sprach er ihn von seinen Sünden los und gab ihm seinen Segen. Er hielt ihn für einen großen Heiligen, denn er war vollständig überzeugt, Ser Ciappelletto habe die Wahrheit gesagt. Aber wo ist der Mensch, der das nicht geglaubt hätte, wenn er gesehen hätte, wie ein Sterbender in dieser Weise redete?

Und dann, nach all dem, sagte er zu ihm: »Ser Ciappelletto, mit der Hilfe Gottes werdet Ihr bald wieder gesund. Aber sollte es doch geschehen, daß Gott Eure gesegnete und wohlvorbereitete Seele zu sich ruft, würdet Ihr dann erlauben, daß Euer Leib in unserem Kloster begraben wird?«

Daraufhin antwortete Ser Ciappelletto: »Ja, Herr, nirgendwo lieber als bei Euch, denn Ihr habt mir versprochen, bei Gott für mich zu beten. Außerdem habe ich für Euren Orden schon immer eine besondere Verehrung gehabt. Deshalb bitte ich Euch, sobald Ihr in Euer Kloster zurückkehrt, sorgt dafür, daß der wahre Leib Christi, den Ihr morgens auf dem Altar weiht, zu mir kommt. Denn wenn ich seiner auch nicht würdig bin, so will ich ihn doch mit Eurer Erlaubnis empfangen. Danach möchte ich die heilige Letzte Ölung bekommen, damit ich, wenn ich auch als Sünder gelebt habe, wenigstens als Christ sterbe.«

Der heilige Mann sagte, er werde dem Wunsch gern entsprechen, diese Worte seien wohl gesprochen, er werde veranlassen, daß ihm der Leib Christi sofort gebracht werde. So geschah es auch.

Die beiden Brüder hatten den starken Verdacht gehabt, Ser Ciappelletto werde sie betrügen. Deshalb hatten sie sich hinter eine spanische Wand gestellt, die das Zimmer, in dem Ser Ciappelletto lag, von einem anderen trennte. Dort konnten sie bequem hören und verstehen, was Ser Ciappelletto dem Mönch sagte. Manchmal konnten sie sich das Lachen kaum verbeißen, als sie die Sünden hörten, die Ser Ciappelletto beichtete. Sie wären bald vor Lachen geplatzt, aber dann sagten sie zueinander: »Was ist das für ein Mann? Nichts konnte ihn von seiner Bosheit abbringen – weder sein Alter noch die Krankheit, noch die Angst vor dem Tod, den er nahen sieht, noch die Furcht vor Gott, vor dessen Richterstuhl er, wie er wohl weiß, in dieser Stunde treten muß. Nichts von all dem konnte ihn bewegen, anders sterben zu wollen, als er gelebt hat.« Aber da sie sahen, daß er mit solchem Erfolg geredet hatte, daß eine Kirche ihn zur Beerdigung zuließ, ließen sie alles übrige auf sich beruhen.

Kurz danach empfing Ser Ciappelletto das Abendmahl. Sein Zustand verschlechterte sich rasch. Er erhielt die Letzte Ölung. Und kaum war die Vesper vorbei, an demselben Tag, an dem er seine gute Beichte abgelegt hatte, da starb er. Die beiden Brüder bereiteten alles Nötige für ein ehrenvolles Begräbnis vor; sie verwandten dazu das von ihm dafür vorgesehene Geld. Sie gaben den Mönchen Nachricht von seinem Tod und baten sie, am Abend zu kommen, um nach ihrer Gewohnheit die Totenpsalmen zu singen, und am Morgen die Leiche abzuholen.

Als der heilige Mönch, der seine Beichte gehört hatte, erfuhr, daß er hinübergegangen war, ging er zum Prior. Man ließ die Glocke zum Kapitel läuten, und als die Brüder dort versammelt waren, erklärte er ihnen, Ser Ciappelletto sei ein Heiliger gewesen. Das habe ihm seine Beichte bewiesen. Er sei zuversichtlich, Gott der Herr werde durch ihn viele Wunder wirken. Er ermahnte sie, diesen Leichnam mit der größten Verehrung und Andacht bei sich aufzunehmen. Der Prior und die anderen leichtgläubigen Mönche stimmten ihm zu, und am Abend zogen sie alle dorthin, wo der Leichnam Ser Ciappellettos lag, und hielten bei der Leiche eine große und feierliche Vigil ab. Am Morgen kehrten sie zurück zu dem Leichnam, alle in Chorhemd und Chormantel, mit Büchern in den Händen und mit Kreuzen vorneweg, und trugen ihn mit allem festlichen Zeremoniell und aller Feierlichkeit in ihre Kirche. Fast das gesamte Volk der Stadt folgte ihnen, Männer wie Frauen. Sobald sie ihn in der Kirche abgesetzt hatten, stieg der heilige Mönch, der die Beichte gehört hatte, auf die Kanzel und begann, von Ser Ciappelletto und seinem Lebenswandel die herrlichsten Dinge zu predigen – von seinen Fastenübungen, von seiner Jungfräulichkeit, von seiner Herzenseinfalt und Unschuld und Heiligkeit. Unter anderem erzählte er, was ihm Ser Ciappelletto unter Tränen als seine größte Sünde gebeichtet hatte, und daß es ihm kaum gelungen sei, ihn zu überzeugen, daß Gott ihm auch diese vergeben werde. An dieser Stelle ergriff er die Gelegenheit, das Volk, das ihm zuhörte, heftig zu tadeln. Er sagte: »Und ihr, ihr Gottverfluchten, wenn ihr nur eure Füße in einen Strohhalm verwickelt, dann fangt ihr schon an, Gott zu lästern, ihn selbst, seine Heilige Mutter und den ganzen himmlischen Hofstaat.«

Dann erzählte er noch viele andere Dinge von Ciappellettos Biederkeit und Reinheit. Kurz, mit einer Flut von Worten, denen die Leute jener Gegend vollen Glauben schenkten, brachte er seinen Heiligen in die Köpfe und Herzen aller Anwesenden hinein. Die Folge war: Als der Gottesdienst zu Ende ging, gab es ein Riesengedränge. Alle eilten herbei, Ciappelletto die Füße und die Hände zu küssen. Sie rissen ihm sämtliche Kleider vom Leib, und wer auch nur einen Fetzen davon erwischen konnte, glaubte, jetzt sei er im Paradies. Den ganzen Tag über mußte man ihn dort aufgebahrt liegen lassen, so daß jeder ihn aufsuchen und besehen konnte. In der folgenden Nacht wurde er dann mit allen Ehren in einem Marmorsarkophag in einer der Kapellen beigesetzt. Und gleich am nächsten Tag kamen die Leute herbei, um Kerzen anzuzünden und zu ihm zu beten. Sie lieferten Votivgaben ab und hängten die verschiedenen Wachsfiguren auf, wie sie es gelobt hatten. Und der Ruf seiner Heiligkeit wuchs

und wuchs wie auch die Verehrung für ihn, so daß es bald niemanden mehr gab, der sich in irgendeiner Not an einen anderen Heiligen gewandt hätte. Und sie nannten ihn, wie sie ihn jetzt noch nennen: Sankt Ciappelletto. Sie behaupten, Gott habe durch ihn viele Wunder gewirkt und wirke sie noch jeden Tag für jeden, der sich fromm an diesen Heiligen wende.
So also lebte und starb Ser Cepparello aus Prato. Und wie er ein Heiliger wurde, habt ihr gehört. Dabei will ich nicht leugnen, daß es möglich ist, daß er selig ist in der Gegenwart Gottes. Denn obwohl er ein verruchtes Sünderleben geführt hat, ist es möglich, daß er im letzten Augenblick so sehr bereute, daß Gott sich seiner vielleicht erbarmt hat und ihn aufgenommen hat in sein Reich. Aber weil uns das verborgen bleibt, so rede ich nur von dem, was davon zutage treten kann, und behaupte, daß er eher in der Hölle, in den Händen des Teufels sein dürfte als im Paradies. Und wenn es so ist, können wir daran erkennen, wie gut Gott zu uns ist, daß er nämlich nicht auf unseren Irrtum, sondern auf die Reinheit des Glaubens schaut. Sogar wenn wir einen Feind Gottes zu unserem Vermittler wählen, weil wir ihn für seinen Freund halten, erhört uns Gott, als hätten wir uns an einen wirklichen Heiligen als Vermittler seiner Gnade gewandt. Damit wir also in der gegenwärtigen Not und in unserer fröhlichen Gesellschaft durch seine Gunst sicher und gesund bewahrt werden, laßt uns seinen Namen preisen, in dem wir unsere Geschichten zu erzählen begonnen haben. Ihn laßt uns verehren, an ihn wollen wir uns wenden in unseren Nöten, in der ganz sicheren Gewißheit, daß er uns erhört. –
Und hier schwieg er.

Der Konvertit

Der Jude Abraham ist durch einen Freund neugierig geworden. Er geht an den päpstlichen Hof nach Rom. Nachdem er dort die Schlechtigkeit der Kleriker gesehen hat, kehrt er nach Paris zurück und wird Christ.

Die Damen waren voll des Lobes für Panfilos Geschichte; über einzelne Stellen amüsierten sie sich besonders. Alle hatten aufmerksam zugehört, und als die Geschichte zu Ende war, gebot die Königin, jetzt solle Neifile, die neben Panfilo saß, auch eine Geschichte erzählen und so die Regel des vergnüglichen Spiels einhalten, mit dem sie begonnen hatten. Neifile, ebenso wohlgesittet wie schön, antwortete lächelnd, das tue sie gern, und begann so:

Panfilo hat uns mit seiner Geschichte gezeigt, daß Gott in seiner Güte nicht auf unsere Irrtümer blickt, wenn sie aus Ursachen hervorgehen, die wir unmöglich erkennen können. Ich will euch nun mit meiner Geschichte beweisen, wie Gott in dieser Güte selbst die Fehler jener Menschen erträgt, die von ihr in Wort und Tat wahres Zeugnis geben sollen, aber in Wirklichkeit das Gegenteil tun, und wie sie eben damit beweist, daß sie die untrügliche Wahrheit ist. Ich erzähle die Geschichte, damit wir an unserem Glauben mit noch größerer Sicherheit festhalten.

Wie ich einmal hörte, liebe Damen, lebte in Paris ein großer Kaufmann, ein tüchtiger Mann namens Giannotto von

Civigni, der äußerst rechtschaffen und aufrecht war und einen großen Tuchhandel betrieb. Er war eng befreundet mit einem reichen Juden namens Abraham, der ebenfalls Kaufmann und ein sehr aufrechter und rechtschaffener Mann war. Angesichts von Abrahams Aufrichtigkeit und Rechtschaffenheit, tat es Giannotto von Herzen leid, daß die Seele dieses so wertvollen, weisen und guten Menschen ewig verdammt sein sollte, nur weil ihm der wahre Glaube fehlte. Er begann also, in freundschaftlichem Ton, ihn zu drängen, die Irrlehren des jüdischen Glaubens aufzugeben und zur christlichen Wahrheit zurückzukehren. Wie er ja selbst sehen könne, wachse sie ständig und breite sich aus, da sie heilig und gut sei, während, wie er feststellen könne, im Gegensatz dazu seine Religion zurückgehe und sich auflöse.

Der Jude erwiderte, er halte allein den jüdischen Glauben für heilig und gut. In diesen sei er hineingeboren, mit ihm wolle er leben und sterben, und nichts auf der Welt könne ihn davon abbringen. Diese Antwort hielt Giannotto jedoch nicht davon ab, wenige Tage später wieder in ähnlicher Weise mit ihm zu reden und ihm in schlichten und knappen Worten – so wie es Kaufleuten liegt – zu zeigen, aus welchen Gründen der christliche Glaube dem jüdischen überlegen sei. Obwohl Abraham im jüdischen Gesetz ein großer Meister war, fand er allmählich Geschmack an den Beweisen Giannottos. Bewegte ihn dazu die enge Freundschaft zu Giannotto? Oder waren es vielleicht die Worte, die der Heilige Geist einem Laien in den Mund gelegt hatte? Dennoch hielt er starrköpfig an seinem Glauben fest und wollte sich nicht bekehren lassen.

Aber je hartnäckiger er Widerstand leistete, um so weniger ließ Giannotto davon ab, ihn zu bedrängen, bis schließlich der Jude, überwältigt von so viel anhaltender Zudringlichkeit, sagte: »Siehst du, Giannotto, du willst, daß ich Christ werde, und ich bin bereit dazu. Aber nur unter einer Bedingung: Zuvor will ich nach Rom gehen und den Mann beobachten, von dem du behauptest, er sei der Stellvertreter Gottes auf Erden. Ich will sein Leben und seine Gewohnheiten in Augenschein nehmen, ebenso die seiner Brüder, der Kardinäle. Und wenn der Eindruck, den ich von ihnen bekomme, mich zusätzlich zu deinen Argumenten zu dem Schluß bringt, euer Glaube sei besser als der meine, wie du versucht hast, mir zu beweisen, dann werde ich tun, was ich gesagt habe. Sollte es nicht so sein, dann bleibe ich, was ich bin, nämlich ein Jude.«

Als Giannotto das hörte, verfiel er in maßlosen Trübsinn und sagte sich im stillen: »Meine Mühe war umsonst. Zuerst dachte ich, sie sei gut angewendet, weil ich mir einbildete, den Mann bekehrt zu haben. Aber wenn er jetzt an den päpstlichen Hof nach Rom geht und das ruchlose Lotterleben der Kleriker sieht, dann bekehrt er sich nicht nur nicht zum Christentum, sondern selbst wenn er Christ wäre, käme er bestimmt als Jude zurück.« Und zu Abraham gewandt, sagte er: »Ach was, mein Freund, wozu willst du diese Strapazen und die großen Kosten einer Reise von hier nach Rom auf dich nehmen? Außerdem ist diese Reise, ob über Land oder über das Meer, für einen reichen Mann wie dich voller Gefahren. Meinst du, du findest hier niemanden, der dich tauft? Und solltest du noch irgendwelche Zweifel haben an unserem Glauben, den ich dir bewiesen habe, wo gibt es bessere Theologieprofessoren und weisere Männer als hier? Sie können dir alles erklären, was du wissen willst und was du sie fragst. Deshalb ist deine Reise meiner Meinung nach unnötig. Du mußt dir doch selbst sagen, daß die hohen Geistlichen dort genauso sind wie die, die du hier gesehen hast, ja, daß sie noch viel besser sind, weil sie näher bei dem obersten Hirten leben. Daher ist mein Rat dieser: Spare dir die Strapaze für eine andere Gelegenheit auf, für eine Wallfahrt mit Ablaß etwa, bei der ich dich vielleicht begleiten werde.«

»Giannotto«, antwortete der Jude, »ich bin überzeugt, daß es genauso ist, wie du sagst. Aber statt vieler Worte sage ich dir nur das eine: Wenn du wirklich willst, worum du mich so beharrlich gebeten hast, dann muß ich reisen. Sonst geschieht überhaupt nichts.«

Giannotto, der sah, daß der Jude entschlossen war, sagte: »Dann geh! Und viel Glück auf der Reise!« Im stillen war er der festen Ansicht, Abraham würde niemals Christ, wenn er einmal den päpstlichen Hof gesehen hätte. Da eh' alles verloren war, gab er auf.

Der Jude bestieg ein Pferd und ritt so schnell er konnte zum päpstlichen Hof nach Rom. Als er dort ankam, wurde er von seinen jüdischen Freunden ehrenvoll aufgenommen. Er wohnte bei ihnen, sagte aber niemandem, weshalb er gekommen war. Unauffällig begann er, das Verhalten des Papstes, der Kardinäle, der anderen hohen Geistlichen und der Höflinge zu beobachten. Aus dem, was er als intelligenter Mann selbst beobachtete, und aus dem, was andere ihm zusätzlich berichteten, erkannte er, daß alle, ohne Ausnahme, vom Größten bis zum Kleinsten, völlig ehrvergessen Unzucht trieben, nicht nur die natürliche, sondern auch Sodomie. Sie kannten keine Grenzen, keine Gewissensbisse und keine Scham. Daher hatten Prostituierte und Strichjungen einen ungeheuer starken Einfluß, wenn jemand sich einen großen Vorteil verschaffen wollte. Aber damit nicht genug. Er sah auch, daß sie alle zusammen Schlemmer, Säufer und Gauner waren und sie außer der Unzucht nur ihrem Bauch dienten wie das Vieh. Als er genauer hinsah, erkannte er, wie geizig und geldgierig sie alle waren, ja daß sie Menschen- und sogar Christenblut und alle heiligen Dinge, Kultgegenstände und was für die Armen bestimmt war, gegen Geld kauften und verkauften. Sie trieben damit einen schwungvolleren Handel und beschäftigten mehr Zwischenhändler als irgendein Handelszweig in Paris, einschließlich der Textilbranche. Dem unverhüllten Ämterkauf hatten sie den Namen »Vorsorge« gegeben; die Schlemmerei nannten sie »Unterhalt«, als sähe Gott dabei nicht die Absicht der verkommenen Seelen – lassen wir die Wortbedeutungen einmal auf sich beruhen – und als ließe er sich wie die Menschen von den Namen der Dinge täuschen. All dies und vieles andere, worüber man besser schweigt, mißfiel unserem Juden, der ein zuchtvoller und vernünftiger Mann war, in höchstem Maße. Er hatte den Eindruck, er habe jetzt genug gesehen und beschloß, nach Paris zurückzukehren. Das tat er dann auch.

Als Giannotto erfuhr, daß er angekommen war, besuchte er ihn, ohne die geringste Hoffnung, daß er Christ werde. Sie veranstalteten zusammen ein großes Wiedersehensfest. Und nachdem Abraham sich ein paar Tage ausgeruht hatte, fragte Giannotto ihn, welchen Eindruck er denn vom Heiligen Vater, von den Kardinälen und von den anderen Höflingen bekommen habe.

»Einen miserablen«, antwortete sofort der Jude. »Und Gott möge es ihnen allen vergelten! Ich sage dir das, denn ich konnte dort, wenn ich meinen Augen trauen darf, bei keinem Kleriker auch nur eine Andeutung von Heiligkeit, von Frömmigkeit, von guten Werken oder von Vorbild entdecken. Was ich statt dessen vorfand, war das: Sie alle, alle lieben Unzucht,

Geiz und Völlerei, Betrug, Neid und Stolz und alles, was es vielleicht noch Schlimmeres gibt. Sie lieben das Schlechte so sehr, daß Rom für mich eher eine Brutstätte teuflischer Ränke als göttlicher Gnaden ist. Ich habe den Eindruck, euer Oberhirte und all die anderen setzen all ihre Kraft und ihren ganzen Verstand daran, die christliche Religion mit allen Kunstgriffen zu vernichten und aus der Welt zu schaffen; dabei sollten sie gerade die Religion tragen und stützen. Aber da ich feststelle, daß sie doch nicht erreichen, was sie vorhaben, sondern daß sich eure Religion ständig ausbreitet und immer mehr an Glanz und Ansehen gewinnt, kann ich daraus nur schließen, daß der Heilige Geist selbst es ist, der sie trägt und stützt, weil sie mehr als jede andere Religion die wahre und die heilige ist. Ich, der ich gegen deine Bemühungen hart und abweisend blieb und kein Christ werden wollte, ich sage dir daher jetzt ganz klar: Nichts in der Welt kann mich mehr hindern, Christ zu werden. Gehen wir zur Kirche. Laß mich dort taufen, ganz so wie es der Brauch eures heiligen Glaubens vorschreibt.«

Als Giannotto, der genau die gegenteilige Folgerung erwartet hatte, dies hörte, war er der glücklichste Mensch, den es je gab. Und er ging mit ihm nach Nôtre-Dame von Paris und bat die Priester dort, Abraham zu taufen. Als sie hörten, daß Abraham selbst es verlangte, taten sie es sofort, und Giannotto hob ihn als sein Pate aus dem heiligen Brunnen und gab ihm den Namen Giovanni. Dann ließ er ihn durch hochgelehrte Männer umfassend in unserem Glauben unterrichten: Giovanni erfaßte ihn schnell. So wurde er ein guter und angesehener Mann und führte ein heiliges Leben.

Die drei Ringe

Der Jude Melchisedech entgeht mit einer Erzählung über drei Ringe einer großen Gefahr, in die ihn Saladin gebracht hat.

Alle lobten die Erzählung der Neifile. Sie schwieg nun. Da begann Filomena nach einem Wink der Königin Pampinea folgendermaßen zu sprechen:
Die Geschichte, die Neifile erzählt hat, erinnert mich an einen gefährlichen Vorfall, der einmal einen Juden betroffen hat. Von Gott und von der Wahrheit unseres Glaubens haben wir schon ziemlich viel gesprochen; daher wird niemand etwas dagegen haben, wenn wir jetzt hinabsteigen zu den Abenteuern und Taten der Menschen. Darüber erzähle ich euch eine Geschichte, und wenn ihr sie gehört habt, werdet ihr wohl vorsichtiger auf Fragen antworten, die man euch stellt.
Ihr müßt wissen, liebe Freundinnen: Dummheit stürzt manch einen aus Glück in tiefes Elend, aber ebenso befreit Verstand den Weisen aus schwersten Gefahren und führt ihn zu großer und sicherer Ruhe. Daß Dummheit einen Menschen vom Glück ins Elend schafft, das beweisen viele Beispiele. Sie zu erzählen, das sei vorläufig unsere Sorge nicht, denn davon kann man jeden Tag zahllose erleben. Hingegen daß Verstand, wie gesagt, Nutzen bringt, das will ich euch mit einer Geschichte kurz beweisen:

Saladin war so tüchtig, daß er es vom kleinen Mann zum Sultan von Babylon brachte und viele Siege über sarazenische und christliche Könige errang. Wieder einmal hatte er seinen Staatsschatz für verschiedene Kriege und für seinen ungeheuren Prachtaufwand verbraucht, als ihn plötzlich ein unerwartetes Ereignis zwang, eine große Geldmenge aufzutreiben. Aber er sah nicht, woher er sie so schnell, wie er sie brauchte, hätte bekommen können. Da fiel ihm ein reicher Jude ein, der Melchisedech hieß, in Alexandria lebte und Geld gegen Wucherzinsen verlieh. Der, dachte er, habe genug, um ihm, wenn er nur wollte, das Geld zu geben, doch sei er zu geizig, dies je freiwillig zu tun. Mit Gewalt wollte er es ihm nicht nehmen. Doch seine Geldnot wuchs, und er zerbrach sich den Kopf, wie er den Juden zum Bezahlen bringen könne. Zuletzt entschloß er sich doch, Gewalt anzuwenden, aber eine Gewalt, die einen gewissen Anschein von Vernunft hätte:

Er ließ ihn kommen, empfing ihn freundlich, ließ ihn neben sich Platz nehmen und sagte: »Du bist ein tüchtiger Mann, und ich habe von mehreren Personen gehört, daß du sehr weise bist und viel von Theologie verstehst. Deswegen wüßte ich gerne von dir, welche der drei Religionen du für die wahre hältst, die jüdische, die sarazenische oder die christliche.«

Der Jude war wirklich ein weiser Mann. Er begriff nur zu gut, daß der Sultan ihn mit seiner Antwort hereinlegen wollte. Er dachte sich, wenn er eine der drei Religionen zu sehr lobe, habe der Sultan sein Ziel erreicht. Er sah, er müsse jetzt eine Antwort finden, bei der er ihn nicht packen könne. Er bot seinen ganzen Scharfsinn auf, und sofort fiel ihm etwas ein, was er vorbringen könne, und er sagte:

»Mein Herr, Eure Frage ist gut gestellt. Um Euch zu erklären, wie ich darüber denke, muß ich Euch eine kleine Geschichte erzählen. Hört sie Euch an. Wenn mein Gedächtnis mich nicht trügt, habe ich oft erzählen gehört von einem großen und reichen Mann, der neben vielen anderen Juwelen einen wunderschönen und wertvollen Ring besaß. Weil er so wertvoll und so schön war, sollte er immer als etwas Besonderes behandelt werden und für immer bei seinen Nachkommen bleiben. Daher bestimmte er, welchem seiner Söhne er den Ring hinterlasse, der solle als sein Erbe angesehen und von den anderen als Familienoberhaupt geachtet und geehrt werden. Der, dem er den Ring hinterließ, hielt es wie sein Vorgänger und traf eine ähnliche Anordnung für seine Nachkommen. Kurz, der Ring ging von Hand zu Hand durch viele Generationen, bis er schließlich in die Hand eines Mannes kam, der drei Söhne hatte, die alle drei schön, tugendhaft und dem Vater überaus gehorsam waren und die er deshalb alle drei gleichermaßen liebte. Die Söhne kannten den Brauch mit dem Ring. Jeder von ihnen wollte der Meistgeehrte in der Familie sein, und so versuchte jeder, so gut er nur konnte, den Vater, der nun schon alt war, zu erweichen, bei seinem Tod diesen Ring ihm zu hinterlassen. Der gute Mann liebte aber alle gleichermaßen und konnte sich nicht entscheiden, wem er den Ring überlassen sollte. Schließlich hatte er ihn allen dreien versprochen und beschloß, es allen dreien recht zu machen. So beauftragte er heimlich einen tüchtigen Goldschmied, zwei weitere Ringe zu fertigen, die dem ersten so ähnlich waren, daß selbst der, der sie gemacht hatte, den echten kaum noch erkennen konnte. Als der Vater im Sterben lag, gab er heimlich jedem der Söhne einen Ring.

Nach dem Tod des Vaters wollte nun jeder von ihnen Erbe

und Ehre in Anspruch nehmen, aber jeder machte ihn dem anderen streitig und legte einen Ring als Beweis für sein Recht vor. Und da man fand, daß die Ringe einander so ähnlich waren, daß man den echten nicht herausfinden konnte, blieb die Streitfrage offen, wer der wahre Erbe des Vaters sei. Sie ist auch heute noch offen. Und dasselbe behaupte ich, mein Herrscher, von den drei Religionen, die Gott, der Vater, den drei Völkern gegeben hat und auf die sich die Frage bezog. Jedes dieser Völker betrachtet sich als wohlberechtigten Erben des göttlichen Vermächtnisses und glaubt sich im Besitz des wahren Gesetzes und der von Gott selbst gegebenen Gebote. Aber wer sie wirklich besitzt, das ist wie bei den Ringen eine immer noch offene Frage.«

Saladin begriff, daß der Jude es glänzend verstanden hatte, sich aus der Schlinge zu ziehen, die er ihm gelegt hatte. Daher beschloß er, mit ihm offen über seine Geldnot zu sprechen und abzuwarten, ob er ihm aushelfen würde. Dabei sagte er ihm unumwunden, was er vorgehabt hätte, wenn er nicht so klug geantwortet hätte. Der Jude lieh Saladin gern jede gewünschte Summe. Saladin zahlte ihm das Darlehen später vollständig zurück und gab ihm zusätzlich ansehnliche Geschenke; er wurde für immer sein Freund und gewährte ihm an seinem Hof eine bedeutende und ehrenvolle Stellung.

Autorität

Ein Mönch hat eine schwere Sünde begangen, auf die eine strenge Bestrafung steht. Er entgeht aber der Strafe, indem er auf diskrete Art seinem Abt dieselbe Schuld vorwirft.

Filomena hatte soeben ihre Erzählung beendet und schwieg, da begann Dioneo, der neben ihr saß und gar nicht auf den Wink der Königin wartete, weil er wußte, daß er an der Reihe war, auf folgende Weise zu reden:
Ihr lieben Frauen, wenn ich eure einmütige Absicht richtig verstanden habe, dann sind wir hier, um uns durch Erzählen miteinander zu vergnügen. Ohne gegen dieses Gebot zu verstoßen, darf meiner Meinung nach jeder *die* Geschichte erzählen, die uns am meisten amüsiert. Auch unsere Königin hat uns das soeben erlaubt. Nachdem wir also gehört haben, wie die Seele Abrahams durch die guten Ratschläge des Giannotto von Civigni gerettet wurde und wie Melchisedech mit Verstand seinen Reichtum vor den Anschlägen Saladins geschützt hat, will ich jetzt, ohne euren Tadel zu fürchten, kurz erzählen, wie ein Mönch mit einer List sich eine schwere Strafe vom Leib gehalten hat.
In der Lunigiana, also gar nicht weit von hier, war einmal ein Kloster, in dem es früher mehr Heiligkeit und mehr Mönche gab als heutzutage. Dort lebte ein junger Mönch, dessen Kraft und Jugendfrische weder Fasten noch Nachtwachen

hatten brechen können. Dieser machte nun eines Tages, zur Mittagszeit, als alle anderen Mönche schliefen, ganz allein einen Spaziergang rund um seine einsam gelegene Kirche. Da begegnete ihm plötzlich ein recht hübsches Mädchen, vielleicht war sie die Tochter eines Bauern aus der Umgebung. Sie ging durch die Felder, um Kräuter zu sammeln. Kaum hatte er sie gesehen, da packte ihn eine wilde fleischliche Begierde. Er trat näher und begann mit ihr eine Unterhaltung. Ein Wort ergab das andere, und schnell wurden sie sich einig; er nahm sie mit in seine Zelle, ohne daß jemand etwas bemerkte.

Er war ganz außer sich vor Leidenschaft und trieb sein Spiel mit ihr unvorsichtig laut. Daher kam es, daß der Abt, der vom Mittagsschlaf aufgestanden war und leise an der Zellentür vorbeiging, das Techteln hörte, das die beiden trieben. Er wollte die Stimmen unterscheiden, daher lehnte er sich vorsichtig an die Zellentür und lauschte. Sofort wurde ihm klar, daß in der Zelle eine Frau war. Zuerst war er ganz versessen darauf, sich sofort öffnen zu lassen, aber dann beschloß er, in dieser Affäre anders vorzugehen. Er ging in seine Zelle zurück und wartete darauf, daß der Mönch herauskäme. Der Mönch war immer noch voller Lust und Vergnüglichkeit mit dieser jungen Frau beschäftigt, aber er hatte Verdacht geschöpft. Er glaubte, draußen auf dem Gang das Schlurfen von Schritten gehört zu haben. Daher preßte er sein Auge an einen winzigen Türspalt und sah ganz deutlich den Abt dastehen und lauschen. Er begriff sofort, daß der Abt jetzt wußte, daß das Mädchen in seiner Zelle war. Er war maßlos bestürzt, denn ihm war klar, daß er dafür schwer bestraft würde. Das Mädchen ließ er von seinem Kummer nichts merken, aber still für sich fing er an, viele Pläne zu wälzen, um der Sache vielleicht doch einen guten Ausgang zu geben. Bald kam ihm ein neuer boshafter Einfall, der Erfolg versprach. Er tat so, als meine er, jetzt sei er lange genug mit dem Mädchen zusammengewesen, und sagte zu ihr: »Ich gehe einmal hinaus, um zu sehen, wie du hier herauskommst, ohne gesehen zu werden. Bleib du hier und sei ganz still, bis ich wiederkomme.«

Er trat hinaus und verschloß die Zelle. Dann ging er direkt zum Raum des Abtes, gab ihm den Schlüssel, wie jeder Mönch es tat, wenn er ausging, und sagte zu ihm mit Unschuldsmiene: »Herr Abt, heute früh konnte ich nicht all das Holz herbeischaffen, das ich hatte schlagen lassen; deshalb will ich jetzt mit Eurer Erlaubnis in den Wald gehen und es herbringen.«

Der Abt nahm an, der Mönch habe nicht bemerkt, daß er ihn beobachtet hatte. Freudig nahm er die Gelegenheit wahr, sich genauer über dessen Vergehen zu informieren. Bereitwillig nahm er den Schlüssel entgegen und gestattete dem Mönch auszugehen. Als er sah, daß er weg war, begann er nachzudenken, was er jetzt als nächstes tun wolle: Sollte er alle Mönche herbeirufen, die Zelle des Sünders öffnen und allen dessen Fehltritt offenlegen? Dann konnten sie später nicht maulen, wenn er den Mönch bestrafte. Oder war es nicht besser, zuerst zu dem Mädchen zu gehen und einmal zu hören, wie die Geschichte gelaufen war? Dann dachte er bei sich: Sie könnte ja die Frau oder die Tochter eines angesehenen Mannes sein. Dem wäre es bestimmt nicht recht, würde ihre Schande allen Mönchen vorgeführt. Deshalb entschloß er sich, erst einmal nachzusehen, wer sie sei, um danach erst zu entscheiden. Leise ging er zu der Zelle, öffnete sie, trat ein und schloß hinter sich ab. Als das Mädchen sah, daß der Abt kam, verlor es völlig die Fassung; aus Furcht und aus Scham fing es an zu weinen.

Der Herr Abt besah sie sich nun genauer und fand, daß sie schön und jung war. Er selbst war zwar alt, aber er spürte doch genau wie vorher sein junger Mönch plötzlich ein glühend heißes fleischliches Begehren. Da fing er an, mit sich selbst zu reden: »Na, warum genehmige ich mir nicht ein bißchen Vergnügen, solange ich es kriegen kann? Unlust und Ärger kann ich schließlich immer noch haben, soviel ich will. Sie ist ein hübsches Mädchen, und kein Mensch weiß, daß sie hier ist. Wenn ich sie dazu bringe, zu tun, was ich will – ich wüßte nicht, warum ich mir das nicht gönnen sollte. Wer kann es denn erfahren? Niemand! Und eine gut vertuschte Sünde ist halb vergeben. So eine Chance bekomme ich vielleicht nie wieder. Ich denke, man muß das Gute auch annehmen, das der Herrgott einem schickt. Das ist doch nur vernünftig.«

Während er so mit sich sprach, verkehrte er den Vorsatz, mit dem er hierhergekommen war, genau ins Gegenteil. Er ging auf das Mädchen zu und begann freundlich, sie zu trösten; er bat sie, nicht länger zu weinen. Ein Wort gab das andere; schließlich sagte er ihr, was er wollte. Das Mädchen war weder aus Eisen noch aus Diamant und beugte sich willig den Wünschen des Abtes. Der umarmte und küßte sie mehrmals, dann stieg er in das kleine Bett des Mönchs. War es Rücksicht auf das erhebliche Gewicht seiner Abtswürde oder auf das zarte Alter des Mädchens und fürchtete er, ihr durch zuviel Gewicht weh zu tun? Jedenfalls, er legte sich nicht auf sie, sondern setzte sie auf sich und vergnügte sich so mit ihr eine gute Weile.

Der Mönch, der nur so getan hatte, als gehe er in den Wald, hatte sich statt dessen im Schlaftrakt des Klosters versteckt.

Als er sah, daß der Abt allein in seine Zelle ging, dachte er, jetzt gehe alles nach seinem Plan. Ganz sicher war er, als er merkte, daß der Abt von innen abschloß. Er trat aus seinem Versteck und schlich leise an den kleinen Türspalt. Jetzt sah und hörte er, was der Abt tat und sprach. Schließlich fand der Abt, er sei jetzt lange genug mit dem Mädchen zusammengewesen, schloß sie in die Zelle ein und ging in die Abtszelle zurück. Nach einiger Zeit hörte er den Mönch; er nahm an, er käme soeben aus dem Wald. Er beschloß, ihn heftig zu tadeln und dann in den Klosterkerker zu werfen; er wollte sich allein der gemeinsam erworbenen Beute erfreuen. Er ließ ihn rufen, tadelte ihn mit finsterer Miene aufs strengste und verurteilte ihn zu Kerkerhaft.

Aber der Mönch erwiderte auf der Stelle: »Herr Abt, ich bin noch nicht lange genug im Orden des heiligen Benedikt; ich kenne halt noch nicht alle seine Regeln. Bislang hattet Ihr mir gezeigt, der Mönch müsse sich Nachtwachen und Fasten auferlegen. Aber jetzt habt Ihr mir gezeigt, daß er sich auch Frauen auferlegen muß. Verzeiht mir für dieses eine Mal, und ich verspreche Euch, niemals mehr auf diesem Gebiet etwas zu versäumen. Nein, ich mache es immer so, wie ich es bei Euch gesehen habe.«

Der Abt war ein kluger Mann. Er begriff sofort, daß der Mönch es schlauer angefangen hatte als er und gesehen hatte, was er mit dem Mädchen getrieben hatte. Er war genauso schuldig wie der junge Mönch, das begriff er jetzt, und er schämte sich, ihn zu einer Strafe zu verurteilen, die er selbst verdient hatte. Daher vergab er ihm. Außerdem gebot er ihm zu schweigen über das, was er gesehen hatte. Dann schickten sie das Mädchen unauffällig nach Hause. Und wir dürfen annehmen: Später ließen sie es regelmäßig wiederkommen.

Im Übelloch

Andreuccio aus Perugia ist nach Neapel gekommen, um Pferde zu kaufen. In einer einzigen Nacht hat er dreimal schweres Pech, kommt aber heil davon und kehrt mit einem Rubin nach Hause zurück.

Jetzt war Fiammetta mit Erzählen an der Reihe, und sie begann:

Lauretta hat erzählt, wie Landolfo Edelsteine gefunden hat – dadurch kam mir eine Geschichte in den Sinn, die mindestens genauso viele gefährliche Situationen enthält als die ihre. Allerdings traten sie nicht über mehrere Jahre hin ein, sondern im Laufe einer einzigen Nacht. Ihr werdet es gleich hören.

In Perugia lebte, wie mir erzählt wurde, ein junger Mann, der hieß Andreuccio, der Sohn des Pietro; er war Pferdehändler. Als dieser erfuhr, es gebe in Neapel einen guten Pferdemarkt, steckte er fünfhundert Goldgulden in seinen Beutel und ging dorthin. Er war aber noch nie außer Haus, deswegen schloß er sich für die Reise nach Neapel einer Gruppe von Händlern an. Eines Sonntags kam er in der Abenddämmerung dort an. Er hielt sich an die Ratschläge seines Wirts, und so fand er sich am nächsten Morgen auf dem Marktplatz ein. Dort sah er viele Pferde, von denen ihm einige sehr gefielen. Immer wieder trat er in Kaufverhandlungen ein, konnte aber mit niemandem handelseinig werden. Doch um zu beweisen, daß er ernsthafte Kaufabsichten hatte, zeigte er, unerfahren und unvorsichtig, wie er nun einmal war, mitten im Marktgedränge mehrfach seinen Beutel mit den Gulden vor.

Während er so verhandelte und seinen Beutel hervorholte, kam eine Sizilianerin in seiner Nähe vorbei, ohne daß er sie bemerkte. Sie war außergewöhnlich schön, allerdings war sie auch bereit, für wenig Geld jedem Mann zu Gefallen zu sein. Sie sah seinen Beutel und sagte sich sofort: »Wäre ich nicht der glücklichste Mensch von der Welt, wenn all dies viele Geld mir gehörte?« und ging weiter. Nun war diese junge Dame in Begleitung einer Alten gekommen, auch sie Sizilianerin. Als diese Andreuccio erblickte, ließ sie die Junge weitergehen und lief hocherfreut auf ihn zu, ihn zu umarmen. Die Junge sah das, sagte kein Wort, und begann, sie aus einigem Abstand zu beobachten. Andreuccio, der sich der Alten zugewandt und sie wiedererkannt hatte, begrüßte sie mit großer Freude, und sie versprach, ihn im Gasthof zu besuchen. Dann aber, ohne allzu lange Reden zu halten, ging sie weiter. Die junge Frau, die zuerst den Geldbeutel des Andreuccio und dann die Vertrautheit ihrer Alten mit ihm gesehen hatte, begann vorsichtig, sie auszufragen, wer das sei, woher er komme, was er hier mache und woher sie ihn kenne. Sie wollte irgendeinen Weg ausfindig machen, an die Goldstücke zu kommen, an alle oder wenigstens an einige. Die Alte erzählte ihr die Lebensumstände des Andreuccio so haargenau, als hätte er selbst sie erzählt. Sie war lange zuerst in Sizilien und dann in Perugia im Dienst seines Vaters gewesen. Ähnlich genau erzählte sie ihr, wo er wohnte und weshalb er gekommen war.

Die junge Dame wußte jetzt über seine Verwandten Bescheid

und kannte deren Namen, und darauf baute sie ihren Plan, um ihre Geldgier mit raffinierter List zu bedienen. Als sie nach Hause zurückkam, überlud sie zunächst einmal die Alte mit Besorgungen für den ganzen Tag, damit sie nicht Andreuccio besuchen konnte; gegen Abend schickte sie eines ihrer Mädchen, das für derartige Dienste eigens ausgebildet war, zu dem Gasthof, wo Andreuccio wohnte.

Als sie dorthin kam, wollte es der Zufall, daß er allein an der Tür stand und sie ihn nach ihm fragte. Er antwortete, das sei er selbst, worauf sie ihn etwas zur Seite zog und ihm zuflüsterte: »Mein Herr, eine vornehme Dame von hier möchte Sie, wenn es Ihnen genehm ist, gerne sprechen.« Er betrachtete sich von oben bis unten und fand, er sei ein hübscher Bursche. Da er überzeugt war, es gebe derzeit in Neapel keinen schöneren jungen Mann als ihn, schloß er, jene Dame müsse in ihn verliebt sein. Er stimmte sofort zu und wollte nur noch rasch wissen, wo und wann die Dame ihn zu sprechen wünsche.

»Mein Herr«, antwortete das Mädchen, »wann immer es Ihnen beliebt; sie erwartet Sie in ihrem Hause.«

»Los, geh voran, ich folge sofort«, antwortete Andreuccio hastig und ging, ohne im Gasthof eine Nachricht zu hinterlassen. Das Haus der Dame, zu der die Kleine ihn führte, lag in einem Stadtviertel, das *Malpertugio,* Übelloch, hieß. An dem Namen sieht man schon, was das für eine anständige Gegend war. Aber er, der von nichts wußte und nichts ahnte, ging unbeschwert hinter dem Mädchen her, und in dem Glauben, er gehe zu einer ehrenwerten Dame in einer höchst anständigen Gegend, betrat er ihr Haus. Am Eingang rief das Mädchen seiner Herrin zu: »Da ist er, unser Andreuccio«, und während er die Treppe hinaufstieg, sah er sie, wie sie ihn oben, am Ende der Treppe, erwartete.

Sie war noch ziemlich jung, groß von Gestalt und mit einem überaus schönen Gesicht, in Kleidung und Schmuck eine große Dame. Als Andreuccio sich ihr näherte, kam sie ihm mit offenen Armen drei Stufen entgegen, fiel ihm um den Hals und versank, wie von tiefem Zartgefühl überwältigt, in Schweigen. Dann küßte sie unter Tränen seine Stirn und rief wie mit gebrochener Stimme: »Oh, mein Andreuccio, sei mir willkommen!«

Er, verwundert über den zärtlichen Empfang, antwortete ganz verblüfft: »Madame, seien Sie mir eine glückliche Begegnung!«

Darauf nahm sie ihn bei der Hand, führte ihn hinauf in ihren Salon und trat dann mit ihm, ohne ein Wort zu sagen, in ihr Schlafzimmer, welches von Rosenduft, Orangenblüten und anderen Wohlgerüchen überströmte. Er sah ein wunderbares Bett, von Seidenvorhängen umrahmt. Viele Kleider hingen, wie dort üblich, an Stangen; die Wohnung zeigte eine schöne und reiche Einrichtung. So etwas hatte er noch nie gesehen; deshalb glaubte er, sie müsse eine große Dame sein.

Sie setzten sich zusammen auf eine Truhe, die am Fuß ihres Bettes stand, und sie begann, so zu ihm zu sprechen:

»Andreuccio, mir ist klar, daß du dich wunderst über meine zärtliche Umarmung und meine Tränen, da du mich ja nicht kennst und wohl auch nie etwas von mir gehört hast. Aber gleich wirst du etwas erfahren, was dich noch mehr wundern wird, nämlich, daß ich deine Schwester bin. Und ich sage dir, jetzt, nachdem Gott mir die große Gnade erwiesen hat, wenigstens einen meiner Brüder wiederzufinden – wie gerne würde ich euch alle sehen! –, jetzt mag der Tod an mich herantreten, wann er will, ich kann nicht mehr ungetröstet sterben. Doch du hast wohl noch nie etwas davon gehört; deshalb will ich es dir erklären. Wie du sicher weißt, lebte Pietro, mein und dein Vater, lange in Palermo. Wegen seines guten Charakters und seiner Liebenswürdigkeit wurde und wird er heute noch von denen, die ihn kannten, sehr geliebt. Aber von allen, die ihn sehr gern hatten, war es meine Mutter – sie war Edelfrau und bereits Witwe –, die ihn am meisten liebte, so sehr, daß sie alle Angst vor ihrem Vater und ihren Brüdern, ja ihre Ehre hintansetzte und so mit ihm zusammenlebte, daß ich auf die Welt kam. Ich, so wie du mich hier siehst, bin davon übriggeblieben. Aber dann mußte Pietro dringend von Palermo abreisen und nach Perugia zurückkehren. Mich ließ er mit meiner Mutter als kleines Mädchen zurück und dachte nie mehr, soviel ich gehört habe, an mich oder meine Mutter. Wäre er nicht mein Vater, würde ich ihn dafür heftig tadeln – wegen der Undankbarkeit gegenüber meiner Mutter. Über die Liebe, die er mir als seinem Töchterchen schuldete, das schließlich nicht von einer Magd oder einer liederlichen Frau zur Welt gebracht war, will ich kein Wort verlieren, nein, ich rede nur von meiner Mutter, die all ihre Habe und sich selbst, ohne genau zu wissen, wer er war, aus reiner Liebe ganz in seine Hände gab. Aber was soll's. Fehler, die lange Zeit zurückliegen, kann man leichter tadeln als wiedergutmachen; die Sache ist nun einmal so gelaufen. Er ließ mich als kleines Mädchen in Palermo zurück. Als ich dort herangewachsen war, so wie ich jetzt vor dir stehe, verheiratete mich meine Mutter, die eine reiche Dame war, mit einem Mann aus Agrigent, einem wohlsituierten Adligen, der aus Liebe zu meiner Mutter und mir nach Palermo zog und hier, da er ein einflußreicher Guelfe war, geheime Beziehungen knüpfte zu unserem König Karl. Doch König Friedrich von Aragon bekam davon Wind, bevor die Verschwörung Erfolg zeigte, und so mußte er aus Sizilien fliehen, genau zu der Zeit, als ich gerade dabei war, die größte Edeldame zu werden, die es auf dieser Insel gab. Deswegen packten wir die wenigen Dinge, die wir mitnehmen konnten – ich rede von *wenigen* im Vergleich zu dem vielen, das wir besessen hatten –, verließen unsere Ländereien und Paläste und flohen hierher, wo König Karl sich uns gegenüber dankbar erwies, indem er wenigstens zum Teil die Verluste wiedergutmachte, die wir seinetwegen erlitten hatten. So schenkte er uns Besitzungen und Häuser; er gewährt regelmäßig, auch heute noch, meinem Mann, deinem Schwager, ein gutes Einkommen, wie du selbst noch sehen wirst. Und so lebe ich denn hier, wo ich dich durch Gottes Gnade, ganz ohne dein Zutun, vor mir sehe, mein lieber kleiner Bruder.«

Sie sagte das und umarmte ihn immer wieder, fing erneut an zu weinen und küßte ihn auf die Stirn.

Andreuccio hörte diese Geschichte, die sie so zusammenhängend und so selbstsicher erzählte, ohne daß ihr auch nur für einen Augenblick das Wort zwischen den Zähnen erstarb oder die Zunge zitterte, und er erinnerte sich, daß sein Vater tatsächlich in Palermo gewesen war. Schließlich kannte er aus eigener Erfahrung die Gewohnheit der jungen Herren, sich gern zu verlieben, und angesichts ihrer zarten Tränen, Umarmungen und keuschen Küsse hielt er alles, was sie erzählte, rundum für wahr. Und da sie jetzt schwieg, antwortete er: »Meine Dame, es darf Sie nicht zu sehr überraschen, daß ich so erstaunt bin, hatte ich doch von Ihrer Existenz nicht die geringste Kenntnis – entweder weil mein Vater, aus welchem Grund auch immer, von Eurer Mutter und von Euch niemals erzählt hat, oder weil es, wenn er davon gesprochen hat, mir nicht zu Ohren gekommen ist. Aber um so lieber ist es mir, meine Schwester gefunden zu haben, zumal ich hier ganz allein bin und niemals damit gerechnet hätte. Und um die Wahrheit zu sagen: Ich kenne gar keinen Mann von so hoher Stellung als die des Mannes, dem Ihr lieb seid, um so viel mehr seid Ihr es mir, der ich nur ein kleiner Kaufmann bin. Aber um eins möchte ich Euch noch bitten. Erklärt mir: Wie habt Ihr nur erfahren, daß ich hier bin?«

»Heute morgen«, erwiderte sie, »erzählte es mir eine arme Frau, die bei mir ein und aus geht. Wie sie erzählt, hat sie lange in Palermo und in Perugia bei unserem Vater gedient. Hätte ich es nicht für schicklicher gehalten, daß du zu mir kommst in dein eigenes Haus als ich zu dir in das Haus von Fremden – ich wäre längst zu dir gekommen.«

Dann fing sie an, ihn einzeln und namentlich nach allen seinen Verwandten zu fragen, und Andreuccio, der dadurch noch vertrauensseliger wurde, als für ihn gut war, gab auf alles Auskunft.

Die Gespräche dauerten lange und die Hitze war groß, daher ließ sie griechischen Wein und Gebäck bringen und gab Andreuccio zu trinken. Als dieser aufbrechen wollte, weil es Zeit zum Abendessen war, duldete sie das auf keine Weise, sondern tat so, als sei sie tief gekränkt, umarmte ihn und stöhnte: »Ach, bin ich traurig, merke ich doch deutlich, wie wenig ich dir wert bin! Das sollte man nicht für möglich halten: Du bist bei deiner Schwester, die du noch nie gesehen hast, du bist in ihrem Haus, wo du doch gleich hättest Unterkunft finden sollen, als du ankamst, und dann kommst du auf die Idee, von ihr wegzugehen, um in einem Gasthof zu Abend zu essen! Nein, du wirst hier mit mir zu Abend essen! Leider ist mein Gatte nicht da, was ich sehr bedaure, aber ich werde doch auch als schwache Frau ein wenig Ehre bei dir einlegen können.«

Darauf fiel Andreuccio nichts anderes ein als zu antworten: »Ich habe Euch so lieb, wie man eine Schwester nur liebhaben soll, aber wenn ich nicht gehe, erwartet man mich den ganzen Abend zum Essen, und es gibt Ärger.«

Aber da antwortete sie: »Gott sei Dank habe ich hier im Haus doch wohl noch jemanden, den ich dorthin schicken kann, um auszurichten, man solle dich nicht erwarten! Höflicher wäre es allerdings von dir und anständiger auch, du ließest deinen Reisegefährten ausrichten, sie sollten hierher zum Abendessen kommen. Danach könntest du, wenn du unbedingt fortwillst, mit der ganzen Gruppe nach Hause gehen.«

Andreuccio antwortete, seine Reisegefährten brauche er heute abend nicht, aber sonst, wenn sie nun einmal darauf bestehe, solle sie über ihn verfügen, wie es ihr gefalle. Daraufhin tat sie, als schicke sie jemanden zum Gasthof, man solle ihn heute abend nicht zum Essen erwarten. Danach, nach vielen weiteren Erzählungen, setzten sie sich zu Tisch und wurden mit allerlei Speisen glänzend bedient. Listig zog sie das Abendessen in die Länge, bis es finstere Nacht war. Als sie sich dann von der Tafel erhoben und Andreuccio aufbrechen wollte, da sagte sie, daß sie das in keiner Weise dulde, denn Neapel sei kein Ort, wo man nachts ruhig herumspaziert, zumal nicht als Fremder, und außerdem habe sie durch den Boten beim Gasthof nicht nur das Abendessen absagen lassen, sondern auch das Übernachten. Und er glaubte das alles. Ihm gefiel es, bei ihr zu sein, daher ließ er sich gerne täuschen und blieb. Nach dem Essen gab es noch weitere Unterhaltungen, die nicht ohne Grund in die Länge gezogen wurden, aber als ein Teil der Nacht vorüber war, ließ sie Andreuccio zum

Schlafen in sein Zimmer gehen, zusammen mit einem Jungen, der ihm helfen sollte, wenn er etwas brauchte, und sie zog sich mit ihren Frauen in ein anderes Zimmer zurück.
Es herrschte eine furchtbare Hitze. Als Andreuccio sah, daß er allein war, zog er sich daher sofort aus bis aufs Unterhemd; dann riß er sich Unterhosen und Strümpfe vom Leib und legte alles an das Kopfende des Bettes. Dann verlangte die Natur ihr Recht, den überflüssigen Leibesinhalt loszuwerden. Wo man das erledige, fragte er den Jungen. Der zeigte auf die Tür in einer Ecke des Schlafzimmers und sagte: »Geht da hinein!« Nichts Böses ahnend, ging Andreuccio drauflos und trat auf ein Brett, das von dem Widerlager der anderen Seite, auf dem es aufruhte, wegrutschte, so daß es dort hochkippte und dann mit ihm in die Tiefe stürzte. Gott war mit ihm, und so verletzte er sich nicht bei dem Sturz, obwohl er aus großer Höhe fiel, nur war er über und über verschmiert von der Jauche, von der der Ort überquoll.
Was das für ein Ort war, das will ich euch erklären, damit ihr das Erzählte und was noch kommt, besser begreift. Da verbanden also, wie wir das oft bei gegenüberliegenden Häusern beobachten, über ein enges Gäßchen hinweg zwei Balken beide Häuser miteinander. Darauf waren einige Bretter gelegt und ein Sitz angebracht. Mit einem dieser Bretter war er in die Tiefe gestürzt.
So fand er sich also dort unten in dem Gäßchen wieder, krümmte sich vor Schmerzen von dem Sturz und begann, nach dem Jungen zu rufen. Aber der Junge hatte ihn fallen hören und war sofort gerannt, es der Herrin zu sagen. Darauf stürzte sie augenblicklich in sein Zimmer und suchte, ob seine Kleider noch da waren. Sie fand die Kleider und das Geld, das er aus verrücktem Mißtrauen immer mit sich her-

umtrug. Sie hatte jetzt, wofür sie, die Sizilianerin, sich zur Schwester eines Mannes aus Perugia gemacht und ihre Schlingen ausgelegt hatte, daher kümmerte sie sich nicht weiter um ihn und eilte, den Ausgang zu schließen, den er benutzt hatte, als er stürzte.

Als der Junge ihm nicht antwortete, begann Andreuccio lauter zu schreien. Aber nichts geschah. Schon wurde er argwöhnisch und begann, wenn auch spät, den Betrug zu erkennen, deshalb stieg er auf ein Mäuerchen, welches das Gäßchen von der Straße trennte und ging zum Tor des Hauses, das er leicht wiedererkannte. Lange stand er dort und rief, rüttelte immer wieder am Tor und schlug dawider. Vergeblich. Weinend begriff er nun sein Unglück. »O ich Unglücksmensch«, sagte er zu sich selbst, »o wie schnell habe ich fünfhundert Gulden plus eine Schwester verloren!«

In der Art klagte er noch länger, aber dann begann er von neuem gegen die Haustür zu schlagen und zu schreien. Und er machte einen solchen Lärm, daß viele Nachbarn aufwachten und aufstanden, weil sie den Lärm nicht aushielten. Eine der Bediensteten der Dame erschien wie schlaftrunken am Fenster und schrie ärgerlich: »Wer klopft denn da unten?«

»Oh!« rief Andreuccio, »oh, kennst du mich etwa nicht? Ich bin es, Andreuccio, der Bruder der Madame Fiordaliso.«

Darauf antwortete sie: »Guter Mann, wenn du zuviel gesoffen hast, leg dich schlafen und komm morgen wieder. Ich weiß nichts von Andreuccio und dem ganzen Unsinn, den du da redest. Geh, verschwinde! Und laß uns gefälligst schlafen.«

»Was«, schrie Andreuccio, »du weißt nicht, wie ich heiße? Natürlich weißt du es. Aber wenn das die Art der sizilianischen Verwandtschaft ist, daß sie sich in so kurzer Zeit vergessen, dann gib mir wenigstens meine Kleider wieder, die ich bei euch gelassen habe. Danach gehe ich gern, mit Gott.« Sie konnte sich vor Lachen fast nicht halten und rief: »Mann, ich glaub', du träumst!«, und im selben Augenblick drehte sie sich um und schloß das Fenster.

Jetzt wußte Andreuccio, was er verloren hatte. Wilder Schmerz faßte ihn und verwandelte seinen großen Zorn in blinde Wut. Er beschloß, sich mit Gewalt zurückzuholen, was er mit Worten nicht hatte wiederbekommen können. Daher packte er einen großen Stein und begann, mit noch heftigeren Schlägen als vorher wild gegen das Tor zu trommeln. Deswegen glaubten viele der Nachbarn, die schon zuvor aufgewacht und aufgestanden waren, er sei irgendein Landstreicher, der die gute Frau mit Lügenworten belästigen wollte. Das Geklopfe ging ihnen auf die Nerven, sie warfen sich in die Fenster, und so wie alle Hunde einer Gasse hinter einem fremden Hund her bellen, so begannen sie zu rufen: »Das ist eine große Schande! Um diese Zeit zum Haus dieser guten Frauen zu kommen und diesen Unsinn herauszuschreien! Los, Mann, geh mit Gott, laß uns gefälligst schlafen! Wenn du mit ihr etwas zu regeln hast, dann komm morgen wieder. Aber laß uns nachts in Ruhe!«

Von diesen Zurufen ermuntert, erschien aus dem Innern des Hauses ein Kuppler der werten Dame am Fenster, ein Mann, den er vorher weder gesehen noch gehört hatte, und brüllte mit grober, wilder Donnerstimme: »Wer ist da unten?«

Andreuccio hob den Kopf in Richtung der Stimme und sah, soweit er überhaupt etwas erkennen konnte, einen Mann, der hier offenbar das Sagen hatte; ein schwarzer Bart überwucherte sein ganzes Gesicht. Er gähnte und rieb sich die Augen, als komme er aus dem Bett und tiefem Schlaf. Andre-

uccio bekam es mit der Angst zu tun und rief ihm zurück: »Ich bin ein Bruder der Dame da drinnen.«
Aber der Kerl ließ Andreuccio nicht ausreden und schrie in noch härterem Ton als vorher: »Gleich verlier ich die Beherrschung und komme runter. Ich werde dich zusammenschlagen, daß du dich nicht mehr bewegen kannst, du versoffener, lästiger Esel, der in dieser Nacht keinen Menschen ruhig schlafen läßt.«
Ein paar Nachbarn, die wußten, wer der Mann war, redeten gutmütig auf Andreuccio ein: »Um Gottes willen, Mann, geh mit Gott! Der bringt dich dort unten heut nacht noch um. Es ist besser für dich, du verschwindest.«
Das Gebrüll des Mannes und sein Anblick hatten Andreuccio einen Schrecken versetzt. Aber diese Leute sprachen offenbar aus Mitleid, und ihr Zuspruch brachte ihn dazu, sich auf den Weg zu der Gegend zu machen – in die Richtung, von wo er am Tag zuvor mit dem Mädchen hergekommen war. Schmerzgeplagt wie kaum je ein Mensch, verzweifelt, sein Geld wiederzubekommen, ohne den Weg zu kennen, wollte er zum Gasthof zurück. Er ekelte sich vor sich selbst wegen des Gestanks, den er ausströmte. Er wollte deshalb zum Meer hinuntergehen, sich zu waschen, wandte sich aber nach links und stieg eine Straße hinauf, die Katalanenstraße hieß. Wie er so in die Oberstadt hinaufging, sah er vor sich zwei Kerle, die mit einer Laterne in der Hand ihm entgegenkamen. Er fürchtete, das seien Leute von der Wache oder andere Halunken und, um ihnen aus dem Weg zu gehen, zog er sich vorsichtig in ein verlassenes Haus zurück, das er am Wege liegen sah. Aber die Kerle, als hätte sie jemand ausgerechnet zu diesem Haus geschickt, traten dort ein. Drinnen warf zuerst einmal einer der beiden die Eiseninstrumente auf den Boden, die er

auf dem Rücken getragen hatte. Dann begutachteten sie diese gemeinsam und fachsimpelten darüber.
Und während sie sich so unterhielten, sagte der eine plötzlich: »Was ist denn hier los? Das stinkt ja hier, so einen Gestank habe ich noch nie gerochen.« Kaum hatte er das gesagt, hob er seine Laterne ein wenig an, sie entdeckten den Unglücksraben Andreuccio und fragten verblüfft: »Wer ist denn das?«
Andreuccio schwieg. Aber sie rückten näher mit dem Licht und fragten, was er in seinem verdreckten Zustand vorhabe. Dann erzählte ihnen Andreuccio alles, was passiert war. Die beiden konnten sich recht gut vorstellen, wo er das alles erlebt hatte, und sagten zueinander: »Das ist bestimmt bei dem Mistkäfer *Feuerwerfer* passiert.«
Dann wandten sie sich ihm zu und einer sagte: »Guter Mann, du bist zwar dein Geld los, aber du kannst Gott danken, daß du da runtergestürzt bist und nachher nicht mehr in das Haus reinkamst. Denn wärst du da nicht heruntergefallen, du kannst sicher sein, sie hätten dich umgebracht, sobald du eingeschlafen wärst. Du hättest nicht nur dein Geld, sondern auch dein Leben verloren. Aber was nutzt es, jetzt noch darüber zu weinen? Du kriegst davon keinen Pfennig wieder, sowenig, wie du Sterne vom Himmel holen kannst. Aber paß auf, daß du nicht umgebracht wirst, wenn der Kerl erfährt, daß du darüber geplaudert hast.«
Sie sagten das, berieten sich eine Weile miteinander und sagten dann zu ihm: »Schau, wir haben Mitleid mit dir. Wenn du mitmachen willst bei einem Ding, das wir heute nacht drehen, dann kriegst du nachher beim Verteilen bestimmt mehr, als du verloren hast.«
Andreuccio in seiner Verzweiflung erklärte sich dazu bereit.

Nun war an diesem Tag der Erzbischof von Neapel beigesetzt worden, Herr Filippo Minutolo, und er war bestattet worden in vollem, reichsten Ornat, mit einem Rubin am Finger, der mehr wert war als fünfhundert Gulden. Die beiden hatten beschlossen, seine Leiche auszurauben, und das teilten sie jetzt Andreuccio mit.

Andreuccio, der geldgieriger war als besonnen, machte sich daher mit ihnen auf den Weg. Sie gingen auf den Dom zu. Aber Andreuccio stank so fürchterlich, daß der eine sagte: »Können wir das nicht regeln, daß der Kerl sich irgendwo ein bißchen waschen kann, damit er nicht mehr so grausam stinkt?«

»Doch«, sagte der andere, »nicht weit von hier gibt es einen Brunnen, und dabei ist auch immer eine Rolle und ein Rieseneimer. Komm, wir gehen da hin und waschen ihn schnell!«

Als sie an diesem Brunnen anlangten, fanden sie zwar das Seil, aber den großen Schöpfeimer hatte einer mitgehen lassen. So kamen sie zusammen auf die Idee, ihn an das Seil zu binden und in den Brunnen hinunterzulassen. Er sollte sich unten waschen und, wenn er fertig wäre, mit dem Seil wackeln, sie würden ihn dann hochziehen. Gesagt, getan.

Kaum hatten sie ihn in den Brunnen hinabgelassen, da näherten sich einige Leute von der Stadtwache diesem Brunnen, um zu trinken. Sie hatten Durst, einmal weil es so heiß war, und zweitens, weil sie hinter irgendeinem Kerl hergerannt waren. Unsere zwei sahen die Polizisten kommen und machten sich sofort aus dem Staub, bevor die Leute, die zum Trinken kamen, sie gesehen hatten. Inzwischen hatte Andreuccio sich unten auf dem Brunnengrund gewaschen und zerrte am Seil. Die durstigen Polizeileute legten ihre Holzschilde, ihre

Waffen und ihren Überrock ab und begannen das Seil hochzuziehen, in dem Glauben, der große Kübel voll mit Wasser hänge daran. Andreuccio aber, als er sah, daß er nah am Brunnenrand ankam, ließ das Seil los, stützte die Hände auf den Brunnenrand und warf sich darüber.

Als die Leute von der Wache das sahen, bekamen sie plötzlich solche Angst, daß sie das Seil fallen ließen und so schnell sie konnten davonliefen. Andreuccio wunderte sich darüber sehr, und hätte er nicht sehr gut aufgepaßt, wäre er beinahe heruntergestürzt, hätte sich schwer verletzt oder wäre zu Tode gekommen. So aber kam er knapp heraus und fand die Waffen, von denen er wußte, daß sie nicht seinen Kumpeln gehörten, und er wunderte sich noch mehr.

Er hatte Angst, ohne zu wissen wovor. Er beklagte sein Unglück, aber dann beschloß er abzuhauen, ohne die Waffen anzurühren. Er brach auf, ohne zu wissen wohin. Wie er so dahinging, traf er zufällig seine beiden Kumpane, die auf dem Weg waren, ihn aus dem Brunnen zu ziehen, und die sich sehr wunderten, ihn hier zu treffen. Sie fragten, wer ihn aus dem Brunnen gezogen habe. Andreuccio antwortete, er wisse es nicht, und er erzählte ihnen der Reihe nach, was geschehen war und was er am Brunnenrand gefunden hatte. Die beiden begriffen, was geschehen war, fingen an zu lachen und erzählten ihm, warum sie sich aus dem Staub gemacht hatten und wer ihn hochgezogen hatte. Aber sie verloren nicht mehr viel Worte, denn es war schon Mitternacht, und eilten zum Dom. Mühelos drangen sie ein, erreichten den riesigen Marmorsarkophag und lüfteten mit ihrer Eisenstange die ungewöhnlich schwere Deckplatte so weit, daß ein Mann so eben durchkriechen konnte, und stützten sie ab.

Als das geschafft war, fragte einer plötzlich: »Wer kriecht da rein?«
Der zweite antwortete : »Ich nicht.«
»Ich aber auch nicht«, sagte der erste, »aber Andreuccio soll es machen.«
»Nein, ich mach das nicht!« sagte Andreuccio.
Sofort wandten sich beide ihm zu und sagten: »Wie kommst du darauf, da nicht reinzugehen? So wahr Gott lebt, wenn du nicht reingehst, dann schlagen wir dir mit einem dieser Brecheisen den Schädel ein.«
Andreuccio zitterte vor Angst, aber er kroch hinein und dachte dabei: »Die Kerle zwingen mich, da rein zu gehen, um mich zu betrügen. Wenn ich ihnen alles herausgereicht habe, laufen sie weg und machen ihre Geschäfte. Ich plage mich dann ab, aus dem Sarg herauszukommen, und ich stehe schließlich da ohne irgend etwas.« Deswegen beschloß er, zuerst einmal seinen Anteil zu sichern. Er erinnerte sich an den teuren Ring, von dem sie gesprochen hatten, also zog er ihn, kaum unten angekommen, dem Erzbischof vom Finger und steckte ihn sich an. Dann reichte er den Bischofsstab, die Mitra und Handschuhe heraus. Er zog ihn aus bis aufs Hemd, gab ihnen alles heraus und sagte, mehr sei nicht da. Aber sie beharrten darauf, da müsse doch auch noch der Ring sein, er solle ihn überall suchen. Doch er antwortete, er finde ihn nicht, tat so, als suche er weiter und ließ sie erst einmal warten. Aber so raffiniert wie er waren sie auch, und so sagten sie ihm, er solle nur schön weitersuchen und zogen mit einem raschen Ruck die Stütze weg, die den Sarkophagdeckel hielt, liefen davon und ließen ihn eingeschlossen im Marmorsarg zurück. Als Andreuccio die Deckplatte fallen hörte, nun, jeder kann sich denken, was da in ihm vorging.

Mehrmals versuchte er, mit dem Kopf und den Schultern die Deckplatte hochzustemmen, aber alle Mühe war vergeblich. Ein gewaltiger Schmerz überkam ihn; er sackte ohnmächtig zusammen und fiel auf die Leiche des Erzbischofs. Wer die beiden gesehen hätte, hätte schwerlich entscheiden können, wer von beiden toter war. Als er dann wieder zu sich kam, fing er an, heftig zu weinen, denn er sah, daß es aus dieser Situation nur zwei Auswege gab: Entweder es kam niemand, den Sarg zu öffnen, dann mußte er vor Hunger und Gestank bei dem Leichengewürm sterben, oder es kamen Leute und fanden ihn hier drin, dann würde er als Dieb gehängt.

Aber während er, tief bedrückt, solchen Gedanken nachhing, hörte er in der Kirche Schritte. Er hörte die Stimmen vieler Personen. Er schloß daraus, daß sie dabei waren, genau dasselbe zu machen, was er und seine Kumpel soeben getan hatten. Seine Angst wurde dadurch nur noch größer. Aber kaum hatten die Neuen den Sarg geöffnet und den Deckel abgestützt, als bei ihnen die Diskussion losging, wer da hineingehen sollte. Keiner wollte es machen. Aber nach langer Debatte schrie ein Priester los: »Was habt ihr denn für eine Angst? Glaubt ihr etwa, er frißt euch auf? Tote fressen keine Menschen. Ich steige hinein, ich.« Er sagte das, stemmte die Brust auf den Sargrand, reckte den Kopf zurück und schwang die Beine nach innen, um sich hinuntergleiten zu lassen. Als Andreuccio das sah, stand er auf, griff sich ein Bein des Priesters und tat so, als wolle er ihn nach unten ziehen. Der Priester spürte das, stieß einen furchtbaren Schreckensschrei aus und warf sich aus dem Sarg heraus. Seine Komplizen waren so entsetzt, daß sie den Sarg offenstehen ließen und wegrannten, als seien hunderttausend Teufel hinter ihnen her.

Andreuccio sah das, fühlte eine Freude, wie er sie nie mehr

erhofft hatte, schwang sich sofort heraus und verließ die Kirche auf demselben Weg, auf dem er sie betreten hatte. Schon graute der Morgen, und er lief mit seinem Ring ziellos geradeaus, erreichte den Strand und stieß von da auf seinen Gasthof. Dort traf er seine Gefährten und den Wirt, die seinetwegen die ganze Nacht in tiefer Sorge verbracht hatten. Er erzählte ihnen, was geschehen war, und alle gaben dem Rat des Wirtes recht, schleunigst Neapel zu verlassen. Das tat er denn auch sofort und kehrte nach Perugia zurück. Er hatte in der Stadt, wohin er zum Pferdekaufen gekommen war, eben mal sein Geld in einem Ring angelegt.

Unverhofftes Wiedersehen

Nachdem die edle Dame Beritola ihre zwei Söhne verloren hat, lebt sie mit zwei Rehen auf einer Insel, wird dort aufgefunden und geht in die Lunigiana. Dort schläft einer ihrer Söhne, der in den Dienst ihres Herrn getreten war, mit dessen Tochter und wird ins Gefängnis geworfen. Dann erhebt Sizilien sich gegen König Karl, die Mutter erkennt ihren Sohn wieder. Dieser heiratet die Tochter seines Herrn, findet seinen Bruder wieder, und sie kehren hochgeehrt nach Sizilien zurück.

Die ganze Gesellschaft, Frauen genauso wie Männer, barst vor Lachen über die Abenteuer des Andreuccio. Aber dann sah Emilia, daß die Geschichte zu Ende war und begann nach einem Wink der Königin so:
Dreht Fortuna ihr Rad, entstehen Schicksalsschläge und Leid. Spricht man aber darüber, dann wacht unser Geist auf, der sich gar zu leicht zur Ruhe legt, solange Fortuna uns schmeichelt. Daher finde ich, niemand sollte müde werden, Fortuna-Geschichten anzuhören, weder im Glück noch im Unglück, denn sie warnen Glückliche und trösten Unglückliche. Deswegen möchte ich, obwohl ihr schon von so großen Ereignissen berichtet habt, eine solche Geschichte erzählen, die ebenso wahr ist wie ergreifend. Sie nahm zwar ein glückliches Ende, aber die Bitternis davor war so ungeheuer und so lang anhaltend, daß ich kaum

glauben kann, das freudige Ende nehme ihr gänzlich die Härte.

Werte Damen, ihr werdet wissen, daß nach dem Tod des Kaisers Friedrich II. Manfred zum König von Sizilien gekrönt wurde. An dessen Hof nahm ein Adliger aus Neapel mit Namen Arrighetto Capece eine sehr hohe Stellung ein. Er war verheiratet mit einer schönen und vornehmen Dame, die ebenfalls aus Neapel stammte, Madame Beritola Caraciola.

Da erfuhr Arrighetto, der für die gesamte Regierung der Insel zuständig war, König Karl I. habe Manfred bei Benevent geschlagen und getötet und das ganze Königreich wende sich dem Sieger zu. Er hatte wenig Vertrauen in die Verläßlichkeit der Sizilianer und wollte nicht der Untergebene des Feindes seines Herrn werden, daher beschloß er zu fliehen. Aber die Sizilianer durchschauten seine Pläne, verhafteten ihn sofort zusammen mit anderen Freunden und Anhängern des Königs Manfred und lieferten alle an König Karl aus. Kurz darauf ging die ganze Insel in dessen Herrschaft über. In diesem allgemeinen Umsturz blieb Madame Beritola ohne Nachricht von Arrighetto. Aus Schreck über das Geschehene und aus Furcht vor Schande ließ sie alles zurück, nahm ihren Sohn Giuffredi, der etwa acht Jahre alt war, und bestieg, schwanger und mittellos, wie sie war, ein kleines Schiff und flüchtete nach Lipari. Dort gebar sie ihren zweiten Sohn, gab ihm den Namen »der Verjagte«, *lo Scacciato,* nahm eine Amme in Dienst und bestieg mit allen wiederum ein kleines Schiff, um nach Neapel zu ihren Verwandten zurückzukehren.

Aber es kam anders, als sie geplant hatte. Denn ein Sturm trieb das kleine Schiff, das nach Neapel fahren sollte, hinüber zur Insel Ponza. Dort suchten sie Zuflucht in einer kleinen Meeresbucht und warteten auf besseres Wetter für die Weiterreise. Madame Beritola ging wie alle anderen auf der Insel an Land und fand dort einen einsamen und abgelegenen Ort, wohin sie sich ganz allein begab, um sich dem Schmerz über den Verlust ihres Arrighetto zu überlassen. Dorthin zu gehen war ihr zur täglichen Gewohnheit geworden. Doch da tauchte plötzlich, ohne daß einer der Seeleute oder sonst jemand es zuvor bemerkte – sie war ganz in ihrem Schmerz versunken –, eine Seeräubergaleere auf, nahm das Schiff und alle Leute mit und stach wieder in See.

Madame Beritola hatte ihre tägliche Klage beendet und kehrte an den Strand zurück, um wie gewöhnlich nach ihren Kindern zu sehen, aber fand dort keinen Menschen mehr vor. Im ersten Augenblick war sie ganz verblüfft, aber dann ahnte sie schnell, was geschehen war, richtete den Blick hinaus aufs Meer und sah in nicht allzu großer Entfernung die Galeere, die das kleine Schiff hinter sich herzog. Jetzt war ihr vollkommen klar, daß sie nicht nur den Gatten, sondern auch ihre Kinder verloren hatte. Als sie begriff, daß sie dort arm, allein und verlassen war, ohne zu wissen, wo sie je einen von ihnen wiederfinden könnte, schrie sie laut nach ihrem Mann und den Kindern und sank ohnmächtig am Ufer nieder. Da war niemand, der die verschwundenen Lebensgeister, die nach Belieben davonfliegen konnten, mit kaltem Wasser oder anderen Mitteln zurückgerufen hätte. Als schließlich die entschwundenen Kräfte in ihren armen Körper zurückkehrten, kamen mit ihnen neue Tränen und Wehklagen; lange schrie sie nach ihren Kindern und suchte sie immer wieder in jeder Höhle der Insel. Endlich sah sie ein, daß ihre Mühe vergebens war. Sie sah auch, daß die Nacht hereinbrach, und, getragen von einem Hauch grundloser Hoffnung, begann sie, ein wenig sich um sich selbst zu kümmern; sie verließ den Strand

und kehrte in die Höhle zurück, in der sie immer geweint und geklagt hatte.
Die Nacht verbrachte sie in großer Angst und unendlichem Schmerz. Aber der neue Tag kam, und als die dritte Stunde vorüber war, da zwang sie der Hunger – sie hatte am Abend zuvor nichts gegessen –, sich von Gras zu ernähren. Sie schlang es hinunter, wie es eben ging; sie weinte und brütete über ihr künftiges Leben. Während sie so sinnend dasaß, sah sie ein Reh näher kommen, das in einer Höhle ganz in ihrer Nähe verschwand, wieder heraustrat und in den Wald lief. Sie stand auf, trat dort ein, wo das Reh herausgekommen war und sah dort zwei Rehkitzlein, die wohl noch keinen Tag alt waren. Sie fand sie unbeschreiblich süß und schön, und da ihre Brust von der kürzlich erfolgten Geburt noch Milch hatte, nahm sie die kleinen Rehe zärtlich in die Hand und legte sie sich an die Brust. Die Tierchen nahmen das Angebot an und saugten an ihr wie an ihrer Mutter, und von da an machten sie zwischen ihrer Mutter und ihr keinen Unterschied mehr. Die Edeldame fand, sie habe nun doch auf der verlassenen Insel ein wenig Gesellschaft gefunden. Sie weidete im Gras und trank Wasser; sie war mit dem Reh so vertraut, wie sie es mit ihren Kindern gewesen war. So beschloß sie, auf der Insel zu leben und zu sterben, nur brach sie jedesmal in Tränen aus, wenn sie an ihren Mann, an die Kinder und an ihr früheres Leben dachte.
Fast war aus der Edeldame eine Wilde geworden. Einige Monate gingen so dahin, bis ein kleines pisanisches Schiff vom Sturm an die Insel getrieben wurde. Es legte in derselben Bucht an, wo sie zuvor gelandet war und lag dort ein paar Tage lang. An Bord des Schiffes befand sich ein Edelmann mit Namen Currado aus der Familie der Markgrafen Malespini

mit seiner tugendhaften und frommen Frau. Sie befanden sich auf der Heimreise von einer Wallfahrt zu allen heiligen Stätten des Königreichs Apulien. Eines Tages machte er, um die Langeweile zu vertreiben, mit seiner Frau, einigen seiner Diener und mit seinen Hunden einen Rundgang um die Insel. Nicht weit von der Stelle, wo Madame Beritola sich aufhielt, begannen die Hunde Currados den beiden Rehkitzen nachzusetzen, die, schon größer geworden, herumliefen und weideten. Von den Hunden verfolgt, flüchteten die jungen Rehe genau in die Höhle, in der Madame Beritola sich aufhielt. Sie sah, was geschah, stand auf, nahm einen Stock und trieb die Hunde zurück. Inzwischen waren auch Currado und seine Frau, die ihren Hunden gefolgt waren, angekommen, und sie wunderten sich sehr, denn sie sahen eine Frau – braungebrannt, mager, mit struppigem Haar, die noch mehr überrascht war als sie. Inzwischen hatte Currado auf ihre Bitten seine Hunde zurückgeholt, und dann brachten die beiden sie mit vielen Bitten dahin, ihnen zu erzählen, wer sie sei und was sie da mache. Daraufhin offenbarte sie ihnen vollständig ihre Lage, all ihr Unglück und ihren letzten stolzen Beschluß, auf der Insel zu sterben. Als Currado, der Arrighetto Capece sehr gut gekannt hatte, das hörte, brach er aus Mitleid in Tränen aus und bemühte sich sehr, sie mit vielen Worten von ihrem stolzen Beschluß abzubringen, indem er ihr anbot, sie nach Hause zu bringen oder so lange, geehrt wie seine Schwester, in seiner Familie zu bleiben, bis Gott ihr ein günstigeres Geschick sende. All diesen Angeboten beugte die Dame sich nicht. Darauf ließ Currado seine Frau mit ihr allein, bat sie, ihr Speisen herbringen zu lassen und, da sie nur Fetzen am Leibe hatte, sie mit ihren Kleidern neu auszustatten und alles dranzusetzen, sie mit auf das Schiff zu bringen. Als die vor-

nehme Dame mit ihr allein war, da weinte sie zuerst lange mit ihr über ihr Unglück, dann ließ sie Kleider und Speisen herbeibringen und erreichte mit unendlicher Anstrengung, daß sie davon nahm und aß, wobei Beritola immer wieder versicherte, nie mehr wolle sie irgendwohin gehen, wo man sie kenne. Aber zuletzt überzeugte die Frau Currados sie, mit ihr in die Lunigiana zu gehen, zusammen mit den beiden Rehkitzlein und ihrer Mutter, die inzwischen zurückgekehrt war und sie – zum größten Erstaunen der Frau Currados – mit großer Freude begrüßt hatte.
So kam es denn, daß Madame Beritola, als das Wetter wieder besser geworden war, mit Currado und seiner Frau deren Schiff bestieg, zusammen mit der Rehmutter und ihren beiden Jungen. Da nur wenige Leute ihren wahren Namen wußten, gaben sie ihr deswegen den Beinamen »Rehmutter«. Bei freundlichem Wind erreichten sie bald die Mündung der Magra, wo sie das Schiff verließen und zu ihren Burgen aufstiegen. Dort führte Madame Beritola, als Witwe gekleidet, ein bescheidenes, zurückgezogenes und untergeordnetes Leben als Hofdame von Currados Frau, aber immer wandte sie ihre Liebe den beiden Rehkitzlein zu und sorgte dafür, daß sie gut gepflegt wurden.
Inzwischen waren die Seeräuber, die in Ponza das kleine Schiff gekapert hatten, mit dem Madame Beritola gekommen war und die sie übersehen und zurückgelassen hatten, mit all ihren Gefangenen in Genua angekommen. Als dort die Beute unter den Besitzern der Galeere aufgeteilt wurde, fiel, zusammen mit anderem Beutegut, die Amme der Madame Beritola mit den beiden Kindern durch Los an einen Herrn Guasparrin Doria, der die Frau und die Kinder in sein Haus schickte, um sie dort als Sklaven im Haushalt zu verwenden.

Die Amme weinte immer wieder lange vor Schmerz über den Verlust ihrer Herrin und über das Elend, in das sie mit den Kindern gestürzt war. Aber wenn sie auch eine arme Frau war, so war sie doch weise und umsichtig genug einzusehen, daß die Tränen niemandem halfen und daß sie das Sklavenlos mit den Kindern teilte. Daher versuchte sie als erstes, so gut sie konnte, die Kinder zu kräftigen. Dann bedachte sie die Umstände, in die sie geraten waren, und kam zu dem Schluß, daß, wenn die Herkunft der Kinder bekannt würde, sie leicht davon Nachteile haben könnten. Außerdem dachte sie, das Schicksal könne umschlagen und sie könnten, wenn sie nur am Leben blieben, in ihren früheren hohen Stand zurückkehren. Deshalb nahm sie sich vor, niemandem, bevor die Zeit dafür günstig sei, zu offenbaren, wer die Kinder wären. Allen, die danach fragten, antwortete sie, es seien ihre Kinder. Den älteren Jungen nannte sie fortan Giannotto von Procida statt Giuffredi, den Namen des Jüngeren änderte sie aber nicht. Dabei erklärte sie Giuffredi mit größter Sorgfalt, warum sie seinen Namen geändert habe und welche Gefahr er laufe, wenn er erkannt würde. Sie sagte ihm das nicht nur einmal, sondern oft, und sie erinnerte ihn immer wieder daran. Der Junge war intelligent und verhielt sich genau entsprechend der Anordnung der Amme. So lebten denn die beiden Jungen einige Jahre zusammen mit der Amme im Haus des Herrn Guasparrino, erbärmlich bekleidet und noch schlechter beschuht, und verrichteten geduldig die niedrigsten Arbeiten.

Aber Giannottos Geist paßte nicht zu einem Sklaven. Schon im Alter von sechzehn Jahren empörte ihn das niedrige Sklavenlos; er entfloh dem Dienst des Herrn Guasparrino und tat Dienst auf Galeeren, die Genua mit Alexandria verbanden.

Später reiste er dann in der Welt herum, konnte aber nirgendwo aufsteigen. Schließlich, es waren drei oder vier Jahre vergangen, seit er von Herrn Guasparrino weggegangen war, wanderte er ziellos umher und kam dabei auch in die Lunigiana. Er war dabei, an seinem Glück zu verzweifeln, da trat er mehr zufällig in den Dienst des Currado Malaspina und versah seinen Dienst zu dessen Zufriedenheit. Inzwischen war er ein schöner junger Mann geworden, groß von Gestalt. Er hatte gehört, sein Vater, den er für tot gehalten hatte, lebe noch, allerdings im Kerker, und werde von König Karl gefangengehalten. Zwar sah er dort zuweilen seine Mutter, die im Gefolge von Currados Frau lebte, aber nie erkannte er sie oder sie ihn, so sehr hatte die Zeit sie beide verändert, seit sie sich zum letzten Mal gesehen hatten.

Damals, als Giannotto im Dienst Currados stand, geschah es, daß eine Tochter Currados mit Namen Spina, die einen Niccolò aus Gragnano geheiratet hatte, als Witwe zurückblieb und ins Vaterhaus heimkehrte. Sie war ein schönes, angenehmes Mädchen von wenig mehr als sechzehn Jahren; sie begann, ein Auge auf ihn zu werfen, und er auf sie. So verliebten sie sich unendlich heftig ineinander. Die Liebe ergriff bald ihre Körper, und da mehrere Monate lang niemand etwas davon bemerkte, fühlten sie sich zu sicher und begannen, sich weniger vorsichtig zu verhalten, als ihre Lage erforderte. Eines Tages ging die junge Frau mit Giannotto in einen schönen dichten Wald. Sie ließen ihre ganze Begleitung hinter sich zurück und gingen immer weiter, und als sie dachten, sie seien von den anderen weit genug weg, kamen sie an einen wunderschönen Platz, voll mit Pflanzen, von Blumen und Bäumen umstanden, und da lagerten sie und genossen gemeinsam das Vergnügen der Liebe. Sie lagen schon lange zusammen, aber die große Lust ließ ihnen die Zeit kurz vorkommen, und so überraschte sie denn zuerst die Mutter der jungen Frau, der Currado auf dem Fuß folgte. Dieser litt unsäglich, als er das sah. Ohne eine Begründung abzugeben, ließ er durch drei seiner Diener beide verhaften und gefesselt in eine seiner Burgen bringen. Er verließ die Stelle, zitternd vor Wut und Gram; er hatte die feste Absicht, die beiden schmachvoll hinrichten zu lassen.

Die Mutter der jungen Frau, so empört sie war und so sehr sie fand, ihre Tochter habe durch ihren Fehltritt die grausamste Strafe verdient, hatte irgendeiner Bemerkung Currados entnommen, was er mit den Schuldigen vorhatte. Sie beeilte sich, ihren erzürnten Mann einzuholen, und begann ihn anzuflehen, er möge doch nicht in seinem Alter aus Jähzorn zum Mörder der eigenen Tochter werden oder sich die Hände beflecken mit dem Blut eines seiner Diener; er möge einen anderen Weg finden, seinen Zorn zu besänftigen, etwa indem er sie einkerkere. Dann könnten sie im Kerker leiden und die begangene Sünde beweinen. Mit diesen und ähnlichen Worten setzte ihm die fromme Dame so sehr zu, daß sie ihn davon abbrachte, sie zu töten. Er befahl, sie einzeln an verschiedenen Orten einzukerkern, sie strengstens zu bewachen, ihnen wenig zum Essen zu geben und sie so hart wie möglich zu behandeln, bis er anders entscheide. Diese Befehle wurden ausgeführt.

Jeder kann sich ausmalen, was das für ein Leben war – im Kerker, unter ständigen Tränen und maßlosem Hungern.

Giannotto und Spina litten ein Jahr lang unter diesem elenden Leben, und Currado dachte schon nicht mehr an sie, da geschah es, daß König Pietro von Aragon mit der Hilfe eines Aufstands, den Gian von Procida anführte, dem König Karl

Sizilien entriß, worüber sich Currado als Ghibelline außerordentlich freute.

Als Giannotto diese Nachricht von einem seiner Wächter hörte, stieß er einen lauten Seufzer aus und rief: »Ach, ich Unglücklicher! Vierzehn Jahre bin ich bettelnd durch die Welt geirrt, nur um auf diesen Umsturz zu warten. Jetzt ist er da und dient nur dazu, mir alle Hoffnung für immer zu nehmen, denn ich bin hier im Gefängnis und werde nur als Toter herauskommen.«

»Was redest du da?« fragte der Kerkermeister. »Was geht es dich an, wenn hochmächtige Könige sich bekriegen? Was hast du mit Sizilien zu schaffen?«

Darauf antwortete Giannotto: »Es bricht mir fast das Herz, daran zu denken, was mein Vater dort zu schaffen hatte. Ich war zwar noch ein kleines Kind, als ich von dort floh, dennoch erinnere ich mich, daß er der Herr der Insel war, solange König Manfred noch lebte.«

Der Kerkermeister setzte nach: »Und wer war dein Vater?«

»Jetzt kann ich den Namen meines Vaters offen nennen, denn jetzt bin ich in der elenden Lage, die ich befürchtete, als ich ihn verschwieg. Er hieß – und wenn er lebt, heißt er noch – Arrighetto Capece, und ich, ich heiße nicht Giannotto, sondern Giuffredi. Und ich zweifle nicht: Wäre ich erst einmal draußen und kehrte nach Sizilien zurück, dann bekäme ich dort eine sehr hohe Stellung.«

Der brave Mann drang nicht weiter in ihn, aber bei der ersten Gelegenheit erzählte er Currado alles. Dieser hörte sich das an, tat gegenüber dem Kerkermeister so, als interessiere ihn das alles nicht, ging dann aber sofort zu Madame Beritola und fragte sie mit Zartgefühl, ob sie mit Arrighetto einen Sohn namens Giuffredi gezeugt habe. Die Dame brach in Tränen aus und antwortete schluchzend, wenn der größere ihrer beiden Jungen noch am Leben wäre, dann hieße er tatsächlich so und wäre zweiundzwanzig Jahre alt.

Als Currado das hörte, schloß er, das müsse er sein. Weiter kam ihm der Gedanke, wenn es so wäre, dann könnte er ein großartiges Verzeihen üben und gleichzeitig seine Schande wie die seiner Tochter aus der Welt schaffen, indem er sie ihm zur Frau gebe. Deswegen ließ er Giannotto heimlich zu sich bringen, prüfte jede Einzelheit aus dessen bisherigem Leben, und da er ziemlich klare Hinweise fand, er müsse tatsächlich Giuffredi, der Sohn des Arrighetto Capece, sein, sagte er zu ihm:

»Giannotto, du weißt, was für ein großes Unrecht du mir an meiner eigenen Tochter angetan hast. Ich habe dich gut behandelt und wie einen Freund angesehen, wie man es tun soll mit jemandem, der in seinem Dienst steht. Du hattest die Pflicht, immer meine Ehre und die meiner Familie zu suchen und zu vermehren. Viele andere an meiner Stelle hätten dich schmachvoll hinrichten lassen, ich aber brachte es nicht über mich. Aber da es wahr ist, was du mir sagst, und da du der Sohn eines Edelmannes und einer adligen Dame bist, will ich jetzt deinem Leiden ein Ende setzen, wenn du willst. Ich will dich aus dem Elend und aus dem Kerker, in dem du schmachtest, befreien, und zugleich will ich deine und meine Ehre wiederherstellen. Wie du weißt, ist meine Tochter Spina, für die du eine so leidenschaftliche und für euch beide unschickliche Liebe gefaßt hast, Witwe und besitzt eine gute, große Mitgift. Du kennst ihre Lebensart, du kennst ihren Vater und ihre Mutter. Von deiner gegenwärtigen Lage sage ich kein Wort. Wenn du zustimmst, bin ich bereit, aus der Frau, die ehrlos deine Geliebte war, deine geehrte Gattin zu machen.

Du kannst hier mit mir und mit ihr leben, solange es dir gefällt, als wärest du mein Sohn.«

Die Gefangenschaft hatte zwar den Leib Giannottos verwüstet, aber den hochgemuten Geist, der ihm von seiner Herkunft her eigen war, hatte sie nicht gebrochen, noch weniger die vollkommene Liebe zu der Frau. Und obgleich er heiß ersehnte, was Currado ihm anbot, und obwohl er wußte, daß er in dessen Gewalt war, so verbog er doch in keiner Weise, was sein hohes Selbstbewußtsein ihm zu sagen gebot, und er antwortete: »Currado, weder die Gier nach Herrschaft noch Geldsucht noch sonst irgendein Grund konnten mich bewegen, an dir und deinen Interessen heimlich zum Verräter zu werden. Ich liebte deine Tochter, ich liebe sie noch und werde sie immer lieben, weil ich weiß, daß sie meiner Liebe wert ist. Und wenn ich mit ihr auf eine Weise zusammen war, die in der Meinung des Pöbels als wenig ehrenvoll gilt, so habe ich doch nur das Verbrechen begangen, das mit der Jugend untrennbar verbunden ist. Wollte es jemand ausrotten, müßte er das Jungsein abschaffen. Die Alten sollten sich nur daran erinnern, daß sie selbst einmal jung waren, und sollten einmal ihre Vergehen mit denen der Jungen vergleichen, dann würde klar, daß deren Fehler nicht so schwer sind, wie du und viele andere meinen. Aber wenn schon ›Fehler‹, dann habe ich diesen Fehler als dein Freund, nicht als dein Feind begangen. Was du mir heute als deinen Plan anbietest, war immer mein Wunsch, und hätte ich glauben können, er werde mir gewährt, hätte ich längst um die Hand deiner Tochter angehalten. Heute wäre mir das um so lieber, je weniger ich noch darauf hoffte. Denkst du aber anders, als du sprichst, so nähre in mir keine leeren Hoffnungen, dann schicke mich zurück in den Kerker und laß mich dort quälen, wie es dir gefällt. Denn du kannst tun, was du willst, ich werde Spina immer lieben, und aus Liebe zu ihr werde ich auch dich lieben und als ihren Vater ehren.«

Currado hörte das mit Staunen. Er war nun überzeugt von Giuffredis hohem Sinn, er glaubte ihm seine glühende Liebe, und er schätzte ihn dafür noch höher. Daher erhob er sich, umarmte und küßte ihn, und unverzüglich befahl er, Spina unauffällig zu ihm zu bringen. Sie war im Kerker mager, bleich und schwach geworden. Sie schien eine andere Frau und Giannotto ein anderer Mann geworden zu sein, als sie in Gegenwart Currados mit beider Zustimmung die Ehe schlossen, wie es bei uns Brauch ist.

Er ließ einige Tage ins Land gehen, ohne daß irgend jemand etwas erfuhr. Dabei ließ er ihnen alles zukommen, was sie brauchten oder ihnen Vergnügen machte. Doch dann dachte er, es sei Zeit, auch ihre Mütter darüber glücklich zu machen. Er ließ seine Frau und die Rehmutter rufen und sagte zu dieser: »Was hieltet Ihr davon, Madame, wenn ich Ihnen Ihren älteren Sohn wiedergäbe, und zwar als Gatten einer meiner Töchter?«

Darauf antwortete die Rehmutter: »Das einzige, was ich Euch sagen könnte, wäre: Wenn es möglich wäre, Euch noch mehr verpflichtet zu sein, als ich es schon bin, dann dadurch, daß Ihr mir das zurückgeben würdet, was mir noch lieber ist als ich mir selbst. Und wenn Ihr mir ihn gar als Mann Eurer Tochter wiedergeben würdet, dann würdet Ihr in mir die Hoffnung wieder aufleben lassen, die ich verloren habe.« Hier erstickte ihre Stimme in Tränen.

Dann sagte Currado zu seiner Frau: »Und was hieltest du davon, wenn du einen solchen Schwiegersohn bekämst?«

Darauf antwortete die Dame: »Wäre er ein Landstreicher,

aber er gefiele Euch, dann gefiele er auch mir, jetzt aber erst recht, bei dieser vornehmen Herkunft!«

Dann sagte Currado: »Nun, dann hoffe ich, euch damit in wenigen Tagen zu glücklichen Frauen zu machen.«

Als Currado sah, daß die beiden jungen Leute bald wieder ihr früheres Aussehen annahmen, kleidete er sie standesgemäß und fragte Giuffredi: »Wäre dein Glück nicht noch größer, wenn du hier deine Mutter wiedersehen würdest?«

»Ich kann mir nicht denken«, erwiderte Giuffredi, »daß sie all die Schmerzen dieser vielen Schicksalsschläge überlebt hat. Aber lebte sie noch, wäre ich glücklich. Außerdem könnte sie mir mit ihren Ratschlägen behilflich sein, meine hohe Stellung in Sizilien wiederzugewinnen.«

Dann ließ Currado die beiden Damen herbeirufen. Sie zeigten sich beide hoch erfreut über die neue Braut und fragten sich erstaunt, was Currado zu solcher Milde bewogen haben konnte, die Tochter mit Giannotto zu vereinen. Madame Beritola begann inzwischen, die Worte Currados im Ohr, den jungen Mann genau zu betrachten. Eine geheime Kraft rief in ihr die Erinnerung wach an die kindlichen Gesichtszüge ihres Sohnes, sie fragte nach gar keinem weiteren Beweis, sondern fiel ihm mit offenen Armen um den Hals. Das Übermaß an Mitgefühl und mütterlicher Zärtlichkeit verschloß ihr den Mund, ja, es schwanden ihr die Sinne, und sie stürzte wie tot in die Arme ihres Sohnes. Er, verwirrt vor Verwunderung, erinnerte sich nun, sie vorher auf dieser Burg oft gesehen zu haben, ohne sie je wiederzuerkennen, aber jetzt erkannte er sie augenblicklich wieder. Er erkannte seine Mutter wieder am Geruch, und unter Tränen tadelte er seine frühere Nachlässigkeit, hielt sie zärtlich in den Armen und küßte sie. Aber kurz darauf kam Madame Beritola wieder zu sich, von der

Frau Currados und von Spina liebevoll unterstützt, die mit kaltem Wasser und anderen Mitteln die entschwundenen Kräfte zurückholten, und erneut begann sie, ihren Sohn zu umarmen, unter vielen Tränen und vielen lieben Worten. Sie ließ ihrer Mutterliebe vollen Lauf, küßte ihn tausendmal und mehr, und er hielt sie in den Armen und schaute sie ehrfürchtig an.

Diese freudige Begrüßung wurde drei- oder viermal wiederholt, zur großen Freude und mit der Zustimmung aller Umstehenden. Dann erzählte jeder dem anderen alles, was sich bei ihm ereignet hatte. Und Giuffredi sagte zu Currado, der inzwischen seinen Freunden zu deren Freude die Heirat schon mitgeteilt und ein schönes, großartiges Fest angeordnet hatte: »Currado, Ihr habt mich mit vielen Gunsterweisen glücklich gemacht, und Ihr habt über lange Zeit hin meine Mutter in Ehren aufgenommen, aber nun habe ich eine Bitte an Euch, damit das Maß dessen, was Ihr tun könnt, gänzlich voll werde: Ich bitte Euch, erfreut meine Mutter und mich, verschönt unser Fest auch durch die Gegenwart meines Bruders. Er wird als Sklave gehalten im Haus des Herrn Guasparrin Doria; er hat ihn und mich, wie ich Euch schon erzählt habe, durch Seeräuber gefangengenommen. Außerdem bitte ich Euch, schickt einen Mann nach Sizilien, der sich genau unterrichtet über die Lage und den Zustand des Landes und der herausbringt, was Arrighetto, meinem Vater, geschehen ist, ob er lebt oder tot ist, und wenn er noch lebt, wie es ihm geht. Der Mann soll sich über alles genau unterrichten und dann zu uns zurückkommen.«

Currado erfüllte die Bitte Giuffredis gerne und schickte unverzüglich höchst geeignete Personen sowohl nach Genua wie nach Sizilien. Als sein Botschafter in Genua ankam, traf er mit Herrn Guasparrino zusammen und bat ihn inständig im Namen Currados, ihm den Scacciato und seine Amme zu schicken, und erzählte ihm der Reihe nach, was Currado für Giuffredi und seine Mutter getan hatte.

Als Herr Guasparrino dies hörte, wunderte er sich sehr und erwiderte: »Es ist wahr, gerne würde ich alles, was in meiner Macht steht, tun, um Currado einen Gefallen zu tun. Tatsächlich habe ich vierzehn Jahre lang den Jungen, den du zurückforderst, und seine Mutter in meinem Hause gehabt. Ich schicke sie ihm gerne. Aber sage ihm von meiner Seite, er soll sich hüten, gegen diesen Giannotto, der sich heute Giuffredi nennt, zu vertrauensselig zu sein und alle seine Geschichten zu glauben. Der Kerl ist schlechter, als Currado denkt.«

Nach diesen Worten sorgte er dafür, daß der Botschafter ehrenvoll untergebracht wurde, dann ließ er heimlich die Amme rufen und fragte sie vorsichtig nach allem aus. Auch sie hatte von dem Umsturz in Sizilien erfahren und gehört, daß Arrighetto lebe. Das nahm ihr die Angst, die sie zuvor gehabt hatte, und so erklärte sie ihm denn alle Einzelheiten und nannte ihm die Gründe, weshalb sie sich so verhalten habe. Da Herr Guasparrino sah, daß die Aussagen der Amme mit denen des Botschafters Currados sehr gut zusammenstimmten, begann er, ihren Worten Glauben zu schenken. Er war ein sehr kluger Mann und untersuchte die Sache auch noch auf mehreren anderen Wegen, doch je mehr Tatsachen er entdeckte, um so mehr Gewißheit gewann er über das Vorgefallene, und er begann sich zu schämen, daß er den Jungen so schlecht behandelt hatte. Er wußte, wer Arrighetto gewesen war und jetzt noch war. Er hatte eine schöne elfjährige Tochter und gab sie, um die Sache wiedergutzumachen, dem Jungen zur Frau, mit einer großen Mitgift. Er veranstaltete dazu ein großes Fest, dann bestieg er mit dem Jungen und seiner Tochter, mit dem Botschafter Currados und mit der Amme eine wohlbewehrte kleine Galeere und segelte nach Lerici, wo ihn Currado erwartete. Von dort zog er mit der ganzen Gruppe hinauf zu einer Burg Currados, wo das große Hochzeitsfest schon vorbereitet war.

Ich überlasse es euch, meine Damen, euch auszumalen, was das für eine Freude war. Mit Worten läßt sie sich nicht schildern: Die Mutter sah ihren Sohn wieder, die beiden Brüder waren wieder beisammen, alle drei umarmten die treue Amme; diese alle zusammen freuten sich mit Herrn Guasparrino und seiner Tochter, er freute sich an ihnen, und sie alle zusammen an Currado, seiner Frau, seinen Kindern und seinen Freunden. Um die Freude überschwenglich zu machen, fügte es Gott der Herr, der überreichlich gibt, wenn er einmal damit begonnen hat, daß die gute Nachricht eintraf, Arrighetto Capece lebe und sei gesund.

Denn mitten in dem großen Fest, die Geladenen, Männer und Frauen, saßen soeben zu Tisch beim ersten Gang, kam der Botschafter zurück, der in Sizilien gewesen war. Er erzählte ausführlich, Arrighetto sei von König Karl im Kerker gehalten worden. Aber als der Umsturz gegen den König begann, lief das Volk zum Kerker, tötete die Wachen, befreite ihn und machte ihn als den Hauptfeind von König Karl zu seinem Führer. Das Volk habe dann unter seiner Führung die Franzosen verjagt und getötet. Dadurch habe er das höchste Ansehen in den Augen von König Pietro erlangt. Der König habe ihn in alle seine Güter und in die früheren Rechte eingesetzt, daher erfreue er sich großer Ehre und einer hohen Stellung. Der Botschafter fügte hinzu, Arrighetto habe ihn mit höchsten Ehren empfangen, er habe sich unsäglich gefreut über seine Frau und den Sohn, von denen er seit seiner Gefangennahme nie mehr etwas gehört habe. Außerdem habe er für sie ein schnelles Kriegsschiff ausgesandt mit einigen Edelleuten an Bord, die bald ankommen müßten. Der Botschafter wurde mit großer Freude und Feierlichkeit empfangen und angehört, und sogleich ging Currado mit einigen seiner Freunde den Edelleuten entgegen, die wegen Madame Beritola und Giuffredi unterwegs waren; er begrüßte sie herzlich und lud sie zu dem Festessen, das noch nicht halb vorüber war.

Hier empfingen die Dame, Giuffredi und all die anderen sie mit einer so großen Freude, wie man sie noch nie gesehen hat. Doch bevor die Edelleute sich zum Essen setzten, überbrachten sie die Grüße Arrighettos; sie dankten in seinem Namen Currado und seiner Dame für die ehrenvolle Aufnahme, die sie seiner Frau und dem Sohn gewährt hätten. Alles, was in Arrighettos Macht stehe, werde er für sie tun, ganz wie sie es für richtig hielten. Dann wandten sie sich an Herrn Guasparrino, dessen großzügige Entscheidung sie überrascht hatte. Sie erklärten, wenn Arrighetto gewußt hätte, was er für Scacciato getan habe, dann ließe er ihm gewiß ebensolchen Dank aussprechen und vielleicht noch größere Gegengaben in Aussicht stellen. Dann erst ließen sie sich mit der größten Freude an der Festtafel mit den beiden Brautpaaren nieder, um mit ihnen zu speisen.

Das Fest, das Currado für seinen Schwiegersohn, für die Verwandten und Freunde gab, dauerte nicht nur einen Tag, sondern zog sich über viele folgende Tage hin. Als es zu Ende war, dachten Madame Beritola, Giuffredi und die andren, sie sollten jetzt aufbrechen. Currado, seine Frau, aber auch Herr

Guasparrino weinten, als sie, zusammen mit Spina, auf das schnelle Kriegsschiff stiegen und losfuhren. Der Wind war günstig, und so kamen sie bald in Sizilien an, wo Arrighetto sie, die Söhne und deren Frauen, mit unbeschreiblichem Festjubel empfing. Sie sollen dort noch lange glücklich gelebt haben, als Freunde Gottes, die wußten, welche Wohltaten sie ihm verdankten.

Gefährliche Schönheit

Der Sultan von Babylon schickt eine seiner Töchter auf den Weg, den König von Algarvien zu heiraten. Durch eine Reihe von Zwischenfällen gerät sie im Laufe von vier Jahren an verschiedenen Orten in die Hände von neun Männern. Zuletzt bekommt sie ihr Vater als Jungfrau zurück, und sie reist , als wäre nichts geschehen, zum König von Garvanien, um dessen Frau zu werden.

Hätte die Erzählung der Emilia nur ein wenig länger gedauert, dann hätten die jungen Frauen aus Mitleid mit den Leiden der Madame Beritola angefangen zu weinen. Aber die Geschichte war kaum zu Ende, da wollte die Königin, Panfilo solle die nächste Geschichte erzählen, und er, der auf den leisesten Wink gehorchte, begann:
Für uns Menschen, meine Damen, ist es nicht leicht zu erkennen, was für uns gut ist. Wie wir oft gesehen haben, glauben viele, sie lebten sorglos und sicher, wenn sie nur reich wären. Daher flehen sie zu Gott um Reichtum; ja, sie jagen ihm nach, ohne Anstrengungen oder Gefahren zu scheuen. Sind sie schließlich reich geworden, bringen manchmal ihre Erben sie um aus Gier nach der großen Erbschaft. Das geschieht erst, nachdem sie reich geworden sind; vorher dachte niemand daran, ihnen ein Haar zu krümmen. Andere sind aus niedrigem Stand zur Würde des Königtums aufgestiegen. Sie haben dafür viele gefährliche Schlachten ertragen; sie haben

dafür ihre Brüder und Freunde niedergemetzelt, denn sie hielten den Rang eines Königs für die höchste Glückseligkeit. Aber dann mußten sie erleben, daß dieses Glück durchsetzt ist von unendlichen Sorgen und Ängsten. An den Tafeln der Könige trinkt man Gift in Bechern aus Gold. Viele mußten das erkennen und kamen dabei zu Tode. Andere ersehnten in blinder Gier Körperkraft und Schönheit, andere kostbaren Schmuck. Sie merkten erst, wie schlecht sie gewählt hatten, als diese Dinge ihnen zur Ursache des Todes oder leidvollen Lebens wurden. Ich kann nicht alle Wünsche der Menschen einzeln durchgehen und behaupte also allgemein: Keiner von ihnen ist sicher vor feindlichen Eingriffen der Fortuna; kein Lebender weiß, was er tut, wenn er sie wählt. Wollen wir richtig handeln, müssen wir uns darauf beschränken, zu ergreifen und zu besitzen, was der uns schenkt, der allein weiß, was wir brauchen, und der allein es uns geben kann. Die Menschen sündigen, indem sie ihr Begehren auf die verschiedensten Dinge werfen, und ihr, meine reizenden Damen, ihr sündigt vor allem durch eins: Ihr wollt schön sein, und zwar so sehr, daß euch die Schönheit nicht genügt, welche die Natur euch zugestanden hat. Daher versucht ihr, sie mit wunderbarer Kunstfertigkeit noch zu vermehren. Deshalb will ich euch eine Geschichte erzählen von der unheilbringenden Schönheit einer Sarazenin. Ihre Schönheit hat dazu geführt, daß sie in etwa vier Jahren neunmal Hochzeit machte mit jeweils einem anderen Mann.

Es ist schon lange her, da lebte in Babylon ein Sultan namens Beminedab, dem in seinen Jahren ziemlich viele Dinge nach Wunsch gerieten. Dieser hatte nun, außer anderen vielen Kindern, männlichen wie weiblichen, eine Tochter namens Alatiel. Von ihr sagte jeder, der sie gesehen hatte, sie sei die schönste Frau, die es damals auf der Welt zu sehen gab. Diese Tochter hatte der Sultan dem König von Algarvien zur Frau gegeben. Dieser afrikanische König konnte ihn um einen besonderen Gunsterweis bitten, denn er hatte dem Sultan, als er von einer arabischen Übermacht angegriffen worden war, so machtvoll beigestanden, daß es zu einer großen Niederlage der Araber führte. Daher ließ der Sultan seine Tochter mit einer Ehrenbegleitung von Männern und Frauen ein gut gerüstetes und bewaffnetes Schiff besteigen, ausgestattet mit vielen vornehmen und reichen Kleidern sowie mit viel Schmuck; er befahl sie Gott und schickte sie dem König.

Die Seeleute sahen, wie günstig die Witterung war und hißten die Segel. Schon verließen sie den Hafen von Alexandria und segelten glücklich eine Reihe von Tagen. Schon hatten sie Sardinien passiert, schon glaubten sie sich dem Ende der Reise nahe, da plötzlich erhoben sich eines Tages Stürme aus unterschiedlichen Richtungen, von denen jeder über die Maßen heftig war, und brachten das Schiff mit der Dame und den Seeleuten in Not. Mehrmals glaubten sie, sie seien verloren. Als tüchtige Männer setzten sie alle Seemannskunst und alle Kraft ein und konnten sich so im Kampf mit den riesigen Wogen zwei Tage lang halten, aber als die dritte Sturmnacht anbrach und als die Wogen sich nicht glätteten, sondern im Gegenteil immer mehr zunahmen, da hörten sie, wie das Schiff barst. Sie waren nicht weit von Mallorca, aber sie wußten nicht, wo sie waren, denn es war dunkle Nacht und der Himmel schwarz von dichten dunklen Wolken, und so konnten sie ihre Position nicht bestimmen, weder mit bloßem Auge noch mit den Instrumenten und Berechnungen der nautischen Kunst.

Niemand sah mehr einen Ausweg aus dem Schiffbruch. Jeder dachte nur noch an sich und nicht mehr an die anderen. Hastig ließen sie ein Ruderboot ins Meer. Die Schiffsführer dachten nur daran, sich selbst in Sicherheit zu bringen, statt sich um das geborstene Schiff zu kümmern. Sie sprangen als erste in das Rettungsboot. Aber alle drängten ihnen nach, einer nach dem anderen, alle Männer, die an Bord waren, obwohl die, die zuerst im Rettungsboot waren, sie mit dem Messer in der Hand daran zu hindern suchten. Sie glaubten dem Tod zu entfliehen und warfen sich ihm dadurch in die Arme. Denn das Rettungsboot konnte sie bei diesem stürmischen Wetter nicht alle fassen. Es sank, und alle gingen zugrunde. Das Schiff war geborsten und fast randvoll mit Wasser; niemand war zurückgeblieben als die Dame mit ihren Frauen. Wie Tote, niedergestreckt vom Meeressturm und der Angst, lagen sie an Deck, aber der heftige Sturm jagte das Schiff weiter und warf es in rasender Fahrt auf einen Strand der Insel Mallorca. Das Schiff war in derart heftiger Bewegung, daß es sich erst einen Steinwurf von der Küste entfernt in den Sand bohrte. Dann erst verlor der Sturm seine Macht, und dort kam es in der Nacht, vom Meer besiegt, endlich zur Ruhe.

Es kam ein klarer Tag; das Unwetter ließ allmählich nach. Die Dame, obgleich halb tot, versuchte sich aufzurichten . Sie begann, schwach wie sie war, ihre Dienerinnen zu rufen, eine nach der anderen. Aber sie rief vergeblich; die Gerufenen waren in zu weiter Ferne. Als sie merkte, daß ihr niemand antwortete und als sie auch niemanden sah, da wunderte sie sich sehr, und es überfiel sie eine große Angst. Sie erhob sich, so gut sie konnte, und jetzt sah sie die Frauen ihrer Begleitung und auch die anderen Frauen alle am Boden liegen. Sie ver-

suchte, erst die eine, dann die andere durch Rufen wachzubringen, aber nur wenige von ihnen gaben ein Lebenszeichen, die meisten waren tot, gestorben an der Seekrankheit oder aus Angst. Dadurch wuchs die Angst der Frau noch mehr. Sie sah, daß sie ganz allein war. Sie wußte nicht, wo sie war und wie sie es erfahren könnte. Sie spürte die Notwendigkeit, sich mit jemandem zu beraten. Deswegen drängte sie die, die noch am Leben waren, aufzustehen, doch jetzt fand sie, daß auch sie nicht wußten, wo die Männer geblieben waren. Sie sah, daß das Schiff vollgelaufen und am Land zerschellt war; sie fing mit den anderen Frauen an, schmerzlich zu weinen. Erst spät am Nachmittag sahen sie oben am Strand oder weiter landeinwärts einen Menschen, den sie um Hilfe angehen konnten.
Denn am späten Nachmittag kam zufällig ein Edelmann mit Namen Pericone von Visalgo auf dem Rückweg von seinen Gütern mit einigen seiner Diener zu Pferde vorbei. Als er das Schiff sah, begriff er sofort, was geschehen war. Er befahl einem seiner Diener, unverzüglich hinaufzuklettern und ihm genau zu berichten, wie es an Deck aussehe. Der Diener erklomm, wenn auch mit Mühe, das Wrack, und er fand die junge Edeldame; sie hielt sich mit der kleinen Gruppe, die ihr geblieben war, ängstlich unter dem Schiffsschnabel des Vorderdecks versteckt. Als die Frauen den Mann sahen, flehten sie ihn weinend immer wieder um Gnade an, aber als sie merkten, daß weder er sie verstand noch sie ihn, versuchten sie, mit Gesten ihr Unglück zu erklären. Der Diener schaute sich alles so genau an, wie er konnte, dann erzählte er Pericone, was er gesehen. Er ließ sofort die Frauen und die kostbarsten Dinge, die noch im Schiff waren und die sich transportieren ließen, herunterholen und begleitete sie alle zu

einer seiner Burgen. Hier stärkte er sie durch Speisen und ließ sie ausruhen. Er hatte an den reichen Gerätschaften der Dame, die er gefunden hatte, erkannt, es müsse eine Dame von hohem Adel sein, und er unterschied sofort, welche von den Frauen es war, denn sie stand im Mittelpunkt der Aufmerksamkeit aller anderen. Die Dame sah bleich aus und war nach der Mühsal des Schiffbruchs in äußerer Unordnung, aber ihre Gesichtszüge schienen Pericone ungewöhnlich schön. Deshalb beschloß er auf der Stelle, sie zu heiraten, wenn sie noch keinen Mann hätte. Sollte er sie als Ehefrau nicht bekommen, wollte er sie als Geliebte.

Pericone war ein Mann von stolzem Aussehen und sehr kräftig. Er ließ die Dame einen Tag lang vorzüglich pflegen. Als sie dadurch schon ganz wiederhergestellt war, sah er erst, daß sie über alle Maßen schön war. Es tat ihm nur leid, daß weder er ihre Sprache noch sie die seine verstehen und er also nicht erfahren konnte, wer sie sei. Doch ihre Schönheit entflammte ihn unbändig, und er fing an, sie mit höflichen und liebevollen Gesten dazu zu bringen, ihm zu Gefallen zu sein, ohne daß er Gewalt anwenden müßte. Aber damit war es nichts. Sie wies seine Vertraulichkeit scharf zurück, aber das entzündete die Liebesglut in Pericone nur noch mehr. Die Dame sah das, und da sie nun schon einige Tage hier war und an den Religionsübungen erkannt hatte, daß sie sich unter Christen befand – in einem Land also, wo es, selbst wenn sie mit ihnen hätte reden können, ihr wenig geholfen hätte, zu sagen, wer sie war –, und da sie sich klar darüber wurde, daß sie auf lange Sicht Pericone zu Gefallen sein müßte, entweder mit Gewalt oder aus Liebe, so nahm sie sich in ihrem hohen Selbstbewußtsein vor, das Elend ihres Mißgeschicks mit Füßen zu treten. Von ihren Frauen waren ihr ohnehin nur drei geblieben, aber ihnen befahl sie, nie dürften sie je offenbaren, wer sie seien, es sei denn in einer Gegend, wo sie dadurch augenscheinlich Hilfe zu ihrer Befreiung fänden. Außerdem beschwor sie ihre Frauen, ihre Keuschheit zu bewahren; sie selbst, behauptete sie, habe beschlossen, kein anderer Mann als ihr Gatte dürfe mit ihr seine Lust stillen. Ihre drei Frauen lobten das und versprachen, ihrem Befehl nach Kräften zu folgen.

Pericone entbrannte von Tag zu Tag immer heftiger, je mehr er die ersehnte Frau so nahe sah und je mehr sie sich ihm verweigerte. Er begriff, daß seine Schmeicheleien ihm nichts nutzten, daher beschloß er, auf Einfallsreichtum und List zu setzen; die Gewalt wollte er für zuletzt aufheben. Nun hatte er einmal beobachtet, daß der Prinzessin der Wein schmeckte. Da sie aufgrund ihres Religionsgesetzes, das ihn verbot, nicht gewohnt war, ihn zu trinken, glaubte er, er könne sie durch Wein, diesen Diener der Venus, fangen. Er tat so, als interessiere ihn nicht mehr, was sie mit Abscheu verweigert hatte und veranstaltete eines Abends ein festliches, glänzendes Abendessen, bei dem auch die Dame anwesend war. Es gab viele gute Speisen, der Abend war fröhlich, und er hatte dem Mann, der sie bediente, befohlen, ihr ein Gemisch aus verschiedenen Weinen einzugießen.

Der Mann führte das sehr gut aus, und sie, die nicht darauf achtete, ließ sich vom Wohlgeschmack des Weines dazu verführen, mehr davon zu trinken, als schicklich gewesen wäre. Endlich einmal konnte sie alles Ungemach vergessen, das sie durchgemacht hatte; sie wurde fröhlich, und als sie sah, daß einige Frauen einen mallorquinischen Tanz begannen, da stand sie auf und tanzte im ägyptischen Stil. Als Pericone das sah, glaubte er sich dem Ziel seiner Wünsche nahe und zog

mit einem Übermaß an Speisen und Getränken das Mahl über einen großen Teil der Nacht hin.
Schließlich waren die geladenen Gäste gegangen und er ging allein mit ihr ins Schlafzimmer. Ihr war heiß vom Wein, der Anstand scherte sie wenig, jedenfalls zog sie sich, als wäre Pericone eine ihrer Frauen, in seiner Gegenwart ohne Scham aus und stieg ins Bett. Pericone zögerte nicht, ihr zu folgen, löschte das Licht und kam von der anderen Seite her ins Bett, legte sich neben sie, nahm sie, ohne daß sie widersprochen hätte, in den Arm und begann, sich mit ihr am Liebesspiel zu erfreuen. Vorher hatte sie nicht gewußt, mit welchem Horn die Männer stoßen, aber nachdem sie es einmal erlebt hatte, tat es ihr fast leid, dem Drängen des Pericone nicht schon früher nachgegeben zu haben. Von da an wartete sie nicht mehr erst ab, bis sie zu solch süßen Nächten eingeladen wurde, sondern lud sich oft selbst ein, nicht mit Worten, denn mit denen konnte sie sich nicht verständigen, sondern mit Taten.
Sie hatten großes Vergnügen miteinander. Aber Fortuna gab sich nicht damit zufrieden, die Frau eines Königs in die Geliebte eines kleinen Burgobristen verwandelt zu haben und bereitete eine andere, eine blutrünstige Liebschaft für sie vor. Pericone hatte einen Bruder von fünfundzwanzig Jahren, schön und frisch wie eine Rose; er hieß Marato. Er hatte die Prinzessin gesehen, sie hatte ihm aufs höchste gefallen, und er glaubte aus ihren Gesten schließen zu können, er erfreue sich ihrer Gunst. Da er fand, das einzige, was zwischen ihm und der Erfüllung seiner Wünsche stehe, sei die strenge Bewachung der Frau durch Pericone, verfiel er auf einen grausamen Gedanken, und dem Gedanken folgte ohne Verzug das ausgeführte Verbrechen.

Im Hafen der Stadt lag gerade ein Schiff, das zwei jungen Genuesen gehörte, und das beladen war mit Waren, die für Chiarenza im Oströmischen Reich bestimmt waren. Schon waren die Segel gesetzt, um in See zu stechen, sobald der Wind günstig wäre, und Marato verabredete mit ihnen, ihn und seine Dame in der kommenden Nacht an Bord zu nehmen. Als es Nacht wurde, war die Verabredung getroffen, und sein Plan stand fest: Mit einigen seiner vertrautesten Genossen, die er um Mithilfe gebeten hatte, schlich er ins Haus des Pericone, der gegen ihn ohne Mißtrauen war, und verbarg sich dort, wie der Plan es vorsah. Als es gegen Mitternacht ging, zeigte er seinen Genossen den Raum, in dem Pericone und die Dame schliefen; sie drangen in das Schlafzimmer ein, erstachen den schlafenden Pericone, drohten der Dame – sie war aufgewacht und weinte – mit dem Tode, wenn sie Lärm mache, und ergriffen sie. Ohne gehört zu werden, nahmen sie einen großen Teil der Schätze Pericones mit und eilten zum Hafen. Dort bestieg Marato mit der Dame sofort das Schiff. Seine Genossen gingen nach Hause.

Die Seeleute nutzten den kräftigen günstigen Wind und segelten los. Die Dame litt schwer unter diesem Unglück, das so rasch nach dem ersten kam. Aber Marato begann, sie mit seinem heiligen »Er-Wächst-Unter-Der-Hand«, den Gott uns verlieh, so kräftig zu trösten, daß sie, die mit ihm bald vertraut war, Pericone schnell vergessen hatte. Schon mochte sie wieder glauben, es gehe ihr gut, aber da bereitete Fortuna neues Leiden für sie vor, als sei ihr das vergangene Unglück nicht genug. Sie war, wie schon gesagt, von wunderschöner Gestalt und von vollendeten Umgangsformen. So verliebten sich auch die beiden jungen Schiffsherren so sehr in sie, daß sie alles andere darüber vergaßen. Sie dachten nur noch

daran, sie zu verwöhnen und ihr zu gefallen. Dabei achteten sie aber ständig darauf, daß Marato nicht dahinterkam.
Als ihnen klar wurde, daß sie beide in dieselbe Frau verliebt waren, hielten sie darüber zusammen geheimen Rat ab und einigten sich dahin, dieser Liebeserwerb sei ihr gemeinsames Unternehmen. Sie glaubten wohl, Liebe könne man teilen wie Handelsware oder Gewinne. Sie sahen, daß Marato die Frau streng bewachte und so ihre Absicht hinderte. Als daher eines Tages das Schiff mit vollen Segeln dahinglitt und Marato am Heck stand und aufs Meer hinausblickte, ohne irgend gegen sie mißtrauisch zu sein, da machten sich die beiden an ihn heran, schnappten ihn blitzschnell von hinten und warfen ihn ins Meer. Sie segelten mehr als eine Meile, bis auch nur jemand bemerkte, daß Marato ins Meer gefallen war. Als die Dame das hörte und als sie keinen Weg mehr sah, ihn zu retten, da hallte das ganze Schiff wieder von der Klage über dies neue Unglück.
Die beiden Verliebten eilten sofort herbei, sie zu trösten, mit süßen Worten und wüsten Versprechungen. Sie, die mehr ihr Unglück als das Verschwinden des Marato beweinte, verstand davon zwar kaum ein Wort, dennoch gelang es ihnen, sie zu beruhigen. Immer wieder hielten sie ihr lange Reden, und schließlich glaubten sie, sie habe sich genug beruhigt und fingen an, miteinander darüber zu diskutieren, wer von ihnen als erster sie in sein Bett nehmen und mit ihr schlafen dürfe. Jeder wollte der erste sein, eine Verständigung darüber war unmöglich, sie gerieten in heftigen Streit, zuerst nur mit Worten, dann aber flammte Zorn auf, sie griffen zu Messern, gingen wütend aufeinander los – die Schiffsmannschaft konnte die beiden nicht trennen –, so fügten sie sich gegenseitig mehrere Stiche zu, bis der eine plötzlich tot hinstürzte,

der andere zwar mit dem Leben davonkam, aber schwer verwundet war. Die Dame war entsetzt. Sie sah, daß sie jetzt allein dastand, ohne Hilfe und ohne jemandes Rat. Außerdem hatte sie Angst, der Zorn der Verwandten und Freunde der beiden Schiffsbesitzer würde sich über ihr entladen, doch die Bitten des Verletzten und die rasche Ankunft in Chiarenza befreiten sie aus dieser Todesgefahr. Sie ging mit dem Verletzten an Land und wohnte mit ihm zusammen in einem Gasthof. Wie ein Lauffeuer ging der Ruhm ihrer großen Schönheit durch die Stadt; er drang auch an das Ohr des Fürsten von Morea, der sich gerade in der Stadt Chiarenza aufhielt. Daher wollte er sie sehen, und als er sie sah, fand er, sie sei noch schöner, als das Gerücht behauptet hatte, und er verliebte sich sofort in sie. Er konnte an nichts anderes mehr denken, und als er erfuhr, wie sie hierhergekommen war, dachte er, daß er sie haben könne. Er suchte Mittel und Wege, und als die Verwandten des Verletzten dies erfuhren, schickten sie sie ihm kurzerhand zu. Dem Fürsten war das höchst willkommen, der Dame auch, denn jetzt wußte sie sich endlich außer Lebensgefahr.

Der Fürst konnte nicht erfahren, wer sie war, aber als er ihre Schönheit und ihre königlichen Umgangsformen sah, folgerte er, sie müsse eine vornehme Dame sein. Seine Liebe zu ihr verdoppelte sich, und er behandelte sie nicht wie seine Freundin, sondern wie seine Ehefrau, und gewährte ihr eine entsprechend hohe Stellung. Sie verglich ihr gegenwärtiges Leben mit den schrecklichen Erfahrungen, die hinter ihr lagen, und fand, es gehe ihr recht gut. Sie war inzwischen vollständig erholt und in freudiger Stimmung; ihre Schönheit blühte auf, so sehr, daß es schien, als gebe es im ganzen Oströmischen Reich kein anderes Gesprächsthema als sie.

Daher bekam auch der Herzog von Athen Lust, sie zu sehen. Er war ein junger, schöner und mächtiger Mann, ein Freund und Verwandter des Fürsten, und gab zu verstehen, er wolle ihn, wie früher schon öfter, besuchen kommen. Er traf denn auch bald mit schöner und ansehnlicher Begleitung in Chiarenza ein, wurde seiner Stellung entsprechend empfangen, und es gab ein großes Fest. Ein paar Tage später saßen sie zusammen und unterhielten sich über die Schönheit dieser Dame, und der Herzog fragte, ob sie wirklich so wunderbar sei, wie man erzähle.

»Noch viel schöner!« antwortete der Fürst. »Aber ich will, daß dich davon nicht meine Worte, sondern deine Augen überzeugen!«

Der Herzog drängte, und so gingen sie denn zusammen zu der Prinzessin, die schon von ihrem Kommen gehört hatte und sie formvollendet und heiter empfing. Sie ließen sie zwischen sich Platz nehmen, aber die Unterhaltung brachte ihnen kein Vergnügen, denn sie verstand ihre Sprache wenig oder gar nicht. Jeder von ihnen starrte sie wie ein Wunder an, besonders der Herzog, der kaum glauben konnte, daß sie ein sterbliches Wesen war. Er merkte gar nicht, daß er, während er sie anblickte, mit den Augen das Liebesgift einsog. Er glaubte seinem Verlangen genugzutun, indem er sie anstaunte, aber dabei verfing er sich elend in diesen Schlingen und verliebte sich aufs heftigste in sie.

Er und der Fürst verabschiedeten sich von ihr, und er bekam Zeit nachzudenken. Der Fürst, glaubte er, müsse der glücklichste Mensch der Welt sein, da er etwas so Schönes zu seinem Vergnügen besitze. Viele und widerstreitende Gedanken gingen ihm durch den Kopf, aber schließlich siegte seine heiße Liebe über den Ehrsinn, und er beschloß, was immer daraus folge, er werde dem Fürsten dieses Glück nehmen und alle seine Macht einsetzen, um selbst mit ihr glücklich zu werden.

Er hatte das Gefühl, er müsse sich beeilen. Daher ließ er alle Vernunft und alle Gerechtigkeit fahren und sann nur noch auf Täuschung. Nach dem verruchten Plan, den er gefaßt hatte, ließ er eines Tages, in Abstimmung mit einem vertrauten Diener des Fürsten namens Ciuriaci, alle seine Pferde und sein Gepäck heimlich zur Abreise bereithalten. Die Nacht darauf wurden er und ein Genosse, beide bewaffnet, von dem erwähnten Ciuriaci unauffällig in das Schlafzimmer des Fürsten geführt. Er sah, daß der Fürst, während die Dame schlief, wegen der großen Hitze völlig nackt am Fenster stand, das zum Strand hinausging, um ein wenig frische Luft zu bekommen, die von dieser Seite her kam. Er hatte seinen Begleiter im voraus unterrichtet, was er zu tun habe; er selbst schlich leise durch das Schlafzimmer bis zum Fenster, und dort stieß er dem Fürsten ein Messer so heftig in den Rücken, daß es auf der anderen Seite wieder herauskam, fing den fallenden Körper auf und warf ihn aus dem Fenster. Der Palast lag hoch oben über dem Meer, und unter dem Fenster, an dem der Fürst gestanden hatte, standen ein paar Häuser, die vom Anprall des Meeres eingestürzt waren. Wie der Herzog vorher angenommen hatte, konnte niemand hören, wie die Leiche des Fürsten hinunterfiel.

Als der Begleiter des Herzogs sah, daß das erledigt war, tat er so, als begrüße er Ciuriaci mit einer Umarmung, warf ihm dabei einen Strick um den Hals, den er eigens dafür mitgebracht hatte, und zog zu. Ciuriaci konnte keinen Laut von sich geben. Der Herzog sprang herbei, sie erwürgten ihn und warfen ihn dorthin, wohin sie den Fürsten geworfen hatten.

Der Herzog beruhigte sich; offenbar hatte weder die Dame noch sonst jemand etwas gehört. Er griff einen Leuchter, stellte ihn über das Bett und deckte leise die Dame, die ruhig schlief, völlig auf. Er schaute sie in ihrer ganzen Schönheit an und bewunderte sie aufs höchste. Hatte sie ihm schon in ihren Kleidern gefallen, so gefiel sie ihm nackt über alle Maßen. Ihr Anblick machte ihn rasend vor Begier, und, unbeeindruckt von dem soeben begangenen Verbrechen, legte er sich mit noch blutigen Händen neben sie und verkehrte mit ihr. Sie war noch ganz schlaftrunken und glaubte, es sei der Fürst.

Er verbrachte eine Weile mit dem größten Vergnügen bei ihr. Dann stand er auf, ließ einige seiner Begleiter kommen und befahl ihnen, die Dame so zu packen, daß sie keinen Lärm machen konnte. Er zog sie durch die Geheimtür, durch die er hereingekommen war, hinaus, setzte sie aufs Pferd und machte sich mit allen seinen Leuten so leise wie möglich auf den Weg. Er ritt gegen Athen. Da er verheiratet war, nahm er die Dame, die unglücklicher war als jede andere, nicht mit nach Athen, sondern hielt sie an einem wunderbaren Ort verborgen, ein wenig außerhalb der Stadt über dem Meere. Er ließ sie standesgemäß mit allem versorgen, was sie brauchte.

Den ganzen nächsten Morgen und den halben Nachmittag warteten die Höflinge des Fürsten darauf, daß er sein Bett verließ. Da sie nichts hörten, öffneten sie die Schlafzimmertüren, die nur angelehnt, nicht verschlossen waren; aber sie fanden niemanden. Doch sie dachten, er habe sich heimlich für ein paar Tage zurückgezogen, um mit dieser so schönen Frau sein Vergnügen zu haben, und kümmerten sich um nichts weiter.

So standen die Dinge, bis am Tag darauf ein Verrückter, der

sich in den Ruinen herumgetrieben hatte, wo die Leichen des Fürsten und des Ciuriaci lagen, an dem Strick zerrte, die Leiche des Ciuriaci daran hervorzog und hinter sich herschleifte. Einige Leute erkannten den Toten und waren höchst erstaunt. Sie sagten dem Narren nette Worte, damit er sie dorthin führe, wo er die Leiche herausgezogen hatte, und fanden dort zum großen Schmerz der ganzen Stadt auch die des Fürsten und bestatteten sie feierlich. Sie begannen, nach dem Urheber dieses großen Verbrechens zu suchen. Sie sahen, daß der Herzog von Athen nicht mehr da und offenbar heimlich verschwunden war, und sie schlossen daraus richtig, er müsse es getan und die Dame mit sich fortgeführt haben. Eilig setzten sie den Bruder des Ermordeten als Fürst ein und forderten ihn mit aller Beredsamkeit zur Rache auf. Als weitere Hinweise den Verdacht erhärteten, bat der neue Herrscher Freunde, Verwandte und Dienstleute aus den verschiedenen Regionen um Hilfe; er versammelte ein großes und mächtiges Heer und zog mit ihm gegen den Herzog von Athen in den Krieg.

Der Herzog erhielt Kunde von diesen Kriegsvorbereitungen. Jetzt versammelte auch er seine ganze Streitmacht, und viele mächtige Herren eilten ihm zu Hilfe. Darunter waren zwei, die der Kaiser von Konstantinopel an der Spitze eines großen und gutgerüsteten Heeres ihm zu Hilfe geschickt hatte, nämlich sein Sohn Konstantius und sein Neffe Manuel. Der Herzog veranstaltete für sie einen feierlichen Empfang, aber die Herzogin begrüßte sie noch ehrenvoller, schließlich war sie ihre Schwester.

Der Krieg rückte von Tag zu Tag näher, dennoch fand die Herzogin einen günstigen Augenblick, Bruder und Vetter in ihr Schlafzimmer zu rufen. Dort erzählte sie ihnen unter vielen Tränen wortreich die ganze Geschichte und erklärte ihnen damit die Ursachen dieses Krieges. Sie beklagte das Unrecht, das der Herzog gegen sie mit dieser Frau begangen habe, von der alle wüßten, er halte sie sich heimlich als Geliebte. Darüber beschwerte sie sich bitter und bat sie, alles zu tun, was in ihrer Macht stünde, um die Ehre des Herzogs und ihre Seelenruhe wiederherzustellen. Nun wußten die jungen Herren, wie alles sich zugetragen hatte. Sie trösteten, ohne weiter viel zu fragen, die Herzogin so gut sie konnten und gaben ihr neue Hoffnung. Nachdem sie von ihr noch erfahren hatten, wo die Dame lebe, brachen sie auf.

Da sie nun schon so viel von der wunderbaren Schönheit dieser Dame gehört hatten, wollten sie sie sehen; daher baten sie den Herzog, er möge sie bei ihr einführen. Der Herzog versprach, das zu tun; er hatte wohl vergessen, was mit dem Fürsten geschehen war, nachdem dieser ihn bei ihr eingeführt hatte. Er hielt sein Versprechen und veranstaltete am kommenden Morgen in einem wunderbaren Garten, der zu dem Anwesen gehörte, in dem sie wohnte, ein großartiges Essen und brachte sie mit wenigen anderen Begleitern dorthin. Konstantius saß neben ihr und schaute sie voller Bewunderung an. Im stillen sagte er sich, so etwas Schönes habe er noch nie gesehen und niemand dürfe den Herzog oder sonst jemanden tadeln, der, um in den Besitz von etwas so Schönem zu kommen, Verrat übe oder sonst etwas Unehrenhaftes tue. Jedesmal, wenn er sie anschaute, gefiel sie ihm noch besser. Es ging ihm also nicht anders, als es dem Herzog ergangen war. Als er von ihr aufbrach, war er in sie verliebt. Jeder Gedanke an den Krieg war vergessen; er dachte nur noch darüber nach, wie er sie dem Herzog entführen könne. Sorgfältig verbarg er jedermann seine Liebe.

Aber während in ihm dieses Feuer loderte, kam die Zeit, gegen den Fürsten in den Kampf zu ziehen. Dieser näherte sich bereits den Ländern des Herzogs. Daher zogen der Herzog und Konstantius mit allen anderen plangemäß von Athen an die Grenzen, um sie zu verteidigen, so daß der Fürst nicht weiter vorrücken könnte. Konstantius hielt sich einige Tage an der Grenze auf, aber alle seine Gedanken und Gefühle waren bei jener Dame, und er stellte sich vor, jetzt, wo der Herzog weit weg war, könne er bequem zu seinem Vergnügen kommen. Um einen Grund zu haben, nach Athen zurückzukehren, spiegelte er eine ernste Krankheit vor. Mit Erlaubnis des Herzogs übertrug er daher den Oberbefehl auf Manuel und ging nach Athen zu seiner Schwester. Nach einigen Tagen brachte er sie dazu, wieder von der Mißachtung zu sprechen, die sie vom Herzog erleide, indem er sich diese Dame hielt. Er sagte ihr, er könne ihr in dieser Sache sehr wohl behilflich sein; er werde sie einfach dort herausholen, wo sie war, und sie wegschaffen. Da die Herzogin glaubte, Konstantius tue das aus Liebe zu ihr, nicht aus Liebe zu der Dame, sagte sie ihm, der Plan gefalle ihr sehr gut, nur dürfe der Herzog nie erfahren, daß sie dabei ihre Hände im Spiel hatte. Konstantius sagte ihr das fest zu, sie solle ihm dafür nur freie Hand lassen.

Konstantius ließ heimlich ein schnelles Schiff ausrüsten und schickte es eines Abends in die Nähe des Gartens, wo die Dame sich aufhielt; vorher gab er einigen seiner Leute Anweisung, was sie zu tun hätten. Er selbst ging dann mit einigen Freunden zum Palast der Dame. Sie und ihre Begleitung begrüßten ihn heiter, und dann ergingen sich alle auf seinen Wunsch im Garten, die Dame, er und die Begleiter.

Er tat so, als habe er im Auftrag des Herzogs mit ihr zu sprechen und ging allein mit ihr zu einem Tor, das aufs Meer hinausführte und das einer seiner Leute schon inzwischen geöffnet hatte. Auf ein verabredetes Zeichen hin kam das Schiff, und sofort ließ er sie ergreifen und aufs Schiff bringen. Ihre Dienerschaft schrie er an: »Keiner bewegt sich! Keiner gibt einen Laut von sich! Sonst ist er tot! Denn ich will nicht dem Herzog die Frau rauben, ich beseitige nur die Schande, die er meiner Schwester antut!«

Darauf wagte niemand etwas zu erwidern. Konstantius bestieg mit seinen Leuten das Boot, setzte sich neben die Dame, die ständig weinte, befahl, die Ruder ins Wasser zu lassen und loszulegen. Sie schienen nicht zu rudern, sondern zu fliegen; schon im Morgengrauen des nächsten Tages erreichten sie Ägina.

Dort gingen sie an Land und zogen sich zum Erholen zurück. Konstantius hatte an der Frau, die ihre unheilvolle Schönheit beklagte, sein Vergnügen. Von da bestiegen sie wieder das Schiff und erreichten innerhalb weniger Tage Chios. Konstantius beschloß, hier als an einem sicheren Ort zu bleiben; hier, glaubte er, brauche er weder den Zorn seines Vaters zu fürchten noch damit zu rechnen, die geraubte Frau werde ihm wieder entrissen. Hier beweinte die schöne Dame einige Tage lang ihr Unglück, ließ sich dann aber von Konstantius trösten und, wie sie es schon mehrfach getan hatte, begann sie auch jetzt, Vergnügen aus dem zu ziehen, was Fortuna vor ihr ausbreitete.

Während dies alles geschah, kam zufällig Osbeck, damals König der Türken, der in ständigem Krieg mit dem Kaiser lag, nach Smyrna. Als er hier erfuhr, Konstantius befinde sich gänzlich ungeschützt auf Chios und führe dort ein Lasterleben mit einer geraubten Frau, setzte er eines Nachts mit einigen kleinen Schiffen dorthin über, betrat unbemerkt mit seinen Leuten das Land, nahm viele von ihnen in ihren Betten gefangen, bevor sie den Einfall der Feinde überhaupt bemerkt hatten, und tötete die, die aufgewacht waren und nach ihren Waffen gegriffen hatten. Dann brannten sie das ganze Land nieder, luden Beute und Gefangene auf die Schiffe und kehrten nach Smyrna zurück. Dort angekommen, besichtigte Osbeck, der ein junger Mann war, die Beute und entdeckte die schöne Dame; er erkannte sie wieder als die Frau, die zusammen mit Konstantius schlafend im Bett gefangen worden war. Er war höchst entzückt, sie zu sehen, machte sie ohne jedes Zögern zu seiner Frau, feierte die Hochzeit und genoß für einige Monate die Freuden des Ehebetts.

Bevor dies alles geschah, stand der Kaiser in Verhandlungen mit Basano, dem König von Kappadozien. Dieser sollte von seiner Seite her mit seinen Truppen gegen Osbeck marschieren, während er ihn von seiner Seite aus angriffe. Aber diese Verhandlungen waren noch zu keinem Abschluß gekommen, weil er einigen unpassenden Forderungen, die Basano stellte, nicht entgegenkommen wollte. Doch als er jetzt von dem Abenteuer seines Sohnes hörte, war er so empört, daß er ohne Zögern allen Forderungen des Königs von Kappadozien zustimmte und ihn drängte, so schnell wie möglich Osbeck anzugreifen. Als Osbeck das erfuhr, vereinte er sein Heer und griff, bevor er von zwei übermächtigen Heeren in die Zange genommen würde, von sich aus den König von Kappadozien an. Seine schöne Dame vertraute er in Smyrna einem treuen Diener und Freund an und zog kurz darauf gegen den König von Kappadozien in die Schlacht. Aber er wurde in der Schlacht getötet, sein Heer wurde geschlagen und zerstreut. Daher zog Basano siegreich ungehindert in Smyrna ein und stellte fest, daß alle Menschen sich ihm als dem Sieger unterwarfen.

Osbecks Vertrauter – er hieß Antiochus –, dem die schöne Dame zur Bewachung übergeben war, stand schon im fortgeschrittenen Alter. Doch als er sah, wie schön sie war, wahrte er seinem Freund und Herrn die Treue nicht, sondern verliebte sich in sie. Er war jemand, der ihre Sprache verstand, und das war ihr sehr angenehm, hatte sie doch einige Jahre wie eine Taubstumme leben müssen, weil niemand sie verstand und sie von niemandem verstanden wurde. Die Liebe trieb ihn an, und in wenigen Tagen wurde er so vertraut mit ihr, daß sie bald darauf ihren Herrn vergaßen, der unter Waffen und im Krieg stand. So entstand zwischen ihnen nicht nur Freundschaft, sondern ein Liebesverhältnis; sie genossen miteinander unter der Bettdecke wunderbare Freuden.

Aber als sie hörten, daß Osbeck besiegt und gefallen und Basano bereits unterwegs war, um alles an sich zu reißen, da beschlossen sie gemeinsam, hier nicht auf ihn zu warten. Sie packten den größten Teil des Eigentums von Osbeck zusammen und gingen gemeinsam heimlich nach Rhodos. Sie lebten hier noch gar nicht lange zusammen, da erkrankte Antiochus zu Tode. Er fühlte sein Ende nahen, und weil damals zufällig einer seiner besten Freunde, ein Kaufmann aus Cypern, bei ihm wohnte, den er gerne hatte, wollte er ihm sein Vermögen und seine geliebte Dame überlassen.

Schon war er dem Tode nahe, da rief er beide zu sich und sagte: »Ich sehe, daß es mit mir zu Ende geht. Das betrübt mich, denn nie habe ich so gerne gelebt wie jetzt. Doch gibt es etwas, weshalb ich zufrieden sterbe, denn ich sehe, daß ich, wenn ich schon sterben muß, in den Armen der beiden Personen sterbe, die mir lieber sind als alle anderen auf der Welt, nämlich in deinen, liebster Freund, und in denen dieser Dame, die ich, seit ich sie kennenlernte, mehr geliebt habe als mich selbst. Das Sterben fällt mir schwer, weil ich sehe, daß sie nach meinem Tod hier fremd ist, ohne Rat und ohne Hilfe. Das wäre gänzlich unerträglich, wenn du nicht hier wärest. Ich glaube, du wirst dich aus Liebe zu mir um sie sorgen, wie du dich um mich gekümmert hättest. Deshalb bitte ich, so sehr ich nur kann: Sollte es mit mir zu Ende gehen, laß dir meine Sachen und sie empfohlen sein. Mach mit beiden, was du glaubst, daß es am meisten dem Trost meiner Seele dient. Und dich, liebste Frau, bitte ich: Vergiß mich nicht nach meinem Tode! Im Jenseits will ich mich rühmen können, im Diesseits von der schönsten Dame geliebt worden zu sein, welche die Natur je hervorgebracht hat. Versprecht mir, diese beiden Bitten zu erfüllen, dann kann ich getrost von hinnen gehen.«

Als der Kaufmannsfreund und auch die Dame das hörten, mußten sie weinen. Als seine Rede zu Ende war, trösteten sie ihn und versprachen ihm feierlich, sollte er sterben, dann würden sie tun, was er erbeten hatte. Sein Tod trat sehr bald ein, und sie bestatteten ihn feierlich.

Einige Tage später hatte der Kaufmann aus Cypern alle seine Geschäfte in Rhodos erledigt und wollte auf einem katalanischen Schiff nach Cypern zurückkehren. Er fragte die schöne Dame, was sie zu tun wünsche, denn für ihn gebe es einen zwingenden Grund, nach Cypern zurückzukehren. Sie antwortete, wenn er wolle, werde sie ihn gern begleiten, nur erwarte sie, daß er sie aus Liebe zu Antiochus als seine Schwester ansehe und behandle. Der Kaufmann erwiderte, er sei mit allem einverstanden, und um sie vor jeder üblen Nachrede zu schützen, der sie während der Überfahrt ausgesetzt sein könnte, gab er sie als seine Ehefrau aus. So bestiegen sie denn das Schiff, bekamen eine kleine Kabine im Heck, und damit die Tatsachen seine Worte nicht offen widerlegten, legte er sich mit ihr in ein recht kleines Bett zum Schlafen. Aber dadurch kam es zu dem, was weder der eine noch der andere bei der Abreise aus Rhodos im Sinn gehabt hatte: Das Dunkle, das Weiche und die Wärme des Bettes – alles Dinge, die man nicht unterschätzen soll – reizten sie, und wie vom gleichen Verlangen getrieben, vergaßen sie die Freundschaft und die Liebe zu dem toten Antiochus und begannen, sich gegenseitig zu erregen, so daß sie Hochzeit machten, noch ehe sie in Baffa landeten, wo der Kaufmann zu Hause war. In Baffa angekommen, lebten sie längere Zeit zusammen bei dem Kaufmann.

Nach einiger Zeit kam zufällig ein Adliger mit Namen Antigonus in irgendeiner Geschäftssache nach Baffa. Er war älter und verständiger; dafür war sein Reichtum kleiner, denn Fortuna hintertrieb die vielfältigen Vermittlungsdienste für den König von Cypern. Eines Tages nun schlenderte er vor dem Haus vorbei, in dem die schöne Dame wohnte; der Kaufmann aus Cypern war auf Handelsreise in Armenien.

Da bekam Antigonus zufällig die schöne Dame zu Gesicht, wie sie an einem Fenster stand. Weil sie so überaus schön war, schaute er sie lange an. Sie kam ihm irgendwie bekannt vor, er begann sich zu fragen, wo er sie schon einmal gesehen habe, aber er konnte sich an den Ort in keiner Weise erinnern. Lange war die schöne Dame Spielball der Fortuna gewesen, jetzt aber näherte sich das Ende ihrer Leidenszeit. Denn als sie Antigonus erblickte, da erinnerte sie sich, daß sie ihn in Alexandria im Dienste ihres Vaters in hoher Stellung kennengelernt hatte, und sofort faßte sie Hoffnung, mit seiner Hilfe in ihren königlichen Rang zurückzukehren, zumal ihr Kaufmann gerade nicht da war. Sobald sie nur konnte, ließ sie Antigonus zu sich rufen. Als er kam, fragte sie schüchtern, ob er, wie sie annehme, Antigonus aus Famagosta sei. Antigonus bejahte und fügte hinzu: »Madame, auch ich meine mich erinnern zu können, Euch gesehen zu haben, aber ich kann mich nicht erinnern wo. Daher bitte ich Euch, ohne Euch lästig fallen zu wollen, ruft mir in mein Gedächtnis zurück, wer Ihr seid.«

Als die Dame hörte, daß er es wirklich war, brach sie in Tränen aus und schlang die Arme um seinen Hals. Er war höchst verwundert darüber, aber nach einer Weile fragte sie ihn, ob er sie vielleicht in Alexandria gesehen habe. Schon als er diese Frage hörte, wurde Antigonus sofort klar, daß sie Alatiel, die Tochter des Sultans, sei, von der man annahm, sie sei im Meer zu Tode gekommen. Er wollte ihr die schuldige Reverenz erweisen, aber sie erlaubte es nicht und bat ihn, sich eine Weile neben sie zu setzen. Antigonus tat das und fragte sie dann in ergebenem Ton, wie und wann und woher sie hierhergekommen sei, sei doch in ganz Ägypten jeder überzeugt, sie sei vor Jahren im Meer ertrunken.

Darauf antwortete die Dame: »Ich wollte, es wäre so gewesen. Das wäre besser gewesen als das Leben zu führen, das hinter mir liegt, und ich bin überzeugt, daß mein Vater dasselbe wünscht, wenn er es je erfährt.« Und indem sie das sagte, fing sie wieder furchtbar zu weinen an.

Daher sagte Antigonus zu ihr: »Madame, quält Euch nicht früher als nötig. Wenn Ihr mögt, erzählt mir Eure Unglücksfälle und was Ihr für ein Leben geführt habt. Vielleicht ist die Sache so gelaufen, daß wir hier, mit Gottes Hilfe, einen guten Ausweg finden.«

»Antigonus«, sagte die schöne Dame, »als ich dich sah, glaubte ich meinen Vater zu sehen. Und die Liebe und Zärtlichkeit, die ich für ihn empfinden soll, haben mich bewegt, auf dich zuzugehen, wo ich mich auch hätte verborgen halten können. Es gibt nur wenige Personen, deren Anblick mich so gefreut hat wie der deine. Daher werde ich dir wie einem Vater mein ganzes Unglück aufdecken, das ich immer verborgen halten mußte. Wenn du mich angehört hast und immer noch einen Weg für mich siehst, in meinen früheren Rang zurückzukehren, dann gehe ihn. Wenn du keinen siehst, dann beschwöre ich dich, nie einem Menschen zu erzählen, daß du mich getroffen oder irgend etwas über mich gehört hast.«

Nachdem sie dies gesagt hatte, erzählte sie ihm, immer unter Tränen, alles, was sie erlebt hatte – von dem Schiffbruch vor Mallorca bis zum gegenwärtigen Augenblick. Da war denn auch Antigonus so ergriffen, daß er zu weinen anfing. Nachdem er aber eine Weile nachgedacht hatte, sagte er: »Madame, da bei all diesen Unglücksfällen unbekannt geblieben ist, wer Ihr seid, kann ich Euch zweifellos Eurem Vater wiedergeben als die Tochter, die er mehr liebt als zuvor, und dann gebe ich Euch dem König von Algarvien zur Frau.«

Als sie fragte, wie er das erreichen wolle, erklärte er ihr der Reihe nach, was zu tun sei. Damit es keinen Aufschub mit vielleicht neuen Zwischenfällen gebe, kehrte er sofort nach Famagosta zurück, meldete sich beim König an und sprach zu ihm: »Mein Herrscher, wenn es Euch genehm ist, könnt ihr zur gleichen Zeit für Euch großen Ruhm erwerben und für mich, der ich in Eurem Dienste arm geworden bin, großen Nutzen stiften ohne große Unkosten.«

Der König wollte Näheres wissen, und Antigonus erklärte:

»In Baffa ist die schöne junge Tochter des Sultans angekommen, von der man so lange dachte, sie sei ertrunken. Um ihre Ehre zu wahren, mußte sie lange Zeit viel Schweres erdulden. Nun lebt sie in bescheidenen Verhältnissen, aber sie will zu ihrem Vater zurück. Wenn es Euch gefiele, sie unter meinem Schutz zum Sultan zu schicken, so gereichte das Euch zu großer Ehre und mir zu großem Nutzen, denn ich bin überzeugt, der Sultan würde einen solchen Dienst nie vergessen.«
Der König stimmte in fürstlicher Hochherzigkeit sofort zu, schickte ihr eine Ehrenwache und ließ sie nach Famagosta kommen, wo er und die Königin sie mit unglaublicher Feierlichkeit und fürstlichem Glanz empfingen. Der König und die Königin erkundigten sich nach ihren unglücklichen Erfahrungen, und sie erzählte alles so, wie Antigonus es ihr beigebracht hatte. Wenige Tage später schickte der König sie auf ihre Bitten unter der Leitung von Antigonus zum Sultan zurück, zusammen mit einer schönen und feierlichen Begleitung von Höflingen und Hofdamen. Niemand frage mich, einen wie festlichen Empfang der Sultan ihr bereitete, auch dem Antigonus und der ganzen Begleitung. Nachdem sie sich ein wenig ausgeruht hatte, wollte der Sultan wissen, wie es komme, daß sie am Leben und wo sie so lange geblieben sei, ohne ihm eine Nachricht zukommen zu lassen, und wie es ihr gehe.
Die Dame hatte die Instruktionen des Antigonus bis ins kleinste gegenwärtig und wandte sich mit folgenden Worten an ihn: »Mein Vater, etwa zwanzig Tage nach meiner Abreise von Euch zerriß ein furchtbarer Sturm unser Schiff, es zerschellte eines Nachts dort drüben, an den Stränden des Westens, nahe bei einem Ort mit Namen Aigues-Mortes. Was dabei mit den Männern geschah, die auf unserem Schiff wa-

ren, ich weiß es nicht und konnte es nie erfahren. Nur an dies eine erinnere ich mich: Als der Tag kam, da erwachte ich wie vom Tode zum Leben. Die Bauern hatten das gestrandete Schiff schon entdeckt, und aus der ganzen Umgebung kamen sie herbeigerannt, um das Wrack zu plündern. Ich und zwei meiner Frauen, wir erwachten, als wir am Ufer lagen, und sofort kamen zwei Männer, die sie ergriffen und die eine hierhin, die andere dorthin in eiliger Flucht verschleppten. Was aus ihnen geworden ist, habe ich nie erfahren. Ich, ich wehrte mich, doch zwei junge Männer packten mich und zogen mich an den Haaren hinter sich her. Ich schrie laut, und gerade als sie mich über eine Straße in einen großen Wald zogen, kamen vier Männer zu Pferde vorbei. Als meine Peiniger sie erblickten, ließen sie mich sofort los und begannen zu fliehen. Die vier Männer, die ihrem Aussehen nach höhere Positionen innehatten, eilten zu mir herbei und fragten mich viele Dinge, und ich habe ihnen auch viel gesagt, aber weder verstanden sie mich noch ich sie. Sie aber setzten mich, nachdem sie lange beraten hatten, auf eines ihrer Pferde und führten mich zu einem Kloster für Damen, das nach ihren Religionsgesetzen eingerichtet war. Ich weiß nicht, was sie den Nonnen erklärten, jedenfalls wurde ich dort von allen aufs liebenswürdigste aufgenommen und immer mit Respekt behandelt. Ich habe dann mit großer Hingabe mit ihnen zusammen den Heiligen ›Wachse, Kleiner!‹ in Valcava verehrt, den die Frauen dieser Gegend sehr mögen. Als ich dann eine Weile bei ihnen gewesen war und ein wenig ihre Sprache erlernt hatte, fragten sie mich, wer ich sei und woher ich komme. Aber ich wußte ja, daß ich bei Christen war, daher hatte ich Angst, sie würden mich als Feindin ihres Religionsgesetzes hinauswerfen, wenn ich ihnen die Wahrheit sagte.

Daher habe ich geantwortet, ich sei die Tochter eines großen adligen Herren aus Cypern, der mich zur Hochzeit nach Kreta geschickt habe, aber ein Unwetter habe uns hierher verschlagen und unser Schiff zerstört. Überhaupt habe ich mich aus Angst ziemlich oft und auf ziemlich vielen Gebieten an ihre Lebensgewohnheiten gehalten, aber als die Wichtigste dieser Frauen, die sie ›Äbtissin‹ nannten, mich fragte, ob ich nicht nach Cypern zurückkehren wolle, da antwortete ich, dies sei mein größter Wunsch. Aber sie war so zärtlich besorgt um meine Ehre, daß sie mich niemandem anvertrauen wollte, der nach Cypern fuhr, bis dann etwa vor zwei Monaten einige Edelleute aus Frankreich, von denen etliche mit der Äbtissin verwandt waren, mit ihren Damen dort hinkamen. Von ihnen erfuhr sie, daß sie auf dem Wege nach Jerusalem waren, um das heilige Grab aufzusuchen, worin der begraben war, den die Juden getötet hatten und den sie für Gott halten. Da empfahl sie mich ihnen und bat sie, sie möchten mich nach Cypern zu meinem Vater bringen. Es würde lange dauern zu erzählen, wie hoch diese Edelleute mich geehrt und wie gern sie und ihre Frauen mich in ihren Kreis aufgenommen haben. Wir stiegen dann auf ein Schiff und kamen nach einigen Tagen nach Baffa. Als ich sah, daß wir dort ankamen und kein Mensch mich kannte, da wußte ich nicht, was ich diesen Edelleuten sagen sollte, die mich zu meinem Vater bringen wollten, ganz wie es ihnen von der ehrwürdigen Dame aufgetragen war, aber da schickte mir Allah, dem ich wohl inzwischen leid tat, den Antigonus am Ufer über den Weg, genau zu der Stunde, als wir in Baffa an Land gingen. Ich rief ihn sofort, aber in unserer Sprache, so daß die Edelleute und ihre Damen uns nicht verstehen konnten, und ich sagte ihm, er solle mich als seine Tochter begrüßen. Er verstand sofort und zeigte große Freude, dann bewirtete er die Edelleute und ihre Damen nach seinen geringen Möglichkeiten und führte mich von da zum König von Cypern, der mich so ehrenvoll empfing, wie ich es nie ausreichend erzählen könnte, und mich an Euch weitersandte. Wenn sonst noch etwas zu erzählen bleibt, dann soll Antigonus es berichten, der sich schon oft die Geschichte meiner Abenteuer angehört hat.«

Da sprach Antigonus zum Sultan: »Mein Herrscher, sie hat es Euch genau so erzählt, wie ich es schon öfter von ihr und auch von jenen Edelleuten, mit denen sie angekommen war, gehört habe. Nur etwas hat sie beim Erzählen weggelassen, und zwar, glaube ich, weil es sich nicht schickt, daß sie es selbst sagt. Und das ist, was jene Edelleute und ihre Damen, mit denen sie angereist kam, von dem ehrenhaften Leben erzählten, das sie bei den frommen Damen führte, von ihren Tugenden und edlen Sitten, und auch von den Tränen und Klagen dieser Damen und Herren, als sie sie mir anvertrauten und sich verabschiedeten. Wollte ich hier alles wiederholen, was sie darüber erzählt haben, würde weder der heutige Tag noch die folgende Nacht dazu ausreichen. Nur dies eine will ich noch hinzufügen: Nach den Worten dieser Edelleute und nach allem, was ich selbst gesehen habe, dürft ihr Euch vor allen anderen Herren, die eine Krone tragen, rühmen, die schönste, anständigste und tüchtigste Tochter zu haben.«

Der Sultan war über diese Auskunft hingerissen vor Freude, und immer wieder bat er Allah, er möge ihm erlauben, sich allen dankbar zu erweisen, die seine Tochter geehrt hätten, besonders dem König von Cypern, durch den sie ihm auf die ehrenvollste Weise wiedergegeben worden sei. Er bedachte Antigonus mit aufwendigsten Geschenken und gab ihm nach einigen Tagen die Erlaubnis, nach Cypern zurückzureisen. Beim König bedankte er sich wärmstens in Briefen und durch besondere Botschafter für das, was er für seine Tochter getan hatte. Danach wollte er zu Ende bringen, was er begonnen hatte, nämlich daß sie die Frau des Königs von Algarvien würde. Dazu teilte er ihm alle Einzelheiten mit und schrieb dazu, wenn er sie immer noch heiraten möchte, dann solle er sie abholen lassen. Darüber freute der König von Algarvien sich sehr; er schickte eine Gesandtschaft ihretwegen aus und empfing sie mit Freuden. Und sie, die mit acht Männern vielleicht zehntausendmal geschlafen hatte, legte sich neben ihn wie eine Jungfrau und ließ ihn glauben, sie sei es noch. Und dann lebte sie als Königin noch lange glücklich mit ihm zusammen.

Daher kommt wohl der Spruch:

Geküßter Mund
leidet nicht Schwund.
Den Kuß er lohnt:
wird neu wie der Mond.

Im Klostergarten

Masetto aus Lamporecchio spielt den Stummen und wird Gärtner in einem Kloster vornehmer Damen, die sich alle darum reißen, mit ihm zu schlafen.

Reizende Damen, recht viele Männer und Frauen gibt es, die so dumm sind zu glauben, eine junge Frau, der man einen weißen Schleier um den Kopf bindet und einen schwarzen Umhang über die Schulter wirft, sei keine Frau mehr und spüre kein weibliches Verlangen, als hätte man sie in einen Stein verwandelt, indem man sie zur Nonne machte. Sagt dann jemand etwas gegen diesen ihren Glauben, so ereifern sie sich, als habe er ein ungeheures und verruchtes Verbrechen gegen die Natur begangen. Sie vergessen dabei sich selbst. Sie wollen nicht wahrhaben, daß sie unbefriedigt sind, obwohl sie volle Freiheit haben zu tun, was sie wollen. Und sie übersehen die große Macht des Müßiggangs und des Triebes. Außerdem gibt es auch Leute, die glauben, Hacke und Spaten, grobes Essen und Mühsal der Feldarbeit tilgten alles fleischliche Begehren der Landarbeiter und sie vergröberten deren Verstand und Wahrnehmung. Aber die so etwas glauben, täuschen sich sehr. Das möchte ich euch gern durch ein kleines Geschichtchen zeigen. Schließlich hat mir die Königin ja befohlen zu erzählen, und ich glaube nicht aus dem Rahmen zu fallen, den sie gesetzt hat.
Hier in unserer Gegend gab und gibt es noch ein Kloster für

vornehme Frauen, das berühmt war wegen seiner Heiligkeit. Seinen Namen nenne ich besser nicht, denn ich will sein hohes Ansehen auch nicht um das geringste mindern. Dort also lebten vor gar nicht langer Zeit nur noch acht Damen, alle recht jung, mit ihrer Äbtissin, und für ihren wunderschönen Garten hatten sie ein ehrenwertes kleines Männchen als Gärtner. Der aber war mit seinem Lohn nicht zufrieden, rechnete mit dem Verwalter der Damen ab und kehrte nach Lamporecchio zurück, wo er herstammte. Als er ankam, wurde er von einigen Leuten freudig begrüßt, und darunter war auch ein junger Landarbeiter, groß und stark, für einen Mann vom Land gut aussehend; er hieß Masetto. Dieser fragte ihn, wo er denn so lange gewesen sei, und der gute Kerl, der Nuto hieß, sagte ihm, er habe in einem Kloster gelebt. Daraufhin fragte ihn Masetto, was er im Kloster getan habe.

»Ich habe in ihrem schönen und großen Garten gearbeitet«, antwortete ihm Nuto. »Ab und zu ging ich auch in den Wald, um Brennholz zu holen. Wasser habe ich herbeigeschleppt und andere kleine Arbeiten getan, aber die Damen gaben mir so wenig Lohn, daß ich damit kaum den Schuster bezahlen konnte. Und außerdem, sie sind alle jung, und ich glaube, sie haben den Teufel im Leib, denn nichts kann man ihnen recht machen. Stell dir vor: Eines Tages arbeitete ich im Garten, da kam die eine Nonne und sagte: ›Mach das so!‹, dann kam die andere und sagte: ›Mach das anders!‹, und wieder eine andere nahm mir die Hacke aus der Hand und sagte: ›So macht man das nicht!‹ Sie haben mich derart gepiesackt, daß ich die Arbeit stehen- und liegenließ und aus dem Garten rannte. Dies also sind die beiden Gründe, warum ich dort nicht länger bleiben wollte und hierhergekommen bin. Zu allem Überdruß bat mich ihr Verwalter noch, als ich ging, wenn ich einen zur Hand hätte, der die Arbeit dort machen könne, dann soll ich ihn ihm schicken. Ich habe es ihm versprochen, aber ich denke gar nicht daran, ihm jemanden zu besorgen oder zu schicken.«

Als Masetto diese Worte hörte, überkam seine Seele eine solche Lust, zu diesen Nonnen zu gehen, daß er vor Sehnsucht fast umkam, denn er entnahm den Worten Nutos, er könne dort etwas von dem bekommen, was er sich wünschte. Er begriff sofort, daß er gar nichts bekäme, wenn er Nuto etwas sagte; daher antwortete er ihm: »Na, das hast du aber gut gemacht, dort abzuhauen! Was wird aus einem Mann, der nur mit Frauen zusammenlebt! Dann lieber noch mit einem Sack voll Teufeln! Denn in sieben Fällen wissen die Weiber sechsmal nicht, was sie wollen!«

Ihre Unterhaltung ging zu Ende, und Masetto begann darüber nachzudenken, wie er es anstellen müsse, bei ihnen sein zu können. Er wußte sehr wohl, daß er die Arbeiten gut tun könnte, von denen Nuto gesprochen hatte; daher hatte er keine Sorge, aus diesem Grund zurückgewiesen zu werden, nein, er fürchtete, sie würden ihn nicht nehmen, weil er zu jung war und zu gut aussah. Es ging ihm allerlei durch den Kopf, aber am Ende sagte er sich: »Das Kloster ist weit weg von hier. Niemand kennt mich dort. Wenn ich so tue, als sei ich stumm, dann nehmen sie mich bestimmt.«

Diese Vorstellung setzte sich bei ihm mehr und mehr fest, bis er eines Tages eine Axt über die Schulter legte und ärmlich gekleidet sich auf den Weg zum Kloster machte, ohne jemandem zu sagen, wohin er gehe. Als er dort ankam, durchschritt er das Tor und traf zufällig im Hof den Verwalter. Er machte ihm Gesten, wie die Stummen sie machen, und gab ihm zu verstehen, er bitte ihn um der Liebe Gottes willen um etwas zu essen, und dafür könnte er, wenn nötig, das Brennholz kleinhacken. Der Verwalter freute sich: Er gab ihm zu essen und stellte ihn vor ein paar Holzklötze, die Nuto nicht kleinbekommen hatte. Als bärenstarker Mann hatte er sie schnell gespalten. Der Verwalter, der ohnehin in den Wald gehen mußte, nahm ihn dorthin mit und ließ ihn Bäume fällen. Dann stellte er ihm einen Esel hin und gab Masetto durch Zeichen zu verstehen, er solle sie nach Hause schaffen. Masetto machte das so gut, daß der Verwalter ihn ein paar Tage bei sich behielt, um bestimmte Dinge zu besorgen, die nötig waren. So kam es denn, daß die Äbtissin ihn eines Tages sah und den Verwalter fragte, wer das sei.

Dieser antwortete ihr: »Madame, das ist ein armer Mann, stumm und taub, der dieser Tage zum Betteln hierherkam. Ich habe ihm etwas gegeben und dann allerhand Dinge machen lassen, die nötig waren. Ich glaube, wir wären gut bedient, wenn er hierbleiben wollte und im Garten arbeiten könnte. Schließlich brauchen wir einen Gärtner, und er ist stark. Man könnte mit dem Mann machen, was man will, und außerdem braucht ihr Euch keine Sorgen zu machen, daß er mit Euren jungen Nonnen plaudert.«

»Beim Namen Gottes«, erwiderte die Äbtissin, »du hast recht! Sieh zu, ob er im Garten arbeiten kann und versuche, ihn zu halten! Gib ihm ein paar Schuhe, schenk ihm einen alten Mantel, sag ihm nette Worte! Hätschele ihn ein bißchen und gib ihm gut zu essen!«

Der Verwalter sagte das zu. Aber Masetto, der gar nicht weit weg stand und so tat, als müsse er den Hof kehren, hatte alle diese Worte gehört und sagte zu sich heiter im stillen: »Wenn ihr mich hier reinlaßt, dann werde ich euren Garten bearbeiten, wie er euch noch nie bearbeitet worden ist!«

Der Verwalter hatte inzwischen erkannt, wie ausgezeichnet Masetto arbeiten konnte und fragte ihn mit Gesten, ob er hierbleiben wolle. Masetto gab ihm durch Gesten zu verstehen, daß er alles tun wolle, was der Verwalter wünsche. Daraufhin stellte der Verwalter ihn ein. Er beauftragte ihn, den Garten zu pflegen, und zeigte ihm, was er zu tun habe. Dann mußte er sich aber um andere Geschäfte des Klosters kümmern und ließ ihn allein. Er arbeitete einen Tag wie den anderen, aber schon fingen die Nonnen an, ihn zu hänseln und ihren Spott mit ihm zu treiben, wie die Leute das oft mit Taubstummen machen. Sie sagten ihm die unanständigsten Dinge der Welt ins Gesicht, weil sie glaubten, er verstehe sie nicht. Die Äbtissin kümmerte sich wenig oder gar nicht darum, vermutlich weil sie annahm, wessen Mund stumm ist, dessen Schwanz sei still.

Eines Tages aber ruhte er sich nach schwerer Arbeit ein wenig aus, und da geschah es, daß zwei junge Nönnchen, die im Garten spazierengingen, etwas näher an ihn herankamen. Er stellte sich schlafend, und sie begannen, ihn sich einmal anzusehen. Die eine war etwas beherzter und sagte zur anderen: »Kannst du etwas für dich behalten? Wenn ich das wüßte, würde ich dir gern etwas sagen, was mir schon hundertmal durch den Kopf gegangen ist und wovon wir beide etwas hätten.«

Die andere antwortete: »Sag es mir! Du kannst beruhigt sein, ich werde es gewiß niemandem sagen.«

Jetzt begann die Beherzte klarer zu reden: »Ich weiß ja nicht, aber hast du einmal darüber nachgedacht, wie eng man uns hier hält? Nie traut sich ein Mann hierher, außer dem alten Verwalter und diesem Stummen da, und dabei habe ich doch schon öfter und von verschiedenen Damen, die zu uns kamen, gehört, alle Freuden dieser Welt seien nur ein Dreck gegen die Lust einer Frau, die sich mit einem Mann abgibt. Ich kann es ja mit keinem anderen Mann ausprobieren, deshalb kam mir schon öfter die Idee, man müßte es einmal mit diesem Taubstummen ausprobieren, ob es wahr ist. Er ist für diesen Zweck genau der Richtige, denn selbst wenn er wollte, könnte er nichts weitersagen. Du siehst, er ist ein blöder Lackel, ein Riesenkerl mit kleinem Verstand. Ich wüßte gern, was du davon hältst.«

»Ach Gott«, stöhnte die andere, »wie kannst du nur so etwas sagen? Weißt du denn nicht, daß wir Gott unsere Jungfräulichkeit versprochen haben?«

»Ach!« sagte die erste, »was verspricht man ihm nicht alles den lieben Tag lang, und kein Mensch denkt daran, es zu halten! Wenn wir sie ihm versprochen haben, dann findet sich schon die eine oder die andere, die sie ihm hält.«

»Ach«, erwiderte ihre Gefährtin, »aber was wird, wenn wir schwanger würden?«

Die Kecke antwortete darauf: »Du fängst an, dir Sorgen zu machen um ein Unglück, das noch gar nicht da ist. Sollte es eintreten, dann ist immer noch Zeit, darüber nachzudenken, dann gibt es immer noch tausend Auswege, daß niemand etwas erfährt, wenn nur wir selbst den Mund halten.«

Als die Schüchterne das hörte, da hatte sie schon größere Lust als die andere, einmal auszuprobieren, was für eine Tierart der Mann ist, und sagte: »Gut denn, aber wie stellen wir es an?«

»Du siehst«, antwortete die andere, »es ist gegen drei Uhr, ich glaube, alle Schwestern außer uns schlafen jetzt. Sehen wir im Garten nach, ob da jemand ist, und wenn niemand da ist, brauchen wir ihn nur bei der Hand zu nehmen und ihn in diesen Schuppen zu führen, wo er sich bei Regen unterstellt, und dort geht die eine mit ihm hinein und die andere steht Wache. Er ist so blöde, er macht dann schon alles, was wir wollen.«

Masetto hörte diese ganze Unterhaltung, hielt sich bereit zu gehorchen und wartete nur darauf, daß eine von beiden ihn an der Hand nähme. Als die Nonnen überall nachgeschaut und gesehen hatten, daß niemand sie beobachten konnte, da ging die, die Masetto angesprochen hatte, zu ihm und weckte ihn. Er sprang sofort auf die Beine. Sie nahm ihn mit schmeichelnden Gesten bei der Hand, er antwortete mit albernem Gelächter, und sie führte ihn in den Schuppen, wo Masetto sich nicht lange bitten ließ zu tun, was sie wollte. Nachdem sie bekommen hatte, was sie wollte, machte sie als verläßliche Gefährtin der anderen Platz, und Masetto spielte wieder den Tölpel und tat, was sie wollte. Bevor sie zurückgingen, haben sie dann noch mehrmals ausprobiert, wie gut der Stumme reiten konnte. Später unterhielten sie sich oft darüber und behaupteten, die Sache sei unglaublich süß, süßer noch, als ihnen erzählt worden war, und von da an gingen sie regelmäßig, wenn der Augenblick günstig war, zu ihrem Stummen, um sich mit ihm zu amüsieren.

Da geschah es nun eines Tages, daß eine ihrer Gefährtinnen sie dabei vom Fenster ihrer Zelle aus beobachtete und es gleich zwei anderen zeigte. Diese sprachen zuerst davon, sie müßten die Schwestern bei der Äbtissin anzeigen, aber dann änderten sie ihren Sinn und verständigten sich mit ihnen dahin, daß auch sie der Kräfte Masettos teilhaftig wurden. Mit der Zeit und aufgrund verschiedener Zufälle leisteten ihnen dann auch die anderen drei Nonnen Gesellschaft. Zuletzt kam die Äbtissin dran. Sie hatte bisher von diesen Dingen nichts bemerkt, aber jetzt ging sie einmal ganz allein durch den Garten, bei großer Hitze, und fand Masetto, wie er breit hingestreckt unter einem Mandelbaum schlief. Ihm war inzwischen am Tag die kleinste Mühe zuviel, weil er in der Nacht zuviel geritten war. Der Wind hatte ihm den Rock hochgeweht, alles lag offen da. Die Dame sah, daß sie allein war, weidete ihre Augen an dem Anblick, und es überkam sie das gleiche begehrliche Kribbeln, dem schon ihre Nönnchen verfallen waren. Sie weckte Masetto und nahm ihn mit auf ihr Zimmer. Sie behielt ihn gleich ein paar Tage dort und erprobte immer von neuem die süße Lust, die sie heftiger als alle anderen zu verdammen pflegte. Dabei beschwerten die Nonnen sich lebhaft, der Gärtner komme gar nicht mehr, seinen Garten zu bearbeiten.

Endlich schickte sie ihn aus ihrem Schlafzimmer zurück in seine Wohnung. Aber er müßte immer wieder zu ihr kommen; sie verlangte auch etwas mehr von ihm als ihren gerechten Anteil. Masetto konnte unmöglich alle befriedigen, und allmählich dämmerte es ihm, seine Rolle als Stummer könne ihm schaden, wenn er noch länger bliebe. Als er daher eines Nachts mit der Äbtissin im Bett lag, zerriß er plötzlich das Band, das seine Zunge gebunden hatte, und begann zu reden: »Madame, ich habe gehört, ein Hahn reiche gut und gern für zehn Hennen, aber zehn Männer könnten nur mit großer Mühe eine einzige Frau befriedigen, ich aber muß deren neun bedienen. Ich kann das für nichts in der Welt länger durchhalten. Ich bin durch das, was ich bisher geleistet habe, so heruntergekommen, daß ich gar nichts mehr machen kann. Darum laßt mich entweder mit Gott gehen oder findet eine andere Lösung.«

Als die Dame hörte, daß der Mann sprach, den sie für stumm

hielt, war sie außerordentlich bestürzt. Dann sagte sie: »Was ist denn hier los? Ich glaubte, du seist stumm!«

»Madame«, sagte Masetto, »das war ich auch, aber nicht von Geburt, sondern durch eine Krankheit, die mir die Stimme nahm, und erst von dieser Nacht an spüre ich, daß sie mir wiedergegeben wurde, wofür ich Gott preise, soviel ich nur kann.«

Die Dame glaubte ihm und fragte ihn, was er damit habe sagen wollen, daß er *neun* bedienen müsse. Masetto sagte ihr die Wahrheit. Als die Äbtissin das hörte, begriff sie, daß sie keine Nonne im Hause hatte, die nicht schlauer war als sie. Als verständige Frau beschloß sie, Masetto nicht gehen zu lassen, sondern die Sache mit ihren Nonnen gemeinsam so zu regeln, daß das Kloster nicht in Verruf käme. Und da in diesen Tagen ihr Verwalter gestorben war, sprachen alle mit großer Zustimmung offen über das, was bis dahin alle getan hatten. Sie beschlossen zur Freude Masettos, sie wollten die Leute der Umgebung glauben machen, Masetto habe kraft ihrer Gebete und aufgrund der Verdienste ihres heiligen Klosterpatrons nach langer Stummheit die Sprache wiedererhalten, und sie wählten ihn zum Verwalter. Sodann teilten sie seine verschiedenen Pflichten so klug auf, daß er nicht weiter überfordert war.

Bei diesen seinen Dienstleistungen erzeugte er zwar eine Menge Mönchlein, aber sie behandelten die Sache so taktvoll, daß nichts davon nach außen drang bis nach dem Tod der Äbtissin. Aber da war Masetto fast schon ein alter Mann; er war inzwischen reich geworden und wollte nach Hause zurück. Als er diesen Wunsch äußerte, entsprach man ihm gerne.

So also ist Masetto alt und ein wohlhabender Vater geworden.

Weil er seine Jugendkraft gut einzusetzen verstand, brauchte er sich nicht darum zu sorgen, seine Kinder zu ernähren oder für ihren Unterhalt zu bezahlen. So kehrte er als reicher Mann dorthin zurück, von wo aus er mit einer Axt aufgebrochen war. Er vertrat die Ansicht, Christus belohne auf diese Weise jeden, der ihm zu seiner Krone auch noch Hörner aufsetze.

Die Gänse

Einleitung zum vierten Tag

Lange Zeit, verehrte Damen, hatte ich geglaubt, der beißende Sturmwind des Neides erfasse nur hohe Türme und hochragende Baumgipfel. So lauteten die Worte weiser Männer, und viele eigene Erfahrungen und Lektüren hatten es mir bestätigt. Aber jetzt finde ich, daß ich mich in dieser Einschätzung getäuscht habe. Immer war ich solch wildem, zerstörungswütigen Sturm ausgewichen, oder ich hatte wenigstens versucht, ihm auszuweichen; deswegen suchte ich meinen Weg immer unten, nicht nur in den Ebenen, nein, in tief eingeschnittenen Tälern. Davon wird jeder sich überzeugen, der hier diese meine kleinen Geschichten näher anschaut: Sie wurden von mir ja nicht nur in der florentinischen Volkssprache und in Prosa geschrieben und tragen nicht einmal einen gemeinsamen Titel, sondern sie sind, soweit es nur möglich war, in einem höchst bescheidenen und zurückgenommenen Stil verfaßt. Aber alles das half nichts. Ich konnte dem Sturm des Neides nicht entgehen. Hart hat er mich gepackt und fast entwurzelt. Die Bisse des Neides haben mich zerfleischt, und jetzt beginne ich zu begreifen, wie wahr es ist, wenn die Weisen zu sagen pflegen, von allen irdischen Dingen sei Unglück das einzige, was keinen Neid erregt.

Es gab da also einige Herren, die, nachdem sie diese Geschichtchen gelesen hatten, behaupteten, ihr, verständige Damen, ihr gefielet mir zu sehr. Es sei nicht anständig, daß ich soviel Vergnügen daran finde, euch zu gefallen und zu trösten und euch gar – was einige besonders schlimm fanden – so zu loben, wie ich es tue. Andere wiederum gaben sich den Anschein, noch gesetzter zu sprechen, und warfen mir vor, es passe nicht zu meinem Alter, immer noch hinter diesen Dingen herzulaufen, also den Damen gefallen zu wollen und Geschichten über sie zu erzählen. Außerdem gibt es noch viele, die so tun, als seien sie liebevoll um meinen Nachruhm besorgt und die behaupten, ich wäre besser beraten, droben bei den Musen auf dem Parnaß zu bleiben, als mich mit solchen Flunkereien bei euch herumzutreiben. Und dann gibt es noch solche, die gar nicht erst weise erscheinen wollen, sondern die mit offener Verachtung geäußert haben, ich täte klüger daran, mich darum zu kümmern, wie ich an mein tägliches Brot komme, statt solchen Albernheiten nachzugehen und von der Luft zu leben. Schließlich reden andere meine Arbeit herunter und wollen beweisen, die Geschichten, die ich euch erzähle, hätten gar nicht so, sondern ganz anders stattgefunden.

Das also, meine verehrten Damen, sind die zahllosen heftigen Stürme, gegen die ich angehe, während ich in eurem Dienste kämpfe – grausam scharfe Zähne, die mich bedrängen, die mich bedrohen, die mich bei lebendigem Leib zerreißen. Ich selbst höre alle diese Angriffe weiß Gott mit kühler Gelassenheit, denn meine Verteidigung liegt ganz in euren Händen. Doch ich selbst will dabei nicht träge herumstehen, sondern sofort darangehen, sie mir mit einer vorläufig-schlichten Erwiderung vom Hals zu halten, also ohne ihnen zu antworten, wie es die Sache verdiente. Denn wenn sie jetzt schon, wo ich noch nicht einmal ein Drittel meiner Arbeit hinter mir habe, so zahlreich und so anmaßend auftreten, muß ich ge-

wärtigen, daß sie, wenn sie gar keinen Widerstand spüren, am Ende sich so vermehrt hätten, daß sie mich mühelos zu Boden werfen könnten und dann auch eure Kräfte, so groß sie sein mögen, nicht ausreichen werden, ihnen zu widerstehen. Aber bevor ich mich darauf einlasse, einem von ihnen zu antworten, will ich zu meinen Gunsten eine Geschichte erzählen, keine vollständige Novelle, nein, denn das könnte so aussehen, als wollte ich meine Geschichte einschmuggeln unter die Novellen jener erlesenen Gesellschaft, von der ich euch erzählt habe, sondern nur ein Stück von einer Novelle, damit sie sich schon durch ihre Unvollständigkeit von jenen anderen Geschichten unterscheidet. So erzähle ich denn meinen angriffslustigen Gegnern:
Vor ziemlich langer Zeit lebte einmal in unserer Stadt ein Bürger namens Filippo Balducci, ein Mann von eher niedrigem Stand, der aber reich, arriviert und geschäftstüchtig war und der eine Frau hatte, die er aufs höchste liebte. Da sie ihn genauso liebte und beide ihren ganzen Eifer dareinlegten, dem anderen soviel Freude wie möglich zu machen, führten sie ein glückliches Leben. Aber dann geschah, was allen Menschen geschieht: Die gute Frau schied aus diesem Leben und hinterließ Filippo nichts als einen kleinen Jungen, der etwa zwei Jahre alt war. Der Tod seiner Frau traf ihn schwer. Er war untröstlicher als jeder andere, der sein Liebstes verloren hat. Da er sich der Gesellschaft beraubt sah, die ihm die liebste war, beschloß er, auf alles Weltliche zu verzichten und nur noch dem Dienste Gottes zu leben, zusammen mit seinem kleinen Sohn. So verschenkte er denn um Gottes willen, ohne zu zögern, all seinen Reichtum und zog sich auf den Monte Senario zurück und hauste dort in einer kleinen Erdhöhle. Zusammen mit seinem kleinen Sohn lebte er von Al-

mosen, nur dem Fasten und dem Gebet hingegeben, und er achtete dort streng darauf, mit seinem Sohn nie über irgend etwas Zeitliches zu sprechen oder es ihn sehen zu lassen, damit diese Dinge ihn nicht vom geistlichen Dienst abziehen könnten. So unterhielt er sich mit ihm immer nur über die Herrlichkeit des ewigen Lebens, über Gott und die Heiligen und lehrte ihn nichts anderes als fromme Gebete. Über viele Jahre hin hielt er ihn in dieser Art; nie ließ er ihn aus dieser Zelle herausgehen, damit er außer dem Vater nichts anderes zu sehen bekäme.

Nun hatte dieser tüchtige Mann die Gewohnheit, von Zeit zu Zeit hinunter nach Florenz zu gehen, wo ihn fromme Wohltäter mit dem Nötigsten versorgten, und dann in seine Zelle zurückzukehren. Aber eines Tages – Filippo war inzwischen schon alt und der Sohn achtzehn geworden – geschah es, daß der Sohn ihn fragte, wo er denn hingehe. Filippo sagte es ihm und der junge Mann erwiderte: »Mein lieber Vater, Ihr seid jetzt ein alter Mann, und die Anstrengung wird zu groß für Euch. Warum nehmt Ihr mich nicht einmal mit nach Florenz und macht mich bekannt mit Euren gottesfürchtigen Freunden? Danach könnt Ihr mich, der ich jung bin und die Mühe besser auf mich nehmen kann als Ihr, immer, wenn wir etwas brauchen, nach Florenz schicken, und Ihr könnt hierbleiben.«

Der brave Mann überlegte, sein Sohn sei ja nun groß genug und so an den Dienst Gottes gewöhnt, daß weltliche Dinge ihn wohl jetzt nicht mehr davon abziehen könnten, und er sagte sich: »Er hat recht!« Und da er ohnehin wieder nach Florenz gehen mußte, nahm er ihn mit.

Dort sah der junge Mann die Paläste, die Häuser, die Kirchen und all die anderen Dinge, von denen die Stadt voll ist, und

da er sich nicht erinnern konnte, so etwas je gesehen zu haben, stieg eine maßlose Bewunderung in ihm auf, und er fragte bei vielen Dingen seinen Vater, was das sei und wie das heiße. Der Vater antwortete ihm jedesmal; der Sohn hörte die Antwort, zeigte sich zufrieden und stellte die nächste Frage. Und während Sohn und Vater dieses Frage- und Antwortspiel trieben, trafen sie zufällig auf eine Gruppe schöner und wohlgekleideter junger Frauen, die von einer Hochzeitsfeier kamen. Der junge Mann sah sie, und sofort fragte er seinen Vater, was diese Dinge denn seien.
Der Vater erwiderte ihm: »Mein Sohn, senke deinen Blick zu Boden, schau sie nicht an! Denn das sind schlechte Dinge.«
Da fragte der Sohn: »Aber wie nennt man sie denn?«
Der Vater wollte, um im sinnlichen Begehren des Jungen keine böse Neigung zu nähren, sie nicht bei ihrem richtigen Namen, nämlich »Frauen« nennen, sondern antwortete: »Man nennt sie Gänse.«
Das ist nun das Erstaunliche: Dieser junge Mann, der nie eine Frau gesehen hatte, dem all die Paläste, Ochsen, Pferde und Esel, das Geld und alles, was er sonst gesehen hatte, gleichgültig geblieben waren, sagte auf der Stelle: »Mein Vater, ich bitte Euch: Gebt mir eine von diesen Gänsen!«
»O Gott, mein Sohn«, antwortete der Vater, »schweig! Es sind schlechte Dinge!«
Der Junge fragte zurück: »Oh, sehen so schlechte Dinge aus!?«
»Ja«, antwortete der Vater.
Darauf erwiderte der Junge: »Ich weiß nicht, was Ihr da sagt und warum sie schlecht sein sollen. Was mich angeht, so glaube ich, ich habe in meinem ganzen Leben nie etwas so Schönes und Gefälliges gesehen. Die sind ja noch schöner als

die gemalten Engel, die Ihr mir so oft gezeigt habt. Ach, bitte, wenn Ihr mir irgend etwas Gutes tun wollt, dann laßt uns doch eine von diesen Gänsen mit zu uns nach oben nehmen! Ich werde schon dafür sorgen, daß sie etwas in den Schnabel bekommt.«

Da erwiderte der Vater: »Nein, ich will nicht. Und du weißt auch gar nicht, wo sie ihren Schnabel haben und wie man sie füttert.« Dabei begriff er zugleich, daß die Natur mächtiger war als sein Verstand, und er bereute, ihn mit nach Florenz genommen zu haben.

Nachdem ich diese Geschichte bis hierher erzählt habe, genügt es mir, und jetzt will ich mich den Leuten zuwenden, für die sie bestimmt war. Da sagen doch einige meiner Tadler, es sei falsch von mir, euch, ihr jungen Damen, gefallen zu wollen und daß ihr mir zu sehr gefallt. Diesen Vorwürfen gebe ich ganz offen recht: Es ist wahr, daß ihr mir gefallt und ich euch gefallen will. Aber ich frage sie, warum sie sich darüber so wundern, wenn sie bedenken, daß ein junger Mann, der in einer engen Erdhöhle auf einem wilden einsamen Berg aufgewachsen und erzogen war, der keine andere Gesellschaft kannte als die seines Vaters, sobald er euch nur sah, einzig euch ersehnte, einzig euch erbat, einzig euch mit all seinem Gefühl umschloß. Es ist hier ja noch nicht die Rede von liebevollen Küssen, von lustvollen Umarmungen und von intimen Vereinigungen, die ihr, liebe Damen, uns oft gewährt, nein, es genügt, immer wieder oder sogar nur einmal euren eleganten Charme zu sehen, eure anziehende Schönheit, eure edle Anmut und nicht zuletzt euer damenhaft-vornehmes Verhalten.

Können sie mich tadeln, können sie ihre Zähne gegen mich fletschen, können sie mich zerreißen, mich, dessen Leib schließlich der Himmel hervorgebracht hat und der ganz danach beschaffen ist, euch zu lieben, mich, dessen Seele schon von meiner Kindheit an euch gehört, seit ich das Strahlen eurer Augen gesehen, die Süße eurer lieben Worte gehört und seit euer sanftes Seufzen die Flamme in mir entzündet hat? Und gar noch, wenn sie sich vor Augen halten, daß ihr das erste wart, das einem Einsiedler gefiel, einem jungen Mann, der seine Gefühle noch nicht kannte, ja fast einem wilden Tier? Wer euch nicht liebt und wer nicht wünscht, von euch geliebt zu werden, der fühlt und erkennt sie nicht – die Freuden, aber auch die seelische Kraft der naturhaften Neigung; er mag mich ruhig tadeln, ich kümmere mich nicht weiter um ihn.

Und die, die über mein Alter herziehen, die beweisen damit nur, daß sie nicht begriffen haben, daß beim Lauch der Stengel noch grün ist, wenn der Kopf schon weiß ist. Ihnen antworte ich, Scherz beiseite, daß ich mich nie dessen schämen werde, bis an mein Lebensende denen gefallen zu wollen, die zu lieben und zu bewundern Guido Cavalcanti und Dante Alighieri als alte Männer und in seinem höchsten Alter Herr Cino aus Pistoia ihre Ehre und ihre Freude gesehen haben. Ich müßte den Rahmen verlassen, den ich mir für diese Geschichten gesetzt habe, wollte ich die Erzählungen der Geschichtsschreiber vorführen und zeigen, daß sie alle voll sind von Nachrichten über tüchtige Männer der alten Zeiten, die in ihren reifsten Jahren nichts eifriger betrieben haben als den Frauen zu gefallen. Wenn meine Tadler das nicht wissen, so sollen sie hingehen und Chroniken lesen, dann werden sie es lernen.

Daß ich bei den Musen auf dem Parnaß bleiben soll, das ist, ich gebe es zu, ein guter Rat, aber allezeit können weder wir bei den Musen bleiben noch sie bei uns. Wenn ein Mann sie zuweilen verläßt, dann ist nichts daran auszusetzen, daß er sich freut, etwas zu sehen, was ihnen ähnelt: Die Musen sind Frauen, und wenn auch die Frauen nicht im Rang der Musen stehen, so haben sie doch schon auf den ersten Blick eine gewisse Ähnlichkeit mit ihnen, so daß sie mir allein deshalb gefallen müßten, wenn sie mir nicht schon aus anderen Gründen gefielen – abgesehen davon, daß es Frauen waren, die mich bewegten, Tausende von Versen zu schreiben, während die Musen mich noch nie dazu gebracht haben. Gewiß haben sie mir dann geholfen und mir gezeigt, wie man Tausende von Versen dichtet, und vielleicht sind sie auch zuweilen zu mir gekommen und haben ein wenig bei mir verweilt, als ich diese Geschichten, so bescheiden sie sein mögen, schrieb, vielleicht um die Ähnlichkeit zu ehren, die zwischen den Frauen und ihnen besteht, und um sich in deren Dienst zu stellen, denn als ich diese Erzählungen schrieb, habe ich mich vom Berg Parnaß und von den Musen keineswegs so weit entfernt, wie viele vielleicht glauben mögen.

Aber was soll ich denen erwidern, denen ich in meinem Hunger so leid tue, daß sie mir den Rat geben, ich soll mich ums Brot kümmern? Offen gestanden, das weiß ich nicht. Das einzige, was ich weiß, ist dies: Versuche ich mir ihre Antwort auszudenken, wenn ich in meiner Not zu ihnen käme und um Brot bettelte, dann, glaube ich, würden sie mir antworten: »Geh! Such es in deinen Geschichten!« Immerhin, es haben schon mehr Dichter Brot in ihren Fabeln gefunden als viele Reiche in ihren Schätzen, und immerhin haben Dichter, die ihren Fabeln nachgingen, ihr Leben ganz schön in die Länge gezogen, während im Gegensatz dazu viele, die auf dem Weg waren, mehr Brot zu suchen, als sie brauchten, dabei jung zugrunde gingen. Was sonst noch? Sollen sie mich doch von ihrer Tür jagen, wenn ich zu ihnen um Brot zu betteln komme, auch wenn ich es, Gott sei Dank, fürs erste noch nicht nötig habe, und käme ich in Not, so wüßte ich, um mit dem Apostel Paulus zu sprechen, sowohl den Überfluß wie die Not zu ertragen. Es braucht sich also kein anderer *mehr* Sorgen um mich zu machen als ich selbst.

Denen aber, die behaupten, meine Geschichten hätten gar nicht so stattgefunden, wäre ich sehr verbunden, wenn sie deren ursprüngliche Fassungen vorlegten. Fände sich dann, daß diese abweichen von dem, was ich schreibe, dann würde ich zugeben, ihr Tadel bestehe zu Recht, und ich würde mich bemühen, meine Fehler zu verbessern. Aber solange sie nichts anderes als Worte vorbringen, lasse ich ihre Meinung auf sich beruhen und bleibe bei meiner, indem ich von ihnen genau das behaupte, was sie mir vorwerfen.

Dies sei für diesmal genug als meine Erwiderung, und ich erkläre nur noch, daß ich meinen Weg fortsetzen werde. Ich kehre diesem Sturm den Rücken zu und lasse ihn toben, in guter Geduld, gewappnet mit dem Beistand Gottes und eurem, edle Damen, auf den ich baue. Ich sehe ja auch, daß mir nichts Schlimmeres passieren kann, als was dem feinen Staub geschieht, den der Sturmwind entweder auf der Erde liegen läßt oder ihn aufwirbelt, in die Höhe trägt und ihn oft auf den Köpfen der Menschen, auf den Kronen von Königen und Kaisern, sogar auf hohen Palästen und hochragenden Türmen ablagert, und wenn er dann von dort wieder herunterrieselt, kann er nicht tiefer fallen als bis zu der Stelle, von der er aufgehoben wurde. Immer schon habe ich euch mit all meiner Kraft gefallen wollen, jetzt aber will ich es noch viel mehr als zuvor, weil ich die Einsicht gewonnen habe, der niemand vernünftigerweise widersprechen kann, nämlich daß wir, die anderen Männer und ich, der Natur gemäß handeln, wenn wir euch lieben.

Den Gesetzen der Natur zu widerstehen, das erfordert allzu große Kräfte, und wer es dennoch versucht, müht sich meist vergeblich und zudem zu seinem großen Schaden. Ich für meine Person bekenne offen, daß ich solche Kräfte nicht habe und daß ich sie auch nicht haben will, und selbst wenn ich sie hätte, würde ich sie lieber einem anderen abtreten als sie selbst anzuwenden. Deswegen sollen meine bissigen Gegner den Mund halten, und wenn sie sich schon nicht erwärmen können, dann laßt sie so in ihrer Kälte weiterleben. Sie sollen ruhig in ihrer Art von Vergnügungen, die eher Verbiegungen des Charakters sind, weiterfahren, nur sollen sie mir in diesem kurzen Leben, das uns bestimmt ist, meine Freuden lassen.

Aber wir sind weit von unserem Weg abgekommen, und jetzt ist es Zeit, ihr schönen Damen, dorthin zurückzukehren, von wo wir abgebogen sind und uns wieder an die Regel zu halten, mit der wir begonnen haben.

Schon hatte die Sonne alle Sterne vom Himmel und von der Erde den feuchten Schatten der Nacht verjagt, als Filostrato sich erhob und die ganze Gruppe aufstehen ließ. Sie begaben sich in den schönen Garten und gingen dort zu ihrem Vergnügen umher, und als die Zeit zum Essen gekommen war, speisten sie dort, wo sie am Abend zuvor gegessen hatten. Als die Sonne ihren höchsten Stand überschritten hatte, beendeten sie ihren Mittagsschlaf und nahmen, wie gewohnt, an der schönen Quelle Platz. Dort gebot Filostrato Fiammetta, mit der nächsten Erzählung zu beginnen. Sie wartete keine weiteren Worte ab, sondern fing an, mit damenhafter Grazie zu sprechen:

Das tote Herz

Tankred, der Fürst von Salerno, tötet den Liebhaber seiner Tochter und schickt ihr sein Herz in einer goldenen Schale. Sie gießt flüssiges Gift darüber, trinkt es aus und stirbt.

Grausam ist das Thema, das unser König uns für heute gestellt hat, besonders wenn wir bedenken, daß wir hierhergekommen sind, um uns zu erheitern. Jetzt sollen wir von den Tränen anderer Menschen erzählen, und dabei kann doch niemand solche Geschichten erzählen oder anhören, ohne daß Mitleid ihn überkommt. Vielleicht hat er das angeordnet, um unsere Heiterkeit der letzten Tage ein wenig zu dämpfen. Aber was immer ihn dazu bewogen haben mag – da es mir nicht zukommt, seinen Beschluß zu ändern, erzähle ich euch jetzt einen traurigen Vorfall, der mehr war als das, nämlich ein Unglück, das wert ist, darüber zu weinen.

Tankred, der Fürst von Salerno, war ein recht menschlicher und gütiger Herrscher, nur daß er sich im hohen Alter mit dem Blut zweier Liebender besudelt hat. Im langen Lauf seines Lebens hatte er nur ein einziges Kind, eine Tochter, aber es wäre besser für ihn gewesen, er hätte auch sie nicht bekommen. Er liebte die Tochter so zärtlich, wie nur je ein Vater seine Tochter geliebt hat. Sie hatte das Heiratsalter schon um viele Jahre überschritten, aber er hing so zärtlich an ihr, daß er sie nicht verheiratete; er konnte es nicht übers Herz bringen, sich von ihr zu trennen. Schließlich gab er sie aber doch einem Sohn des Herzogs von Capua. Aber sie war erst kurze Zeit mit ihm verheiratet, da wurde sie Witwe und kehrte zu ihrem Vater zurück.

Sie war von Figur und Gesicht so schön wie nur je eine Frau. Zudem war sie jung und lebenslustig; dabei besaß sie mehr Weisheit, als vielleicht für eine Frau gut ist. Im Palast ihres zärtlich-besorgten Vaters führte sie das Leben einer großen Dame und genoß alle Annehmlichkeiten von jeder Art. Aber sie sah, daß ihr Vater, da er sie so sehr liebte, nichts unternahm, sie wieder zu verheiraten, und da sie es für ungehörig hielt, ihn darum zu bitten, beschloß sie, wenn eben möglich, heimlich einen Geliebten zu suchen, der ihrer würdig wäre. Nachdem sie viele Männer am Hof ihres Vaters beobachtet hatte, Adlige und andere, so wie wir sie eben an Höfen antreffen, und nachdem sie das Verhalten und die Sitten vieler geprüft hatte, gefiel ihr ein junger Diener ihres Vaters am meisten. Er hieß Guiskard. Er war ein Mann von sehr niedriger Herkunft, aber vornehm an Charakter und Verhalten. Sie sah ihn oft und verliebte sich, ganz im stillen, immer heftiger in ihn; stündlich bewunderte sie ihn mehr. Der junge Mann, der zudem nicht dumm war, bemerkte dies rasch und schloß sie so ins Herz, daß er an nichts anderes mehr dachte als an seine Liebe zu ihr. So waren sie also ineinander verliebt, ganz im geheimen, aber die junge Frau begehrte nichts sehnlicher, als mit ihm zusammenzusein. Sie wollte aber ihre Liebe keinem Menschen anvertrauen, und so dachte sie sich eine besondere List aus, um ihm zu zeigen, wie dies möglich wäre. Sie schrieb ihm einen Brief, in dem sie ihm zeigte, was er am nächsten Tag machen sollte, um mit ihr zusammenzukommen. Diesen Brief steckte sie in ein Stück Schilfrohr und überreichte es Guiskard, wobei sie wie im Scherz sagte: »Mach daraus einen Blasebalg für dein Dienstmädchen. Damit kann sie heute abend ein Feuer entfachen.«

Guiskard nahm es und überlegte, sie habe es ihm wohl nicht ohne Grund gegeben und so zu ihm geredet. Zu Hause angekommen, betrachtete er das Stück Schilfrohr genauer, und als er sah, daß es gespalten war, öffnete er es. Er fand ihren Brief, las ihn und begriff sehr wohl, was er zu tun hatte. Er war der glücklichste Mensch der Welt und machte sich sofort auf den Weg zu ihr, den sie ihm beschrieben hatte.

Nun hatte man vor sehr langer Zeit genau neben dem Palast des Fürsten eine Höhle in den Berg gegraben. Ihr Licht erhielt sie durch einen Schacht, den man in den Fels geschlagen hatte. Da man die Grotte aufgegeben hatte, war die Schachtöffnung mit Dornenhecken und Gräsern überwuchert. Von einem der Erdgeschoßzimmer, welche die Fürstentochter bewohnte, führte eine geheime Treppe in diese Höhle. Zwar war die Treppe durch eine feste Tür abgeschlossen, und die Treppe war so lange Zeit über nicht benutzt worden, daß niemand mehr sich an sie erinnerte, aber Amor, vor dessen Augen alles offenliegt, hatte sie der verliebten Dame ins Gedächtnis zurückgerufen. Mehrere Tage lang hatte sie sich abgemüht, diesen Zugang zu öffnen. Damit niemand etwas bemerken sollte, benutzte sie nur das Werkzeug, das sie zufällig hatte. Doch schließlich war es ihr gelungen. Danach war sie allein in die Höhle gestiegen, hatte die Öffnung entdeckt und Guiskard geschrieben, er solle versuchen, durch diese Öffnung herunterzukommen. Sie hatte ihm auch ungefähr angegeben, wie hoch die Höhle war. Rasch hatte Guiskard sich ein Seil mit Knoten und Schlaufen besorgt, um daran in die Höhle hinein- und wieder herauszuklettern. Um sich vor den Dornen zu schützen, zog er eine Lederjacke an, und ohne daß jemand etwas bemerkte, ging er in der folgenden Nacht zu der Schachtöffnung, befestigte eine der Schlaufen an einem starken Baumstumpf, der in die Öffnung hineingewachsen war, kletterte in die Höhle hinunter und wartete auf die vornehme Frau.

Diese schickte am nächsten Morgen unter dem Vorwand, sie wolle schlafen, ihre Kammerfrauen fort, schloß sich ein, öffnete die Tür zur Höhle und stieg hinab. Dort traf sie Guiskard. Sie begrüßten sich mit unsagbarer Freude. Dann gingen sie beide in ihr Schlafzimmer und blieben dort fast den ganzen Tag, mit übergroßem Vergnügen. Nachdem sie klug festgelegt hatten, wie sie sich verhalten wollten, damit ihre Beziehung geheim bleibe, kehrte Guiskard in die Höhle zurück, während sie den Ausgang verschloß und zu ihren Hofdamen hinausging. Als die Nacht anbrach, kletterte Guiskard mit Hilfe seines Seils wieder nach oben. Er verließ die Höhle durch die Öffnung, durch die er gekommen war, und ging heim. Nachdem er einmal mit dem Weg vertraut war, benutzte er ihn in der nächsten Zeit immer wieder.

Aber eine so andauernde und so tiefe Lust erregte den Neid Fortunas, und sie verwandelte mit einem Unglücksschlag die Freude der beiden Liebenden in Tränen und Schmerz.

Tankred hatte die Angewohnheit, zuweilen allein in das Zimmer seiner Tochter zu kommen, dort sich eine Weile aufzuhalten und mit ihr zu plaudern, um dann wieder zu gehen. Eines Tages nun war er nach dem Essen wieder einmal dort hinuntergegangen, aber seine Tochter, die Ghismunda hieß, ging mit allen ihren Kammerfrauen draußen in einem ihrer Gärten spazieren. Tankred war in ihr Zimmer getreten, ohne daß ihn jemand gesehen oder gehört hätte. Er wollte seine Tochter nicht bei ihren Vergnügungen stören und setzte sich deshalb auf einen niedrigen Schemel neben das Bett, um sie zu erwarten. Die Fenster des Zimmers waren geschlossen, die Bettvorhänge zur Seite gezogen, und Tankred lehnte seinen Kopf auf das Bett, zog den Bettvorhang über sich, wie um sich absichtlich zu verstecken, und schlief ein. Während er so schlief, betrat Ghismunda leise den Raum. Ihre Hofdamen hatte sie im Garten zurückgelassen. Unglücklicherweise hatte sie sich gerade für diesen Tag mit Guiskard verabredet. Sie schloß ihr Zimmer ab, ohne zu bemerken, daß noch jemand darin war. Sie öffnete den Treppenausgang für Guiskard, der schon auf sie wartete. Dann gingen sie ins Bett wie immer. Während sie sich miteinander vergnügten und scherzten, erwachte Tankred. Er hörte und sah, was Guiskard und seine Tochter trieben. Was er sah, erfüllte ihn mit maßlosem Schmerz. Zuerst wollte er losbrüllen, aber dann beschloß er, still zu sein und, wenn möglich, verborgen zu bleiben, um so den Plan, der ihm bereits vor Augen stand, mit größerer Umsicht und mit weniger Schaden für seine Ehre auszuführen. Die beiden Liebenden blieben, wie es ihre Gewohnheit war, lange zusammen, ohne Tankred zu bemerken. Als sie dachten, es sei jetzt Zeit zu gehen, verließen sie das Bett. Guiskard wendete sich der Höhle zu; sie entfernte sich aus ihrem Schlafzimmer. Dann ließ Tankred sich, ohne auf sein Alter Rücksicht zu nehmen, aus einem der Fenster in den Garten hinab. Er kehrte, ohne gesehen zu werden, in sein Zimmer zurück, traurig bis zum Tod.

Auf seinen Befehl wurde Guiskard bei einbrechender Dunkelheit von zwei Männern verhaftet, als er mit seiner Lederjacke aus der Schachtöffnung kam. Ohne Aufsehen zu erregen, führten sie ihn zu Tankred, der, als er ihn erblickte, fast in Tränen ausbrach und zu ihm sagte: »Guiskard, meine Güte zu dir hat die Beleidigung und die Schande nicht verdient, die du mir, wie ich heute mit eigenem Auge gesehen habe, an dem angetan hast, was mir gehört.«

Das einzige, was Guiskard darauf antwortete, war: »Amor ist stärker als Ihr und als ich.«

Dann befahl Tankred, ihn unauffällig in einem der Räume gefangenzuhalten. Das geschah auch.

Es kam der nächste Tag. Ghismunda wußte noch von nichts, und Tankred, dem alle möglichen schrecklichen Gedanken durch den Kopf gegangen waren, ging, wie gewohnt, nach dem Essen in das Zimmer seiner Tochter. Er ließ sie dorthin rufen und schloß sich mit ihr ein. Dann begann er weinend: »Ghismunda, ich dachte, ich kennte deine Tugend und deinen Anstand. Hätte ich es nicht mit eigenen Augen gesehen, nie wäre mir der Gedanke gekommen, auch wenn Gott weiß wer es behauptet hätte, daß du daran dächtest, geschweige denn es tätest, mit irgendeinem Mann ins Bett zu gehen, der nicht dein Gatte wäre. Das bißchen Leben lang, das mir noch bleibt, wird der Gedanke daran mich tief schmerzen. Nachdem du aber einmal zu dieser Schande entschlossen warst, dann hättest du doch in Gottes Namen einen Mann nehmen sollen, der dir im Adelsrang ebenbürtig war. Aber unter den vielen Männern, die an meinem Hof leben, hast du ausgerechnet Guiskard gewählt, einen jungen Mann von niedrigster Herkunft, den wir nur aus Nächstenliebe am Hofe aufgenommen und von der ersten Kindheit an großgezogen haben. Damit hast du mich in tiefes Unglück gestürzt. Ich weiß nicht, was ich mit dir anfangen werde. Was ich mit Guiskard anfangen werde, weiß ich: Ich ließ ihn in der

Nacht, als er aus Höhle kam, gefangennehmen; ich habe ihn in der Hand. Aber was ich mit dir anfangen werde, das weiß ich bei Gott wirklich nicht. Auf der einen Seite steht meine Liebe zu dir, die größer war als je bei einem Vater zu seiner Tochter. Auf der anderen Seite steht meine Entrüstung, die völlig berechtigt ist, über deine furchtbare Verrücktheit. Die Liebe will, daß ich dir verzeihe; die Entrüstung fordert, daß ich dich gegen meine Natur grausam bestrafe. Aber bevor ich mich entscheide, möchte ich hören, was du dazu zu sagen hast.« Nach diesen Worten senkte er den Blick und begann zu weinen wie ein Kind, das man heftig geschlagen hat.

Ghismunda erkannte aus dem, was ihr Vater sagte, daß ihre geheimgehaltene Liebe entdeckt und Guiskard gefangen war. Sie fühlte unendlichen Schmerz, und sie war nahe daran, ihn, wie es die Frauen meist machen, mit Schreien und Tränen zu zeigen. Aber ihr stolzer Sinn besiegte sogleich diese niedrige Anwandlung. Mit bewundernswerter Kraft verschloß sie ihr Gesicht, und ohne einen Gedanken daran zu verschwenden, für ihr Leben zu betteln, beschloß sie, ihrem Leben ein Ende zu setzen, da sie überzeugt war, Guiskard sei schon tot.

Dann ergriff sie das Wort, nicht wie eine schmerzüberströmte Frau oder wie eine, die man bei einem Vergehen ertappt hat, sondern selbstbewußt und ohne auf die Folgen zu blicken. Mit tränenlosem, offenem Gesicht, in gar keiner Weise verwirrt, sagte sie zum Vater: »Tankred, ich bin entschlossen, weder zu leugnen noch zu betteln. Leugnen würde mir nicht helfen; vom Betteln will ich nicht, daß es mir hilft. Außerdem habe ich nicht die geringste Absicht, deine sanfte Natur oder deine Liebe zu mir in Anspruch zu nehmen und dich mir günstig zu stimmen. Vielmehr will ich dir die Wahrheit sagen. Ich werde zuerst meinen Ruf verteidigen, und zwar mit Gründen, die wahr sind. Danach werde ich handeln, und zwar mit äußerster Kraft, wie es der Größe meines Geistes entspricht. Es ist wahr, daß ich Guiskard geliebt habe. Ich liebe ihn noch, und ich werde ihn lieben, solange ich lebe, was nicht mehr lange sein wird, und wenn es nach dem Tod überhaupt noch Liebe gibt, dann werde ich nie aufhören, ihn zu lieben. Ich habe das getan, nicht so sehr aus weiblicher Schwäche als wegen seines überragenden Wertes und weil Euer Eifer, mich wieder zu verheiraten, ziemlich gering war. Tankred, es müßte dir doch klar sein, daß du, der du doch auch aus Fleisch und Blut bist, eine Tochter gezeugt hast, die nicht aus Stein oder Eisen ist, sondern aus Fleisch und Blut. Wenn du jetzt auch ein alter Mann bist, so solltest du dich doch daran erinnert haben, ja du solltest dich jetzt noch daran erinnern, was die Gesetze der Jugend sind und mit welcher Wucht sie wirken. Wenn du auch ein Mann bist, der seine besten Jahre mit Militärübungen verbracht hat, so solltest du trotzdem wissen, welche Wirkung Müßiggang und Wohlstand auf Alte wie auf Junge ausüben. Ich bin also, da du mich gezeugt hast, aus Fleisch und Blut, und außerdem bin ich, da ich so kurze Zeit nur gelebt habe, noch jung. Aus diesen beiden Gründen bin ich voll von sinnlichem Verlangen. Dadurch, daß ich schon verheiratet gewesen bin, hat dieses Begehren ungeheuer zugenommen, denn ich habe erfahren, welche Lust es bringt, wenn man es stillt. Das waren die Gewalten, denen ich nicht widerstehen konnte, und ich, ich als Frau und als junge Frau, habe beschlossen, dem nachzugehen, wohin sie mich zogen. Deshalb habe ich mich verliebt. Gewiß, ich war entschlossen zu tun, wozu diese Sünde, die unsere Natur ist, mich trieb, aber ebenso gewiß habe ich alle

meine Kraft darangesetzt, daß, soweit als möglich, weder dir noch mir Schande daraus erwachsen sollte.
Dazu hatten Amor in seinem Mitleid und eine wohlgesinnte Fortuna einen verborgenen Weg gefunden und mir gezeigt; auf ihm kam ich, ohne daß jemand etwas merkte, an das Ziel meiner Wünsche. Gleichgültig, wer es dir gezeigt hat, gleichgültig, von wem du es erfahren hast: Ich leugne das alles nicht. Ich habe Guiskard nicht aus Zufall, wie viele Frauen es tun, zum Liebhaber genommen, nein, es war mein wohlüberlegter Beschluß, ihn allen anderen Männern vorzuziehen; es war mein kluger Plan, ihn zu mir kommen zu lassen; es war meine und seine wohldurchdachte Ausdauer, mein leidenschaftliches Begehren so anhaltend mit Genuß zu befriedigen.
Du wirfst mir vor, die Sünde der Liebenden begangen zu haben, aber wenn ich mich nicht täusche, wirfst du mir mit größerer Bitterkeit vor, daß ich mich mit einem Mann niederen Standes zusammengetan habe, so als wärest du mir weniger böse, wenn ich dazu einen Mann von Adel gewählt hätte. Damit folgst du eher einem vulgären Vorurteil als der Wahrheit. Du begreifst nicht, daß du damit nicht meinen Fehler, sondern den der Fortuna tadelst, die oft Nichtswürdige erhebt und die Würdigsten fallenläßt. Aber lassen wir das jetzt, wirf nur einmal einen Blick auf den Ursprung der Dinge. Dann siehst du: Wir sind alle Fleisch aus einem einzigen Fleisch, und ein einziger Schöpfer hat alle Seelen mit gleichen Kräften, mit gleichen Fähigkeiten und mit gleicher Tugend erschaffen. Gleich kamen wir auf die Welt, gleich kommen wir auch jetzt noch zur Welt. Das erste, was Unterschiede zwischen uns schuf, war die Tugend. Wer mehr davon hatte und mehr danach handelte, den nannte man ›ad-

lig‹, im Unterschied zu dem Rest, der nicht adlig war. Später kam die entgegengesetzte Gewohnheit; sie hat dieses Gesetz verdunkelt, aber dennoch nicht aufgehoben. Weder aus der Natur noch aus den menschlichen Sitten ist es verschwunden. Deshalb erweist sich jeder, der tugendhaft handelt, als adlig. Nennt man ihn anders, dann liegt der Fehler nicht bei dem, der falsch bezeichnet wird, sondern bei dem, der ihn falsch bezeichnet. Sieh dir die Männer unter deinen Edelleuten näher an, prüfe ihr Leben, ihre Sitten und ihr Verhalten, und dann vergleiche sie mit Guiskard. Wenn du ohne Leidenschaft urteilst, dann wirst du urteilen, daß er der Vornehmste ist. Alle deine Adligen sind dagegen nur Bauern. Was die Tugend und den Wert Guiskards angeht, so habe ich mich dabei nicht auf das Urteil anderer Leute verlassen; ich habe einzig auf deine Worte und auf meine Augen gebaut. Warst es nicht du selbst, der ihn am meisten gelobt hat, und zwar unter allen Hinsichten, unter denen ein guter Mann Lob verdient? Darin hattest du völlig recht, denn wenn mich meine Augen nicht getäuscht haben, dann habe ich selbst gesehen, daß er das Vortreffliche, das du an ihm gelobt hast, auch tatsächlich vollbracht hat, wunderbarer noch, als deine Worte es ausdrücken konnten. Bin ich dabei getäuscht worden, dann ganz allein von dir. Wirst du also weiterhin behaupten, ich hätte mich mit einem Mann niederer Herkunft zusammengetan? Dann behauptest du die Unwahrheit. Würdest du behaupten, ich habe mich mit einem armen Mann eingelassen, dann könnte ich dir recht geben, aber dann müßtest du dich schämen, weil du einen so ausgezeichneten Diener, einen so tüchtigen Mann, so schäbig belohnt hast. Armut schließt Adel nicht aus; sie ist unvereinbar nur mit Besitz. Viele Könige und viele große Fürsten sind früher einmal arm gewesen, und viele

Feldarbeiter und Schafshirten waren früher einmal steinreich. Das gilt nicht nur für früher, sondern auch für heute.
Das letzte Problem, das du aufgeworfen hast, nämlich was du mit mir anfangen wirst, das kannst du schlicht vergessen. Wenn du die Absicht hast, in deinem hohen Alter grausam gegen mich zu sein, was du als junger Mann nie warst, dann rase nur grausam gegen mich, die ich der Hauptgrund bin für diese Sünde, wenn es denn überhaupt eine Sünde ist. Ich bin nicht bereit, dich irgendwie anzuflehen. Daher kannst du sicher sein, wenn du mit mir nicht das gleiche machst, was du mit Guiskard getan hast oder tun wirst, so werden meine eigenen Hände es tun. Jetzt weg mit dir, mach, daß du fortkommst, weg zu den Frauen! Dort kannst du deine Tränen vergießen. Wenn du aber glaubst, wir hätten es verdient, dann entscheide dich für die Grausamkeit, nur töte uns beide mit einem einzigen Schlag.«
Der Fürst kannte zwar die Seelenstärke seiner Tochter, aber er glaubte nicht, seine Tochter hätte bereits fest beschlossen zu tun, wovon sie sprach. Deshalb ging er von ihr weg und entschied, auf jede Grausamkeit gegen sie zu verzichten, dafür aber seine Wut an dem anderen zu stillen. Daher befahl er, die beiden Männer, die Guiskard bewachten, sollten ihn in der folgenden Nacht lautlos erdrosseln; sie sollten ihm das Herz herausnehmen und es ihm bringen. Die beiden führten den Befehl genau so aus, wie sie ihn erhalten hatten.
Gleich am nächsten Morgen ließ der Fürst sich eine schöne große goldene Schale bringen, legte das Herz Guiskards hinein und schickte damit einen seiner vertrautesten Diener zu seiner Tochter. Er sollte es ihr mit folgenden Worten überreichen: »Dein Vater schickt dir das zum Trost für den Verlust

dessen, was du am meisten liebst, so wie du ihn getröstet hast, als er das verlor, was er am meisten liebte.«

Kaum hatte ihr Vater ihr Zimmer verlassen, hatte Ghismunda, bei ihrem schrecklichen Vorsatz verharrend, sich giftige Kräuter und Wurzeln besorgt. Diese preßte sie aus und stellte damit einen Trank her, den sie bereitstehen haben wollte, sollte eintreten, was sie befürchtete. Als dann der Diener mit dem Geschenk und der Botschaft des Fürsten kam, da nahm sie völlig gefaßt die Schale, deckte sie auf, sah das Herz, begriff die Worte und wußte sofort, daß dies das Herz Guiskards war. Dann hob sie den Blick auf zu dem Diener und sagte: »Zu einem solchen Herzen paßte nur ein Grab aus Gold. Da hat mein Vater mit Verstand gehandelt.«

Dann hob sie das Herz an den Mund und küßte es. Darauf sagte sie: »Immer und in jeder Hinsicht, ein ganzes Leben lang, bis an sein Ende, fand ich die Liebe meines Vaters von großem Zartgefühl. Richte ihm also meinen letzten Dank aus für dieses große Geschenk.«

Dann beugte sie sich über die Schale, die sie eng umklammert hielt, betrachtete das Herz und sagte: »Oh, du, Zuflucht aller meiner Freuden, verflucht sei die Grausamkeit des Mannes, der dich meinen leiblichen Augen zu sehen gab. Ich war es zufrieden, dich jederzeit mit meinem geistigen Auge zu betrachten. Du hast deinen Lauf vollendet. Was Fortuna dir gewährt hat, das hast du hinter dir gelassen. Du bist an dem Ziel angekommen, zu dem jeder von uns hastet. Das Elend der Welt und ihre Mühsal hast du hinter dir gelassen, und dein Feind selbst hat dir das Grab gegeben, das deinem Wert entspricht. Bei deiner Beisetzungsfeier fehlte nichts, bis auf die Tränen der Frau, die du, als du lebtest, so sehr geliebt hast. Damit du aber auch sie bekommst, legte Gott meinem erbarmungslosen Vater den Plan ins Herz, dich mir zu schicken. Ich gebe sie dir jetzt, meine Tränen, obwohl ich beschlossen hatte, tränenlosen Auges und furchtlosen Gesichts zu sterben. Und wenn ich dir meine Tränen gegeben habe, dann werde ich sofort tun, was nötig ist, daß meine Seele sich verbinde mit der, die du, als du noch schlugst, so liebevoll behütet hast. In wessen Gesellschaft ginge ich zufriedener und sicherer in die unbekannten Gegenden? Ich bin sicher, daß diese Seele hier drinnen noch lebt und daß sie den Ort sieht, wo er und ich unsere Lust hatten. Ich bin immer noch sicher, daß diese Seele mich liebt und daß sie meine Seele erwartet, von der sie unendlich geliebt wird.«

Sie sagte das, und dann beugte sie sich, ohne in weibisches Kreischen auszubrechen, über die Schale und begann zu weinen. Sie übergoß sie mit Tränen, mit so unsagbar vielen, als entspränge eine Quelle. Unendlich oft küßte sie das tote Herz. Ihre Kammerfrauen standen um sie herum, ohne zu wissen, wessen Herz das war und was ihre Worte bedeuteten. Trotzdem wurden sie vom Mitleid überwältigt. Alle fingen an zu weinen und fragten teilnehmend nach dem Grund ihres Weinens. Vergeblich. Und um so mehr versuchten sie, sie zu trösten, so gut sie es verstanden und konnten.

Nach einiger Zeit glaubte sie genug geweint zu haben. Sie erhob das Haupt, trocknete ihre Augen und sagte: »Oh, Herz, das ich so sehr geliebt habe, alle meine Pflichten dir gegenüber sind erfüllt. Jetzt brauche ich nur noch zu kommen mit meiner Seele und sie mit deiner zu verbinden.«

Danach ließ sie sich das Fläschchen reichen, in dem die Flüssigkeit war, die sie am Tag davor zubereitet hatte. Sie goß diese Flüssigkeit in die Schale, über das Herz, das von ihren vielen Tränen benetzt war. Ohne irgendwelche Furcht hob sie die Schale an den Mund und trank sie ganz leer. Nachdem sie ausgetrunken hatte, stieg sie, mit der Schale in der Hand, auf ihr Bett. Sie legte ihren Leib darauf zurecht, so würdig sie nur konnte. Sie legte das Herz ihres toten Geliebten nahe an ihr eigenes. Dann erwartete sie schweigend den Tod.

Ihre Kammerfrauen, die das alles gesehen und gehört hatten, die aber nicht wußten, was das für eine Flüssigkeit war, die sie getrunken hatte, ließen Tankred sofort unterrichten. Dieser ahnte schon, was geschehen war, und kam sofort herunter in die Kammer der Tochter. Er traf dort ein, als sie sich gerade auf ihr Bett legte. Er sah, in welchem Zustand sie war; er versuchte, sie mit lieben Worten zu trösten, zu spät. Da begann er bitterlich zu weinen.

Aber die vornehme junge Frau sagte ihm: »Tankred, hebe dir diese Tränen auf für ein Geschick, das weniger herbeigesehnt worden ist als meines. Hebe sie für einen anderen auf, ich will sie nicht. Wie kann man beweinen, was man selbst gewollt hat? Außer bei dir hat das noch nie jemand gesehen. Aber wenn von der Liebe, mit der du mich früher geliebt hast, noch ein Funke in dir lebt, dann gewähre mir eine letzte Bitte. Wenn es dir schon nicht gepaßt hat, daß ich still und im verborgenen mit Guiskard lebte, dann soll mein Leib zusammen mit seinem, wo immer du ihn hast hinwerfen lassen, wenigstens im Tod öffentlich zusammensein.«

Der Fürst konnte nicht antworten. Ein Weinkrampf ließ dies nicht zu. Die junge Frau fühlte, daß ihr Ende gekommen war; sie drückte das tote Herz an die Brust und sagte: »Gott sei bei euch. Ich gehe.« Ihre Augen brachen; sie verlor das Bewußtsein. Dann schied sie aus diesem Leben, das voller Leiden ist.

So also, wie ihr es jetzt gehört habt, fand die Liebe zwischen

Guiskard und Ghismunda ihr schmerzliches Ende. Was Tankred angeht, so ließ er nach endlosem Weinen und später Reue über seine Grausamkeit beide ehrenvoll in einem gemeinsamen Grab beisetzen. Alle Bewohner von Salerno nahmen teil an der allgemeinen Trauer.

Maskenfest

Der Mönch Alberto gaukelt einer Dame vor, der Erzengel Gabriel habe sich in sie verliebt und geht in dessen Gestalt öfter mit ihr ins Bett, bis er eines Tages aus Angst vor ihren Verwandten aus dem Fenster springt, im Haus eines armen Mannes Unterschlupf findet, der ihn am nächsten Tag als Wilden verkleidet auf den Markusplatz führt. Dort erkennen ihn seine Mitbrüder, packen ihn und setzen ihn hinter Schloß und Riegel.

Fiammettas Geschichte hatte mehr als einmal Tränen in die Augen ihrer Freundinnen getrieben, aber als sie zu Ende war, erklärte der König mit ernstem Gesicht: »Ich würde keine großen Umstände machen, mein Leben herzugeben, bekäme ich auch nur die Hälfte des Vergnügens, das Ghismunda mit Guiskard hatte. Keine von euch Frauen sollte sich darüber wundern. Denn jede Stunde, die ich lebe, sterbe ich tausend Tode und bekomme dafür doch nicht das kleinste bißchen Glück zurück. Aber lassen wir mein Geschick einmal auf sich beruhen. Es besteht zwar eine gewisse Ähnlichkeit zwischen den stolzen Überlegungen der Ghismunda und meinem Leben. Aber ich will, daß jetzt Pampinea zu erzählen beginne. Wenn sie so fortfährt, wie Fiammetta angefangen hat, dann wird gewiß ein wenig Tau das Feuer lindern, das in mir brennt.« Pampinea verstand genau, daß die Aufforderung ihr galt. Aber sie war so erschüttert wie ihre Freundinnen. Mit deren Seelenzustand war sie ohne Worte besser vertraut als mit dem des Königs, trotz dessen vieler Worte. Daher wollte sie zwar seinem Befehl zu erzählen gehorchen, aber sonst wollte sie lieber die Freundinnen aufmuntern als den seelischen Bedürfnissen des Königs entgegenkommen. Daher nahm sie sich vor, eine Geschichte zu erzählen, die, ohne das gesetzte Thema zu verlassen, ihnen etwas zum Lachen gäbe. Und sie begann:

Einfache Leute sagen gern folgenden Spruch auf:

Sei ruhig ein Schwein!
Doch wahr' mir den Schein!
Beim Schlimmsten hast du dann Ruh,
denn keiner traut es dir zu.

Dies Sprichwort gibt mir reichlich Stoff, etwas zu erzählen. Ich berichte euch etwas, das zu dem vorgeschlagenen Thema paßt und das Ausmaß und die Art der Heuchelei der Mönche beweist. Da laufen sie herum in ihren langen, fließenden Gewändern, mit künstlich bleichen Gesichtern. Wenn sie betteln, klingen ihre Stimmen demütig und sanft, aber sie reißen das Maul auf, wenn sie ihre eigenen Laster an einem anderen entdecken und über ihn herziehen. Sie sind gar nicht kleinlaut, wenn sie zeigen, wie sie zum ewigen Heil kommen, nämlich indem sie sich es nehmen, und wenn sie davon schwadronieren, wie die anderen in den Himmel kommen, nämlich indem sie ihnen etwas schenken. Sie geben sich als Leute, die das Paradies nicht erst noch zu erlangen hätten wie wir. Sie tun so, als wären sie seine Besitzer und seine Herren und als könnten sie einem Menschen, der stirbt, darin einen besseren oder schlechteren Platz zuteilen, je nachdem, wieviel Geld er ihnen hinterlassen hat. Sie wollen betrügen, zuerst sich selbst, falls sie überhaupt daran glauben, jedenfalls aber alle anderen, die ihnen vertrauen. Wenn ich es nur beweisen dürfte, wie es nötig wäre, ich würde sehr schnell vielen einfachen Leuten zeigen, was sich unter ihren weiten Gewändern verbirgt. Aber jetzt bleibt mir nur die Hoffnung, Gott möge es gefallen, ihnen allen ihre Lügen so heimzuzahlen wie jenem Minderbruder, der nicht mehr ganz jung war und der in Venedig als ein Hauptpfäffchen galt. Von ihm möchte ich euch gerne etwas erzählen, um eure Seelen, die noch voll sind von dem Mitleiden mit Ghismunda, durch Lachen und Vergnügen ein wenig aufzurichten.

In der Stadt Imola lebte einmal, verehrte Damen, ein verworfener und verkommener Kerl namens Berto della Massa. Seine Mitbürger durchschauten seine Untaten. Bald gab es in Imola niemanden mehr, der ihm irgend etwas glaubte, weder wenn er log, noch wenn er die Wahrheit sagte. Da er nun sah, daß er hier mit seinen Schlichen nicht mehr durchkam, fand er seine Lage aussichtslos und zog nach Venedig um, wo ja bekanntlich der Abschaum der Menschheit Unterkunft findet. Dort hoffte er eine andere Art von Gaunerei ausüben zu können, die er zuvor noch nicht praktiziert hatte. Als erdrückten ihn seine Gewissensbisse wegen der vergangenen Verbrechen und als überwältigte ihn die Demut, gab er sich als den frömmsten Menschen der Welt aus; er ging ins Kloster, wurde Franziskaner und ließ sich Bruder Alberto von Imola nennen. In diesem Gewand tat er so, als führe er ein strenges Leben, und sprach ständig von Buße und Enthaltsamkeit. Nie aß er Fleisch, nie trank er Wein, wenn ihm diese nicht gut genug waren. Niemand schöpfte Verdacht, er könnte, bevor er zum großen Prediger aufgestiegen war, ein Dieb, ein Kuppler, ein Urkundenfälscher und Mörder gewesen sein. Keines dieser Laster hatte er aufgegeben; er wartete nur auf die Gelegenheit, sie unentdeckt ins Werk zu setzen. Obendrein ließ er sich noch zum Priester weihen, und jedesmal, wenn er am Altar die Messe las und genug Zuschauer hatte, brach er in Tränen aus über das Leiden des Erlösers, denn er war einer von denen, die spielend losweinen können, wenn sie nur wollen. Um es kurz zu machen: Es gelang ihm teils durch seine Predigten, teils durch seine Tränen, die Venezianer so zu ködern, daß kaum einer sein Testament aufsetzte, ohne ihn zum Treuhänder und Verwalter zu machen. So bekam er die Aufsicht über das Vermögen vieler, außerdem wurde er Beichtvater und Berater einer großen Anzahl von Männern und Frauen. So wurde also aus dem Wolf ein Hirte, und der Ruf seiner Heiligkeit war in Venedig größer, als der des heiligen Franziskus in Assisi je gewesen ist.

Nun geschah es, daß eine junge Frau, eitel und dumm, wie sie war, mit einigen anderen Frauen bei diesem heiligen Mönch zur Beichte ging. Sie hieß Madonna Lisetta aus der Ca' Quirino, und sie war die Frau eines großen Kaufmanns, der auf einer seiner Galeeren nach Flandern gereist war. Als sie nun zu seinen Füßen kniete und einen Teil ihrer Sünden gebeichtet hatte – es dauerte lang, schließlich war sie Venezianerin, und die Venezianer sind alle geschwätzig –, da fragte sie der Bruder Alberto, ob sie einen Liebhaber habe.

»Ach was, Herr Pater«, erwiderte sie beleidigt, »habt Ihr denn keine Augen im Kopf? Meint Ihr denn, meine Reize ließen sich mit denen dieser anderen Damen da vergleichen? Wenn ich wollte, hätte ich mehr Liebhaber, als mir lieb sein kann, aber meine Reize sind nicht dafür da, irgendeinen Hinz oder Kunz zu beglücken. Kennt Ihr denn eine Frau, deren Figur sich mit meiner vergleichen ließe? Selbst im Paradies würde ich bewundert, weil ich so gut aussehe.« Und weiter schwärmte sie von ihrer Schönheit; es war peinlich.

Bruder Alberto hatte sofort begriffen, daß sie etwas blöde und für ihn ein gefundenes Fressen war; auf der Stelle verliebte er sich maßlos in sie. Aber er hob seine Schmeicheleien für eine bessere Gelegenheit auf, gebärdete sich diesmal als Heiliger und begann, sie zu tadeln und ihr vorzuhalten, was sie da sage, sei eitler Selbstruhm, und ähnliche Geschichten. Die Frau erwiderte gereizt, er wäre zu stumpfsinnig, um zu erkennen, daß nicht jede Schönheit sei wie die andere. Bruder Alberto wollte sie nicht weiter reizen; er ließ sie ihre Beichte zu Ende bringen und entließ sie dann mit den anderen Frauen.

Es dauerte ein paar Tage, dann nahm er einen vertrauten Begleiter und ging in das Haus der Madonna Lisetta. Kaum befand er sich in einem Raum mit ihr, in dem er von niemandem gesehen werden konnte, da warf er sich vor ihr auf die Knie und rief aus: »Madame, bei Gott flehe ich Euch an, daß Ihr mir verzeiht wegen der Vorhaltungen, die ich Euch letzten Sonntag machte, als Ihr mir über Eure Schönheit spracht. Denn ich bin die Nacht darauf so grausam dafür bestraft worden, daß ich die ganze Zeit über im Bett bleiben mußte und erst heute wieder aufstehen konnte.«

»Und wer hat Euch dafür so gestraft?« fragte die Dame Dummerchen.

»Das will ich Euch erzählen«, erwiderte Bruder Alberto. »Wie jede Nacht, so war ich auch diesmal tief ins Gebet versunken. Da plötzlich sah ich in meiner Zelle einen großen Lichtglanz, und bevor ich mich umdrehen konnte, um nachzusehen, woher das Licht kam, sah ich plötzlich über mir einen wunderschönen Jüngling stehen, mit einem mächtigen

Stock in der Hand. Er packte mich im Nacken, zwang mich zu Boden und schlug so heftig auf mich ein, daß ich völlig erledigt war. Später fragte ich ihn dann, warum er das getan habe, und er antwortete mir: ›Weil du es heute gewagt hast, die himmlischen Reize von Madonna Lisetta zu tadeln, die ich – Gott allein ausgenommen – mehr liebe als alles andere.‹ ›Wer seid Ihr denn?‹ fragte ich dann. Er antwortete, er sei der Erzengel Gabriel. Ich rief: ›Oh, mein Herr, ich flehe Euch an, mir zu vergeben‹, worauf er erwiderte: ›Ich verzeihe dir, aber nur, wenn du, sobald du kannst, zu ihr gehst und um Verzeihung bittest. Und wenn sie dir nicht verzeiht, werde ich hier herunterkommen und dir soviel Hiebe geben, daß du daran zu leiden hast, solange du in dieser Welt lebst.‹ Was er mir dann noch sagte, das traue ich mich Euch erst zu erzählen, wenn Ihr mir vorher verzeiht.«

Die Dame Hohlkopf, die nicht die Hellste war, freute sich von Herzen über diese Worte, hielt sie alle für die reine Wahrheit und rief nach kurzem Zögern aus: »Ich sagte Euch doch, Bruder Alberto, meine Reize bezauberten auch den Himmel. Doch bei Gott, Ihr tut mir leid, und so vergebe ich Euch jetzt endlich, damit es Euch nicht mehr so übel ergeht, aber nur, wenn Ihr mir verratet, was der Engel Euch danach noch sagte.«

Bruder Alberto erwiderte: »Meine Dame, jetzt, nachdem Ihr mir vergeben habt, will ich es Euch gerne sagen. Aber etwas muß ich Euch einschärfen: Hütet Euch, was immer ich Euch sagen werde, irgend jemandem auf der Welt weiterzusagen. Sonst verderbt Ihr alles, und dabei seid Ihr doch jetzt die glücklichste Frau der Welt. Der Erzengel Gabriel bat mich, Euch zu sagen, Ihr gefielet ihm so gut, daß er öfter des Nachts habe zu Euch kommen wollen, wenn er nicht Angst gehabt hätte, Euch damit zu erschrecken. Darum hat er mich beauftragt, Euch zu sagen, er wolle eines Nachts zu Euch kommen und eine Weile bleiben. Aber schließlich ist er ein Engel, und käme er in Engelsgestalt, könntet Ihr ihn gar nicht anfassen, deswegen hat er angekündigt, aus Liebe zu Euch wolle er in Menschengestalt kommen. Daher bittet er darum, Ihr möchtet ihm ausrichten lassen, wann und in wessen Gestalt er kommen könne. Dann kommt er gewiß, und Ihr habt allen Grund, Euch für die glücklichste Frau der Welt zu halten.«

Die Dame Dümmlich erwiderte, sie wisse es sehr zu schätzen, daß der Erzengel Gabriel sie liebe, denn auch sie liebe ihn sehr und niemals gehe sie an einem Bild von ihm vorbei, ohne eine 10-Groschen-Kerze anzuzünden. Wenn er sie besuchen komme, sei er willkommen und würde sie ganz allein in ihrem Schlafzimmer antreffen, aber nur, wenn er sie nicht verlasse, um zur Jungfrau Maria zu gehen, von der ihr gesagt worden sei, daß er sie sehr möge; dies zeigten ja auch die Bilder: Wo immer er sie getroffen habe, sei er vor ihr in die Knie gegangen. Im übrigen überlasse sie es ihm, in wessen Gestalt er kommen wolle, nur solle er ihr keinen Schreck einjagen.

»Ihr redet besonnen, Madame«, sagte Bruder Alberto, »und ich werde ihm genau ausrichten, was Ihr mir sagt. Aber Ihr könntet mir noch einen Gefallen tun, der Euch nichts kostet. Der Gefallen besteht darin, daß Ihr Euch wünschtet, er käme in diesem meinem Körper. Und hört gut zu, warum ich Euch um diesen Gefallen bitte: Dann wird er meine Seele aus meinem Körper herausziehen und sie ins Paradies versetzen; er wird in mich hineingehen, und solange er bei Euch weilt, so lange wird meine Seele im Paradiese sein.«

Da antwortete die Dame Spatzenhirn: »Das soll mir recht sein. Den Trost habt Ihr verdient – für die Hiebe, die Ihr meinetwegen abbekommen habt.« »Dann sorgt dafür«, sagte Bruder Alberto, »daß heute abend Eure Haustür für ihn offensteht. Nur so kann er hineinkommen. Denn er kommt mit einem Menschenleib. Dazu braucht er eine offene Tür.«

Die Dame antwortete, das werde geschehen. Bruder Alberto brach auf; sie blieb zurück. Sie taumelte vor Freude, so daß ihr Hemd nicht mehr den Hintern berührte. Sie konnte es gar nicht abwarten, bis der Erzengel Gabriel käme; tausend Jahre schienen es ihr bis dahin. Bruder Alberto hingegen machte sich klar, daß er an diesem Abend als Kavalier und nicht als Engel aufzutreten hatte und begann, sich mit süßem Gebäck und anderen guten Bissen zu stärken, so daß er nicht leicht vom Pferd zu werfen wäre. Er erhielt die Erlaubnis, am Abend zusammen mit einem Begleiter das Kloster zu verlassen, und als die Nacht anbrach, ging er in das Haus einer Freundin, von der aus er früher schon zum Rennen gestartet war. Als er dachte, seine Stunde sei gekommen, begab er sich von da in das Haus der Dame. Er wurde eingelassen, verwandelte sich mit Hilfe der Utensilien, die er mitgebracht hatte, in einen Engel, stieg die Stufen hinauf und betrat das Schlafzimmer der Dame.

Die Dame erblickte nur etwas Großes, wunderbar Weißes und warf sich sofort vor ihm auf die Knie. Der Engel erteilte ihr seinen Segen, richtete sie auf und gab ihr ein Zeichen, sie solle ins Bett gehen. Sie gehorchte ihm nur zu gern und führte seinen Befehl sofort aus, und der Engel legte sich neben seine Verehrerin. Bruder Alberto war ein gutaussehender Mann in blendender Form, und als er nun mit Donna Lisetta, einer frischen, attraktiven Frau, im Bett lag, da lief die Sache ganz anders als bei ihrem Ehemann. Er gebrauchte keine Flügel mehr, um öfter des Nachts zu ihr zu kommen. Sie war höchst zufrieden; er seinerseits erzählte ihr zudem noch viele Dinge über die himmlische Herrlichkeit. Dann kam die Dämmerung. Er kündigte an, er werde wiederkommen, dann schnappte er sich seine Utensilien und ging zu seinem Kumpanen zurück. Dem hatte die Hausangestellte über Nacht liebenswürdige Gesellschaft geleistet; auch er sollte nicht allein schlafen und Angst haben vor der dunklen Nacht.

Nach dem Frühstück ging die Dame mit ihrer Begleiterin zum Bruder Alberto und brachte ihm die neuesten Nachrichten vom Erzengel Gabriel. Sie erzählte ihm, wie er aussehe und was er ihr über die Herrlichkeit des ewigen Lebens gesagt hatte; sie legte noch ein paar eigene Wundererzählungen zu.

»Madame«, antwortete Bruder Alberto, »ich weiß ja nicht, wie ihr mit ihm zurechtgekommen seid. Ich weiß nur genau, daß er heute nacht kam, um mich zu besuchen. Ich übermittelte ihm Eure Botschaft. Darauf nahm er meine Seele und versetzte sie unter lauter Rosen und Blumen aller Art, wie sie hier noch niemand je erblicken durfte. So verweilte ich bis heute morgen in einem traumhaft schönen, einzigartigen Ort. Was in der Zwischenzeit mit meinem Körper geschah, das weiß ich nicht.«

»Soll ich es Euch sagen?« fragte die Dame. »Euer Körper lag die ganze Nacht in meinen Armen, und der Erzengel Gabriel steckte in ihm. Und wenn Ihr es mir nicht glaubt, dann schaut einmal unter Eurer linken Brust nach. Dorthin habe ich ihm einen so wilden Kuß gegeben, daß Ihr den Knutschfleck noch einige Wochen lang sehen könnt.«

»Wenn das so ist«, antwortete Bruder Alberto, »dann muß ich heute etwas machen, was ich schon seit ewigen Zeiten nicht mehr gemacht habe: Ich muß mich ausziehen und nachsehen, ob Ihr recht habt.«

Nach ellenlangem Geschwätz ging die Dame schließlich nach Hause. Bruder Alberto besuchte sie in Gestalt des Erzengels Gabriel dann noch recht oft, völlig ungehindert.
Doch eines Tages ergab es sich so, daß Madonna Lisetta mit einer Nachbarsfrau ins Plaudern kam. Sie redeten zusammen über weibliche Schönheit. Lisetta hatte nun einmal nicht viel auf dem Kasten, und so sagte sie denn, um ihre eigene Schönheit ins rechte Licht zu setzen: »Wenn Ihr wüßtet, wem ich in meiner Schönheit gefalle, dann würdet Ihr von anderen Frauen kein Wort mehr verlieren.«
Die Nachbarin begann neugierig zu werden. Sie kannte die Dame nun einmal recht gut und erwiderte daher: »Madame, Ihr werdet wohl recht haben. Aber solange man nicht weiß, wer dieser Mann ist, kann man nicht im Handumdrehen seine Ansichten ändern.«
»Liebe Nachbarin«, erwiderte die Dame, die leicht zu reizen war, »von einem Mann ist gar nicht die Rede, denn mein Liebhaber ist der Erzengel Gabriel. Er liebt mich mehr als sich selbst, denn, sagt er, ich sei die schönste Frau auf der Welt.«
Die Nachbarin konnte nur mit Mühe das Lachen verbeißen. Aber sie wollte noch mehr hören und beherrschte sich daher. Sie erwiderte: »Bei Gott im Himmel, Signora, wenn der Erzengel Gabriel nun mal in Euch verliebt ist und wenn er es selbst behauptet hat, dann stimmt das auch. – Aber ich dachte doch, Engel geben sich mit solchen Sachen gar nicht ab.«
»Nachbarin, da seid Ihr auf dem Holzweg«, antwortete die Dame. »Bei den sieben Wunden unseres Heilands: Er kann es viel besser als mein Mann, und er hat mir erklärt, daß man es auch dort oben macht. Er hält mich nun einmal für viel schöner als alle Frauen im Himmel, deswegen hat er sich in mich

verliebt und kommt recht häufig von dort herunter, um es mit mir zu machen. Da schaut Ihr wohl!?«

Schon auf dem Heimweg von Madonna Lisetta platzte die Nachbarin fast vor Ungeduld. Sie gierte nach einer Gelegenheit, diese Sachen weiterzuerzählen. Und als bald darauf eine große Gruppe von Frauen bei einem Fest zusammensaß, da erzählte sie ihnen der Reihe nach diese Geschichte. Diese Damen berichteten es ihren Männern und anderen Frauen. Diese wiederum erzählten es anderen Frauen, und nach zwei Tagen wußte es ganz Venedig. Unter anderen kam die Sache auch den Verwandten der Lisetta zu Ohren. Sie sagten ihr kein Wort davon, aber nahmen sich fest vor, diesen Engel aufzutreiben, um zu sehen, wie er fliegen könne. Sie legten sich für eine Reihe von Nächten auf die Lauer.

Ein Fetzen des Gerüchtes kam auch Bruder Alberto zu Ohren. Er beschloß, die kommende Nacht zu ihr zu gehen und mit ihr zu schimpfen. Aber ihre Verwandten hatten ihn kommen sehen und kaum hatte er sich ausgezogen, da machten sie einen Teufelslärm an ihrer Schlafzimmertür und verlangten, sie solle öffnen. Als Bruder Alberto das hörte, begriff er, was los war. Er sprang auf, und als er sah, daß es einen anderen Ausweg nicht gab, öffnete er ein Fenster, das auf den Canal Grande hinausging, und sprang ins Wasser. Das Wasser war tief an dieser Stelle, aber er konnte gut schwimmen, so daß ihm nichts passierte. Er schwamm ans andere Ufer des Kanals, stürzte in ein Haus, das zufällig offenstand, und flehte einen guten Kerl an, der dort daheim war, er solle ihm um der Liebe Gottes willen das Leben retten. Dann erzählte er ihm irgendeine Geschichte, warum er gerade zur Nachtzeit und nackt an dieser Stelle war. Der gute Mann war von Mitleid gerührt, aber da er sowieso beruflich aus dem Haus gehen mußte, steckte er den Bruder in sein eigenes Bett und trug ihm auf, er solle da bleiben, bis er wiederkomme. Dann schloß er ihn ein und ging seinen Geschäften nach.

Inzwischen hatten sich die Verwandten Eintritt verschafft in Lisettas Schlafzimmer. Sie sahen: Der Erzengel Gabriel war davongeflogen, hatte aber seine Flügel zurückgelassen. Sie kochten darüber vor Wut und bombardierten die Dame mit schrecklichsten Schimpfwörtern, aber zuletzt ließen sie die Frau in ihrer Verzweiflung allein und gingen mit den Engelsrequisiten Albertos nach Hause zurück. Inzwischen war es Tag geworden. Der gute Kerl, der Alberto aufgenommen hatte, war am Rialto vorbeigekommen und hatte dort erzählen gehört, in der vergangenen Nacht sei der Erzengel Gabriel zur Madonna Lisetta gekommen, um mit ihr zu schlafen, aber ihre Verwandten hätten ihn erwischt, er sei aus Angst aus dem Fenster gesprungen. Er begriff sofort, daß das der Mann war, den er in seinem Haus eingeschlossen hatte. Er kam heim, vergewisserte sich noch einmal, und nach endlosem Reden wurde er mit ihm darüber einig, daß er ihm fünfzig Dukaten geben müsse, wenn er nicht an ihre Verwandten ausgeliefert werden wollte. Alberto zahlte.

Jetzt hatte Bruder Alberto den dringenden Wunsch, von hier wegzukommen, aber der anständige Kerl antwortete ihm: »Dazu gibt's nur *einen* Weg, vorausgesetzt, Ihr spielt mit. Heute feiern wir hier ein Fest mit einer Wildschweinjagd auf dem Markusplatz. Dazu muß jeder einen Maskierten mitbringen, einen, der als Bär oder als wilder Mann oder sonst etwas verkleidet ist. Ist das Spiel zu Ende, kann jeder mit der Maske, die er mitgebracht hat, hingehen, wohin er will. Bevor jemand auf die Idee kommt, daß Ihr hier seid, könnte ich Euch, wenn Ihr mitmacht, in einer solchen

Maske dorthin bringen. Danach könnte ich Euch hinbringen, wohin Ihr wollt. Sonst sehe ich keinen Weg, wie Ihr hier herauskommt, ohne erkannt zu werden, denn die Verwandten der Dame wissen sehr wohl, daß Ihr hier irgendwo im Zentrum steckt und haben Wachen aufgestellt, um Euch zu schnappen.«

Bruder Alberto kam es hart an, in einem solchen Aufzug aufzutreten. Aber aus Angst vor den Verwandten der Dame gab er schließlich nach. Er gab die Stelle an, wohin er geführt werden wolle; *wie* er dahin gebracht werde, das sei ihm jetzt gleichgültig. Der Mann hatte inzwischen schon angefangen, ihn mit Honig zu bestreichen. Dann bestreute er ihn von oben bis unten mit Flaumfedern, legte ihm eine Kette um den Hals und setzte ihm eine Maske auf den Kopf. In die eine Hand gab er ihm einen großen Stock; mit der anderen Hand sollte Alberto zwei große Kettenhunde führen, die aus dem Schlachthaus geborgt waren. Nebenbei schickte er jemanden zum Rialto, der dort ausposaunen sollte, jeder, der den Erzengel Gabriel sehen wolle, solle zum Markusplatz kommen, eine Kleinigkeit, die zeigt, wie verläßlich Venezianer sein können. Kurz darauf führte er ihn aus dem Haus. Er ließ ihn vorausgehen und hielt ihn von hinten an der Kette fest. Es gab ein Riesenspektakel, denn alle sagten: »Was is'n hier los? Was is' denn das?« Unbeirrt führte er ihn zum Markusplatz. Dort waren unendlich viele Leute zusammengeströmt. Da waren die, die hinter ihm hergelaufen waren. Und da waren die anderen, die vom Rialto hergekommen waren, nachdem sie den Ausrufer gehört hatten. Kaum waren sie dort angekommen, band er seinen wilden Mann an einer weithin sichtbaren und höher gelegenen Stelle an eine Säule und tat so, als warte er nur auf die Wildschweinjagd. Seinen Gefangenen,

der über und über mit Honig beschmiert war, quälten inzwischen die Stechmücken und Bremsen.
Als er dann sah, daß der Markusplatz barst vor Leuten, tat er so, als wolle er seinem wilden Mann die Kette abnehmen, aber plötzlich riß er Bruder Alberto die Maske vom Gesicht und rief: »Meine Herren, das Wildschwein kommt heute nicht. Die Jagd fällt aus. Aber ihr seid nicht umsonst gekommen: Schaut euch dafür hier den Erzengel Gabriel an, der nachts vom Himmel zur Erde herabsteigt, um die Frauen von Venedig zu trösten.« Die Maske war noch nicht gefallen, da erkannten alle sofort Bruder Alberto. Alle schrien wütend gegen ihn an und überhäuften ihn mit den schlimmsten Schimpfwörtern, die je gegen einen Gauner gerufen worden sind; andere nahmen allerhand Dreck auf und warfen ihn ihm ins Gesicht. So hielten sie ihn endlos lange fest. Die Nachricht davon drang schließlich auch in sein Kloster, und jetzt machte sich ein Dutzend seiner Mitbrüder hierher auf den Weg. Sie kamen, warfen ihm eine Cappa um, ketteten ihn los und brachten ihn, von einer lärmenden Menge begleitet, nach Hause zurück, wo sie ihn einkerkerten. Man sagt, er sei dort nach einem elenden Leben gestorben.
So wurde dieser Kerl aus einem Engel zum wilden Mann. Man hielt ihn für gut, aber er handelte schlecht, nur traute ihm das niemand zu. So wagte er es, den Erzengel Gabriel zu spielen. Aber am Schluß bekam er seine Strafe, und es nutzte ihm nichts, daß er über seine begangenen Sünden weinte. Möge es Gott gefallen, daß alle anderen Schufte so enden.

Basilikum

Die Brüder Lisabettas töten deren Liebhaber. Er erscheint ihr im Traum und zeigt ihr, wo sie ihn verscharrt haben. Sie gräbt heimlich seinen Kopf aus und versteckt ihn in einem Topf mit Basilikum, über dem sie jeden Tag lange Zeit weint. Als die Brüder ihn ihr wegnehmen, stirbt sie kurz darauf vor Kummer.

Die Erzählung Elissas war beendet. Der König lobte sie und forderte dann Filomena auf zu erzählen. Diese war noch so voll Mitgefühl für den unglücklichen Gerbino und seine Frau, daß sie erst einmal tief seufzte und dann begann:
Geneigte Damen, meine Novelle handelt nicht von Menschen in so hoher Stellung wie die, von denen Elissa erzählt hat, aber es kann sein, daß sie nicht weniger ergreifend ist. Ich wurde an sie erinnert, als vorhin der Name der Stadt Messina fiel. Denn dort trug sie sich zu.
Es lebten also in Messina drei Brüder. Die jungen Männer waren Kaufleute, und sie hatten von ihrem Vater, der aus San Gimignano stammte, ein ziemlich großes Vermögen geerbt. Sie hatten eine Schwester namens Lisabetta, eine sehr schöne und anmutige Frau, die sie nur aus irgendeinem zufälligen Grund noch nicht verheiratet hatten. Außerdem hatten die drei Brüder in einem ihrer Lagerhäuser einen jungen Mann aus Pisa namens Lorenzo, der alle ihre Geschäfte leitete und durchführte. Da er ziemlich gut aussah und freundlich im

Umgang war, hatte er schon öfter die Blicke Lisabettas auf sich gezogen, doch mit einem Male begann er ihr außerordentlich gut zu gefallen. Lorenzo bemerkte das und ließ nach und nach seine anderen Liebschaften fallen; er richtete fortan seinen Sinn nur auf sie. Sie fanden aneinander gleichermaßen Gefallen, und so kam es, daß sie recht bald miteinander trieben, was beiden am meisten Spaß machte, stets darauf bedacht, nicht entdeckt zu werden.

Das ging so eine Weile. Sie hatten eine angenehme Zeit und viel Vergnügen miteinander, immer im geheimen, bis eines Nachts der älteste der drei Brüder sah, wie Lisabetta, ohne ihn zu bemerken, in das Zimmer schlich, in dem Lorenzo schlief. Diese Beobachtung mißfiel ihm sehr, aber da er ein gescheiter junger Mann war, wollte er, immer auf die Familienehre bedacht, kein Aufhebens davon machen oder irgend etwas sagen, sondern verbrachte die Zeit bis zum Tagesanbruch damit, die Sache nach allen Seiten hin zu überlegen. Am nächsten Morgen erzählte er seinen Brüdern, was er in der vergangenen Nacht beobachtet hatte. Sie beratschlagten lange. Schließlich beschloß er mit ihnen, die Sache totzuschweigen, um ihrem guten Ruf und dem der Schwester nicht zu schaden. Sie wollten so tun, als habe er nichts gesehen und gehört, bis der Zeitpunkt käme, zu dem sie diese Schande ohne Schaden für die Firma aus der Welt schaffen könnten.

Sie hielten sich an die Verabredung: Sie scherzten und lachten mit Lorenzo, wie sie es gewohnt waren, bis sie eines Tages unter dem Vorwand, mit ihm zum Vergnügen einen Ausflug aufs Land zu machen, Lorenzo mitnahmen. Als sie an einen sehr einsamen und abgelegenen Ort kamen, nutzten sie die Gelegenheit und töteten den völlig arglosen Lorenzo, ohne daß jemand etwas bemerkte. Nach Messina zurückgekehrt, erklärten sie, sie hätten ihn auf Geschäftsreise geschickt. Dies klang glaubhaft, denn das hatten sie vorher schon oft getan.

Da Lorenzo nicht zurückkam, litt Lisabetta unter seiner langen Abwesenheit. Immer wieder befragte sie die Brüder eindringlich nach ihm. Als sie sich einmal besonders leidenschaftlich nach ihm erkundigte, da erwiderte ihr einer der Brüder: »Was soll denn das heißen? Was geht dich Lorenzo an, daß du so oft nach ihm fragst? Wenn du in Zukunft weiter nach ihm fragst, dann kriegst du von uns die Antwort, die du verdienst.« Von da an stellte die junge Frau keine Fragen mehr. Sie litt still und trauerte; sie hatte Angst, ohne genau zu wissen wovor. In der Nacht aber rief sie sehnsüchtig seinen Namen und flehte ihn an, zurückzukommen. Immer wieder klagte sie unter vielen Tränen über sein langes Ausbleiben. An nichts konnte sie sich mehr erfreuen; ihr Leben bestand nur noch aus Warten auf ihn.

Eines Abends, nachdem sie viel geweint hatte, weil Lorenzo nicht zurückkam, war sie unter Tränen eingeschlafen. Da geschah es in der Nacht, daß ihr Lorenzo im Traum erschien, totenbleich und zerschunden, die Kleider zerfranst und zerfetzt, und ihr war, als sagte er: »O Lisabetta, du rufst ständig nach mir und trauerst, weil ich so lange wegbleibe. Mit deinen Tränen klagst du mich heftig an. Aber du mußt wissen: Ich kann nicht mehr zurückkommen, denn deine Brüder haben mich an dem Tag, als wir uns das letzte Mal gesehen haben, umgebracht.« Er beschrieb ihr die Stelle, wo sie ihn verscharrt hatten. Er bat sie, ihn doch nicht länger zu rufen und auf ihn zu warten. Dann verschwand er.

Die junge Frau wachte auf und fing bitterlich an zu weinen, denn sie glaubte dem Traumgesicht. Als sie dann am Morgen aufstand, nahm sie sich vor, an die bezeichnete Stelle zu ge-

hen und nachzusehen, ob es so sei, wie sie es im Traum gesehen hatte. Ihren Brüdern wagte sie nicht, irgend etwas von dem Traum zu sagen. Aber sie erhielt von ihnen die Erlaubnis, einen Spaziergang außerhalb des Stadtgebietes zu machen, freilich in Begleitung einer alten Dienerin, die in alle ihre Geheimnisse eingeweiht war. Sobald sie nur konnte, ging sie zu der Stelle. Sie schob die dürren Blätter beiseite, die dort lagen, und begann zu graben, wo das Erdreich weniger hart war. Sie hatte kaum damit begonnen, da fand sie die Leiche ihres armen Liebhabers. Sie war noch in keiner Weise verwest oder zersetzt. So erkannte sie, daß ihr Traum offensichtlich wahr war. Da erfaßte sie ein Schmerz, wie noch keine Frau ihn je erlitten hat. Sie erkannte, daß dies nicht der Ort war zu weinen. Am liebsten hätte sie den ganzen Körper mitgenommen, um ihn angemessen zu beerdigen. Aber weil sie sah, daß das nicht möglich war, schnitt sie mit einem Messer, so gut sie konnte, den Kopf vom Rumpf ab, schlug ihn in ein Handtuch ein, übergab ihn der Dienerin, warf unbeobachtet Erde über den Rumpf und brach nach Hause auf.
Dort schloß sie sich mit dem Kopf in ihr Zimmer ein, beugte sich über ihn und weinte lang und bitter. Sie weinte so sehr, daß ihre Tränen ihn über und über benetzten. Dabei bedeckte sie ihn mit Küssen, überall. Dann nahm sie einen großen schönen Topf, einen von denen, in die man Majoran oder Basilikum pflanzt, und legte den Kopf hinein, in ein feines Tuch gewickelt. Sie bedeckte ihn mit Erde, setzte einige Pflänzchen von schönstem salernitanischem Basilikum hinein und begoß ihn nur mit Rosenwasser, mit einer Essenz aus Orangenblüten oder mit ihren Tränen. Sie nahm die Gewohnheit an, ständig neben diesem Topf zu sitzen und ihn voller Sehnsucht anzuschauen, barg er doch in sich ihren Lo-

renzo. Wenn sie ihn lange angeschaut hatte, dann beugte sie sich über ihn und begann zu weinen, lange, lange, bis das Basilikum ganz benetzt war von ihren Tränen.

Das Basilikum gedieh prächtig und duftete ungewöhnlich stark wegen der langen und regelmäßigen Pflege, aber auch weil der verwesende Kopf, der darin lag, die Erde fruchtbar machte. Da die junge Frau dies immer wieder tat, wurde sie öfter von ihren Nachbarn dabei beobachtet. Als diese hörten, wie ihre Brüder sich darüber wunderten, daß die Schönheit der jungen Frau zerstört war und ihre Augen so eingesunken waren, als hätte sie überhaupt keine mehr, da erzählten sie ihnen, was sie gesehen hatten: »Uns ist aufgefallen, daß sie jeden Tag diese merkwürdige Gewohnheit einhält.« Jetzt, da die Brüder das gehört hatten, beobachteten sie es auch selbst. Nachdem sie ihr einige Male Vorwürfe gemacht hatten, ohne daß es etwas nutzte, ließen sie heimlich diesen Topf wegschaffen. Als sie ihn nicht mehr vorfand, verlangte sie ihn immer wieder mit größter Heftigkeit, und da man ihn ihr nicht zurückgab, hörten ihr Weinen und ihre Tränen nicht mehr auf. Sie erkrankte. In ihrer Krankheit verlangte sie nichts anderes als nur den Basilikumtopf. Die jungen Männer wunderten sich über diese ständigen Bitten und wollten deshalb nachsehen, was darin wäre. Sie räumten die Erde weg und fanden das Tuch und darin den Kopf, der noch nicht ganz verwest war, so daß sie an dem gelockten Haar erkennen konnten, daß es der Kopf Lorenzos war. Darüber waren sie sehr erstaunt, und sie bekamen Angst, die ganze Sache könnte ans Tageslicht kommen. Daher vergruben sie den Kopf wieder, lösten ihre Geschäfte wie bei einem Umzug auf und verschwanden aus Messina, ohne jemandem eine Erklärung zu geben; sie gingen nach Neapel.

Die junge Frau aber hörte nicht auf zu weinen und nach ihrem Basilikumtopf zu verlangen. Sie weinte sich zu Tode, und so fand ihre unglückliche Liebe ein Ende. Aber nach einiger Zeit erfuhren viele Menschen von dem Vorfall. Und einer von ihnen komponierte das Lied, das man bis zum heutigen Tag singt:

Wer war es,
wer war nur der Schuft,
der mir den Topf mit Kräutern stahl,
und so weiter.

Vogelfang

Ricciardo Manardi wird von Herrn Lizio di Valbona mit dessen Tochter erwischt. Aber er heiratet sie und verständigt sich mit ihrem Vater.

Als Elissa ihre Erzählung beendet und die anerkennenden Reden ihrer Freundinnen über ihre Geschichte gehört hatte, da rief die Königin Filostrato auf, jetzt solle er eine erzählen. Lachend fing er an:

Viele von euch haben mich oft genug kritisiert, daß ich euch dazu gebracht habe, grausame Geschichten zu erzählen, über die ihr dann weinen mußtet. Ich glaube daher, ich muß jetzt etwas tun, um euch für eure Leiden zu entschädigen; ich muß etwas vortragen, was euch zum Lachen bringt. Deswegen will ich euch ein ganz kurzes Liebesgeschichtchen erzählen, das gut ausging. Unglück kommt darin keines vor, höchstens ein paar tiefe Seufzer und ein einziger Augenblick der Angst und der Scham.

Vor gar nicht langer Zeit, da lebte in der Romagna, meine verehrten Damen, ein angesehener und tüchtiger Edelmann; er hieß Herr Lizio di Valbona. Er stand bereits im vorgerückten Alter, als er das Glück hatte, daß ihm seine Frau, Madonna Giacomina, noch eine Tochter zur Welt brachte. Als das Mädchen größer wurde, übertraf sie alle anderen Frauen der Gegend an Schönheit und Charme. Vater und Mutter liebten sie über alle Maßen; schließlich war sie ihr einziges

Kind. Sie überwachten es mit unglaublicher Eifersucht, weil sie planten, sie mit dem Sohn eines hohen Adligen zu verheiraten. Nun kam damals regelmäßig ein gutaussehender und frischer junger Mann ins Haus des Herrn Lizio; er hieß Ricciardo und stammte aus der Familie der Manardi in Brettinoro. Er wurde mit ihnen so vertraut, daß Vater und Mutter ihn so wenig von dem Mädchen fernhielten, als sei er ihr eigener Sohn. Immer wieder warf er einen Blick auf sie; er fand sie schön, charmant, von besten Umgangsformen. Sie war jetzt schon im heiratsfähigen Alter, und er verliebte sich heftig in sie. Mit größter Sorgfalt achtete er darauf, daß er seine Liebe verborgen hielt. Aber die junge Frau bemerkte es doch. Sie leistete keinen Widerstand, nein, sie verliebte sich genauso heftig in ihn, und Ricciardo war darüber sehr glücklich.

Immer wieder hatte er einen Anlauf gemacht, ihr seine Liebe zu gestehen, aber dann schwieg er wieder aus Furcht. Aber einmal, bei günstiger Gelegenheit, faßte er doch Mut und sagte zu ihr: »Catarina, ich flehe dich an, laß mich nicht vor Liebe sterben!«

»Möge der Himmel es richten«, antwortete die junge Frau auf der Stelle, »daß ich nicht vorher schon deinetwegen sterbe.«

Ricciardo war überglücklich bei dieser Antwort. Er faßte weiter Mut und sagte zu ihr: »Du kannst von mir alles verlangen, was du willst. Aber wie wir es anstellen, unser beider Leben zu retten, das mußt du herausfinden.«

»Ricciardo«, antwortete die junge Frau, »du siehst doch, wie ich bewacht werde. Daher weiß auch ich keinen Rat, wie du zu mir kommen kannst. Aber wenn dir etwas einfällt, was ich tun könnte, ohne daß mir ein schlechter Ruf daraus entsteht, sage es mir, und ich werde es tun.«

Ricciardo dachte nach. Die verschiedensten Wege gingen ihm durch den Sinn, bis er plötzlich sagte: »Meine süße Catarina, der einzige Weg, den ich sehe: Du kämest dort oben auf den Balkon über dem Garten deines Vaters. Oder besser noch: Du würdest dort schlafen. Wenn ich wüßte, daß du dort oben die Nacht verbringst, ich würde ganz gewiß hochzuklettern versuchen und zu dir kommen, wenn er auch sehr hoch ist.«

»Wenn du den Mut hast, zum Balkon hochzuklettern«, erwiderte Catarina, »dann schaffe auch ich es, daß ich dort schlafen kann.«

Ricciardo versicherte ihr, er sei bereit. Dann küßten sie sich nur ein einziges Mal und gingen auseinander. Am Morgen danach – es war schon gegen Ende Mai – begann die junge Frau bei ihrer Mutter darüber zu klagen, daß sie wegen der furchtbaren Hitze die letzte Nacht überhaupt nicht hatte schlafen können.

»Von was für einer Hitze redest du da«, erwiderte die Mutter. »Es war doch heute nacht gar nicht heiß.« Da sagte Catarina: »Mutter, Ihr hättet dazusagen sollen ›meiner Meinung nach‹. Dann hättet Ihr vielleich recht gehabt. Aber Ihr müßt auch bedenken, daß junge Mädchen viel wärmer sind als gereifte Damen.«

»Da hast du recht«, antwortete die Frau, »aber ich kann doch nicht nach meiner Lust und Laune machen, daß es warm oder kalt wird, wie es dir gefällt. Das Wetter muß man hinnehmen, wie es die Jahreszeit eben bringt. Aber vielleicht wird es kommende Nacht schon wieder frischer, und dann schläfst du besser.«

»Gebe es Gott«, sagte die Catarina, »aber wenn der Sommer kommt, werden die Nächte gewöhnlich nicht kühler.«

»Was soll das?« fragte die Frau. »Was können wir denn da machen?«
Da antwortete die Catarina: »Wenn mein Vater und Ihr einverstanden wäret, würde ich mir ein kleines Notbett auf dem Balkon einrichten lassen, der an sein Schlafzimmer anschließt und auf den Garten hinausgeht. Dort möchte ich schlafen. Dort ist es kühler, und die Nachtigall würde mich in den Schlaf singen. Ich wäre dort viel besser dran als in eurem Schlafzimmer.«
Darauf sagte die Mutter: »Nur Mut, Kind. Ich werde mit deinem Vater darüber reden, und wie er entscheidet, so machen wir es dann.«
Herr Lizio war nun schon ein älterer Herr und vielleicht auch deswegen ein bißchen mürrisch. Als ihm seine Frau von ihrer Unterhaltung erzählte, rief er aus: »Was ist das für eine Nachtigall, die singen muß, damit sie schlafen kann? Ich werde ihr noch beibringen, bei Grillengezirp zu schlafen!«
Als Catarina das erfuhr, konnte sie mehr aus Ärger als wegen der Hitze die folgende Nacht nicht schlafen. Aber diesmal ließ sie auch die Mutter nicht zur Ruhe kommen und klagte ständig über die große Hitze. Die Mutter hörte sich das Gejammer an, aber am nächsten Morgen ging sie schnurstracks zu Herrn Lizio und sagte: »Mein Herr, Ihr seid wenig nett zu Eurer Tochter. Was schadet es Euch, wenn sie dort auf dem Balkon schläft? Sie hat die ganze Nacht wegen der Hitze kein Auge zutun können. Und warum wundert Ihr Euch, wenn sie so verrückt darauf ist, die Nachtigall zu hören? Sie ist doch noch ein junges Mädchen. Den jungen Leuten gefallen diese Dinge, die zu ihnen passen.«
Herr Lizio hörte sich das an und sagte: »Meinetwegen! Stell ihr irgendein Bett auf, das dort reinpaßt, und laß einen Vor-

hang drum herum machen! Dann kann sie dort schlafen und sich die Nachtigall anhören, solange sie will.«
Als die junge Frau das hörte, ließ sie sofort ein Bett hinbringen. Schon die kommende Nacht konnte sie dort schlafen; deshalb wartete sie ab, bis Ricciardo ins Haus kam. Sie gab ihm das verabredete Zeichen, und er wußte, was sie von ihm erwartete.
Als Herr Lizio hörte, daß seine Tochter zu Bett gegangen war, schloß er die Tür ab, die von seinem Schlafzimmer zum Balkon führte, und legte sich auch ins Bett.
Als Ricciardo fand, überall herrsche jetzt Ruhe, stieg er mit der Hilfe einer Leiter auf eine Mauer. Von dort kletterte er an der Hauswand hoch, auf ein paar herausragende Steine gestützt. Die Gefahr abzustürzen war groß, aber mit gewaltiger Anstrengung erreichte er den Balkon. Dort empfing ihn die junge Frau still, aber mit größter Freude. Sie tauschten zahllose Küsse, dann legten sie sich auf das Bett; fast die ganze Nacht über hatten sie aneinander Lust und Freude; immer wieder brachten sie die Nachtigall zum Singen. Die Nacht war kurz, die Lust war groß; schon nahte, ohne daß sie es bemerkten, der Sonnenaufgang. Sie waren erhitzt, vom Schmusen und von der warmen Luft; so schliefen sie nackt ein. Catarina hielt ihren rechten Arm um den Hals von Ricciardo geschlungen, mit ihrer linken Hand faßte sie das Teilchen, das ihr Frauen vor Männern nicht gern beim Namen nennt.
Während sie so schliefen, war der Tag angebrochen, ohne daß sie erwachten, und Herr Lizio stand auf. Da fiel ihm wieder ein, daß seine Tochter auf dem Balkon schlief, und während er leise die Tür öffnete, sagte er: »Da wollen wir doch einmal sehen, wie die Nachtigall heute nacht unsere Catarina in den Schlaf gesungen hat.«

Er trat leise näher, hob den Vorhang auf, der das Bett umgab, und er erblickte Ricciardo und sie, wie sie nackt dalagen, ohne Decke und engumschlungen, wie ich es beschrieben habe. Er hatte Ricciardo sofort erkannt, aber er verließ die beiden und ging zum Schlafzimmer seiner Frau und rief ihr zu: »Los, rasch, Frau! Steh auf, komm und schau dir das an: Deine Tochter war so verrückt auf die Nachtigall, daß sie den Vogel eingefangen hat und in der Hand hält!«

»Was soll denn das heißen?« fragte die Frau. »Das siehst du gleich«, sagte ihr Mann. »Komm nur schnell!«

Die Frau kleidete sich rasch an und kam hinter Herrn Lizio her. Nun standen sie beide vor dem Bett; er hob den Vorhang an, und jetzt konnte Madonna Giacomina mit eigenen Augen sehen, wie ihre Tochter die Nachtigall fest in der Hand hielt, die sie so gern hatte singen hören.

Als die Frau das sah, wollte sie laut losschreien; sie sah sich von Ricciardo betrogen und wollte losschimpfen, aber Herr Lizio hielt sie zurück und sagte: »Frau, halte den Mund, wenn dir meine Liebe etwas wert ist! Sie hat ihn sich nun einmal eingefangen, dann soll sie ihn auch haben! Ricciardo ist ein reicher junger Mann aus einer vornehmen Familie. Es hätte schlimmer kommen können als ihn zum Schwiegersohn zu haben! Wenn er hier heil herauskommen will, muß er erst unsere Tochter heiraten. Dann hat die Nachtigall wenigstens im eigenen Käfig gesungen und nicht im fremden.« Madonna Giacomina beruhigte sich. Sie war schon zufrieden, daß ihr Mann über den Vorfall nicht in maßlosen Zorn geriet. Sie überlegte, schließlich habe ihre Tochter eine gute Nacht gehabt, sie habe wieder einmal gut geschlafen und den Vogel gefangen. Daher hielt sie den Mund.

Kurz nach diesem Gespräch erwachte Ricciardo. Als er sah,

daß hellichter Tag war, erschrak er zu Tode; er weckte Catarina und sagte: »Ach Gott, mein Schatz, was machen wir nur? Es ist Tag, und er hat mich hier überrascht.«
Bei diesen Worten war Herr Lizio näher getreten. Er hob den Vorhang und antwortete: »Das machen wir schon richtig!«
Als Ricciardo ihn erblickte, da war ihm, als werde ihm das Herz aus dem Leib gerissen. Er richtete sich im Bett auf und sagte: »Mein Herr, ich flehe Euch um Gnade an um Gottes willen! Ich gebe zu, daß ich den Tod verdient habe; ich war böse und habe Euer Vertrauen mißbraucht. Macht daher mit mir, was Ihr wollt! Aber ich flehe Euch an: Wenn es möglich ist, schont mein Leben und bringt mich nicht um!«
Darauf erwiderte Herr Lizio: »Ricciardo, das habe ich mit der Liebe zu dir und bei meinem Vertrauen nicht verdient! Was passiert ist, ist passiert. Aber da es deine Jugend war, die dich zu diesem Vergehen verleitet hat, dann nimm jetzt sofort Catarina als deine rechtmäßige Frau. So rettest du zugleich dein Leben und meine Ehre. Dann soll sie für ihr ganzes Leben dir gehören, so wie sie diese Nacht dir gehört hat. Nur so kannst du dein Leben retten und meine Verzeihung erhalten. Willst du das nicht, dann befiehl deine Seele Gott.«
Während diese Worte gesprochen wurden, ließ Catarina die Nachtigall aus der Hand, deckte sich zu und fing an, heftig zu weinen. Sie bat den Vater um Verzeihung für Ricciardo, und Ricciardo flehte sie an, auf den Willen des Vaters einzugehen, so daß sie für lange Zeit so beisammen sein könnten, wie sie diese Nacht beisammen waren. Aber dazu bedurfte es nicht erst vieler Bitten. Freiwillig, ohne zu zögern erklärte er sich gerne bereit zu tun, was Herr Lizio forderte, denn da war einmal die Scham über seinen Fehltritt, dann war es die Todesangst und der Wunsch, heil davonzukommen, vor allem

aber war es die glühende Liebe und der heiße Wunsch, die geliebte Person zu bekommen.
Darauf ließ sich Herr Lizio von Madonna Giacomina einen seiner Ringe reichen, und Ricciardo heiratete sofort und auf der Stelle die Catarina. Als dies geschehen war, zogen sich Herr Lizio und seine Frau zurück und sagten: »So, jetzt ruht euch aus! Das habt ihr mehr nötig als aufzustehen!«
Als die Eltern gegangen waren, umarmten sich die jungen Leute. Und da sie in der Nacht nur sechs Meilen weit gegangen waren, fügten sie jetzt noch zwei weitere hinzu und beschlossen so ihren ersten Ehetag. Dann standen sie auf, und Ricciardo regelte mit Herrn Lizio der Reihe nach alles, und einige Tage darauf erneuerte er, wie es Brauch ist, die Eheschließung vor Freunden und Verwandten. Mit großer Freude führte er die junge Frau in sein Haus, wo die Hochzeit glanzvoll und würdig gefeiert wurde.
Dann ging er mit ihr noch lange in ruhigem Glück auf Vogelfang, bei Tag und bei Nacht, ganz wie es ihm gefiel.

Im Pinienwald

Nastagio aus der Familie der Onesti ist verliebt in eine Frau aus der Familie der Traversari. Er verschwendet dabei sein Vermögen, wird aber nicht wiedergeliebt. Seine Verwandten bitten ihn, die Stadt Ravenna zu verlassen; er geht nach Classe. Hier sieht er, wie ein Ritter Jagd macht auf eine junge Frau, wie er sie tötet und wie zwei Hunde sie zerreißen. Er lädt seine Verwandten und die geliebte Frau zu einem Festessen dorthin ein. Als die Geliebte sieht, wie die junge Frau zerfleischt wird, bekommt sie Angst, ihr könnte etwas Ähnliches passieren und heiratet Nastagio.

Lauretta schwieg jetzt. Auf einen Wink der Königin begann Filomena zu erzählen:

Meine geliebten Damen, uns Frauen ist Mitleid geboten, deswegen bestraft uns die göttliche Gerechtigkeit besonders streng, wenn wir herzlos sind. Um euch dies zu beweisen und um euch Anreiz zu geben, Herzenskälte von euch gänzlich abzulegen, will ich euch eine Geschichte erzählen. Sie wird eure Gefühle aufwühlen, und doch ist sie angenehm zu hören.

In Ravenna, einer der ältesten Städte der Romagna, gab es einst viele vornehme feine Herren, darunter auch einen jungen Mann namens Nastagio aus der Familie der Onesti. Durch den Tod seines Vaters und eines Onkels erbte er ein unabsehbar großes Vermögen. Er hatte keine Frau, und wie es bei jungen Männern so geht, verliebte er sich, und zwar in eine Tochter des Edelherren Paolo Traversari. Sie war jung und aus sehr viel höherem Adel als er, aber er hoffte, sie durch seinen Aufwand dahin zu bringen, daß sie ihn liebte. Er veranstaltete die aufwendigsten und schönsten Feste. Alle lobten sie. Aber sie nutzten ihm nicht nur nichts, sondern sie schadeten ihm offensichtlich sogar, so hart, so ablehnend und unfreundlich zeigte sich die geliebte junge Frau. War es ihre ausnehmende Schönheit oder ihr hoher Adel, jedenfalls wurde sie gegen ihn hochfahrend und abweisend; er selbst mißfiel ihr, und alles, was ihm gefiel, gefiel ihr nicht. Nastagio litt darunter so sehr, daß ihn mehrfach der Wunsch überkam, sich umzubringen, aber dann ließ er wieder davon ab und nahm sich vor, ganz auf sie zu verzichten, oder, wenn eben möglich, sie genauso zu hassen wie sie ihn. Aber der Vorsatz brach in sich zusammen; unverkennbar wuchs seine Liebe noch, je aussichtsloser sie war.

So blieb der junge Mann denn dabei. Er liebte sie, und er gab unendlich viel Geld dafür aus. Daher hatten einige seiner Freunde und Verwandten den Eindruck, er reibe sich selbst auf und ruiniere auch noch sein Vermögen. Deswegen beknieten sie ihn immer wieder; sie rieten ihm, Ravenna zu verlassen. Er solle in eine andere Stadt auswandern und dort eine Weile leben; die Sache mit der Liebe würde sich dann von selbst regeln, aber auch für sein Vermögen sei dies das beste. Nastagio machte sich über solche Ratschläge immer wieder lustig, aber schließlich konnte er nicht immer nein sagen, und er versprach, sie zu befolgen. Er traf gewaltige Reisevorbereitungen, als wolle er nach Frankreich, nach Spanien oder zu einem noch weiter entfernten Land auswandern. Dann stieg er zu Pferd, und von vielen Freunden begleitet, verließ er Ravenna und ritt zu einem Ort, der Classe heißt, wenige Minuten vor Ravenna, wohin er schon Zelte der verschiedensten Art und Größe beordert hatte. Dort sagte er zu seinen Begleitern, sie sollten nach Ravenna zurückkehren, denn hier wolle er bleiben. Da also schlug Nastagio seine Zelte auf und begann ein so großzügiges und schönes Leben, wie es niemand vor ihm geführt hatte. Er lud einmal diese, einmal jene Freunde zum Essen ein, abends oder zu Mittag, ganz wie er es gewohnt war.

Aber dann kam der Mai. Das Wetter war wunderschön, und er versank wieder in Gedanken an seine hartherzige Geliebte. Er hatte seiner Familie befohlen, ihn allein zu lassen, damit er an seine Liebste denken könne, und so ging er denn eines Tages gedankenverloren zu Fuß in den nahen Pinienwald. Es war fast schon Mittagszeit, und er war tief in den Pinienwald vorgedrungen, ohne an das Mittagessen oder an sonst etwas zu denken. Da kam es ihm vor, als höre er plötzlich einen ungeheuren Lärm und als schreie eine Frau aus voller Kehle um Hilfe. Seine süße Verträumtheit war unterbrochen; er hob den Kopf, um zu sehen, was da los war. Überrascht stellte er fest, daß er im Pinienwald stand.

Er begann sich umzusehen. Durch dichten Wald mit starkem Unterholz und Dorngebüsch sah er eine nackte Frau auf sich zulaufen; sie war jung und sehr schön, aber zerkratzt von Dornen und Laubwerk. Sie weinte und schrie laut um Hilfe. Er sah von beiden Seiten zwei große, wilde Hunde wütend auf sie zuspringen, sie grausam zerfleischend. Er hob den Blick. Da sah er einen schwarzgekleideten Ritter auf einem Rappen hinter ihr her preschen; wutverzerrten Gesichts, den Degen in der Hand, drohte er ihr unter fürchterlichen Beschimpfungen mit dem Tod. Mitleid erfaßte ihn bei diesem unerwarteten, schrecklichen Anblick, Mitleid für diese unglückliche Frau; er wollte sie aus Angst und Todesgefahr befreien, wenn er könnte. Aber er war unbewaffnet; er konnte nicht mehr tun als einen Ast von einem Baum abzubrechen; er wehrte mit ihm wie mit einem Stock die Hunde ab und trat dem Ritter entgegen.

Der Ritter jedoch sah das und schrie ihm von weitem zu: »Nastagio, misch dich nicht ein! Laß die Hunde und mich die Strafe vollziehen, die dieses verdammte Weib verdient hat.«

Während er das sagte, hatten die Hunde, von der Seite wild anspringend, die Frau zum Stehen gebracht. Der Ritter kam näher und stieg vom Pferd. Nastagio ging auf ihn zu und sagte: »Du kennst mich. Aber ich weiß nicht, wer du bist. Ich sage dir nur das eine: Es ist eine große Schande, als bewaffneter Ritter eine nackte Frau zu Tode zu jagen und Hunde auf sie zu hetzen, als sei sie ein Stück Wild. Ich werde sie verteidigen, so gut ich nur kann.«

»Nastagio«, erwiderte darauf der Ritter, »ich stamme aus derselben Stadt wie du. Ich hieß Herr Guido degli Anastagi, und du warst noch ein kleiner Bub, als ich in diese Frau noch verrückter verliebt war als du in die Dame der Traversari. Ihr kalter Stolz und ihre Ablehnung waren mein Unglück. Sie brachte mich so weit, daß ich mich eines Tages in meiner Verzweiflung umbrachte, mit diesem Degen, den du in meiner Hand siehst. Daher bin ich zur ewigen Strafe verurteilt. Die hier freute sich ausgelassen über meinen Tod. Aber es dauerte nicht lange, da starb auch sie. Und jetzt wurde sie genauso zur Höllenstrafe verurteilt, wegen ihrer Sünde der Hartherzigkeit und weil sie über meinen Tod gejubelt hat. Sie zeigte darüber auch keinerlei Reue, ja sie glaubte, sie habe sich Verdienste damit erworben. Als sie in die Hölle herunterkam, da wurde uns beiden eine besondere Strafe auferlegt: Sie mußte vor mir her fliehen, und ich, der ich sie einst so sehr geliebt habe, mußte ihr nachjagen, aber nicht als einer Geliebten, sondern wie meiner Todfeindin. Und immer wenn ich sie erreiche, töte ich sie mit demselben Degen, mit dem ich mich umgebracht habe. Ich schneide vom Rücken her ihren Leib auf und reiße ihr hartes, kaltes Herz, in dem niemals Platz war für Liebe und Mitleid, samt den Eingeweiden heraus und werfe es, wie du gleich sehen wirst, den Hunden zum Fraß hin. Aber es dauert dann nicht lange, und sie steht wieder auf, als wäre sie gar nicht tot gewesen, und ihre schmerzhafte Flucht beginnt von neuem. Die Hunde und ich beginnen erneut unsere Jagd; so will es die göttliche Gerechtigkeit und Allmacht. Und so geschieht es, daß ich sie jeden Freitag um diese Stunde hier an dieser Stelle erreiche und so abschlachte, wie du gleich sehen wirst. Denke nicht, die anderen Tage hätten wir Ruhe, nein, dann treffe ich auf sie an den anderen Orten, wo sie früher in Gedanken und Werken grausam gegen mich war. Wie du siehst, bin ich von ihrem Liebhaber zu ihrem Feind geworden. Ich muß sie so viele Jahre grausam verfolgen, wie sie monatelang hartherzig war gegen mich. So laß mich jetzt den göttlichen Gerichtsspruch ausführen. Widersetze dich nicht, du könntest es ohnedies nicht hindern.«

Nastagio überkam eine ungeheure Angst, als er diese Worte hörte. Es gab kein Haar an ihm, das sich nicht sträubte. Er trat einen Schritt zurück, blickte auf die erbarmenswürdige junge Frau und wartete voller Angst, was der Ritter nun tun werde. Kaum hatte dieser seine Rede beendet, da stürzte er schon wie ein wütender Hund mit gezogenem Degen auf die junge Frau zu. Sie war in die Knie gesunken; die beiden Hunde hatten sich fest in sie verbissen; sie schrie um Hilfe, er durchbohrte mit all seiner Kraft ihre Brust, so daß der Degen auf der anderen Seite wieder heraustrat. Die junge Frau stürzte unter diesem Schlag zu Boden, immer noch weinend und schreiend; der Ritter ergriff ein Messer, schnitt ihr den Rücken auf, riß ihr das Herz und alle Eingeweide heraus und warf alles den beiden Hunden hin, die es sofort gierig mit Heißhunger fraßen. Aber einen Augenblick später stand die junge Frau, als wäre nichts gewesen, sofort wieder auf und begann in Richtung Meer zu entfliehen. Der Ritter bestieg daraufhin sein Pferd, nahm seinen Degen in die Hand und begann seine Jagd. Im Nu waren sie aus Nastagios Augen verschwunden.

Nastagio erstarrte, nachdem er dies alles gesehen hatte, für eine lange Weile zwischen Mitleid und Angst. Aber nach einiger Zeit kam ihm die Idee, das Erlebte könne auch zu seinem Nutzen ausschlagen, weil es sich ja jeden Freitag wiederhole. Deshalb merkte er sich die Stelle und kehrte zu seinen Vertrauten zurück. Und als er den Zeitpunkt für günstig hielt, ließ er seine Verwandten und Freunde herausbitten, und er erklärte ihnen: »Ihr habt mich so lange Zeit ermahnt aufzuhören, diese meine Feindin zu lieben und meiner Verschwendung ein Ende zu setzen. Ich bin jetzt bereit dazu, vorausgesetzt, ihr erreicht, daß mir folgender Gefallen getan wird: Ihr richtet es so ein, daß am kommenden Freitag Herr Paolo Traversari, seine Frau und seine Tochter mit allen Frauen der Verwandtschaft hierherkommen und mit mir zu Mittag essen. Ihr könnt alle Frauen mitbringen, die ihr wollt. Warum ich das will, das werdet ihr dann schon sehen.«

Sie glaubten, das sei nur eine Kleinigkeit. Nach Ravenna zurückgekehrt, nahmen sie die nächste Gelegenheit wahr, alle Leute einzuladen, die Nastagio haben wollte. Es war nicht leicht, die junge Frau, die von Nastagio geliebt wurde, zum Mitkommen zu bewegen, aber schließlich ging sie doch mit, weil auch die anderen Frauen gingen. Nastagio ließ ein großartiges Festessen vorbereiten. Die Tische ließ er unter den Pinien aufstellen, die rings um die Stelle standen, wo er gesehen hatte, wie die hartherzige Dame zerfleischt worden war. Er bat die Herren und Damen zu Tisch; dabei richtete er es so ein, daß die von ihm geliebte junge Frau genau vor die Stelle zu sitzen kam, wo das Ereignis stattfinden mußte.

Die Gäste saßen gerade beim letzten Gang, da hörten alle die ersten verzweifelten Schreie der verfolgten jungen Frau. Jeder wunderte sich und fragte, was da los wäre. Keiner wußte die Frage zu beantworten. So standen sie schnurstracks alle auf und schauten, was das sein könne. Da sahen sie die gequälte junge Frau und den Ritter und die Hunde, und es dauerte nicht lange, da stand die Gruppe mitten unter ihnen. Entsetzt schrien sie auf, gegen die Hunde und gegen den Ritter. Viele wollten der jungen Frau beistehen. Aber als der Ritter zu ihnen genauso sprach, wie er zu Nastagio gesprochen hatte, da bewirkte er nicht nur, daß sie zurückwichen, sondern daß alle entgeistert waren und ein großes Staunen begann. Als der Ritter dann tat, was er auch das andere Mal getan hatte, da schrien alle Frauen, so viele ihrer zusammengekommen waren, so kläglich weinend auf, als sei ihnen selbst geschehen, was sie da gesehen hatten. Schließlich gab es noch einige von ihnen, die verwandt waren mit der leidenden jungen Frau oder mit dem Ritter und die sich an diese Liebe und an seinen Tod erinnern konnten. Das Ereignis war vorbei, die Dame und der Ritter waren verschwunden. Aber alle, die das beobachtet hatten, verfielen auf die verschieden-

sten und widersprechendsten Gedanken. Wer von allen den größten Schrecken mitbekommen hatte, das war die von Nastagio geliebte hartherzige junge Frau. Sie hatte alles genau gesehen und gehört; sie hatte begriffen, daß die Sache sie mehr als alle anderen Anwesenden betraf, und sie erinnerte sich der Hartherzigkeit, mit der sie Nastagio immer behandelt hatte; schon glaubte sie, sie renne vor ihm her, er verfolge sie in seinem Zorn und die Hunde liefen bereits neben ihr her.
Sie bekam eine solche Angst, ihr könne dasselbe passieren, daß sie nicht lange zögerte und die erste sich bietende Gelegenheit wahrnahm – es war noch am selben Abend –, eine Vertraute zu Nastagio zu schicken. Ihr Haß war in Liebe umgeschlagen, und die Freundin bat Nastagio in ihrem Namen, er solle sie besuchen kommen, sie sei bereit, alles mit ihm zu tun, was ihm gefiele. Nastagio ließ ihr erwidern, er sei darüber hoch erfreut, doch wolle er, wenn es ihr recht sei, sein Vergnügen so haben, daß sie dabei ihre Ehre nicht verliere, er wolle sie also heiraten. Sie ließ ihm ausrichten, das wolle sie auch. Schließlich wußte sie, daß es bisher nur von ihr abgehangen hatte, daß sie nicht längst die Frau von Nastagio geworden war. Zu ihrem Vater und zu ihrer Mutter ging sie selbst als ihre eigene Hochzeitsbotin und erklärte ihnen, sie sei jetzt Nastagios Braut, worüber die Eltern sehr glücklich waren.
Am Sonntag darauf heiratete Nastagio sie, und nachdem die Hochzeit begangen war, lebte er noch lange glücklich mit ihr. So hatte die schreckliche Angst doch auch ihr Gutes. Aber sie hatte noch ganz andere Folgen: Alle Frauen von Ravenna bekamen Angst vor einem solchen Schrecken und kommen seitdem immer dem Vergnügen der Männer leichter entgegen als zuvor.

Der Falke

Federigo degli Alberighi liebt eine Frau, wird aber nicht wiedergeliebt. Er wirbt um sie in der Art eines Adligen und zehrt dabei sein Vermögen auf. Es bleibt ihm nur ein Falke. Als seine Dame ihn einmal besuchen kommt, gibt er ihn ihr, weil er nichts anderes hat, zum Essen. Als sie dies erfährt, ändert sie ihren Sinn, heiratet ihn und macht ihn zu einem reichen Mann.

Kaum hatte Filomena aufgehört zu sprechen, da sah die Königin, daß nur sie und Dioneo – er aber mit dem Vorrecht, immer der letzte zu sein – zum Erzählen übrig waren. Daraufhin sagte sie mit lächelnder Miene:

Jetzt ist die Reihe zu erzählen an mir. Und ich, meine lieben Damen, möchte das gerne mit einer Geschichte tun, die derjenigen ähnelt, die wir soeben gehört haben. Ihr sollt daraus nicht nur erkennen, welche Kraft eure Schönheit auf Männer nobler Denkart ausübt, sondern ihr sollt lernen, bei richtiger Gelegenheit selbst die Geber eures Lohnes zu sein, also nicht immer Fortuna die Führung zu überlassen, die ihre Gaben formlos und ohne Unterscheidung vergibt.

Ihr müßt wissen: In diesen Tagen lebte und lebt vielleicht noch in unserer Stadt Coppo di Borghese Domenichi, ein Mann von großer und ehrwürdiger Autorität, hochgeehrt und ewigen Ruhmes würdig, nicht so sehr wegen seines hohen Adels, sondern aufgrund seiner Lebensart und sittlichen

Kraft. Als er älter wurde, fand er zunehmend Gefallen daran, seinen Nachbarn oder auch anderen öfter von vergangenen Dingen zu berichten. Er erzählte besser als jeder andere; er sprach geordneter, mit überlegenem Gedächtnis und größerer Eloquenz.

Neben anderen schönen Geschichten erzählte er gerne, früher habe einmal in Florenz ein junger Mann gelebt, Federigo mit Namen, Sohn des Herrn Filippo Alberighi, der durch ritterlichen Waffendienst und adlige Lebensart jeden anderen Knappen der Toskana übertraf. Dieser habe sich, wie es bei edlen Männern zu geschehen pflegt, in eine vornehme Dame verliebt, Monna Giovanna mit Namen, die damals als eine der schönsten und feinsten Damen von ganz Florenz galt. Um vielleicht ihre Liebe zu gewinnen, veranstaltete er Turniere in Einzelkämpfen und in Gruppen, machte Geschenke, feierte Feste und opferte dabei ohne jeden Rückhalt sein Vermögen. Aber sie war ebenso sittenstreng wie schön und kümmerte sich überhaupt nicht um das, was er für sie tat, und schon gar nicht um den, der es tat.

Federigo verschenkte ständig mehr, als sein Vermögen erlaubte, ohne daß er irgend etwas davon gehabt hätte. Wie es leicht geschieht, schwanden seine Reichtümer dahin, und er verarmte. Nichts blieb ihm als ein winziges Anwesen, von dessen Erträgen er kümmerlich lebte. Und dann besaß er noch einen Falken, den besten der Welt. Er liebte Giovanna mehr denn je, aber da er dachte, er könne in der Stadt nicht mehr so leben, wie er es wünschte, zog er nach Campi, wo sein kleines Gut lag. Dort ertrug er mit Geduld ein Leben in Armut. Wann immer er konnte, ging er mit seinem Falken auf die Jagd, aber nie bat er jemanden um Unterstützung.

Während Federigo in äußerster Enge lebte, erkrankte plötzlich der Gatte der Monna Giovanna schwer. Er sah, daß es mit ihm zu Ende ging, und setzte sein Testament auf. Er war sehr reich, und er verfügte, sein Sohn, der schon im Heranwachsen war, solle der einzige Erbe sein. Für den Fall, daß der Sohn ohne legitimen Erben sterben sollte, setzte er als zweiten Erben Monna Giovanna ein, die er sehr geliebt hatte. Kaum hatte er dies bestimmt, starb er.

Giovanna war nun Witwe, und wie es florentinische Damen zur Gewohnheit haben, ging sie jedes Jahr im Sommer mit dem Sohn aufs Land, auf eine ihrer Besitzungen, die nahe bei der Federigos lag. So kam es, daß dieser Junge mit Federigo recht vertraut wurde und eine Leidenschaft für Jagdvögel und Hunde entwickelte. Oft beobachtete er den Flug des Falken Federigos, und der Falke gefiel ihm so sehr, daß er ihn gerne gehabt hätte, nur getraute er sich nicht, darum zu bitten, da er sah, wie lieb er Federigo war. So lagen die Dinge, als der Junge zum großen Schmerz seiner Mutter ernstlich erkrankte. Er war ihr einziges Kind, und sie liebte ihn zärtlich, so blieb sie denn immer in seiner Nähe und hörte nicht auf, ihn aufzumuntern. Oft bat sie ihn, wenn er sich etwas wünsche, möge er es ihr sagen. Wenn es nur irgend möglich sei, werde sie es ihm besorgen.

Nachdem der Junge diese Angebote öfter gehört hatte, sagte er eines Tages: »Liebe Mutter, wenn Ihr machen könnt, daß ich Federigos Falken bekomme, ich glaube, dann werde ich schnell gesund.«

Als die Dame das hörte, versank sie eine Weile in sich und begann darüber nachzudenken, was sie machen sollte. Sie wußte, daß Federigo sie lange Zeit geliebt hatte, daß sie ihn aber keines Blickes gewürdigt hatte, daher sagte sie sich: »Wie kann ich denn jemanden zu ihm schicken oder gar selbst hingehen und um diesen Falken bitten, der nach allem, was ich höre, der beste Falke ist, der je flog, und der auch noch das einzige ist, was ihn am Leben hält? Und wie kann ich so rücksichtslos sein, einem Edelmann das einzige Vergnügen wegzunehmen, das ihm geblieben ist?« Von derartigen Gedanken gelähmt, wußte sie nicht, was sie ihrem Sohn antworten sollte, und obwohl sie sicher war, sie bekäme den Falken, wenn sie darum bäte, gab sie ihrem Sohn keine Antwort, sondern dachte nach.

Am Ende siegte in ihr die Liebe zu dem Jungen, und sie beschloß, nicht jemanden zu schicken, sondern, was auch immer daraus folgen würde, selbst hinzugehen, um den Falken zu bitten und ihn dem Jungen zu bringen. Sie wollte dem Sohn den Gefallen tun und antwortete ihm: »Mein Sohn, hab' Mut und strenge dich an, gesund zu werden. Denn ich verspreche dir: Das erste, was ich morgen früh machen werde, ich gehe hin und hole ihn dir.« Darüber freute der Junge sich so, daß noch am selben Tag eine leichte Besserung eintrat.

Am nächsten Morgen ging die Dame in Begleitung einer anderen Frau aus dem Haus, als wolle sie einen Spaziergang machen, schlug aber den Weg zu dem kleinen Häuschen von Federigo ein und bat, ihn sprechen zu dürfen.

Es war ein paar Tage lang kein Wetter für Vogeljagd gewesen, daher stand er in seinem Garten und erledigte ein paar kleinere Arbeiten. Als er nun hörte, Monna Giovanna stehe an der Tür und wolle ihn sprechen, wunderte er sich sehr und lief freudig dorthin.

Giovanna sah ihn kommen und ging ihm mit damenhafter Gewandtheit entgegen. Federigo grüßte sie ehrerbietig, und sie antwortete: »Wohl ergehe es Federigo!« Und sie fuhr fort:

»Ich bin gekommen, um dich zu entschädigen für die Nachteile, die du erlitten hast, weil du mich mehr geliebt hast, als dir dienlich war. Die Entschädigung besteht darin, daß ich heute mit dieser meiner Begleiterin bei dir wie unter Freunden zu Mittag essen möchte.«

Worauf Federigo mit vornehmer Zurückhaltung erwiderte: »Madame, Nachteile durch Euch gehabt zu haben, kann ich mich nicht erinnern. Im Gegenteil: Nur Gutes habe ich durch Euch empfangen, und sollte an mir irgend etwas Wertvolles sein, so stammt es von Eurem Wert und von der Liebe, die ich zu Euch getragen habe. Ja, ich kann Euch versichern, daß Euer Besuch, den Ihr mir großherzig abstattet, mir heute lieb ist, als bekäme ich alles zurück, was ich je ausgegeben habe, wenn Ihr auch zu einem Gastgeber gekommen seid, der heute arm ist.« Nachdem er dies gesagt hatte, empfing er sie verschämt in seinem Haus und geleitete sie von da zum Garten. Aber da er niemanden mehr hatte, der ihr hätte Gesellschaft leisten können, sagte er: »Madame, weil niemand anderes da ist, wird diese gute Frau eines Landarbeiters Euch Gesellschaft leisten, während ich gehe, das Essen vorzubereiten.«

So außerordentlich groß seine Armut auch war, so hatte er bisher nicht so recht wahrgenommen, mit welcher Maßlosigkeit er seinen Reichtum verschwendet hatte, aber an diesem Morgen, als er nichts fand, womit er die Dame hätte festlich bewirten können, um derentwillen er schon unzählige Menschen zu Festen eingeladen hatte, da gingen ihm die Augen auf. In maßloser Angst stand er da wie verwirrt, dann lief er erregt hin und her und verfluchte sein Mißgeschick. Er fand weder Geld noch etwas, was er hätte verpfänden können. Zugleich sah er, daß es schon spät war, und er empfand zwar

das große Bedürfnis, die adlige Dame ehrenvoll zu bewirten, wollte aber bei niemandem, nicht einmal bei seinem Landarbeiter, etwas leihen – und da fiel sein Blick auf seinen wertvollen Falken, der in dem kleinen Eßzimmer auf einer Stange saß. Da er keinen anderen Ausweg sah, ergriff er ihn, fühlte, daß er wohlgenährt war und dachte, er wäre wohl eine würdige Speise für eine Dame von solchem Rang.
Ohne weiter nachzudenken, drehte er ihm den Hals um und übergab ihn sofort einer Magd, die ihn rupfen, herrichten und am Spieß sorgfältig braten sollte. Er legte blütenreine Tischtücher auf, von denen er noch das eine oder andere besaß, dann kam er strahlend zu der Dame in den Garten zurück und sagte, das bescheidene Essen, das er ihnen bieten könne, werde vorbereitet. Die Dame und ihre Begleiterin erhoben sich, gingen zu Tisch, und dann aßen sie, ohne zu wissen, was sie aßen, zusammen mit Federigo, der sie mit größter Aufmerksamkeit bediente, den guten Falken.
Sie erhoben sich vom Tisch, unterhielten sich noch eine Weile mit angenehmen Erzählungen, schließlich hielt die Dame den Zeitpunkt für gekommen zu sagen, weshalb sie erschienen war. Freundlich wandte sie sich zu Federigo und begann: »Federigo, wenn du an dein zurückliegendes Leben denkst und an meine Sittenstrenge, die du für Härte und Grausamkeit gehalten hast, dann zweifle ich nicht, daß du dich über meine Dreistigkeit wundern wirst, wenn du den Hauptgrund hörst, um dessentwillen ich hierhergekommen bin. Aber hättest du Kinder oder hättest du Kinder gehabt, mit denen du hättest erleben können, was die Liebe vermag, die wir für sie empfinden, dann schiene es mir sicher, daß du mich wenigstens zum Teil für entschuldigt hieltest. Doch die Tatsache, daß du keine Kinder hast, enthebt mich, die ich

eines habe, nicht dem allgemeinen Gesetz aller Mütter. Diesem Gesetz muß ich gehorchen, und es gebietet mir, gegen mein Empfinden, ja gegen alle Schicklichkeit und jeden Anstand, dich zu bitten, mir etwas zu schenken, von dem ich weiß: Es ist dir selbst sehr wertvoll, und es ist mit gutem Grund dir sehr lieb, denn es ist das einzige Vergnügen, die einzige Freude und der einzige Trost, den dir Fortuna in deiner Armut noch gelassen hat. Und dies Geschenk ist dein Falke. Mein Kind ist so vernarrt in ihn, daß ich fürchte, wenn ich ihn nicht mitbringe, wird sich die Krankheit verschlimmern, und es könnte passieren, daß ich es verliere. Ich bitte dich also um deinen Falken, nicht im Namen der Liebe, die du zu mir hast, denn da hast du mir gegenüber keine Verpflichtung, sondern im Namen deiner adligen Lebensart, in der du dich durch höfisches Verhalten allen anderen überlegen erwiesen hast. Möge es dir gefallen, ihn mir zu schenken, so daß ich sagen könnte, durch dein Geschenk habe ich das Leben meines Sohnes gerettet und ihn dir damit für immer verpflichtet.«

Als Federigo hörte, worum die Dame ihn bat, fing er vor ihren Augen an zu weinen. Kein einziges Wort konnte er herausbringen, weil er wußte, daß er ihr nicht dienen konnte, weil er ihn ihr zu essen gegeben hatte. Die Dame glaubte zunächst, er weine vor Schmerz, weil er sich von seinem lieben Falken trennen müsse, und schon war sie dabei zu sagen, sie verzichte doch lieber auf ihn, aber sie hielt sich zurück und wartete, bis Federigo aufgehört hatte zu weinen und ihr antwortete: »Madame, seit Gott will, daß meine Liebe Euch allein gilt, mußte ich bemerken, in wie vielen Dingen Fortuna sich mir entgegenstellt, und ich habe mich über sie beschwert. Aber das alles waren leichte Dinge im Vergleich zu dem Schlag, den sie mir jetzt versetzt. Nie werde ich daher Frieden mit ihr schließen können, wenn ich bedenke, daß Ihr hier in mein armes Haus gekommen seid – wo Ihr mich, solange ich reich war, keines Besuches gewürdigt habt –, nur um ein kleines Geschenk zu erbitten, und daß sie verhindert hat, daß ich es Euch geben kann. Und warum ich das nicht kann, möchte ich Euch kurz erklären: Als ich hörte, daß Ihr so gnädig wart, bei mir essen zu wollen, da stellte ich mir Euren Rang und Euren Wert vor Augen und hielt es für würdig und passend, Euch mit der kostbarsten Speise zu ehren, die in meinen Möglichkeiten stand, mit einer besseren jedenfalls als ich sie meinen gewöhnlichen Gästen anbieten würde. Daher dachte ich an den Falken, den Ihr erbittet, und wie vorzüglich er sei, und hielt ihn für eine Speise, die Eurer würdig sei, und heute mittag lag er geröstet auf Eurem Teller. Ich glaubte, so den besten Gebrauch von ihm gemacht zu haben, aber jetzt sehe ich, daß Ihr ihn in anderer Weise haben wolltet. Euch nicht dienen zu können, ist mir ein solcher Schmerz, daß ich mir das nie werde nachsehen können.«

Er sagte das und ließ ihr zum Beweis die Federn, die Fänge und den Schnabel hinlegen. Die Dame sah diese Stücke und hörte seine Worte. Zuerst tadelte sie ihn, wie er einen solchen Falken habe töten können, um ihn einer Frau zum Essen zu geben, dann aber bewunderte sie im stillen die Großartigkeit seiner Seele, welche die Armut nie hatte ersticken können und die er sich bis jetzt bewahrt hatte. Schließlich kehrten jedoch die Sorgen um die Gesundheit des kleinen Sohnes zurück, jetzt, wo sie um die Hoffnung gebracht war, den Falken zu bekommen; voller Schwermut brach sie auf und kehrte zu ihrem Sohn zurück. Dieser schied zum größten Schmerz seiner Mutter nach wenigen Tagen aus diesem Leben, sei es aus

Trauer, daß er den Falken nicht bekommen konnte, sei es, daß die Krankheit ohnehin zum Tode geführt hätte.
Sie verharrte eine Weile in Tränen und Bitternis, aber da sie noch jung und im Besitz eines großen Vermögens war, wollten ihre Brüder sie zwingen, sich wieder zu verheiraten. Sie wollte nicht, sah sich aber immer stärkerem Druck ausgesetzt. Da dachte sie an Federigo, an seinen hohen Wert und an seine letzte großzügige Tat, daß er für sie einen solchen Falken geopfert hatte, und sagte zu ihren Brüdern: »Wenn es nach mir ginge, würde ich gerne darauf verzichten. Aber wenn ihr so darauf drängt, daß ich heirate, dann könnt ihr sicher sein, daß ich nie einen anderen Mann nehmen werde, wenn ich nicht Federigo degli Alberighi bekomme.«
Da lachten ihre Brüder sie aus und sagten: »Du bist verrückt! Was redest du da für einen Unsinn? Warum willst du ausgerechnet den, der nichts zu beißen hat?«
Darauf erwiderte sie ihnen: »Meine Brüder, ich weiß sehr wohl, daß es so ist, wie ihr sagt. Aber mir ist ein Mann ohne Reichtum lieber als Reichtum ohne einen Mann.«
Die Brüder sahen, daß sie entschlossen war. Auch sie kannten Federigo als einen Mann von hohem Wert. Daher gaben sie ihm ihre Schwester, genau wie sie wollte, mit ihrem ganzen Vermögen, auch wenn er arm war. So bekam Federigo diese große Frau, die er so lange geliebt hatte und die zudem sehr reich war, zur Gattin; er lernte seine Güter besser verwalten und beschloß zusammen mit ihr in Freuden seine Jahre.

Zu harte Gangart! Absteigen!

Ein Ritter verspricht Madonna Oretta, er werde sie wie im Galopp nach Hause bringen, indem er ihr eine Geschichte erzähle. Aber er erzählt so schlecht, daß sie ihn bittet, wieder absteigen zu dürfen.

Heitere Aussprüche, meine jungen Damen, zieren schöne Reden und edle Sitten wie der Sternenglanz die klaren Nächte. Sie bilden ihren Schmuck; sie schmücken wie Frühlingsblumen die Wiesen oder wie frisches Grün der Bäume die Hügel. Witzworte sind kurz, daher passen sie besser zu Frauen als zu Männern; schließlich billigt man Frauen nicht so lange Reden zu wie den Männern. Jetzt ist es leider wahr, daß es heute nur wenige Frauen oder vielleicht gar keine gibt, die bei rechter Gelegenheit einen solchen Ausspruch tun oder auch nur, wenn er getan ist, ihn recht zu verstehen wissen. Woher das kommt? Vielleicht weil wir nicht mehr so intelligent sind oder weil unser Jahrhundert unter einem Unglücksstern steht; jedenfalls ist es eine Schande für uns Frauen alle. Pampinea hat darüber ja schon manche Geschichte erzählt, daher will ich darüber nicht weiter reden. Aber um euch zu zeigen, wie schön ein solcher Ausspruch zur rechten Zeit sein kann, will ich euch eine Geschichte erzählen, in der eine edle Dame auf elegante Weise einem Ritter Schweigen gebietet.
In unserer Stadt gab es vor gar nicht langer Zeit eine edle, weltgewandte Dame, die gut zu reden verstand; viele von

euch können sie noch gesehen oder von ihr gehört haben. Es gibt keinen Grund, den Namen einer Frau von solchem Wert zu verschweigen. Nun, sie hieß Madonna Oretta und war die Frau des Herrn Geri Spina. Sie befand sich einmal – wie wir heute – zufällig außerhalb der Stadt. Sie hatte an diesem Tag einige Edelleute und deren Damen in ihrem Hause bewirtet und machte nun mit ihnen einen Spaziergang. Weil der Weg sich wohl ein wenig hinzog und sie ihn ja auch zurückgehen mußten, sagte ein Ritter aus der Gruppe zu ihr: »Madonna Oretta, wenn Ihr wollt, könnt Ihr einen Großteil des Weges, den wir noch gehen müssen, wie im Galopp zurücklegen, indem ich Euch eine der schönsten Geschichten der Welt erzähle.«

»Mein Herr«, erwiderte die Dame, »Ich bitte Euch sogar darum. Ihr würdet mir einen großen Gefallen tun!«

Darauf begann dieser Herr Ritter, der vermutlich sein Schwert auch nicht besser in der Hand hatte als seine Zunge beim Erzählen, seine Geschichte zu erzählen. Sie war in der Tat wunderschön, aber er wiederholte dabei dreimal, viermal, ja sechsmal immer dasselbe Wort; dann fing er wieder von vorne an. Manchmal rief er aus: »Nein, das habe ich falsch erzählt!« Dann wieder verwechselte er die Namen der Personen, ganz abgesehen davon, daß seine Aussprache zu den Personen und zu den Handlungen überhaupt nicht paßte; kurz: Er verdarb die Geschichte vollständig.

Madonna Oretta wurde es speiübel bei dieser Erzählkunst. Schweiß brach ihr aus, ihr Herzschlag stockte, als sei sie todkrank. Sie konnte es einfach nicht mehr aushalten. Als sie sah, daß der Ritter sich vollkommen verheddert hatte und nicht mehr herausfand, da sagte sie liebenswürdig: »Mein Herr,

Euer Pferd hat eine gar zu harte Gangart. Bitte, laßt mich absteigen.«

Der Ritter war zum Glück besser im Begreifen als im Erzählen. Er verstand den Ausspruch und nahm ihn mit heiterem Witz auf. Er ließ die Erzählung, die er angefangen hatte, einfach fallen und fing an, eine andere Geschichte zu erzählen.

Gleichheit vor dem Gesetz

Madonna Filippa wird von ihrem Gatten mit ihrem Liebhaber erwischt. Sie wird vor Gericht gestellt, kommt aber durch eine rasche und lustige Antwort frei und erreicht, daß das Gesetz geändert wird.

Schon schwieg Fiammetta. Alle lachten noch über das seltsame Argument, das Scalza gebraucht hatte, um von der Familie Baronci zu behaupten, sie sei von höherem Adel als alle anderen, da forderte die Königin den Filostrato auf, eine Geschichte zu erzählen, und er begann zu sprechen:
Gut reden zu können, meine Damen, ist allemal etwas Schönes. Aber ich glaube, am schönsten ist es dann, wenn die Not es verlangt. Gerade darauf verstand sich die vornehme Frau, von der ich euch erzählen will. Nicht nur, daß ihre Zuhörer ihren Spaß hatten und etwas zum Lachen bekamen. Sie befreite sich sogar aus der Gefahr eines schmachvollen Todes. Ihr werdet es gleich hören.
In der Stadt Prato bestand einst ein Gesetz, das ebenso verwerflich wie grausam war. Es schrieb vor, daß jede Ehefrau, die von ihrem Gatten mit einem anderen Mann beim Ehebruch angetroffen wurde, bei lebendigem Leib verbrannt werden sollte, ohne jeden Unterschied, ob die Frau diesen Mann liebte oder ob sie es für Geld tat. Als dieses Gesetz noch in Kraft war, da geschah es, daß eine vornehme und schöne Frau, die Madonna Filippa hieß und verliebt war wie nur je

eine Frau, von ihrem Mann, Rinaldo de' Pugliesi, in ihrem eigenen Schlafzimmer in den Armen eines vornehmen und schönen jungen Mannes erwischt wurde, der ebenfalls aus Prato stammte. Er hieß Lazzarino de' Guazzagliottri und liebte sie ebenso wie sie ihn. Rinaldo sah das und geriet außer sich. Er konnte sich kaum beherrschen, nicht über sie herzufallen und sie zu töten. Hätte er nicht üble Folgen für sich selbst befürchtet, hätte er seiner Wut nachgegeben und sie umgebracht. So hielt er sich lieber zurück, aber seine Mäßigung ging nicht allzu weit: Er verlangte vom Gesetz der Stadt Prato, was ihm selbst zu tun verboten war: seine Frau zu töten.

Nun hatte er für den Fehltritt seiner Frau reichlich gute Beweise. So verklagte er sie, kaum daß der Tag angebrochen war, und ließ sie, völlig unzugänglich für alle anderen Gedanken, vor Gericht stellen. Obwohl viele ihrer Freunde und Verwandten ihr abrieten, bestand die Frau darauf, vor Gericht zu erscheinen. Wie Frauen, die wahrhaft lieben, entschied sie hochherzig: lieber die Wahrheit sagen und ungebeugt sterben als feige fliehen, voller Schmach im Exil leben und sich eines solchen Liebhabers unwürdig erweisen, wie es der war, mit dem sie die Nacht verbracht hatte. Sie erschien vor dem Podestà, von ziemlich vielen Frauen und auch von Männern begleitet, die ihr vereint rieten, alles abzustreiten. Sie fragte ihn unbewegten Gesichts und mit fester Stimme, was er von ihr wolle. Der Podestà schaute sie an und fand, sie wäre ausnehmend schön, hätte sehr gute Umgangsformen und aus ihren Worten spreche ein hoher Sinn. Er bekam Mitleid mit ihr und begann zu fürchten, sie könnte etwas gestehen, woraufhin er sie, um sein Ansehen zu wahren, zum Tode verurteilen müsse.

Aber er konnte gar nicht anders als sie zu der Anklage zu verhören, die gegen sie erhoben war. So sagte er zu ihr: »Madonna, wie Ihr seht, steht hier Euer Gatte Rinaldo und beschuldigt Euch, er habe Euch beim Ehebruch mit einem anderen Mann angetroffen. Er fordert, daß ich Euch dafür aufgrund eines Gesetzes, das hier in der Stadt gilt, mit dem Tod bestrafe. Aber ich kann Euch nur verurteilen, wenn Ihr gesteht. Seid also wohlbedacht bei Eurer Antwort und sagt mir, ob das zutrifft, wessen Euer Ehemann Euch beschuldigt.«

Ohne irgendwie die Fassung zu verlieren, antwortete die vornehme Frau darauf mit ruhiger, angenehmer Stimme: »Mein Herr, es trifft zu, daß Rinaldo mein Ehemann ist und daß er mich letzte Nacht in den Armen von Lazzarino angetroffen hat, mit dem ich, weil ich ihn tief und vollkommen liebe, schon oft geschlafen habe. Niemals werde ich das leugnen. Aber ebenso sicher weiß ich, daß Ihr wißt, daß Gesetze für alle gleich und nur mit der Zustimmung derer gelten, die sie betreffen. Beides ist bei diesem Gesetz nicht der Fall. Denn dieses Gesetz engt nur uns arme Frauen ein, obwohl wir viel besser als die Männer mehrere Partner befriedigen können. Hinzu kommt, daß, als dieses Gesetz gemacht wurde, keine einzige Frau zugestimmt hat. Ja, es wurde nicht einmal eine einzige gefragt.

Es steht Euch frei, dieses Gesetz anzuwenden, das mir am Leib, Euch aber an der Seele Schaden zufügt. Aber bevor Ihr zu Eurem Urteilsspruch kommt, bitte ich Euch um einen kleinen Gefallen: Fragt einmal meinen Gatten, ob ich ihm nicht jedesmal, wenn er und sooft er nur wollte, meinen ganzen Körper gegeben habe, ohne je nein zu sagen.«

Rinaldo wartete gar nicht erst die Frage des Podestà ab,

sondern antwortete sofort, ohne jeden Zweifel habe sie auf jede seiner Bitten hin von sich aus ihm jedes Vergnügen gewährt.
»Nun denn«, setzte die vornehme Frau sofort nach, »so frage ich Euch, Messer Podestà, wenn er von mir immer bekommen hat, was er gebraucht und was ihm gefallen hat – was sollte ich damals und was soll ich weiter mit dem Rest machen, der über seine Fähigkeiten hinausgeht? Soll ich ihn vielleicht vor die Hunde werfen? Ist es dann nicht doch viel besser, statt ihn wegzuwerfen oder verderben zu lassen, ihn einem vornehmen Mann zu geben, der mich wirklich liebt?«
Zu diesem Verhör einer so außergewöhnlichen und angesehenen Adligen waren fast alle Einwohner von Prato zusammengelaufen. Als sie nun diese witzige Frage hörten, da gab es ein Riesengelächter. Dann riefen alle wie mit einer Stimme, die Dame habe recht und sie rede gut. Und bevor sie von dem Platz wichen, änderten sie, vom Podestà unterstützt, das grausame Gesetz. Es sollte allein für die Frauen gelten, die gegen Geld ihre Männer betrügen. Daher verließ Rinaldo den Gerichtsplatz als ein Mann, der wegen seiner verrückten Tat erledigt war; die vornehme Frau aber ging heiter und frei, als wäre sie vom Scheiterhaufen auferstanden, im Triumph in ihr elterliches Haus zurück.

Der Sprung über den Sarg

Guido Cavalcanti gibt einigen florentinischen Adligen, die ihn überrumpelt haben, eine Grobheit zurück – mit einem einzigen Ausspruch, ohne die Form zu verletzen.

Als die Königin sah, daß Emilia ihre Novelle beendet hatte und daß außer ihr kein Erzähler mehr übrig war, abgesehen von Dioneo, der das Vorrecht hatte, immer als letzter zu reden, begann sie so zu sprechen:
Zwar wurden mir, edle Damen, durch eure Erzählungen zwei Geschichten weggenommen, von denen ich glaubte, eine erzählen zu sollen, gleichwohl ist mir noch eine zum Erzählen übriggeblieben, gegen deren Ende ein so bedenkenswerter Ausspruch steht, daß wir vielleicht etwas so Tiefsinniges noch nicht gehört haben.
Zuvor müßt ihr wissen, daß in vergangenen Zeiten Florenz sich auszeichnete durch schöne und anerkennenswerte Lebensformen, von denen heute nichts mehr übriggeblieben ist, weil die Geldgier, die mit dem Reichtum unserer Stadt ständig anwuchs, sie alle verjagt hat. So war es auch Sitte, daß sich die jungen Adligen der einzelnen Stadtviertel trafen und kleine Gruppen von beschränkter Mitgliederzahl bildeten. Sie achteten darauf, nur solche Leute aufzunehmen, welche die Ausgaben leicht tragen konnten, und abwechselnd lud jeder einmal alle zu sich nach Hause ein. Heute bot der eine, morgen der nächste für alle offenen Tisch, und so kamen alle

an die Reihe, jeder an seinem Tag. Oft luden sie zu ihren Zusammenkünften vornehme auswärtige Gäste ein, die in die Stadt kamen, aber auch andere Bürger. Mindestens einmal im Jahr trugen alle die gleiche Kleidung, und an den wichtigen Festtagen ritten sie gemeinsam durch die Stadt. Zuweilen veranstalteten sie Turniere, besonders an den Hauptfesten oder wenn irgendeine gute Nachricht von einem Sieg oder ähnlichem in die Stadt gekommen war.

Unter diesen Gruppen war nun auch die des Herrn Betto Brunelleschi. Herr Betto und seine Gefährten hatten sich sehr bemüht, auch Guido, den Sohn des Herrn Cavalcante de' Cavalcanti, für die Gruppe zu gewinnen. Dafür hatten sie gute Gründe: Nicht nur war er einer der besten Logiker, welche die Welt damals besaß, und ein hervorragender Naturphilosoph – das kümmerte die Gruppe freilich weniger –, sondern er war ein Mann von großer Heiterkeit, eleganten Sitten und hervorragender Beredsamkeit. Alles, was er wollte und was zu einem Adligen paßt, verstand er besser auszuführen als jeder andere. Darüber hinaus war er sehr reich und konnte mit überschwenglicher Gastfreundschaft alle ehren, von denen er annahm, daß sie es wert waren. Jedoch war es Herrn Betto nie gelungen, ihn zu gewinnen, und er glaubte mit seinen Gefährten, das komme daher, seine philosophischen Untersuchungen schieden ihn zuweilen zu sehr von den Menschen ab. Weil er zuweilen die Ansichten der Epikureer vertrat, behauptete das gewöhnliche Volk von ihm, diese seine Untersuchungen dienten einzig dem Zweck, zu beweisen, daß es keinen Gott gebe.

Nun war Guido eines Tages vom Or San Michele über den Corso degli Adimari zum Baptisterium San Giovanni gegangen, einen Weg, den er oft nahm. Damals standen dort noch die großen Marmorsärge, von denen heute einige im Dom Santa Reparata und viele andere rings um San Giovanni stehen. Guido ging gerade dort entlang – zwischen diesen Steinsärgen, den Porphyrsäulen, die dort stehen, und dem Stadttor von San Giovanni, das geschlossen war, als Herr Betto und seine Gruppe über den Platz von Santa Reparata geritten kamen. Als sie Guido zwischen den Gräbern sahen, riefen sie einander zu: »Los! Diesmal geben wir's ihm!« Sie gaben ihren Pferden die Sporen und preschten wie in einer scherzhaften Attacke gegen ihn heran. Bevor er sich versah, hatten sie ihn umringt und riefen ihm zu: »Guido, du weigerst dich, zu unserer Gruppe zu kommen. Aber sieh mal, wenn du bewiesen hättest, daß Gott nicht existiert, was hättest du dann erreicht?«

Guido, der sich von ihnen umzingelt sah, rief sofort zurück: »Herren, hier seid *ihr* zu Hause. Hier könnt ihr mich beschimpfen, wie ihr wollt!«, und noch während er dies sagte, stützte er eine Hand auf einen dieser hohen Sarkophage und sprang, behende wie er war, mit einem Satz auf die andere Seite. Befreit von der Umzingelung, ging er davon.

Sie blieben verblüfft stehen und schauten einander an. Dann begannen sie, über ihn zu reden und zu behaupten, er sei dämlich, denn was er ihnen geantwortet habe, habe gar keinen Sinn; der Platz, auf dem sie stünden, gehöre schließlich ihnen so wenig wie allen anderen Bürgern und Guido habe mit ihm nicht weniger zu tun als sie.

Aber Messer Betto wandte sich ihnen zu und sprach: »Die Dämlichen, das seid ihr, weil ihr ihn nicht verstanden habt. Denn er hat uns elegant und in wenigen Worten die größte Beleidigung der Welt zugerufen. Denn wenn ihr genau hinseht, sind diese Särge die Häuser der Toten, denn dorthin werden die Toten gelegt, und dort halten sie sich auf. Die Gräber, behauptet er, seien unser Haus, um uns zu beweisen, daß wir, die ungebildeten Laien, im Vergleich zu ihm und zu anderen studierten Männern weniger wert sind als Tote. Insofern sind wir, wenn wir hier auf einem Gräberfeld stehen, bei uns zu Hause.«

Jetzt verstanden alle, was Guido hatte sagen wollen. Sie schämten sich und belästigten ihn nie mehr. Und von da an hielten sie Herrn Betto für einen scharfsinnigen, denkenden Mann.

Bruder Zwiebel

Der Bettelmönch Cipolla verspricht einigen Bauern, ihnen eine Feder aus dem Gefieder des Erzengels Gabriel zu zeigen. Aber dort, wo er die Feder herausnehmen will, findet er Kohlen und behauptet, das seien die Kohlen, mit denen der heilige Laurentius geröstet worden sei.

Da inzwischen alle anderen aus der Gruppe ihre Geschichte erzählt hatten, sah Dioneo, daß nun er an der Reihe war zu sprechen. Einige lobten immer noch Guidos tiefsinnigen Ausspruch, aber ihnen wurde Ruhe geboten, und er begann, ohne einen ausdrücklichen Hinweis abzuwarten:
Charmante Damen, obwohl ich das Vorrecht genieße, ohne Vorgabe erzählen zu dürfen, was mir gefällt, will ich mich heute doch nicht von dem Thema entfernen, von dem ihr heute alle so treffend gesprochen habt. Ich will im Gegenteil euren Fußstapfen folgen und euch zeigen, wie geschickt ein Bettelbruder des heiligen Antonius durch eine plötzliche Kehrtwendung dem Spott entging, den zwei junge Männer ihm zugedacht hatten. Es sollte euch auch nicht lästig werden, wenn ich mir, um die Geschichte nur ja nicht zu verstümmeln, beim Erzählen etwas Zeit nehme, denn wenn ihr einmal zur Sonne aufschauen möchtet, dann seht ihr, daß sie noch auf halber Höhe steht.
Certaldo ist, wie ihr wohl schon gehört habt, ein befestigtes Städtchen im Tal der Elsa hier im florentinischen Hinterland.

So klein es auch ist, so zählte es doch einst vornehme und begüterte Leute zu seinen Bewohnern. In dieses Städtchen nun kam, weil er dort fruchtbare Weide fand, lange Zeit hindurch jedes Jahr regelmäßig ein Bettelmönch vom Orden des heiligen Antonius, um die Spenden einzusammeln, die viele Leute dumm genug waren, seinem Orden zu geben. Der Bruder hieß Cipolla, also »Zwiebel«, und wenn er dort so gern gesehen war, so lag das wohl nicht weniger an seinem Namen als an einer besonderen Frömmigkeit, denn diese Landschaft bringt Zwiebeln hervor, die in der ganzen Toskana berühmt sind. Dieser Bruder Cipolla war klein von Gestalt, hatte rotes Haar und ein fröhliches Gesicht. Er war der gerissenste Schlingel der Welt. Darüber hinaus war er, ohne daß Wissenschaft ihn beschwert hätte, ein so lebhafter und wortfertiger Redner, daß, wer ihn nicht kannte, ihn nicht nur für einen großen Redekünstler gehalten, sondern behauptet hätte, er sei Cicero in Person oder vielleicht Quintilian. Fast alle Leute dieser Gegend waren ihm verbunden als ihrem Verwandten, Freund oder geistlichem Gönner.
Es war August, und wieder einmal ging er, wie gewohnt, dorthin. Eines Sonntagmorgens waren alle guten Männer und Frauen der umgebenden Dörfer zur Messe in der Pfarrkirche versammelt. Dies hielt er für den richtigen Zeitpunkt; er trat hervor und sagte: »Meine Herren und Damen, wie ihr wißt, habt ihr die Gewohnheit, jedes Jahr den armen Dienern des hochvornehmen Herrn, des heiligen Antonius, einen Teil von eurem Weizen und Hafer zu spenden, der eine Gläubige mehr, der andere weniger, jeder ganz nach seinem Vermögen und seinem frommen Eifer, damit der selige heilige Antonius die Wacht halte über eure Ochsen und Esel, eure Schweine und Schafe. Außerdem habt ihr – und insbesondere jeder, der

unserer heiligen Bruderschaft eingeschrieben ist – die gute Gewohnheit, die kleine Gebühr zu bezahlen, die jedes Jahr einmal in Geld fällig ist. Um das einzusammeln, hat mich mein Oberer, der Herr Abt, hierher geschickt. Wenn ihr also heute nachmittag nach der Non die Glocken läuten hört, dann kommt mit Gottes Segen vor die Kirche, dort werde ich wie gewohnt die Predigt halten, und ihr dürft das Kreuz küssen. Und außerdem, weil ich weiß, daß ihr alle ergebenste Verehrer des hochvornehmen Herrn, des heiligen Antonius, seid, zeige ich euch eine hochheilige und schöne Reliquie, die ich einst selbst von jenseits des Meeres, vom Heiligen Lande, hergebracht habe, und zwar ist es eine Feder aus dem Gefieder des Erzengels Gabriel, die er im Schlafzimmer der Jungfrau Maria fallen ließ, als er nach Nazareth kam, ihr die frohe Botschaft zu bringen.« Nach diesen Worten schwieg er und kehrte zur Messe zurück.

Als Bruder Cipolla das ankündigte, standen unter vielen anderen Leuten zwei recht durchtriebene junge Männer, der eine hieß Giovanni del Bragoniera, der andere Biagio Pizzini. Untereinander hatten sie schon oft gelacht über die Reliquie des Bruder Cipolla, aber diesmal nahmen sie sich vor, einen kleinen Spaß mit seiner Feder zu inszenieren, obwohl sie eng mit ihm befreundet waren und zu seiner Gruppe gehörten. Sie hatten erfahren, daß Bruder Cipolla bei einem Freund im oberen Stadtteil eingeladen war, und als sie sahen, daß er zu Tisch war, gingen sie die Straße hinunter zu dem Gasthof, in dem der Bruder abgestiegen war. Ihr Plan war, Biagio sollte mit ein paar Worten den Diener des Bruder Cipolla ablenken und Giovanni unter den Habseligkeiten des Bettelmönchs die Feder suchen – wenn es sie überhaupt gab – und sie ihm wegnehmen, um zu sehen, wie er sich nachher vor dem Volk herausreden würde.

Bruder Cipolla hatte also einen Diener, einen elenden Kerl, den die Leute Guccio den Walfisch oder Guccio den Dreckskerl oder auch Guccio das Schwein nannten. Wenn Bruder Cipolla mit seinen Freunden zusammensaß, pflegte er über ihn zu lästern: »Mein Diener besitzt neun Fehler, von denen jeder einzelne ausreichen würde, in Salomo, Aristoteles oder Seneca alle Tugend, allen Verstand und alle Heiligkeit zu zerstören. Jetzt denkt mal, was das für ein Mensch sein muß, er, der weder Tugend noch Verstand noch Heiligkeit, dafür aber neun solcher Fehler hat.« Auf die Frage, welche neun Fehler das denn seien, pflegte er in Versform zu antworten:

»Ich sage euch: Er ist
faul, verdreckt und stets verlogen,
träge, frech und unerzogen,
blöde, dreist: total verbogen.

Außerdem hat er noch ein paar kleinere Macken, aber davon wollen wir lieber schweigen. Und was am lächerlichsten an ihm ist: Überall, wo er hinkommt, stellt er den Weibern nach und will ein Haus mieten. Weil er einen großen schwarzen, ölverschmierten Bart hat, glaubt er, er sei so schön und anziehend, daß alle Frauen, die ihn sehen, sich in ihn verlieben. Ließe man ihn gewähren, liefe er hinter allen Weibern her und bemerkte nicht einmal, wenn ihm die Hose rutscht. Aber ich muß zugeben: Er ist mir eine große Hilfe. Denn kommt jemand und will mir etwas ganz im geheimen sagen, dann lauscht er mit Wonne. Und fragt mich jemand etwas, dann vergeht er vor Angst, daß ich vielleicht nichts zu sagen wüßte, und sofort springt er ein und antwortet mit Ja oder Nein, ganz wie er denkt, daß es richtig sei.«

Diesen Kerl also hatte Bruder Cipolla im Gasthof zurückgelassen und ihm befohlen, gut darauf zu achten, daß kein Mensch an seine Sachen gehe, besonders nicht an seine großen Bettelsäcke, in denen er seine Reliquien aufbewahrte. Aber Guccio der Dreckskerl saß lieber in der Küche als eine Nachtigall auf einem grünen Zweige, besonders wenn er merkte, daß dort eine Magd war. Nun hatte er gesehen, daß in der Küche des Gasthofes eine arbeitete, klein und fett und grob und unförmig, mit zwei Brüsten wie Mistkübel und einem Gesicht wie eine Baronci, völlig verschwitzt, ölverschmiert und geräuchert, und auf die stürzte er sich wie ein Geier auf das Aas. Das Zimmer von Bruder Cipolla ließ er offenstehen, dessen sämtliche Sachen ließ er im Stich und machte sich an das Weib heran. Obwohl es ein heißer Augusttag war, setzte er sich nahe ans Feuer und begann mit ihr, die Nuta hieß, eine Unterhaltung. Er flunkerte ihr vor, er sei der Vertreter eines Adligen, er besitze potztausend Gulden, ohne die, die ihm zur Auszahlung anvertraut seien, und er verstünde es, so viele Dinge zu tun und zu sagen, daß sein Herr da gar nicht mehr mitkomme. Ohne einmal auf seinen Überwurf zu blicken, der so von Fett troff, daß es für den großen Suppenkessel des Klosters Altopascio gereicht hätte, ohne an sein Wams zu denken, das zerrissen und geflickt war und besonders am Hals und unter den Achseln glänzte vor Schmutz und Schweiß, voll von Flicken, vielfarbiger als alle Stoffe der Tartaren und der Inder, und ohne auf seine Schuhe zu blicken, die völlig zerrissen waren, oder auf seine Strümpfe voller Löcher, redete er auf sie ein, als wäre er der Herr von Chatillon. Er versprach ihr, er werde sie neu einkleiden und aus diesem Elend, bei fremden Leuten arbeiten zu müssen und kaum etwas zu besitzen, erlösen. Jedenfalls werde er ihr neue Hoffnung geben. Obwohl er ihr dies alles sehr liebevoll sagte, redete er in den Wind. Wie alle seine Vorhaben führte auch dieses zu nichts.

Als die beiden jungen Männer Guccio das Schwein mit der Nuta beschäftigt sahen, waren sie sehr zufrieden, denn damit war ihre halbe Arbeit getan. Niemand trat ihnen in dem Zimmer des Bruder Cipolla entgegen. Sie fanden es offenstehen, traten ein, und das erste, worüber sie herfielen, um es zu durchsuchen, war der Bettelsack, in dem die Feder war. Sie nahmen sich ihn vor und fanden in einem großen Umschlag aus Seidenstoff eine kleine Kassette. Sie öffneten sie, fanden in ihr eine Schwanzfeder eines Papageien und schlossen, das müsse die Feder sein, die er den Leuten von Certaldo zu zeigen versprochen hatte. Mit so etwas konnte er damals noch leicht Glauben finden, denn die Luxuswaren aus dem Orient waren noch gar nicht oder nur in kleinen Mengen in der Toskana verbreitet, nicht wie später, wo sie in Unmengen herübergekommen sind und ganz Italien ruiniert haben. In der ganzen Toskana kannten sie nur wenige, aber die Einwohner von Certaldo wußten so gut wie nichts von ihnen. Es herrschten noch die rohen, anständigen Sitten der Alten, und die meisten hatten das Wort »Papagei« nie gehört, geschweige denn einen gesehen. Die jungen Männer freuten sich, daß sie die Feder gefunden hatten. Sie nahmen sie heraus, und um die Kassette nicht leer zu lassen, füllten sie sie mit Kohlen, die sie in einer Ecke des Zimmers herumliegen sahen. Sie schlossen das Kästchen, brachten alle Dinge wieder in die vorige Ordnung und gingen freudig mit der Feder davon, ohne gesehen worden zu sein. Gespannt warteten sie darauf, was Bruder Cipolla predigen werde, wenn er statt der Feder die Kohlen fände.

Die einfachen Männer und Frauen, denen in der Kirche versprochen worden war, sie dürften am Nachmittag die Feder des Erzengels Gabriel sehen, gingen nach der Messe nach Hause, und ein Nachbar sagte es dem anderen, eine Klatschbase der nächsten, und als sie zu Mittag gegessen hatten, liefen so viele Männer und Frauen in dem Städtchen zusammen, daß es sie kaum fassen konnte. Sie alle warteten mit Sehnsucht darauf, diese Feder zu sehen. Bruder Cipolla hatte inzwischen gut gegessen und auch ein wenig geschlafen, und kurz nach der Non erhob er sich. Als er hörte, die Zahl der Bauern, die gekommen waren, um die Feder zu sehen, sei sehr groß, befahl er Guccio dem Dreckskerl, er solle den Bettelsack heraufbringen und die Schellen nicht vergessen. Dieser konnte sich nur mit Mühe von der Küche und von Nuta losreißen, aber zuletzt schleppte er sich träge mit den Sachen bergauf. Da sein Leib vom vielen Wassertrinken aufgedunsen war, kam er schließlich keuchend oben an, ging auf Geheiß des Bruder Cipolla weiter hinauf bis zum Kirchenportal und klingelte dort kräftig mit den Schellen.

Als das ganze Volk beisammen war, begann Bruder Cipolla seine Predigt, ohne sich vorher zu überzeugen, ob alle seine heiligen Dinge noch unberührt an ihrem Platz lagen. Er redete viel, und immer hatte er dabei seinen Zweck im Auge. Als endlich der Augenblick kam, die Feder des Erzengels Gabriel zu zeigen, sprach er zuerst mit großer Feierlichkeit das Sündenbekenntnis, ließ zwei große Kerzen anzünden, zog sich die Kapuze vom Kopf, entfernte mit großem Zartgefühl den Seidenumschlag und zog die Kassette hervor. Er sprach noch einige Worte zum Lob und Preis des Erzengels Gabriel und öffnete sodann das Kästchen. Als er sah, daß es voll mit Kohlen war, hatte er keineswegs Guccio den Walfisch im Verdacht, ihm diesen Streich gespielt zu haben, denn so viel

Geist traute er ihm nicht zu. Er verdammte ihn auch nicht, so schlecht aufgepaßt zu haben, daß andere ihm das antun konnten, nein, er verfluchte im stillen sich selbst, daß er seine Sachen einem Mann zur Aufsicht anvertraut hatte, von dem er wußte, wie er war:

Faul, verdreckt und stets verlogen,
träge, frech und unerzogen,
blöde, dreist: total verbogen.

Aber indessen erhob er, ohne die Farbe zu wechseln, sofort Augen und Hände gen Himmel und sagte so laut, daß alle es hören sollten:

»O Gott, gepriesen sei immerdar deine Allmacht!«

Dann schloß er das Kästchen, wandte sich dem Volk zu und sagte: »Meine Herren und Damen, ihr müßt wissen, daß ich, als ich noch sehr jung war, von meinen Oberen in jene Gegenden gesandt worden bin, wo die Sonne aufgeht. Ich hatte den ausdrücklichen Befehl, die Privilegien der Porzellana zu erkunden – sie abzustempeln kostet zwar nicht viel, aber sie bringen anderen mehr Nutzen als uns. Daher machte ich mich denn auf den Weg. Von Venedig brach ich auf, überquerte die Griechenstraße, ritt von da durchs Königreich Algarvien nach Bigdad, erreichte schließlich Parrione, von dort kam ich mit einem Riesendurst nach Sardellien. Aber was soll ich euch all die Länder beschreiben, die ich gesehen habe? Ich überquerte den Ärmel des heiligen Georg, geriet in Länder wie Schwindelonien und Narretanien, dichtbesiedelte Gebiete mit großen Völkern. Von dort kam ich nach Lügien, wo ich viele meiner Mitbrüder und andere Ordensleute traf, die alle aus Liebe zu Gott jeder Unbequemlichkeit aus dem Wege gingen, die sich einen Dreck um das Ungemach anderer kümmerten, solange nur ein Vorteil für sie dabei heraussprang, und die in diesen Ländern mit keinem anderen Geld bezahlten als mit ihrem Geschwätz. Von dort kam ich weiter ins Land der Abruzzen, wo Männer wie Frauen in Holzschuhen auf die Berge steigen, wo sie Schweinernes mit deren eigenen Därmen umwickeln. Als ich weiterkam, traf ich Leute, die das Brot an einem Stock und den Wein im Sack tragen; von da wiederum kam ich in die Bachi-Berge, wo alle Wasser abwärts fließen. In kurzer Zeit bin ich so tief eingedrungen, daß ich zuletzt gar nach Süßindien gelangte, wo, wie ich bei diesem meinem Gewand euch schwöre, man das Federvieh in der Luft herumfliegen sieht – eine unglaubliche Geschichte, wenn man's nicht selbst gesehen hat, aber Maso del Saggio kann es mir bestätigen, den ich dort traf, wie er ein großes Geschäft abwickelte, indem er Nüsse knackt und nur die Schalen verkauft. Aber da ich nicht fand, was ich suchte, kehrte ich hier um, weil man von dort nur zu Wasser weiterkommt, und kam schließlich in das Heilige Land, wo sommers das kalte Brot vier Denare kostet, während es das warme umsonst gibt. Und hier traf ich den ehrwürdigen Pater, Herrn Bittschön Tadeltmichnicht, den hochwürdigsten Patriarchen von Jerusalem. Aus lauter Verehrung für den Habit des hochvornehmen Herrn, des heiligen Antonius, den ich trug, wollte er mir all die heiligen Reliquien zeigen, die er besaß. Das waren so viele – wenn ich sie euch alle aufschreiben wollte, wäre die Liste einige Meilen lang. Aber um euch nicht untröstlich zu machen, will ich doch einige davon nennen. Zuerst zeigte er mir den Finger des Heiligen Geistes, so vollständig erhalten und so fest wie eh und je, dann den Federbüschel des Seraphim, der dem heiligen Franz erschienen ist, dann den Fingernagel eines Cherubim, die Rippe des Verbum-caro-und-so-weiter, die Gewänder des heiligen christlichen Glaubens, einige Strahlen des Sterns, der den Heiligen drei Königen im Morgenlande erschienen ist, eine Ampulle mit dem Schweiß des heiligen Michael, den er vergoß, als er mit dem Teufel kämpfte, die Kinnlade des TODES, der den Lazarus mitnahm, und vieles andere. Ich hatte ihm großzügigerweise eine Kopie des hinteren Teils des Monte Morello in der Volkssprache besorgt und dazu noch einige Kapitel aus dem Kapretius, wonach er lange gesucht hatte, dafür machte er mich seiner heiligen Reliquien teilhaftig. Er schenkte mir einen Zahn des heiligen Kreuzes, eine kleine Ampulle, die den Glockenton vom Tempel Salomos enthält, eine Feder des Erzengels Gabriel, von der ich euch schon gesprochen habe, einen Holzschuh des heiligen Gerhard von Villamagna (den ich aber kürzlich in Florenz verschenkt habe an Gerhard von Bonsi, der für seinen Namenspatron eine überaus tiefe Verehrung hat), und er schenkte mir von den Kohlen, mit denen der heilige Laurentius geröstet worden ist. Alle diese Dinge habe ich von dort in aller Ehrfurcht hierhergebracht, und ich besitze sie alle noch. Allerdings hat mein Oberer mir bisher noch nie erlaubt, sie öffentlich vorzuzeigen, bis ihre Echtheit erwiesen sei. Jetzt aber hat er sich davon überzeugt; schließlich haben sie mehrere Wunder bewirkt, und er hat die Briefe des Patriarchen erhalten. Deswegen hat er mir die Erlaubnis erteilt, sie in der Öffentlichkeit vorzuführen. Ich trage sie immer bei mir, weil ich nicht wage, sie jemand anderem anzuvertrauen. Dabei trage ich die Feder des Erzengels Gabriel, damit ja nichts drankommt, in einem Kästchen, und die Kohlen, mit denen der heilige Laurentius geröstet worden ist, in einem anderen. Aber die beiden Kästchen sind einander so ähnlich, daß es öfter vorkommt, daß ich sie verwechsle. So ist es mir diesmal gegangen, daher habe ich in dem Glauben, die Kassette mit der Feder hierher mitgebracht zu haben, das Kästchen mitgebracht, in dem die Kohlen sind. Das war bestimmt kein gewöhnlicher Irrtum, nein, ich bin sicher, es war der Wille Gottes. Er selbst gab mir die Kassette mit den Kohlen in die Hand, um mich daran zu erinnern, daß es nur noch zwei Tage bis zum Feste dieses Heiligen sind. Gott wollte, daß ich euch die Kohlen zeige, mit denen Laurentius geröstet worden ist; er wollte, daß ich eure Verehrung neu entfache, die ihr für den Heiligen habt. Daher wollte er nicht, daß ich die Feder in die Hand nehme, wie ich es im Sinne hatte, sondern diese geheiligten Kohlen, deren Feuer die Säfte gelöscht haben, die aus seinem allerheiligsten Körper traten. Deswegen, geliebte Kinder im Herrn, entblößt euer Haupt und tretet andächtig näher, sie zu betrachten. Aber zuvor sollt ihr wissen, daß jeder, den ich mit diesen Kohlen im Zeichen des Kreuzes berühre, ein ganzes Jahr lang sicher sein darf, daß kein Feuer ihn brennt, ohne daß er es merkt.«

Nachdem er dies gesagt hatte, erhob er seine Stimme zu einem Preisgesang auf den heiligen Laurentius, öffnete das Kästchen und zeigte die Kohlen. Zuerst betrachtete die törichte Menge sie kurze Zeit mit andächtigem Staunen, aber dann stürzten sich alle mit heftigstem Drängen vor zu Bruder Cipolla, boten ihm noch größere Spenden an als sonst und flehten ihn an, er möge sie mit den Kohlen berühren. Daher nahm Bruder Cipolla die Kohlen in die Hand und begann, auf ihre weißen Hemden, ihre Jacken und die Kopftücher der Frauen schwarze Kreuze zu zeichnen, so groß wie es nur ging. Dabei behauptete er, diese Kohlen wüchsen, wie er oft beobachtet habe, in dem Kästchen nach, wenn sie sich beim Zeichnen der Kreuze abnutzten.

So versah er also, nicht ohne größten Vorteil für sich, alle Bewohner von Certaldo mit einem Kreuz. Und durch seine schnelle Auffassungsgabe machte er denen einen Strich durch die Rechnung, die ihm durch das Wegnehmen der Feder einen Streich hatten spielen wollen. Diese jungen Männer standen bei seiner Predigt dabei, und als sie hörten, wie er die überraschende Wendung nahm, als sei sie von langer Hand her vorbereitet, und mit welch grotesken Worten er sie ausschmückte, da brachen sie in ein Gelächter aus, daß sie fürchteten, ihr Kiefer renke sich aus. Als das Volk sich verlaufen hatte, gingen sie zu ihm und erzählten ihm unter allgemeinem Gelächter, was sie getan hatten. Dann gaben sie ihm seine Feder zurück, die ihm im Jahr darauf nicht weniger einbrachte als in diesem Jahr die Kohlen.

Das Gespenst

Gianni Lotteringhi hört es nachts an seiner Haustür klopfen. Er weckt seine Frau, und sie erklärt ihm, es sei ein Nachtgespenst. Sie beschwören es unter Gebeten, und das Klopfen hört auf.

Der König befahl Emilia, sie solle mit dem Erzählen anfangen, und sie begann heiter, folgendes zu sagen:
Mein Herr, mir wäre es sehr viel lieber gewesen, es hätte Euch gefallen, daß bei diesem schönen Thema, über das wir heute reden sollen – Streiche, die Frauen ihren Männern aus Liebe gespielt haben –, eine andere als ich den Anfang gemacht hätte. Aber da ihr nun einmal wünscht, ich solle den anderen Damen ein aufmunterndes Beispiel geben, will ich es gerne tun. Ich werde mich anstrengen, meine lieben Damen, etwas zu erzählen, was euch in eurem künftigen Leben nützlich sein kann. Denn wenn andere Frauen so ähnlich sind wie ich, dann sind wir alle ängstlich und haben am meisten Angst vor Gespenstern. Gott im Himmel weiß, daß ich euch nicht erklären kann, was das für Wesen sind, und ich habe auch nie eine Frau gefunden, die es gewußt hätte, dennoch haben wir alle gleichermaßen Angst vor ihnen. Aber wenn ihr bei meiner Geschichte gut aufpaßt, dann könnt ihr aus ihr ein heiliges und wirksames Gebet lernen, mit dem ihr ein Gespenst verjagen könnt, wenn es einmal zu euch kommt.

Es lebte einmal in Florenz im Quartier von Sankt Pankraz ein Wollweber, der Gianni Lotteringhi hieß. Der Mann war in seinem Handwerk schlauer, als er in anderen Dingen weise war. Deshalb wurde er, ein schlichtes Gemüt, immer wieder zum Präses einer frommen Bruderschaft bei Santa Maria Novella gewählt. Er hatte bei den Versammlungen der Bruderschaft für Ordnung zu sorgen; oft bekam er kleine Pflichtchen dieser Art und hielt sich darum für etwas Besonderes. Aber in Wirklichkeit bekam er diese Ämtlein nur, weil er als wohlhabender Mann die Mönche mit ausgesuchten Speisen versorgte. Dafür, daß ihm die Mönche öfter Strümpfe, einen Umhang oder ein Skapulier abschwätzen konnten, brachten sie ihm allerhand gute Gebete bei; sie schenkten ihm dafür ein Vaterunser auf Italienisch und ein Lied des heiligen Alessius, die Wehklage des heiligen Bernhard und das Loblied der Donna Mechtild von Magdeburg und anderes Gefasel. Er hielt sehr viel von diesen Stücken und bewahrte sie zum Heil seiner Seele sorgfältig auf.
Nun hatte dieser Mann eine überaus reizende, wunderschöne Frau; sie war weise und äußerst gescheit. Sie hieß Monna Tessa und war die Tochter des Manuccio aus der Cuculia. Sie durchschaute die Schlichtheit ihres Gatten, und da sie so verliebt war in Federigo di Neri Pegolotti, einen schönen und frischen jungen Mann, wie er in sie, ließ sie ihm durch eine ihrer Dienerinnen ausrichten, er möchte sie besuchen kommen in der schönen Villa, die ihr Mann Gianni in Camerata besaß und wo sie immer den Sommer verbrachte. Gianni kam zuweilen zum Abendessen hinaus und übernachtete dort, aber am nächsten Morgen ging er wieder zurück – zu seiner Werkstatt, zuweilen auch zu seinen Betbrüdern. Federigo wünschte sich nichts sehnlicher, als ihren Wunsch zu er-

füllen, und bei nächster Gelegenheit ging er wie verabredet gegen Abend hinauf zu der Villa. Gianni kam diesen Abend nicht, und so konnte Federigo in aller Ruhe und mit größter Lust bei der Geliebten zu Abend essen und bei ihr übernachten. Sie lag die ganze Nacht über in seinem Arm, und sie brachte ihm wohl sechs der Lobgesänge ihres Gatten bei. Sie wollten beide nicht, daß diese erste Nacht ihre letzte bleiben sollte; daher trafen sie folgende Verabredung, damit die Magd ihn nicht jedesmal bestellen mußte: Sooft er sein Haus, das etwas oberhalb lag, verließ oder dorthin zurückging, sollte er auf den Weinberg achten, der an ihr Haus angrenzte. Dort stecke auf einem Weinstock der Schädel eines Esels. Wenn er sehe, daß der Schädel mit dem Maul in Richtung auf Florenz zeige, dann solle er, wenn es dunkel werde, ohne Scheu und in aller Sicherheit zu ihr kommen. Sollte das Tor noch verschlossen sein, dann solle er dreimal anklopfen, dann werde sie ihm schon öffnen. Blicke der Eselskopf aber mit dem Maul in Richtung Fiesole, dann solle er fortbleiben, weil dann Gianni da sei. Sie hielten sich an diese Regelung und konnten sich so häufig treffen.

Aber eines Abends, als Federigo von Monna Tessa zum Abendessen eingeladen war und sie schon zwei dicke Kapaune hatte vorbereiten lassen, da geschah es, daß Gianni spät am Abend unerwartet herauskam. Der Dame kam das sehr ungelegen. Sie saßen beim Abendessen nebeneinander und aßen lustlos ein bißchen Gesalzenes, das sie hatte auftragen lassen. Zwischendrin ließ sie eine Dienerin die beiden gebratenen Kapaune zusammen mit vielen frischen Eiern und einer Flasche guten Weines in ein weißes Tafeltuch einschlagen; sie sollte das in den Garten tragen und unter einem Pfirsichbaum abstellen, der am Rand einer kleinen Wiese stand.

Den Garten konnte man betreten, ohne durch das Haus zu kommen, und die beiden hatten dort schon oft zu Abend gegessen. In ihrem Ärger hatte sie aber vergessen, der Magd zu sagen, sie solle dort auf Federigo warten und ihm sagen, Gianni sei gekommen, aber er solle ruhig essen, was er im Garten vorfände. Gianni und sie lagen soeben im Bett – auch die Magd war inzwischen schlafen gegangen – da kam Federigo. Er klopfte einmal sachte an die Tür. Aber die Tür war so nahe am Schlafzimmer, daß Gianni es sofort hörte. Die Dame hörte es auch, aber damit Gianni keinen Verdacht schöpfen sollte, stellte sie sich schlafend. Federigo wartete ein wenig, dann klopfte er ein zweites Mal. Gianni wunderte sich darüber, stupste seine Frau ein wenig an und fragte: »Tessa, hörst du nichts? Ich glaube, es klopft jemand an unsere Tür.«

Die Frau, die es viel deutlicher gehört hatte als er, tat so, als erwache sie aus tiefem Schlaf und fragte: »Hm. Was? Was sagst du?« »Ich sage«, erwiderte Gianni, »ich glaube, es klopft an unserer Tür.«

Darauf die Dame: »Es klopft? O Gott, mein Gianni, weißt du denn nicht, was das ist? Das ist das Gespenst! Ich habe vor ihm die letzten Nächte die größte Angst ausgestanden. Es war so schrecklich, immer wenn ich es hörte, steckte ich den Kopf unter die Decke. Und erst wenn es hellichter Tag wurde, hatte ich den Mut, wieder herauszukommen.«

Darauf erwiderte Gianni: »Ach was, Frau! Wenn's ein Gespenst ist, davor brauchst du keine Angst zu haben. Ich habe doch gerade erst, als wir ins Bett gingen, den Nachthymnus gegen die Gespenster, das Gebet zur unversehrten Jungfrau und viele andere kraftvolle Gebete gesprochen. Außerdem habe ich das Bett an allen vier Ecken gesegnet im Namen des

Vaters, des Sohnes und des Heiligen Geistes. Da brauchst du keine Angst zu haben. So mächtig das Gespenst auch sein kann – uns kann es nichts tun.«

Die Dame machte sich klar, daß sie unbedingt aufstehen müsse. Federigo sollte nicht auf einen anderen Verdacht kommen und sich nicht mir ihr überwerfen. Sie mußte ihm Nachricht zukommen lassen, daß Gianni da war. Sie sagte zu ihrem Mann: »Schon recht! Aber du kannst reden, was du willst. Ich jedenfalls finde keine Ruhe und fühle mich nicht sicher, wenn wir es nicht beschwören, wo du ja nun schon einmal da bist.«

»Und wie beschwört man ein Gespenst?« fragte Gianni.

»Da weiß ich genau Bescheid«, sagte seine Frau. »Denn vor ein paar Tagen bin ich nach Fiesole gegangen, um den Ablaß zu gewinnen, und da traf ich eine Eremitin, und eine Eremitin, mein lieber Gianni, ist etwas so Heiliges, daß ich es dir gar nicht sagen kann, und sie sah mich in meiner Angst und lehrte mich ein heiliges und wirkkräftiges Gebet, und sie sagte, sie selbst habe es öfter ausprobiert, bevor sie Einsiedlerin wurde, und es habe immer geholfen. Aber bei Gott, allein hätte ich niemals gewagt es auszuprobieren, aber jetzt, da du hier bist, komm, laß uns hingehen und das Gespenst beschwören.«

Gianni erwiderte, es sei ihm recht. Sie standen auf und traten leise zur Eingangstür, vor der Federigo immer noch wartete, schon mit einem gewissen Verdacht. Als sie angelangt waren, sagte die Dame: »Spucken! Spucken mußt du, sobald ich es dir sage.«

»Gut«, erwiderte Gianni.

Und die Dame erhob ihre Stimme zum Gebet und rief:

»Gespenst, Gespenst! Nächtlich machst du mich an!
Mit gehobenem Schwanz kamst du heran!
Doch ein frommer Spruch beendet den Tanz:
Verschwinde jetzt mit gehobenem Schwanz!
Doch wie ich weiß, bist du darauf versessen,
vorher ein, zwei Kapaune zu fressen.
Du brauchst nicht zu warten,
geh in den Garten!
Den großen Pfirsichbaum dort wirst du kennen.
Bedien dich! Nimm auch die Eier all meiner Hennen!
Setz die Flasche an den Hals, dann geh und gib Ruh!
Füg weder mir noch meinem Gianni Böses zu.«

Kaum hatte sie das gerufen, sagte sie zu ihrem Mann: »Spuck, Gianni!«, und Gianni spuckte.
Als Federigo, der draußen stand, dies hörte, hatte er schon alle Eifersucht vergessen. Bei allem Mißmut überkam ihn die Lust loszulachen. Er platzte heraus, und als Gianni spuckte, sagte er leise: »Spuck deine Zähne aus!« Die Dame aber ging, nachdem sie das Gespenst dreimal in dieser Form beschworen hatte, wieder mit ihrem Gatten ins Bett.
Federigo hatte damit gerechnet, mit ihr zu Abend zu essen, hatte nichts gegessen und war hungrig. Aber er hatte die Worte des Gebetes sehr wohl verstanden. Am Fuß des großen Pfirsichbaumes fand er die beiden Kapaune, den Wein und die Eier. Er nahm alles mit nach Hause und verzehrte es genüßlich und in Ruhe. Später traf er sich noch oft mit seiner Dame, und sie lachten viel über diese Art von Beschwörung.
Es ist richtig: Einige Leute behaupten, die Dame habe den Eselskopf korrekt gegen Fiesole hin gedreht, aber ein Weinbergarbeiter habe mit dem Stock dagegen geschlagen und ihn

in kreisende Bewegung versetzt, und zuletzt sei er in Richtung Florenz stehengeblieben, Federigo habe geglaubt, er sei willkommen, und die Frau habe ihr Gebet in folgender Form gesprochen:

»Gespenst, Gespenst, vor unsrer Tür,
verschwinde hier!
Der Eselskopf in falscher Richtung steht,
ein Rindvieh hat ihn rumgedreht:
Gott strafe ihn dafür:
Ich bin mit meinem Gianni hier.«

Danach wäre Federigo rasch gegangen; er hätte nicht nur kein Nachtquartier, sondern auch kein Abendessen bekommen. Aber ich habe eine Nachbarin, eine sehr alte Frau. Sie behauptet, in ihrer Kindheit erfahren zu haben, beide Geschichten seien tatsächlich vorgekommen. Nur sei die zweite nicht dem Gianni Lotteringhi passiert, sondern einem Mann namens Gianni di Nello, der an der Porta San Piero wohnte und nicht weniger blöde war als Gianni Lotteringhi. Daher habt ihr, meine lieben Damen, die Wahl. Ihr könnt von den beiden Beschwörungsgebeten nehmen, welches ihr wollt. Ihr könnt sie auch beide zusammen anwenden. Sie haben beide, wie ihr aus der Erfahrung gelernt habt, in solchen Situationen die größte Wirkung. Lernt sie auswendig! Ihr könnt sie in Zukunft noch brauchen.

Im Faß

Als Peronellas Mann überraschend nach Hause kommt, versteckt sie ihren Geliebten in einem Faß. Ihr Mann hatte dieses Faß verkauft; sie behauptet, sie habe es an einen Mann verkauft, der soeben in das Faß gekrochen sei, um zu prüfen, wie solide es gebaut sei. Dieser Mann springt heraus und läßt das Faß von dem Ehemann reinigen und zu sich nach Hause bringen.

Emilia hatte ihre Geschichte zu Ende erzählt, da brachen alle in ein Riesengelächter aus. Alle lobten das Beschwörungsgebet der Tessa; sie erklärten es für nützlich und heilig. Aber die Geschichte war nun zu Ende, und der König hieß den Filostrato fortzufahren, und der begann:
Männer, besonders Ehemänner, wenden gegen euch, ihr lieben Damen, zahllose Tricks an. Wenn es daher einer Frau einmal gelingt, ihren Mann hereinzulegen, dann sollt ihr Frauen zunächst einmal froh sein, daß dies vorkommt oder euch von jemandem erzählt worden ist. Dann aber sollt ihr überall herumlaufen und es weitererzählen. Denn nur so begreifen die Männer, daß, wenn *sie* Bescheid wissen, die Frauen nicht weniger pfiffig sind. Das kann für euch nur zum Vorteil sein, denn wer weiß, daß der andere Bescheid weiß, wird es sich zweimal überlegen, ob er den anderen betrügt. Niemand zweifelt doch daran: Wüßten die Männer, was wir heute hier reden, dann bekämen sie die größten Hemmun-

gen, euch zu betrügen, weil sie einsähen, daß auch ihr sie, wenn ihr nur wolltet, hereinlegen könnt. Daher habe ich vor, euch eine Geschichte zu erzählen von einer jungen Frau, die, obwohl sie von niedriger Herkunft war, in einem einzigen Augenblick ihrem Mann einen Streich zu spielen wußte, um sich aus der Affäre zu ziehen.

Es ist noch gar nicht lange her, da heiratete in Neapel ein armer Mann eine hübsche und reizende junge Frau; sie hieß Peronella. Sie lebten von der Hand in den Mund; er verdiente sein Geld in seinem Beruf als Maurer, sie durch Spinnen. Doch eines Tages sah ein junger Mann aus besseren Kreisen diese Peronella, und sie gefiel ihm so sehr, daß er sich in sie verliebte. Er reizte sie einmal auf diese, dann auf eine andere Weise; schließlich wurden sie miteinander vertraulich. Um sich treffen zu können, fanden sie folgende Regelung: Ihr Liebhaber sollte sich morgens in der Nachbarschaft aufhalten und aufpassen, ob ihr Ehemann tatsächlich aus dem Haus gehe, um zu arbeiten oder um Arbeit zu suchen. Die Gegend um das Haus war recht einsam; wenn der Ehemann gegangen war, konnte der Liebhaber ohne weiteres in ihr Haus gehen. Auf diese Weise trafen sie sich regelmäßig.

Das ging so eine Weile, aber eines Morgens, der gute Mann war kaum außer Haus gegangen und Gianello Strignario – so hieß der Geliebte Peronellas – hatte das Haus betreten und war mit Peronella zusammen, da kam ihr Mann, der normalerweise den ganzen Tag über wegblieb, zurück. Als er die Haustür von innen verschlossen vorfand, klopfte er. Dann wartete er und redete mit sich selbst: »O Gott, ewig seist du gepriesen! Zwar hast du mich als armen Teufel geschaffen, aber zum Trost gabst du mir eine gute und anständige Frau! Sieh doch, wie rasch sie, nachdem ich weggegangen bin, das

Tor hinter mir verschlossen hat, damit kein Mensch kommen und ihr zu nahe treten kann!«

Als Peronella ihren Mann kommen hörte – sie erkannte ihn an der Art, wie er anklopfte –, da rief sie aus: »Ach, du lieber Himmel! Mein Giannello! Ich bin erledigt! Das ist mein Mann! Verdammter Kerl, daß der jetzt zurückkommen muß! Ich weiß nicht, was das heißen soll, nie kam er so früh zurück! Vielleicht hat er dich kommen sehen. Aber egal weshalb, kriech du um Gottes willen hier in das Faß, ich gehe und öffne ihm, dann werden wir schon sehen, warum er heute morgen so früh zurückkommt.«

Giannello verschwand sofort im Faß, Peronella ging zum Tor, öffnete ihrem Mann und sagte mit bösem Gesicht: »Was sind denn das für neue Sitten, daß du so früh nach Hause kommst? Ich habe den Eindruck, du willst heute überhaupt nichts arbeiten, weil du auch noch dein Werkzeug mitbringst! Wenn du blaumachst, wovon sollen wir denn dann leben? Wo sollen wir Brot herkriegen? Glaubst du vielleicht, ich lasse es mir gefallen, daß du mein bestes Kleid versetzt und meine Wäsche zum Pfandhaus bringst? Ich stehe Tag und Nacht am Spinnrad, ich arbeite mir die Finger kaputt bis auf die Knochen, nur um das bißchen Öl zu verdienen, das in unserer Lampe brennt. Mann, du bist vielleicht ein Mann! Alle Nachbarinnen machen sich schon über mich lustig, daß ich mich so abrackere. Und du kommst am frühen Morgen nach Hause und drehst Däumchen statt zu arbeiten!« Hier brach sie in Tränen aus, aber dann fing sie wieder an: »Ach Gott, ich Unglücksmensch, ich armes Schwein! Unter was für einem Unglücksstern bin ich geboren! Was bin ich heruntergekommen! Wie habe ich so einen Mann verdient? Ich hätte einen tüchtigen jungen Mann haben können, aber ich habe ihn nicht gewollt, ich habe den hier genommen, der es gar nicht zu schätzen weiß, was ich für eine gute Frau bin! Andere Weiber machen sich einen schönen Lenz mit ihren Liebhabern. Jede hat mindestens zwei oder drei davon. Sie amüsieren sich und machen ihrem Mann ein X für ein U vor. Ich, was bin ich dagegen für ein armes Ding! Mir geht es schlecht, nur weil ich gut bin und von den neuen Sitten nichts halte. Ich weiß gar nicht, warum ich mir nicht auch so einen Liebhaber halten soll wie die anderen. Daß du es nur weißt, mein lieber Mann, wenn ich schlecht sein wollte, dann fände ich schon einen, mit dem ich es treiben könnte, es gibt eine ganze Reihe von attraktiven jungen Männern, die mich sympathisch finden und die mich lieben. Sie haben mir schon viel Geld geboten oder, wenn ich lieber wollte, Kleider und Schmuck. Aber nie kam mir so etwas in den Sinn, ich bin halt nicht die Tochter einer Dame, die so etwas macht, und du, du kommst mir einfach nach Hause, wenn du bei der Arbeit sein solltest!«

»Ach was, Frau, mach doch um Gottes willen kein Theater«, erwiderte ihr Mann. »Es stimmt, ich bin zur Arbeit weggegangen, aber ich wußte nicht, und du wußtest es offenbar auch nicht: Heute ist das Fest des heiligen Galeone. Da wird nicht gearbeitet. Deshalb bin ich so früh wieder daheim. Aber ich habe trotzdem vorgesorgt und überlegt, wie wir zu Brot kommen, und auch noch für einen ganzen Monat. Du weißt doch, wir haben da ein Faß, das uns die ganze Zeit über schon im Weg steht. Ich habe es meinem Kumpan, den du dort stehen siehst, verkauft. Er gibt mir fünf Dukaten dafür.«

»Das ist ja noch schöner«, ereiferte sich die Frau. »Du bist ein Mann und kommst draußen herum und müßtest dich auskennen! Und du hast das Faß für fünf Dukaten verkauft. Und ich bin nur eine Frau, die kaum je aus dem Haus kommt, aber weil ich gesehen habe, daß es uns nur stört, habe ich es für sieben Dukaten an einen anständigen Mann verkauft. Gerade als du kamst, ist er einmal hineingekrochen, um zu prüfen, ob es stabil ist.«

Als der Ehemann das hörte, war er sehr zufrieden und sagte zu seinem Begleiter: »Guter Mann, geh mit Gott! Du hörst ja, meine kleine Frau hat es für sieben verkauft. Und du wolltest mir nur fünf geben.«

Der gute Mann antwortete: »Nichts für ungut!« und ging.

Und Peronella sagte zu ihrem Mann : »Jetzt bist du schon einmal da, dann komm doch rauf und schau mit ihm, wie die Sache steht.«

Giannello hatte die Ohren gespitzt, um zu sehen, was da auf ihn zukam, aber als er jetzt die Worte der Peronella hörte, sprang er aus dem Faß. Als habe er das Kommen des Ehemanns nicht bemerkt, rief er: »Gute Frau, wo seid ihr denn?« Aber der Ehemann war inzwischen oben angekommen und antwortete: »Hier bin ich. Was kann ich für dich tun?« »Wer bist denn du?« fragte Giannello. »Ich möchte mit der Frau sprechen, der ich das Faß abkaufen will.« »Das macht ruhig mit mir aus, ich bin ihr Mann.«

»Das Faß ist, glaube ich, ziemlich stabil«, sagte Giannello, »aber Ihr habt wohl den Bodensatz drin gelassen. Denn es ist innen mit einem Film überzogen, der so hart ist, daß ich ihn mit den Nägeln nicht abkratzen kann. Aber ich nehme das Faß nur, wenn es sauber ist.«

»Nun«, sagte Peronella, »daran soll das Geschäft nicht scheitern. Mein Mann macht es schon ganz sauber.«

»Warum nicht?« sagte darauf der Ehemann, legte seine Werkzeuge aus der Hand, krempelte die Ärmel hoch, ließ sich ein

Licht und einen Schaber bringen, und schon war er drinnen und begann zu kratzen. Und Peronella tat so, als interessiere sie sich für das, was er mache, und lehnte sich oben über die Faßöffnung, die nicht sehr groß war. Sie steckte den Kopf, einen Arm und eine Schulter hinein und gab ihrem Mann Anweisungen: »Kratz da. Kratz dort. Und auch hier!« Und: »Da ist noch ein Restchen!«

Während sie so dastand und ihren Mann kommandierte, kam Giannello auf eine Idee. Er hatte an diesem Morgen, als der Ehemann heimkam, sein Verlangen noch nicht befriedigen können, und er sah jetzt, daß er es auf andere Weise, wenn überhaupt, befriedigen mußte. Er beschloß also, es so zu tun, wie es eben ging. Er trat dicht an die Frau heran, während sie die Faßöffnung vollständig bedeckte, und befriedigte sein jugendliches Bedürfnis in derselben Weise, wie auf den weiten Steppen Parthiens die zügellosen und brünstigen Rosse über die Stuten herfallen. Er kam fast genau dann zu seinem Höhepunkt, als das Faß ausgeschabt war. Er trat zurück, Peronella zog ihren Kopf von der Faßöffnung, und ihr Mann krabbelte heraus.

Dann sagte Peronella zu Giannello: »Da, nimm dieses Licht, guter Mann, und sieh nach, ob es so sauber ist, wie du es willst.«

Giannello blickte hinein, erklärte, alles sei in Ordnung und er sei's zufrieden. Er gab dem Mann sieben Dukaten und ließ sich das Faß nach Hause tragen.

Würmer

Der Mönch Rinaldo geht mit der Frau ins Bett, für deren Sohn er Taufpate war. Der Ehemann überrascht sie im Schlafzimmer; sie erklären ihm, er habe die Würmer des Söhnchens beschworen.

Der Vergleich mit den Rössern Parthiens, den Filostrato gebracht hatte, war etwas weit hergeholt. Aber doch nicht so weit, daß die hellhörigen Damen nicht darüber gelacht hätten, auch wenn sie so taten, als lachten sie über etwas anderes. Aber jetzt sah der König, daß diese Geschichte zu Ende war, und er befahl Elissa, jetzt solle sie erzählen. Und sie begann sofort:

Meine liebenswürdigen Damen, Emilias Gespenstergeschichte hat mich an eine andere Beschwörungsgeschichte erinnert. Sie ist zwar nicht so schön wie ihre, aber ich will sie euch erzählen, da mir zu unserem Thema gerade keine andere einfällt.

Ihr müßt wissen, daß es in Siena einmal einen jungen Mann mit Namen Rinaldo gab; er war sehr attraktiv und aus einer angesehenen Familie. Bis über die Ohren verliebte er sich in seine Nachbarin, die eine sehr schöne Frau und die Gattin eines reichen Mannes war. Er war davon überzeugt, er werde, wenn er nur erst einmal ungestört sich privat mit ihr unterhalten könnte, schon alles erreichen, was er wollte. Aber da die Frau schwanger war und ihm kein anderer Vorwand ein-

fiel, bot er sich selbst als Pate des Kindes an. Daher machte er sich an den Ehemann heran, trug ihm seinen Wunsch auf die anständigste Weise vor, und die Sache wurde beschlossen.
Nachdem Rinaldo der Taufpate des Kindes von Madonna Agnessa geworden war, hatte er einen plausibleren Vorwand, mit ihr zu reden, und jetzt erklärte er ihr auch mit Worten, was sie längst seinen Augen abgelesen hatte. Aber seine Worte machten ihr wenig Eindruck; allerdings hatte der Dame auch nicht eben mißfallen, was sie da von ihm gehört hatte.
Kurz darauf trat Rinaldo aus unbekanntem Grund in einen Mönchsorden ein. Irgendwelche Fische wird er dabei gefangen haben, denn er blieb Mönch. Es mag schon sein, daß er damals, als er in den Orden eintrat, die Liebe zu seiner Gevatterin zusammen mit anderen weltlichen Eitelkeiten zur Seite setzte, aber mit der Zeit kam er, ohne die Kutte abzulegen, wieder auf sie zurück. Er begann, wieder Wert auf sein Aussehen zu legen; er trug Kleider nur aus den edelsten Stoffen. In allem trat er elegant und glänzend auf. Er verfaßte Kanzonen, Sonette und Balladen, trat als Sänger auf und trieb eine Unzahl ähnlich weltlicher Dinge.
Aber was rede ich immer nur von diesem Mönch Rinaldo, bloß weil er in meiner Geschichte vorkommt? Gibt es auch nur einen, der anders ist? O Schande einer verdorbenen Welt! Sie schämen sich schon gar nicht mehr, dick, fett und mit hochrotem Gesicht aufzutreten! In raffinierter Kleidung und mit allem modischen Schnickschnack kommen sie daher, nicht wie Tauben, nein, wie eingebildete Hähne mit geschwollenem Kamm und aufgeblasener Brust stolzieren sie herum. Außerdem: In ihren Zellen wimmelt es von Salbfläschchen und Schächtelchen mit Schönheitsmitteln. Daneben stehen Dosen mit verschiedensten Süßigkeiten, Flaschen

mit Duftwässern und Ölen, da stehen Krüge voll mit Malvasier und anderen ausgesuchten Edelweinen. Diese Mönchszellen sehen eher aus wie ein Schönheitssalon oder Parfümerien. Aber was noch schlimmer ist: Sie genieren sich gar nicht mehr, daß die Leute erfahren, daß sie die Gicht haben. Sie bilden sich ein, wir wüßten nicht, daß regelmäßiges Fasten, einfache Ernährung und nüchterne Lebensweise die Menschen schlank, beweglich und meist auch gesund erhalten. Und daß, wenn sie krank machen, sie jedenfalls nicht zu Gicht führen, die man gewöhnlich dadurch heilt, daß man dem Kranken Keuschheit und alles andere verschreibt, was zum Leben eines bescheidenen Mönchs gehört. Sie glauben wohl, andere Leute wüßten nicht, daß Menschen bei einfachem Leben, langen Nachtwachen, bei Gebet und Klosterstrenge blaß und schwach aussehen, und daß der heilige Dominikus und der heilige Franz nicht vier, sondern nur einen Mantel besaßen, und daß sie nicht in elegant geschneiderten Kleidern aus edlen Stoffen herumliefen, sondern in ungefärbter grober Wolle. Sie wollten sich mit Mänteln vor Kälte schützen und nicht einen großen Eindruck damit machen. Gott möge mit all dem Kram aufräumen, und auch in den schlichten Seelen der Leute, die sie mit all dem versorgen!

So kehrten denn also, wie schon gesagt, bei unserem Mönch Rinaldo seine früheren Gelüste zurück. Er begann wieder, die Mutter seines Patenkindes häufig zu besuchen. Seine Dreistigkeit nahm stetig zu, immer heftiger drang er auf sie ein, seinen Wünschen entgegenzukommen. Die arme Frau fühlte sich bedrängt von seinen ständigen Forderungen, und vielleicht gefiel ihr der Bruder Rinaldo jetzt auch besser als zuvor, jedenfalls eines Tages, als er ihr wieder zugesetzt hatte, da nahm sie ihre Zuflucht zu den Ausreden, die alle Frauen benutzen, wenn sie Lust haben nachzugeben, indem sie nämlich fragte: »Wieso denn, Bruder Rinaldo? Machen Mönche so etwas?«

»Madame«, erwiderte Bruder Rinaldo darauf, »wenn ich die Kutte ausziehe – nichts geht schneller als das –, dann seht Ihr nichts mehr von einem Mönch. Dann bin ich ein Mann wie jeder andere auch.«

Die junge Frau mußte lächeln, aber sie erwiderte: »Ach Gott, ich Ärmste! Ihr seid doch der Taufpate meines Kindes! Das kann man doch nicht machen! Das wäre doch wirklich schlecht! Wie oft habe ich schon gehört, das sei eine schwere Sünde! Wenn es das nicht wäre, tatsächlich, dann würde ich gerne tun, was Ihr wollt.«

»Wenn das alles ist, was Euch abhält«, erwiderte der Mönch, »dann seid Ihr schön dumm. Ich behaupte ja nicht, es wäre gar keine Sünde, aber Gott vergibt viel größere, wenn man sie bereut. Aber bitte, antwortet mir: Wer ist näher mit Eurem Söhnchen verwandt, ich, der ich ihn über die Taufe gehalten habe, oder Euer Mann, der ihn erzeugt hat?«

»Mein Mann natürlich«, antwortete sie.

»Richtig«, sagte der Mönch. »Und schläft Euer Mann etwa nicht mit Euch?«

»Doch, selbstverständlich«, erwiderte die Frau.

»Folglich«, fuhr der Mönch fort, »kann ich, der ich mit Eurem Söhnchen weniger verwandt bin als Euer Mann, genauso mit Euch schlafen wie Euer Mann.«

Nun hatte die Frau keine Logik studiert, und es bedurfte auch weiter keiner großen Überredungskunst, jedenfalls glaubte sie oder tat so, als glaubte sie, was der Mönch sage, sei wahr. Sie erwiderte nur: »Wer könnte schon etwas einwenden gegen Euer weises Argument!« Dann gab sie nach, auch wenn er der Taufpate ihres Kindes war; er bekam, was er wollte. Und es blieb nicht bei dem einen Mal, denn unter dem Vorwand der geistlichen Verwandtschaft konnte er zu ihr kommen, ohne Verdacht zu erregen. So trafen sie sich denn immer wieder.

Aber eines Tages betrat der Mönch Rinaldo ihr Haus, als keine fremde Person da war außer einer jungen Magd, die sehr schön und gefällig aussah. Er schickte den Mönch, der ihn begleitet hatte, mit ihr in den Taubenschlag, er solle ihr dort das Vaterunser beibringen. Inzwischen gingen er und die Dame, die ihr kleines Söhnchen bei sich hatte, ins Schlafzimmer. Sie schlossen hinter sich ab und begannen auf dem Bett sich zu vergnügen. Aber während sie es miteinander trieben, kam plötzlich ihr Mann zurück. Keiner hatte ihn kommen hören. Er stand vor der Schlafzimmertür, klopfte an und rief nach seiner Frau. Als Madonna Agnessa seine Stimme hörte, flüsterte sie: »Ich bin erledigt! Das ist mein Mann! Jetzt erfährt er, warum wir uns so oft treffen!«

»Du hast recht«, sagte Bruder Rinaldo, der halb ausgezogen dastand, ohne Umhang, ohne Skapulier, nur in Unterhosen. »Wäre ich angezogen, gäbe es vielleicht einen Ausweg, aber wenn Ihr jetzt öffnet und er findet mich so vor, dann ist es aus.«

Doch der Frau kam plötzlich eine Idee, und sie sagte zu ihm: »Zieht schnell die Kutte an und dann nehmt Euer Patenkind auf den Arm. Paßt gut auf, was ich ihm sage, damit unsere Aussagen zusammenstimmen. Laßt mich nur machen!«

Der gute Mann hatte mit Klopfen noch nicht aufgehört, da erfolgte schon die Antwort seiner Frau: »Ich komme schon.« Sie erhob sich, trat mit freundlichem Gesicht zur Schlafzimmertür, öffnete sie und sagte zu ihm: »Mein lieber Mann, ich sage dir, der Pater Rinaldo ist hierhergekommen, weil Gott ihn geschickt hat. Denn das steht fest: Wäre er nicht gekommen, hätten wir heute unser Kind verloren.«

Als der dumme Esel das hörte, fiel er fast in Ohnmacht und fragte nur: »Was?«

»O mein lieber Mann«, sagte die Frau, »dem Kind wurde es plötzlich so schlecht, daß ich glaubte, es sei schon tot. Ich wußte nicht, was ich tun oder sagen sollte. Aber da kam im richtigen Augenblick Bruder Rinaldo, sein Taufpate. Er nahm das Kind gleich auf den Arm und sagte zu mir: ›Nachbarin, das sind nur die Würmer, die er im Bauch hat. Wenn sie noch höher kriechen, bis an sein Herz, dann kann er daran sterben. Aber habt keine Angst, ich werde sie mit dem Wurmsegen beschwören. Dann sterben sie alle, und bevor ich hier herausgehe, ist das Kind wieder so gesund wie nie zuvor.‹ Wir hätten dich gebraucht, um einen Teil der Beschwörungsgebete zu sprechen, aber die Magd konnte dich nicht finden. Da hat er halt seinen Begleiter im Haus ganz nach oben geschickt, dort zu beten. Er und ich sind dann hierher gegangen. Bei solchen Segnungen darf nur die Mutter des Kindes anwesend sein, deswegen schlossen wir uns hier ein, um nicht dabei gestört zu werden, und du siehst, er hat das Kind noch auf dem Arm, und ich denke, er wartet jetzt nur, bis sein Mitbruder ihm Bescheid gibt, daß er mit dem Beten fertig ist. Aber es ist wohl schon soweit, denn das Kind ist wieder bei Bewußtsein.«

Der Einfaltspinsel glaubte das alles. Er war so überwältigt von der Sorge für das Kind, daß er gar nicht auf den Gedanken kam, seine Frau könne ihn täuschen. Er seufzte tief und rief: »Ich will ihn sehen.«

»Halt! Nein«, rief seine Frau, »du machst sonst alles kaputt,

was wir erreicht haben. Warte, ich sehe nach, ob du dazukommen kannst. Ich rufe dich dann.«
Pater Rinaldo hatte alles mit angehört. Nachdem er sich in Ruhe angezogen und das Zimmer in Ordnung gebracht hatte, nahm er das Kind auf den Arm und rief nach draußen: »Nachbarin, höre ich da nicht die Stimme deines Mannes?«
Der dumme Kerl antwortete: »Ja! Ich bin's!«
»So kommt doch rein!« rief der Mönch.
Der Simpel trat ein, und Pater Rinaldo sagte zu ihm: »Da, nehmt Euren kleinen Sohn! Dank der Gnade Gottes ist er gesund. Dabei habe ich eben noch geglaubt, Ihr würdet ihn heute abend nicht mehr lebend antreffen. Stiftet zum Lob Gottes eine Wachsfigur von seiner Größe! Stellt sie auf vor der Statue des heiligen Dominikaners Ambrosius! Denn um seiner Verdienste willen hat Gott Euch diese Gnade erwiesen.«
Als der kleine Junge seinen Vater sah, rannte er nach der Art kleiner Kinder auf ihn zu. Der Vater nahm ihn auf den Arm und weinte los, als habe er ihn aus dem Grab herausgezogen. Er bedeckte ihn mit Küssen und quoll über vor Dankbarkeit gegen den Mann, der ihn geheilt hatte. Der Mitbruder von Pater Rinaldo hatte inzwischen dem hübschen kleinen Mädchen das Vaterunser nicht einmal, sondern gleich viermal beigebracht. Er schenkte ihr dafür eine kleine Geldbörse aus weißem Leinen, die ihm eine Nonne aus Verehrung geschenkt hatte. Er hatte die Stimme des einfältigen Ehemanns gehört, als dieser an der Schlafzimmertür nach seiner Frau rief. Er war leise heruntergekommen, hatte sich näher herangeschlichen und alles mit angesehen und gehört. Als er sah, daß alles gut lief, kam er weiter die Treppe herunter und trat ins Schlafzimmer und sagte: »Bruder Rinaldo, alle vier Gebete, die ich aufsagen sollte, habe ich rezitiert.«

»Mein lieber Mitbruder«, sagte Pater Rinaldo, »du bist in guter Kondition und hast deine Sache ausgezeichnet gemacht. Ich habe es nur auf zwei Vaterunser gebracht, da kam mein Gevatter zurück, aber Gott hat unsere gemeinsame Mühe gnädig angesehen und das Kind geheilt.«
Jetzt ließ der Einfaltspinsel ausgezeichneten Wein und Backwerk bringen. Er bot dem Pater und seinem Gesellen genau die Stärkung an, deren sie bedurften. Dann begleitete er sie bis vor die Tür und empfahl sie Gott. Ohne Zögern ließ er das Wachsbild herstellen. Es wurde aufgehängt vor der Statue des heiligen Ambrosius, nicht vor der des Heiligen aus Mailand, sondern vor der des heiligen Dominikaners Ambrosius.

Späte Einsicht

Eines Nachts sperrt Tofano seine Frau aus. Seine Frau fleht ihn vergeblich an, sie hereinzulassen. Sie tut so, als stürze sie sich in einen Brunnen, aber sie wirft nur einen großen Stein hinein. Tofano kommt heraus und rennt herbei. Jetzt geht sie hinein und sperrt ihn aus. Mit lautem Geschrei macht sie ihm Vorwürfe.

Der König sah, daß die Geschichte der Elissa zu Ende war. Sofort wandte er sich an Lauretta und gab ihr zu verstehen, sie sei mit dem Erzählen an der Reihe. Ohne zu zögern begann sie:
O Amor, wie vielfältig, wie mächtig sind deine Kräfte! Zahllose Ratschläge gibst du, zahllose Einsichten! Welcher Philosoph, welcher Kenner der freien Künste hätte je alle Beobachtungen, Einsichten und Argumente beweisen können – oder könnte sie noch beweisen –, die du dem schenkst, der deinen Spuren folgt. Im Vergleich zu der Lehre, die du erteilst, kommt jede andere zu spät. Das kann man schon dem entnehmen, was bisher bewiesen worden ist. Ich will, meine lieben Damen, noch eine Eingebung nachtragen. Eine Frau von bescheidener Intelligenz hat sie angewandt. Daher bin ich überzeugt, Amor selbst habe sie darauf gebracht.
Da lebte also einmal in Arezzo ein reicher Mann namens Tofano. Der bekam als Gattin eine sehr schöne Frau mit Namen Monna Ghita. Sie waren noch kaum zusammen, da ent-

wickelte er eine maßlose Eifersucht; er wußte selber nicht warum. Als die Frau dies bemerkte, fühlte sie sich verletzt, und nachdem sie ihn immer wieder nach dem Grund seiner Eifersucht gefragt und er nur lauter allgemeine und fadenscheinige Gründe genannt hatte, beschloß sie, ihn wirklich leiden zu lassen, wovor er so grundlose Angst hatte. Nun hatte sie bemerkt, daß ein junger Mann, der ihr sympathisch vorkam, sie verehrte, und sie begann, sich vorsichtig mit ihm zu verständigen. Als die Sache zwischen den beiden soweit gediehen war, daß zu den Worten nur noch die Tat fehlte, da dachte die Frau darüber nach, wie sie es anstellen könnte. Sie hatte längst bemerkt, daß zu den schlechten Gewohnheiten ihres Mannes gehörte, daß er trank. Jetzt riet sie ihm nicht nur dazu, sondern fädelte es oft auch noch schlau ein. Sie brachte es darin zur Übung, und sooft es ihr paßte, konnte sie ihn dazu bringen, sich sinnlos zu betrinken. Wenn sie dann sah, daß er stockbetrunken war, schaffte sie ihn ins Bett, und so traf sie sich das erste Mal mit ihrem Liebhaber. Und dann traf sie sich regelmäßig mit ihm in aller Ruhe. Sie konnte sich so fest auf seinen Vollrausch verlassen, daß sie es nicht nur wagte, ihren Geliebten ins Haus kommen zu lassen, nein, manchmal ging sie für einen Großteil der Nacht hinüber in sein Haus, das gar nicht weit weg lag.

So trieb es die verliebte Frau eine ganze Weile, bis es eines Tages ihrem Unglücksmann auffiel, daß sie selbst nie etwas trank, wenn sie ihn zum Trinken animierte. Darüber schöpfte er Verdacht, ob es nicht so wäre, wie es ja tatsächlich war, daß sie ihn nämlich betrunken mache, um dann, wenn er eingeschlafen wäre, ihrem Vergnügen nachzugehen. Er war entschlossen, wenn es so wäre, sich einen Beweis zu verschaffen, und eines Abends spielte er, ohne etwas getrunken zu haben, den besoffensten Menschen der Welt. Die Frau glaubte, er sei wirklich betrunken; sie fand, er habe genug getankt, um gut schlafen zu können, und schaffte ihn ins Bett. Dann ging sie wie früher schon so manches Mal hinüber ins Haus ihres Liebhabers und blieb dort bis Mitternacht.

Als Tofano hörte, daß die Frau aus dem Haus gegangen war, stand er auf, ging an die Haustür und schloß sie von innen ab. Er lehnte sich ins Fenster, um sie zurückkommen zu sehen. Sie sollte merken, daß er begriffen hatte, was für ein Leben sie führte. Er blieb so lange stehen, bis die Frau zurückkam. Als sie dann zurückkehrte und das Haus verschlossen fand, war sie maßlos erschrocken. Sie versuchte, mit Gewalt das Tor von außen zu öffnen. Nachdem Tofano es eine Weile hatte geschehen lassen, rief ihr zu: „Frau, du quälst dich umsonst ab! Du kommst mir hier nicht wieder herein! Geh dorthin zurück, wo du bis jetzt gewesen bist! Du kannst sicher sein: Du kommst hier nicht wieder herein, bis ich dich deswegen bloßgestellt habe vor all deinen Verwandten und Nachbarn.«

Die Frau verlegte sich daraufhin aufs Bitten. Er möchte doch um der Liebe Gottes willen so gut sein, sie hereinzulassen; sie käme nicht daher, von wo er dächte, sie wäre nur bei einer Nachbarin geblieben, die keinen Schlaf habe finden können – schließlich seien die Nächte gar so lang und sie könne nicht allein im Hause aufbleiben. Alle ihre Bitten nutzten nichts; der tierische Kerl war entschlossen, ihre Schande, von der noch niemand etwas wußte, in ganz Arezzo bekanntzumachen.

Die Frau sah, daß Bitten nichts half; sie versuchte es jetzt mit Drohungen und rief ihm zu: »Wenn du jetzt nicht öffnest, dann mache ich dich zum unglücklichsten Mann der Welt!«

Tofano rief zurück: »Was kannst du mir denn tun?«

Amor hatte schon die ganze Zeit den Verstand dieser Frau mit seinen Ratschlägen geschärft. So antwortete sie jetzt: »Eher als daß ich die Schande erleide, die du mir zu Unrecht antun willst, springe ich dort in den Brunnen! Wenn man mich tot herausholt, wird jeder glauben, du hättest mich in deinem Suff hineingeworfen. Dann mußt du die Stadt verlassen, dann verlierst du alles, was du besitzt, und lebst in der Verbannung. Oder sie schlagen dir den Kopf ab, weil du deine Frau umgebracht hast, was dann ja auch wahr ist.«

Tofano ließ sich durch diese Worte nicht im geringsten in seiner verrückten Absicht erschüttern. So rief denn die Frau: »Gut denn. Ich laß mich von dir nicht länger quälen! Gott verzeihe dir! Ich lege meine Spule hierher. Laß sie wieder ans Spinnrad anbringen!« Und nach diesen Worten ging die Frau zum Brunnen. Die Nacht war so dunkel, daß man die Hand nicht vor den Augen sah. Als die Frau diese letzten Worte gerufen hatte, ging sie zum Brunnen, ergriff einen großen Stein, der am Brunnenrand lag, schrie laut: »Herrgott, verzeih mir!« und ließ ihn in den Brunnen fallen.

Als der Stein auf das Wasser klatschte, gab es einen Riesenlärm. Tofano hörte ihn und war überzeugt, sie habe sich hineingestürzt. Sofort ergriff er Eimer und Strick und stürzte aus dem Haus, sie zu retten; er rannte zum Brunnen. Aber die Frau hatte sich dicht neben der Haustür versteckt, und sobald sie sah, daß er zum Brunnen rannte, schlich sie sich leise ins Haus, verschloß die Tür, trat zum Fenster und rief: »Der Wein gehört verdünnt, wenn man ihn trinkt, nicht in der Nacht danach!«

Als Tofano das hörte, begriff er, daß er hereingelegt worden war, und ging zur Haustür zurück. Er sah, daß er nicht hineinkonnte und fing an, seiner Frau zuzurufen, sie solle öff-

nen. Bisher hatte sie sanft und leise gesprochen, aber jetzt schrie sie zurück: »Kruzifix! Du ekelhafter Säufer! Heute nacht kommst du hier nicht herein! Ich bin es leid mit deiner Sauferei! Ganz recht so: Jeder soll sehen, was du für ein Kerl bist und daß du nachts um diese Zeit nach Hause kommst!«
Tofano kochte vor Wut. Jetzt fing auch er an, laut zu schreien und seine Frau zu beschimpfen. Das Geschrei weckte die Nachbarn. Alle, Männer und Frauen, warfen sich in die Fenster und fragten, was da los wäre.
Die Frau antwortete unter Tränen: »Er ist es, dieser Schuft! Jeden Abend kommt er betrunken heim, oder er schläft im Wirtshaus ein und kommt dann so spät nach Hause. Ich habe es lange genug mitgemacht. Es hat alles nichts genutzt. Ich kann ganz einfach nicht mehr! Ich wollte ihn blamieren, deswegen habe ich ihn ausgesperrt und will sehen, ob er sich dadurch vielleicht bessert.«
Tofano war zwar ein stumpfsinniger Kerl, aber jetzt erklärte er, was tatsächlich geschehen war, doch brüllte er dabei Drohungen gegen sie. Da rief die Frau den Nachbarn zu: »Ihr seht ja selbst, was das für ein Mann ist! Was würdet ihr sagen, wenn ich drunten auf der Straße stünde wie er, und wenn er im Hause wäre wie ich jetzt? Bei Gott, ich bin sicher, ihr würdet glauben, was er sagt. Da seht ihr ja, was er für ein Kerl ist. Er behauptet, ich hätte haargenau das getan, was ich glaube, daß er getan hat. Er glaubte wohl, er könne mir einen Schreck einjagen, wenn er irgend etwas in den Brunnen wirft, aber ich wollte bei Gott, er wäre wirklich hineingesprungen und wäre ertrunken. Dann wäre der Wein, den er zuviel getrunken hat, wenigstens gut verdünnt worden.«
Jetzt fingen alle, alle Nachbarn, Männer wie Frauen, an, Tofano die Schuld zu geben und auf ihn zu schimpfen, weil er

seine Frau beschuldigte. In Windeseile breitete das Gerücht sich aus, von Nachbar zu Nachbar; es erreichte bald die Verwandten der Frau. Sie eilten herbei und hörten sich einige Nachbarn an, dann schnappten sie Tofano und schlugen so oft auf ihn ein, daß sie ihm fast alle Knochen brachen. Dann drangen sie ins Haus ein, nahmen die Sachen der Frau an sich und führten sie mit sich nach Hause. Als sie weggingen, drohten sie Tofano noch Schlimmeres an.

Tofano begriff nun, wie weit er es gebracht hatte mit seiner Eifersucht. Eigentlich mochte er seine Frau sehr gerne, und so fand er schließlich ein paar Freunde, die sich bei der Verwandtschaft der Frau für ihn verwendeten. So gelang es ihm schließlich, Frieden mit ihnen zu schließen und seine Frau zurückzubekommen. Er versprach ihr, nie wieder eifersüchtig zu sein. Aber nicht nur das: Er gab ihr außerdem die Erlaubnis, sich nach Herzenslust zu vergnügen, nur sollte sie es so klug anstellen, daß er nichts merke. Er handelte also nach dem Sprichwort:

Bekommt der Bauer eins aufs Dach,
wird schließlich sein Verständchen wach!

Geld macht böse! Nieder mit dem Geld! Es lebe Amor und unsere Gruppe!

Griselda

Der Marquis von Sanluzzo wird durch die Bitten seiner Lehensleute gedrängt zu heiraten. Er tut dies, aber auf seine Weise: Er nimmt die Tochter eines Bauern. Er bekommt von ihr zwei Kinder. Er erweckt bei ihr den Eindruck, er habe beide getötet. Später erklärt er ihr, er sei ihrer überdrüssig und habe eine andere geheiratet. Er läßt die eigene Tochter ins Haus zurückkommen, als sei sie die neue Frau. Vorher hatte er seine Frau im bloßen Hemd aus dem Hause gejagt. Doch als er sieht, daß sie all das geduldig hinnimmt, wird sie ihm lieber denn je. Er läßt sie in das Haus zurückkehren und zeigt ihr ihre Kinder, die inzwischen groß geworden sind. Er ehrt sie als Marquise und läßt sie von anderen als Herrin ehren.

Kaum war die lange Königsgeschichte beendet – offenbar hatte sie allen gut gefallen –, da sagte Dioneo lachend: »Der arme Teufel, der auf die nächste Nacht wartete, um den aufgerichteten Schwanz des Gespenstes wieder kleinzukriegen, er hätte keinen Pfennig auf eure Lobreden für den Herrn Torello gegeben.« Aber da Dioneo wußte, daß er als einziger noch seine Geschichte zu erzählen hatte, begann er sofort mit ihr:

Meine nachsichtigen Herrinnen! Ich habe den Eindruck, ihr habt den heutigen Tag Königen, Sultanen und solchen Leuten gewidmet. Um nun nicht zu weit von euch abzurücken, will ich von einem Markgrafen erzählen – keine hochherrschaftliche Geschichte, sondern eine von verrückter Grausamkeit, auch wenn sie am Ende gut für ihn ausging. Ich empfehle niemandem, ihm zu folgen, denn es ist jammerschade, daß er schließlich gut dabei wegkam.

Es ist schon sehr lange her, da wurde ein junger Mann namens Gualtieri der regierende Markgraf von Sanluzzo. Er hatte weder Frau noch Kinder. Für nichts hatte er Zeit als für Jagd und Vogelfang. Er dachte auch gar nicht daran, zu heiraten oder Kinder zu bekommen. In dieser Hinsicht konnte man ihn für einen Weisen halten. Doch seinen Lehensleuten paßte das gar nicht. Immer wieder baten sie ihn, eine Frau zu nehmen, damit er nicht ohne Erben und sie nicht ohne Herren blieben. Sie boten an, ihm eine Frau zu suchen, deren Herkunft verspräche, daß er mit ihr völlig zufrieden sein werde.

Ihnen erwiderte Gualtieri: »Meine Freunde, ihr zwingt mich, genau das zu tun, was niemals zu tun ich fest beschlossen hatte, weil ich sah, wie schwer es ist, jemanden zu finden, dessen Lebensart mit der eines anderen gut zusammenstimmt, daß es eine Unsumme von Beispielen für das Gegenteil gibt und wie hart das Leben eines Mannes ist, der an die Falsche gerät. Und zu behaupten, ihr wäret imstande, die Töchter aufgrund der Lebensgewohnheiten ihrer Väter und Mütter zu beurteilen – womit ihr begründet, mir die Frau zu besorgen, die mir gefallen wird –, das ist reine Dummheit. Denn ich wüßte nicht einmal, wie ihr ihre Väter beurteilen und hinter die Geheimnisse ihrer Mütter kommen könntet. Aber selbst wenn ihr diese erkennen könntet, so sind die Töchter doch oft anders als ihre Väter und Mütter. Doch da ihr euch nun einmal darauf versteift, mich in solche Ketten zu legen, will ich nachgeben. Und damit ich, wenn es schiefgeht, mich nur bei mir selbst und nie bei jemand anderem beschweren kann, will ich mir meine Frau selbst suchen. Aber hiermit sage ich euch: Wen immer ich mir aussuche, müßt ihr als eure Gebieterin ehren! Wenn nicht, dann werdet ihr zu eurem großen Schaden erfahren, wie schwer es mir gefallen ist, auf euer Drängen gegen meinen Willen geheiratet zu haben.« Die Edelleute erklärten sich damit einverstanden, wenn er sich nur entschließe, eine Frau zu nehmen.

Nun hatte Gualtieri schon vor einiger Zeit Gefallen an einer armen jungen Frau gefunden, die in einem nahe gelegenen Dorf zu Hause war. Zudem fand er, sie sei ziemlich schön; daher glaubte er, mit ihr könne er wohl ein recht glückliches Leben haben. Er beschloß, nicht weiter zu suchen, sondern sie zu heiraten. So ließ er ihren Vater, einen sehr armen Mann, zu sich rufen und verständigte sich mit ihm, sie als Frau zu nehmen.

Nachdem dies geklärt war, ließ Gualtieri alle seine Freunde aus seinem gesamten Herrschaftsgebiet zusammenrufen und erklärte ihnen: »Meine Freunde, es war und ist euer Wille, daß ich mich zur Heirat entschließe. Ich bin dazu bereit, mehr um euch einen Gefallen zu tun, als daß ich selbst Verlangen nach einer Frau hätte. Ihr wißt, was ihr mir versprochen habt, nämlich mit jeder einverstanden zu sein, die ich wähle, und sie als Herrin zu ehren. Jetzt ist der Zeitpunkt gekommen, euer Versprechen wahrzumachen, wie auch ich mein Versprechen halten muß. Ich habe hier ganz in der Nähe eine junge Frau gefunden, die mir gefällt. Ich will sie heiraten und sie in ein paar Tagen in mein Haus bringen. Daher sollt ihr jetzt darüber nachdenken, wie das Hochzeitsfest schön werden könnte und wie ihr sie mit allen Ehren empfangen könntet. Am Ende will ich von mir sagen, ich sei mit eurem Versprechen ebenso zufrieden wie ihr mit meinem.«

Die Adelsherren waren alle froh darüber und antworteten, so gefalle es ihnen, und wen er auch wähle, sie würden sie als ihre Gebieterin ansehen und sie auf jede Weise als ihre Herrin ehren. Sogleich gingen sie daran, ein schönes, großartiges und heiteres Fest vorzubereiten. Gualtieri tat dasselbe. Er ließ eine prächtige und schöne Hochzeit vorbereiten und viele Freunde, Verwandte, mächtige Edelleute und andere Menschen aus der Umgebung einladen. Außerdem ließ er schöne und kostbare Kleider schneidern nach den Maßen einer jungen Frau, deren Figur so ähnlich war wie die seiner künftigen Gattin. Er besorgte Gürtel, Ringe, eine wertvolle schöne Krone und alles andere, was man sich für eine Braut nur wünschen kann.

Es kam der festgesetzte Hochzeitstag. Nachdem auch die letzte Vorbereitung getroffen war, bestieg Gualtieri am frühen Morgen sein Pferd. Alle, die zu seiner Ehre gekommen waren, taten das gleiche, und er sagte zu ihnen: »Meine Herren, es ist Zeit, die Braut abzuholen.« Die gesamte Gesellschaft setzte sich in Bewegung, und bald kamen sie zu dem kleinen Dorf. Sie erreichten das Haus des Vaters der jungen Frau. Sie trafen sie dort an, wie sie gerade mit Wasser vom Brunnen zurückkam. Sie war in großer Eile, denn sie wollte mit den anderen Frauen weggehen, um die Ankunft der Gattin Gualtieris zu sehen. Als Gualtieri sie erblickte, rief er sie mit ihrem Namen, Griselda. Er fragte, wo ihr Vater sei. Schüchtern antwortete sie: »Mein Herr, er ist im Haus.«

Gualtieri stieg vom Pferd, befahl allen, auf ihn zu warten, und betrat allein die elende Hütte, wo er ihren Vater traf, der Giannucole hieß. Er sagte zu ihm: »Ich bin gekommen, Griselda zu heiraten, aber vorher will ich sie in deiner Gegenwart etwas fragen.« Dann fragte er sie, ob sie, wenn er sie heiraten würde, sich immer bemühen würde, ihm zu Gefallen zu sein und ob sie sich durch nichts, was immer er tun oder sagen möge, aus der Fassung bringen ließe. Ferner fragte er, ob sie ihm immer gehorchen wolle. Er stellte noch ziemlich viele Fragen dieser Art, auf die sie alle mit Ja antwortete.

Daraufhin nahm Gualtieri sie bei der Hand, führte sie hinaus und ließ sie in Gegenwart seiner gesamten Begleitung und all der anderen Personen nackt ausziehen. Danach wurde sie schnell mit den Gewändern bekleidet, die er hatte anfertigen lassen. Sie erhielt ihre Schuhe, und auf ihre Haare, so zerzaust sie auch waren, ließ er eine Krone setzen. Da jedermann sich wunderte, gab er sofort folgende Erklärung: »Meine Herren, dies hier ist die Frau, die ich zu meiner Gattin machen will, wenn sie mich zum Mann haben will.« Dann, zu ihr gewandt, die verlegen und ratlos dastand, fragte er: »Griselda, willst du mich als deinen Mann haben?« Daraufhin erwiderte sie: »Ja, mein Herr, ich will.«

Und er sagte zu ihr: »Und ich will dich als meine Frau haben«, und so heiratete er sie in Gegenwart aller. Dann ließ er sie auf ein Pferd steigen und führte sie, ehrenvoll begleitet, in sein Haus. Dort feierten sie eine prächtige und aufwendige Hochzeit. Hätte er die Tochter des Königs von Frankreich geheiratet, hätte das Fest nicht größer sein können.

Es war, als hätte die junge Braut mit den Kleidern Geist und Lebensart gewechselt. Wie ich schon sagte, hatte sie ein schönes Gesicht und eine gute Figur; aber so, wie sie schon immer schön gewesen war, nahm sie jetzt ein so sicheres, angenehmes und wohlerzogenes Wesen an, als sei sie nicht die Tochter des Giannucole und einer Schafhirtin, sondern die Tochter eines Adligen. Darüber staunte jeder, der sie vorher gekannt hatte. Außerdem gehorchte sie ihrem Gatten so ergeben und erfüllte ihm jeden Wunsch so aufmerksam, daß er sich für den glücklichsten und zufriedensten Ehemann der Welt hielt. Auch war sie zu den Untertanen ihres Mannes so freundlich und gütig, daß es keinen gab, der sie nicht mehr als sich selbst geliebt und aus eigenem Antrieb geehrt hätte. Alle beteten für ihr Wohlergehen, für den Erhalt und für die Mehrung ihres Glücks. Während am Anfang alle sagten, Gualtieri habe sich, als er sie zur Frau nahm, wenig weise benommen, sagten sie jetzt, er sei der weiseste und gescheiteste Mann der Welt. Kein anderer als er hätte je die vornehmen Eigenschaften entdecken können, die unter den ärmlichen Lumpen ihres Bauernkleides verborgen waren. Sie verstand es, so zu handeln, daß man binnen kurzer Zeit nicht nur in ihrem Land, sondern überall von ihrem Wert und ihren guten Taten sprach, ja, daß mit der Zeit auch diejenigen, die vorher ihren Gatten wegen dieser Heirat getadelt hatten, ihre Ansicht ändern mußten.

Sie lebte noch nicht lange mit Gualtieri, da wurde sie schwanger, und als der Zeitpunkt kam, gebar sie ein Mädchen. Gualtieri gab ein großartiges Fest. Aber kurz darauf kam er auf einen merkwürdigen Einfall: Er wollte Griseldas Geduld mit unerträglichen Zumutungen auf eine lange Probe stellen. Er fing an, sie mit Worten zu verletzen. Er gab sich aufgebracht und behauptete, seine Lehensleute murrten gegen sie, schon wegen ihrer niedrigen Herkunft, vor allem aber, weil sie neuerdings Kinder in die Welt setze. Besonders über die Tochter, die gerade zur Welt gekommen war, seien sie verbittert; sie murrten ständig darüber.

Die Herrin hörte diese Worte und erwiderte, ohne eine

Miene zu verziehen und ohne daß irgendein Gesinnungswandel sichtbar geworden wäre: »Mein Herr, entscheide du nur über mich, ganz so, wie du denkst, daß es deiner Ehre und deinem Glück dient. Ich werde mit allem zufrieden sein, da ich weiß, daß ich unter deinen Lehensmännern stehe und der Ehre nicht würdig war, die du mir in deiner Güte verliehen hast.« Diese Antwort gefiel Gualtieri ausnehmend gut, denn er erkannte daran, daß die Ehre, die er und andere ihr erwiesen hatten, sie keineswegs mit Stolz erfüllt hatte.

Kurze Zeit darauf, nachdem er in allgemeinen Wendungen seiner Frau mitgeteilt hatte, seine Untertanen könnten die Tochter, die sie ihm geboren habe, nicht länger ertragen, gab er einem seiner Vertrauten Anweisungen und schickte ihn zu Griselda. Mit schmerzerfülltem Gesicht sagte dieser Mann zu ihr: »Herrin, wenn ich nicht tue, was mein Herr mir befiehlt, bin ich des Todes. Er hat mir befohlen, ich solle diese Eure kleine Tochter wegnehmen und sie ...« Hier verstummte er.

Als die Herrin das hörte und das Gesicht des Mannes sah, da erinnerte sie sich der Worte ihres Gatten und begriff, daß dem Mann befohlen worden war, das Mädchen zu töten. Daher nahm sie es schnell aus der Wiege, küßte und segnete es. Der Schmerz zerriß ihr das Herz, aber sie legte das Kind, ohne eine Miene zu verziehen, in die Arme des Mannes und sagte: »Da, tu, was dein und mein Herr dir befohlen hat. Aber setze sie nicht dort aus, wo wilde Tiere und Raubvögel sie zerreißen, es sei denn, er hat es dir ausdrücklich befohlen.«

Der Vertraute nahm das Mädchen und berichtete Gualtieri, was die Herrin ihm gesagt hatte. Gualtieri wunderte sich über ihren Gleichmut und schickte ihn mit dem Mädchen nach Bologna zu einer Verwandten mit der Bitte, sie möchte die

kleine Tochter sorgfältig aufziehen und ausbilden, ohne ihr jemals zu verraten, wessen Tochter sie sei.
Bald darauf geschah es, daß die Herrin erneut schwanger wurde und zur erwarteten Zeit einen Sohn gebar. Gualtieri war dies überaus willkommen. Aber ihm reichte immer noch nicht, was er ihr angetan hatte, und so verletzte er sie nun noch tiefer, indem er eines Tages wie im Zorn zu ihr sagte: »Frau, nachdem du nun auch noch diesen Jungen gemacht hast, ist das Leben mit meinen Leuten nicht mehr auszuhalten. Sie beklagen sich bitter, daß nach mir ein Enkel Giannucoles ihr Herr werden soll. Ich fürchte, wenn ich nicht davongejagt werden will, muß ich noch einmal tun, was ich das letzte Mal getan habe. Am Ende werde ich dich verlassen und eine andere Frau heiraten müssen.«
Seine Frau hörte ihn mit Gleichmut an und antwortete nur: »Mein Herr, denke nur an dein Glück und an die Erfüllung deiner Wünsche. Verschwende keinen Gedanken auf mich. Denn mir gefällt nichts auf der Welt, wenn ich nicht sehe, daß es dir gefällt.«
Wenige Tage danach schickte Gualtieri, genau in der Art, wie er wegen des Mädchens geschickt hatte, einen Mann wegen des Jungen. Auf die gleiche Weise erweckte er den Anschein, er habe ihn umbringen lassen, ließ ihn aber, genau wie die Tochter, zum Aufziehen nach Bologna bringen. Die Herrin antwortete darauf mit demselben Gesichtsausdruck und mit denselben Worten wie bei dem Mädchen. Gualtieri wunderte sich darüber sehr und sagte sich, keine andere Frau könne handeln wie sie. Hätte er nicht mit eigenen Augen gesehen, wie zärtlich sie zu den Kindern war, solange er sie ihr beließ, hätte er geglaubt, die Kinder seien ihr gleichgültig. So aber erkannte er, daß sie wie eine Weise handelte. Seine Un-

tertanen glaubten, er habe die Kinder töten lassen, und tadelten ihn heftig. Sie verurteilten ihn als einen grausamen Tyrannen und hatten mit ihrer Herrin das größte Mitleid. Aber wenn Frauen zu ihr kamen, um mit ihr über die Kinder zu trauern, die so zu Tode gekommen waren, dann sagte sie immer nur, ihr gefalle allein das, was dem Vater der Kinder gefalle.

Eine Reihe von Jahren war seit der Geburt des Mädchens vergangen, da glaubte Gualtieri, es sei an der Zeit, die Leidensfähigkeit seiner Frau auf eine letzte Probe zu stellen. Er sagte daher zu vielen seiner Leute, er könne Griselda auf keine Weise länger als Frau ertragen; er erkenne jetzt, wie falsch es gewesen sei, sie in jugendlichem Leichtsinn zu heiraten. Daher wolle er alles tun, was in seiner Macht stehe, um vom Papst die Erlaubnis zu erhalten, Griselda zu verlassen und eine andere Frau zu heiraten. Viele rechtschaffene Männer tadelten ihn dafür heftig. Aber seine einzige Antwort war, es müsse sein. Die Herrin erfuhr von diesen Reden und sagte sich, sie müsse wohl bald ins Haus ihres Vaters zurückgehen und vielleicht wie früher die Schafe hüten; sie werde wohl zusehen müssen, wie eine andere Frau den Mann besitze, den sie mit aller Kraft liebe. In ihrem Innern litt sie ungeheuer. Doch wie sie die anderen Untaten der Fortuna ertragen hatte, so beschloß sie, auch diese neue auszuhalten, unbewegten Gesichts.

Wenig später ließ Gualtieri von ihm selbst gefälschte Briefe aus Rom kommen. Er ließ seine Untertanen sich davon überzeugen, der Papst hätte ihm darin erlaubt, Griselda zu verlassen und eine andere Frau zu heiraten. Dann ließ er sie vor sich erscheinen und sagte zu ihr in Gegenwart vieler: »Mit dieser päpstlichen Erlaubnis darf ich dich verlassen und eine andere

Frau heiraten. Da alle meine Vorfahren große Adlige und die Herren dieser Länder gewesen sind, während deine immer Landarbeiter waren, habe ich beschlossen: Du kannst nicht länger meine Frau sein. Du gehst ins Haus von Giannucole zurück und nimmst die Mitgift mit, die du mir mitgebracht hast. Ich will dann eine andere Frau heimführen, von der ich überzeugt bin, daß sie mir ebenbürtig ist.«

Als die Herrin dies hörte, unterdrückte sie nur mit größter Mühe, über die Natur der Frauen hinauswachsend, ihre Tränen und antwortete: »Mein Herr, ich war mir immer bewußt, daß meine niedrige Herkunft in keiner Weise zu Eurem hohen Adel paßte. Alles, was ich durch Euch geworden bin, verdanke ich Gott und Euch. Nie habe ich es mir angeeignet, als gehöre es mir; ich habe es immer als geliehen betrachtet. Gefällt es Euch, es zurückzufordern, so soll und wird es auch mir gefallen, es zurückzugeben. Hier ist der Ring, mit dem Ihr mich geheiratet habt: Nehmt ihn zurück. Ihr befehlt mir, die Mitgift mitzunehmen, die ich Euch eingebracht habe. Dazu braucht Ihr keinen Rechenmeister, und ich brauche dazu weder eine Tasche noch ein Lasttier. Denn es ist mir keineswegs entfallen, daß Ihr mich nackt bekommen habt. Haltet Ihr es für schicklich, daß mein Leib, in dem ich die Kinder getragen habe, die Ihr erzeugt habt, von allen begafft wird, dann gehe ich nackt nach Hause. Aber ich bitte Euch: Laßt mir als Lohn für meine Jungfräulichkeit, die ich mitbrachte und nicht wieder mitnehmen kann, wenigstens ein Hemd – über meine Mitgift hinaus.«

Gualtieri war es mehr nach Weinen als nach irgend etwas anderem zumute, aber mit versteinertem Gesicht stand er da und sagte: »Ein Hemd nimmst du mit.«

Alle, die herumstanden, flehten ihn an, ihr ein Kleid zu

schenken, damit niemand mit ansehen müsse, wie eine Frau, mit der er etwa dreizehn Jahre verheiratet war, arm und in Schande, nur mit einem Hemd bekleidet, das Haus verlasse. Aber alle Bitten waren umsonst. So verließ denn die Herrin, nur im Hemd, barfuß, ohne Kopfbedeckung, nachdem sie ihn Gott befohlen hatte, sein Haus und ging zu ihrem Vater zurück, unter den Tränen und Klagen aller, die sie sahen. Giannucole hatte nie daran glauben können, daß Gualtieri seine Tochter als Frau auf Dauer behalten werde und hatte täglich auf ihre Rückkehr gewartet. Daher hatte er die Kleider aufgehoben, die sie an jenem Morgen ausgezogen hatte, als Gualtieri sie heiratete. Er gab sie ihr zurück; sie zog sie wieder an. Wie sie es früher gewohnt war, leistete sie kleine Dienste im väterlichen Haus. Unerschüttert ertrug sie den wilden Ansturm der feindlichen Fortuna.

Kaum hatte Gualtieri Griselda aus dem Hause gejagt, da erweckte er bei seinen Leuten den Eindruck, er habe die Tochter eines der Grafen von Panago zur Frau erwählt. Er ließ bereits großartig die Hochzeit vorbereiten, da schickte er nach Griselda, sie solle zu ihm kommen. Als sie gekommen war, sagte er ihr: »Ich bin dabei, die Dame, die ich kürzlich erwählt habe, heimzuführen. Ich habe die Absicht, ihr einen ehrenvollen Empfang zu bereiten. Aber, wie du weißt, habe ich keine Frauen im Haus, welche die Räume schön herrichten oder all die vielen Dinge erledigen könnten, die solche Feierlichkeiten erfordern. Daher sollst du, die sich besser als jede andere im Hause auskennt, alles Nötige in Ordnung bringen. Lade alle Damen ein, wie es dir recht erscheint, und empfange sie, als wärst du die Gebieterin im Hause. Danach, wenn die Hochzeit vorbei ist, kannst du wieder nach Hause gehen.«

Wie Messer schnitten diese Worte Griselda ins Herz. Denn die Liebe zu ihm wurde sie nicht so leicht los wie ihr äußeres Glück. Aber sie erwiderte: »Mein Herr, ich stehe zur Verfügung.« So kehrte sie in ihrem groben, ungefärbten Bauernkleid in das Haus zurück, das sie kurz zuvor im bloßen Hemd verlassen hatte. Sie begann, die Schlafräume zu reinigen und herzurichten. Über den Betten ließ sie Baldachine anbringen, die Bänke in den Festsälen wurden geschmückt, die Küche wurde vorbereitet. Sie arbeitete, als sei sie das niedrigste Dienstmädchen. Sie fand keine Ruhe, bis alles so vorbereitet und eingerichtet war, wie es sich gehörte.

Danach ließ sie im Namen Gualtieris alle edlen Damen des Herrschaftsgebiets einladen und erwartete das Fest. Der Hochzeitstag kam, und sie bereitete im Geist und im Stil einer Herrin, trotz der ärmlichen Kleider, die sie trug, allen edlen Damen, die zur Hochzeit kamen, einen freundlichen Empfang.

Gualtieris Kinder waren in der Zwischenzeit von seiner Verwandten in Bologna sorgfältig erzogen worden. Diese Verwandte hatte indessen in das Haus der Grafen von Panago geheiratet. Gualtieris Tochter war jetzt zwölf Jahre alt und das hübscheste Mädchen, das man je gesehen hat. Der Junge war inzwischen sechs. Gualtieri hatte Boten zu seinem Verwandten nach Bologna geschickt und ihn um den Gefallen gebeten, mit der Tochter und dem Sohn nach Sanluzzo zu kommen; er solle darauf achten, daß sie in prächtiger und ehrenvoller Gesellschaft kämen; er solle jedermann sagen, das Mädchen, das er mitbringe, sei Gualtieris neue Gattin, ohne irgend jemandem irgendwie zu verraten, wer sie wirklich sei. Der Edelmann entsprach der Bitte des Markgrafen, machte sich auf den Weg und traf wenige Tage darauf gegen Mittag

mit dem Mädchen, seinem Bruder und einer vornehmen Gesellschaft in Sanluzzo ein. Dort warteten schon alle auf Gualtieris neue Braut, die Leute vom Ort ebenso wie viele aus der Umgebung. Die Edeldamen begrüßten sie; sie betrat den Festsaal, wo die Tafel gedeckt war. Griselda trat ihr, wie sie war, heiter entgegen und sagte: »Meine Gebieterin, seid willkommen!« Die vornehmen Damen, die Gualtieri oft, aber vergeblich angefleht hatten, Griselda in einen anderen Raum gehen zu lassen oder ihr eines ihrer früheren Kleider zu leihen, damit sie nicht so ärmlich vor den Gästen auftreten müsse, wurden zur Tafel geleitet, und man begann zu servieren. Das Mädchen zog die Blicke aller auf sich, und jeder sagte, Gualtieri habe einen guten Tausch gemacht. Griselda pries das Mädchen noch mehr als alle anderen, das Mädchen und auch seinen kleinen Bruder.
Gualtieri fand, er habe sich nun so vollständig, wie er es nur gewünscht habe, von der Geduld seiner Frau überzeugt. Er begriff, daß kein Ereignis, wie überraschend auch immer, sie verändern konnte. Er war sicher, daß dies bei ihr nicht dem Stumpfsinn entsprang, denn er erkannte jetzt, daß sie sehr weise war. Daher dachte er, es sei an der Zeit, sie aus der Verbitterung zu befreien, die sie, wie er annahm, hinter ihrer beherrschten Miene verberge. So ließ er sie denn zu sich rufen und fragte sie lächelnd vor allen Anwesenden: »Wie gefällt dir unsere Braut?«
»Mein Herr«, antwortete Griselda, »mir gefällt sie sehr gut. Und wenn sie, was ich annehme, ebenso weise ist, wie sie schön ist, dann zweifle ich keinen Augenblick, daß Ihr mit ihr der glücklichste Herr der Welt sein werdet. Doch ich bitte Euch, so sehr ich nur kann: Schlagt Ihr nicht die Wunden, die Ihr der anderen Frau, die einmal die Eure war, geschlagen

habt. Denn ich fürchte, sie könnte das nicht ertragen, einmal, weil sie jünger ist, sodann, weil sie in feineren Verhältnissen groß geworden ist, während die andere von Kind an dauernd an Mühsal gewöhnt war.«

Als Gualtieri sah, daß sie fest davon überzeugt war, das Mädchen werde seine Frau, und daß sie gleichwohl nur gut von ihr sprach, da ließ er sie neben ihm Platz nehmen und sagte: »Griselda, jetzt ist es Zeit, daß du den Lohn erhältst für deine ausdauernde Geduld, und daß die Leute, die mich für grausam, ungerecht und bestialisch hielten, erkennen, daß alles, was ich getan habe, dem wohlüberlegten Plan entsprungen ist, dich zu belehren, wie eine Ehefrau sein soll, und diese Leute hier zu belehren, wie man eine Ehefrau halten soll. Mir selbst wollte ich dauerhafte Ruhe sichern für die gesamte Zeit unseres Zusammenlebens. Damals, als ich mich entschloß zu heiraten, hatte ich große Angst, daß mir das nicht gelingen werde. Aus dieser Angst heraus, um mir den Beweis zu verschaffen, habe ich dich gequält und verletzt, du weißt, auf wie viele Weisen.

Und doch habe ich niemals ein Wort oder eine Tat von dir erlebt, womit du dich gegen meine Wünsche aufgelehnt hättest. Da ich nun davon überzeugt bin, daß du mir all das Glück bringen kannst, das ich ersehnte, will ich dir nun in einem einzigen Augenblick all das wiedergeben, was ich dir nach und nach genommen habe. Mit aller Zärtlichkeit will ich die Wunden heilen, die ich dir geschlagen habe. So nimm sie zurück, frohen Herzens: dieses Mädchen, das du für meine neue Braut gehalten hast, und auch seinen Bruder. Es sind deine und meine Kinder, von denen du und viele andere lange geglaubt haben, ich hätte sie in meiner Grausamkeit töten lassen; und ich, ich bin dein Gatte, der dich über alles liebt, und ich bin überzeugt, daß ich mich rühmen darf, es gebe keinen anderen Mann auf der Welt, der so wie ich mit seiner Frau zufrieden sein kann.«

Dies sagte er, dann umarmte und küßte er sie. Sie weinte vor Freude, während sie beide aufstanden und zu der Tochter hinübergingen, die ganz verwirrt dasaß, als sie diese Dinge hörte. Sie umarmten sie zärtlich, auch ihren Bruder, dann entwirrten sie für das Mädchen und viele Anwesende die Fäden des Geschehens. Die edlen Damen erhoben sich von den Tischen, gingen hocherfreut mit Griselda in den Schlafraum, zogen ihr – unter glücklicheren Vorzeichen als damals – das Bauernkleid aus, kleideten sie in eines ihrer vornehmen Gewänder, und führten sie als Gebieterin in den Festsaal zurück, sie, die auch in Lumpen ihr herrschaftliches Wesen gewahrt hatte. Dann feierten sie mit ihren Kindern ein wunderbares Fest. Alle waren froh über diese Wendung. Alle hatten Grund zur Freude und zum Feiern. Das Fest zog sich über mehrere Tage hin. Gualtieri galt jetzt als ziemlich weise, auch wenn man die Proben, denen er seine Frau unterworfen hatte, zu hart und unzumutbar fand; alle aber hielten Griselda für die Weiseste von allen.

Der Graf von Panago kehrte einige Tage später nach Bologna zurück. Gualtieri befreite Giannucole von seiner Plackerei und brachte ihn als seinen Schwiegervater in eine hohe Position, so daß er für den Rest seiner Tage ehrenvoll und voller Zufriedenheit lebte. Gualtieri selbst lebte, nachdem er seine Tochter an einen hohen Adligen verheiratet hatte, noch lange Zeit zufrieden mit Griselda und hielt sie dabei in Ehren, sosehr er nur konnte.

Soll ich sonst noch etwas sagen? Höchstens, daß göttliche Geister vom Himmel herab auch in arme Hütten trudeln, während es in den Königspalästen Leute gibt, die eher wert wären, Schweine zu hüten als Herrschaft über Menschen auszuüben. Wer außer Griselda hätte die harten und ganz unerhörten Prüfungen, die Gualtieri ihr angetan hat, nicht nur ohne Tränen, sondern mit heiterer Miene bestanden? Ihm wäre nur recht geschehen, wäre er an eine Frau geraten, die, als er sie im Hemd aus dem Hause jagte, sich von einem anderen Kerl das Pelzchen hätte reiben lassen. Dann wäre wohl auch noch ein anständiges Kleid für sie dabei herausgesprungen.

Coda
Schlußwort des Autors

Ihr vornehmen jungen Frauen, die lang anhaltende Mühsal mit diesem Buch habe ich mir nur aufgeladen, um euch zu trösten. Jetzt, denke ich, habe ich euch – kraft der göttlichen Gnade, die mir nicht durch mein Verdienst zuteil wurde, sondern, wie ich glaube, durch eure frommen Gebete –, alles vollständig geliefert, was ich euch am Anfang dieses Werkes versprochen habe. Dafür danke ich zuerst Gott und dann auch euch. Jetzt brauchen meine Feder und meine ermattete Hand Ruhe. Aber bevor ich sie ihnen gönnen kann, will ich noch kurz auf ein paar Sächelchen eingehen, die vielleicht eine von euch oder sonst jemand dagegen vorbringen könnte. Denn gewiß kann mein Buch nicht das Sonderrecht fordern, von Kritik verschont zu werden. Ich erinnere mich, am Anfang des vierten Tages gezeigt zu haben, daß es dieses Privileg auch nicht hat. Ich will euch also auf ein paar Fragen antworten, die stillschweigend oder laut gestellt worden sind.

Vielleicht gibt es einige unter euch, die sagen, ich hätte mir beim Schreiben dieser Erzählungen zu große Freiheiten herausgenommen; ich ließe die Damen manchmal etwas sagen und öfter noch anhören, was gesittete Damen weder aussprechen noch sich anhören. Das bestreite ich schlichtweg. Denn keine Geschichte ist so unanständig, daß man jemandem verbieten müßte, sie zu erzählen, vorausgesetzt, er findet anständige Ausdrücke dafür. Und das, glaube ich, ist mir hier doch recht gut gelungen.

Aber nehmen wir trotzdem einmal an, die Sache sei wirklich so, denn schließlich will ich hier nicht mit euch streiten; ich würde dabei doch nur den kürzeren ziehen. Wenn ihr mich also fragt, warum ich diese Geschichten erzählt habe, dann behaupte ich immer noch, es habe viele Gründe dafür gegeben.

Erstens: Vielleicht klingt in der einen oder der anderen Geschichte manches ein bißchen zu freizügig. Aber das hat die Eigenart dieser Novellen erfordert. Man muß nur einmal mit besonnenem Blick auf die Natur dieser Geschichten blicken, dann wird sofort klar, daß ich sie nicht anders erzählen konnte, ohne ihre Form zu zerstören. Vielleicht findet sich ja in einer dieser Geschichten das eine oder andere Wörtchen, das ein wenig zu frei geraten ist, als daß es eine von jenen bigotten Damen in den Mund nähme, die den Worten mehr Gewicht geben als den Taten und die lieber gut scheinen wollen als sein. Aber dann behaupte ich, daß man mir nicht verbieten kann, so etwas zu schreiben, solange man es den Männern und den Frauen im Alltag nicht verbieten kann, immer wieder mal Wörter wie »Spalt« oder »Wunderhorn«, »Loch« oder »Schwanz« zu gebrauchen. Die Sprache ist doch voll von solchen zweideutigen Wörtern. Außerdem sollte man meiner Feder nicht weniger Freiheit gestatten als dem Pinsel eines Malers. Den tadelt ja auch niemand oder jedenfalls nicht zu Recht, wenn er Christus als Mann und Eva als Frau malt oder wenn er die Füße des Erlösers, der für die Errettung des Menschengeschlechts am Kreuze sterben wollte, einmal mit *einem* Nagel, ein andermal mit zwei Nägeln ans Kreuz geheftet sein läßt. Und ich rede gar nicht erst davon, daß es ihm freisteht, ob er den heiligen Michael die Schlange mit dem Schwert oder mit der Lanze bekämpfen läßt und daß er den

heiligen Georg dem Drachen die Wunde beibringen lassen kann, wo er will.
Sodann ist ja auch klar, daß diese Geschichten nicht in einer Kirche erzählt werden sollen. Dort gehört es sich, alles mit reinem Sinn und mit hochanständigen Worten auszudrücken, auch wenn in kirchlichen Chroniken sich noch ganz andere Dinge finden als in meinen Novellen. Schließlich werden meine Geschichten auch nicht in den Hochschulen der Philosophen erzählt; sie spielen nicht irgendwo unter Klerikern oder Philosophen, sondern sie werden in Gärten erzählt, an Orten der Erholung also. Unter Leuten, die zwar jung, aber schon reif sind und die durch Novellen nicht auf Abwege geführt werden können, dazu noch in einer Zeit, wo selbst die ehrbarsten Personen Hosen über den Kopf gezogen haben, nur um davonzukommen, da also wurden diese Geschichten erzählt.
Wie alle anderen Dinge in der Welt können diese Geschichten, seien sie, wie immer, sowohl nutzen wie schaden. Alles hängt vom Zuhörer ab. Der Wein ist, wie alle wissen und wie die berühmten Fachgelehrten Becher, Krug, Flasch und viele andere bewiesen haben, überaus gesund. Dennoch schadet er dem Kranken, der Fieber hat. Werden wir nun, nur weil er dem Fiebernden schadet, von ihm behaupten, er sei schädlich? Das Feuer ist, wie alle wissen, höchst nützlich für die Sterblichen, ja es ist lebensnotwendig. Werden wir nun, nur weil man damit Häuser, Dörfer und Städte anzünden kann, von ihm behaupten, es sei schädlich? Genauso verteidigen Waffen das Wohlergehen von Leuten, die in Frieden leben möchten. Gewiß, oft töten sie auch Menschen, aber nicht, weil sie selbst schlecht wären, sondern weil die Menschen schlecht sind, die sich ihrer in böser Absicht bedienen.

Ist der Geist erst einmal verdorben, dann faßt er kein einziges Wort rein auf. Selbst die anständigsten Vokabeln nutzen ihm nichts, und einen reinen Geist beschmutzen die etwas weniger anständigen Ausdrücke sowenig wie Dreck die Sonnenstrahlen oder wie irdischer Unrat die Schönheit des Sternenhimmels. Welches Werk enthält heiligere, angesehenere, verehrenswürdigere Buchstaben, Wörter oder Bücher als die Heilige Schrift? Und doch hat es genug Leute gegeben, die sie mißverstanden und die dadurch sich selbst und andere ins Verderben gezogen haben. Jedes Ding ist von sich aus gut für etwas, aber schlecht gebraucht, kann es vielen Dingen schaden, und genau das behaupte ich auch von meinen Novellen. Sie hindern niemanden daran, üblen Rat und böses Tun aus ihnen zu ziehen, sei es, daß zufällig doch irgend etwas Böses in ihnen steckte oder daß einer sie so lange foltert und zerrt, bis sie es enthalten. Wer Nutzen und Gewinn in ihnen sucht, dem werden sie ihn nicht verweigern. Werden sie zur rechten Zeit gelesen und von den Leuten, für die sie erzählt worden sind, dann wird jeder sie als nützlich ansehen und für anständig erklären. Wer Rosenkränze herleiern oder Kastanientorte für seinen Beichtvater backen will, der soll sie nicht anfassen. Sie werden niemandem nachrennen, damit er sie lese. Sie rühren sich nicht vom Fleck, selbst dann nicht, wenn Betschwestern ähnliche Sächelchen nicht nur aussprechen, sondern zuweilen gar tun, wenn die Gelegenheit dazu sich ergibt.

Gewiß gibt es dann noch Leute, die behaupten, es wäre besser gewesen, ich hätte einige dieser Geschichten weggelassen. Zugegeben. Aber ich konnte und durfte nur die Geschichten aufschreiben, die tatsächlich erzählt worden sind. Hätten die Damen, die sie erzählt haben, schönere erzählt, dann hätte

ich auch schönere aufgeschrieben. Aber nehmen wir an, jemand käme auf die Idee, ich hätte diese Geschichten erfunden und nicht bloß aufgeschrieben. Das wäre zwar unwahr, aber auch dann bestehe ich darauf, daß ich mich nicht dafür schämen muß, wenn nicht alle schön geraten sind. Denn außer Gott gibt es keinen Meister, der alles gut und perfekt hinbrächte. Selbst Karl der Große, der als erster Menschen in den Adel erhob, konnte davon nicht so viele ernennen, daß er daraus sein ganzes Heer hätte bestücken können.
Überall, wo es ein Vielerlei gibt, da muß man auf Unterschiede achten. Ein Acker kann so gut gar nicht bestellt sein, daß sich nicht auch Disteln und Dornen zwischen edleren Pflanzen fänden. Außerdem wurden diese Geschichten für einfache junge Frauen erzählt, und das seid ihr, meine Leserinnen, in der Mehrzahl ja auch. Da wäre es doch Unfug gewesen, herumzulaufen und mühselig ausgefallene Dinge ausfindig zu machen und große Anstrengung darauf zu verwenden, in allem »ausgewogen« zu reden. Jedenfalls kann ja der, der in diesem Buch herumliest, die Geschichten links liegenlassen, die ihn stören, und die lesen, die ihm Spaß machen. Allen Geschichten steht auf die Stirn geschrieben, was sie in ihrem Schoß enthalten, um nur ja niemanden zu täuschen.
Dann wird es wohl noch Leute geben, die von meinen Geschichten behaupten, einige seien zu lang. Auch ihnen erwidere ich: Jeder, der etwas Besseres zu tun hat, ist ein Narr, wenn er sie liest. Dann sind auch die kurzen zu lang. Zwar ist schon viel Zeit vergangen, seit ich sie zu schreiben begonnen habe, bis zu dem heutigen Tag, an dem ich mit meiner Mühsal zu Ende komme, aber deswegen habe ich doch nicht vergessen, daß meine ganze Arbeit den Frauen gewidmet ist, die viel Zeit haben. Wer liest, um sich die Zeit zu vertreiben,

dem ist keine Geschichte zu lang, denn sie bewirkt, wozu er sie braucht. Kurze Texte empfehlen sich mehr für studierte Leute, die sich ihre Zeit nicht vertreiben, sondern sie nützlich verwenden wollen, als für euch Frauen, die ihr all die Zeit übrig habt, die ihr nicht auf Liebesfreuden verwendet. Außerdem muß man mit euch etwas ausführlicher sprechen als mit Leuten, die ihren Geist durch Studien verfeinert haben; schließlich geht keine von euch nach Athen oder nach Bologna oder nach Paris zum Studium.
Gewiß gibt es auch noch Leute, die sagen, meine Geschichten wimmelten von Witzchen und Possen. Solche Sachen hinzuschreiben, zieme sich nicht für einen ernsthaften, gewichtigen Mann. Diesen Damen bin ich sehr zu Dank verpflichtet. Ich danke ihnen herzlich dafür, denn ein guter Eifer läßt sie zärtlich besorgt sein um meinen Ruf. Aber auf ihren Einwand möchte ich folgendes antworten: Ich gestehe, daß ich in meinen Tagen oft gewogen worden bin. Deswegen versichere ich denen, die mein Gewicht nicht ausprobiert haben: Ich bin nicht schwer. Ich bin leicht; ich schwimme immer oben, wie ein Öltropfen auf dem Wasser. Nun wimmeln ja bekanntlich die Mönchspredigten von albernen Possen und billigen Witzen, mit denen sie den Leuten Gewissensbisse einjagen wollen. Daher dachte ich, so etwas gehöre erst recht in meine Geschichten, die ja geschrieben wurden, um die Schwermut der Frauen zu vertreiben. Na ja, wenn sie glauben, sie hätten darüber zu viel gelacht, dann gibt es eine Arznei gegen diese Krankheit: Dann sollen sie die Klagen des Jeremias lesen oder meinetwegen die Leidensgeschichte unsres Erlösers oder die Geschichte von den Bußübungen der Maria Magdalena.
Zweifellos gibt es unter euch auch einige, die behaupten, ich

hätte eine böse und giftige Zunge, weil ich gelegentlich auch die Wahrheit über die Mönche sage. Den Frauen, die so reden, will ich gern vergeben, denn ich muß annehmen, daß sie ausschließlich gute Motive haben, so zu reden. Schließlich sind die Mönche gute Leute. Aus Liebe zu Gott gehen sie jeder Mühsal aus dem Weg, und wenn der Mühlteich voll ist, lassen sie ihre Mühle ganz schön laufen und halten darüber den Mund. Leider stinken sie ein wenig wie die Böcke, aber sonst ist ihre Gesellschaft recht angenehm.
Dennoch gestehe ich euch: Die Dinge dieser Welt zeigen wenig Beständigkeit, sondern wandeln sich ständig. Das könnte denn auch mit meiner Zunge passiert sein. Gewiß, dabei kann ich mich nicht auf mein eigenes Urteil verlassen; dies vermeide ich, wenn es um mich geht, wo ich nur kann. Aber neulich sagte noch meine Nachbarin, ich hätte die beste und die süßeste Zunge der Welt. Dabei war ich damals fast schon fertig mit dem Aufschreiben dieser Geschichten. Das muß als Antwort genügen. Frauen, die sagen, ich hätte eine bittere Zunge, sehen in mir ohnehin ihren Feind.
So überlasse ich es denn jeder einzelnen Frau, zu sagen und zu denken, was ihr gefällt. Es ist Zeit, den Worten ein Ende zu setzen. Demütig danke ich dem, der meine lange Mühsal zum ersehnten Endpunkt gelangen ließ. Lebt wohl und in Frieden, geliebte Damen, mit seiner Gunst. Und denkt einmal an mich, wenn es der einen oder der anderen ein wenig geholfen hat, meine Geschichten zu lesen.

Hier endet der zehnte und letzte Tag des Buches Decameron, das auch den Titel trägt: Der Fürst Galeotto.

Nachwort

I

Boccaccio erzählt in seinem *Decameron* hundert Geschichten in zehn Tagen. Das Wort *Decameron* bedeutet *Zehntagewerk*. Der Titel spielt an auf den Kommentar des antiken Kirchenschriftstellers Ambrosius zur biblischen Erzählung von der Erschaffung der Welt. Dort, im *Hexameron*, ging es um die Entstehung der Welt im *Sechstagewerk* Gottes. Boccaccios Erzählungen schaffen eine poetisch-gedankliche Menschenwelt, ausgehend von der Untergangsszenerie des Schwarzen Todes von 1348.

Dies sind einige der Koordinaten, in denen das erste große Erzählwerk der neueren Welt steht: Es stellt sich neben Dantes poetisch-philosophische Weltsumme. Es reflektiert die letzten hundert Jahre der florentinischen und der europäischen Geschichte. Es öffnet sich orientalischen Phantasien, antiken Romanen und mittelalterlichen Erzählungen. Scholastisch-gelehrte Argumentationskunst tritt neben Märchenmotive. Wie im bunten Kaleidoskop lösen sie sich vor unseren Augen einander ab: Bauernschläue, Gerissenheit der neuen Geldleute, sophistische Logik korrupter Kleriker und die verschwindende Noblesse der alten Aristokratie. Es wird auffällig viel geredet im *Decameron*, viel und in den verschiedensten Tonhöhen und Stilebenen, in ciceronianischer Rhetorik und im venezianischen Dialekt. Das *Decameron* durchleuchtet den Vorrat an Denk- und Redeweisen, den das aufgeweckteste Volk des vierzehnten Jahrhunderts zur Verfügung hatte. Zu diesem Volk gehören auch die Studierten; dies zeigt gleich die erste Novelle, vor allem aber die Erzählung von Guido Cavalcanti, von dem die Leute sagen, wenn er grübelnd durch die Straßen gehe, dann denke er darüber nach, wie er beweisen könne, daß kein Gott sei (VI 9). Das florentinische Volk war mit der akademischen Kultur seiner Zeit konfrontiert. Die Vorstellung von »Folklore«, die man zuweilen an das *Decameron* heranträgt, trifft daher nur teilweise zu.

Überhaupt gibt es viele entstellende Bilder des *Decameron.* Manche schätzen oder verwerfen es als »Herrenlektüre«. Nun, wer Sexgeschichten sucht, kommt zwar auch auf seine Kosten – ich empfehle ihm, mit der Erzählung *Autorität* (I 4) anzufangen, sich als Voyeur in den *Klostergarten* (III 1) einzuschleichen, dann einen Lustsprung zu tun und sich wohlig in den Geschichten des siebten Tages zu räkeln: Aber ein wenig beschränkt benimmt er sich dann schon, denn er ignoriert die Pest und überschlägt die Ringparabel (I 3); er läßt Anfang und Mitte und Ende des Buches auf sich beruhen.

Andere Vorurteile über das *Decameron* gehen nicht weniger auswählend vor. Da sagten doch einige Gelehrte, im *Decameron* herrsche ein Karneval der Sinne, endlich dürfe sich die Lebensfreude austoben nach dem finsteren Asketismus des Mittelalters; es tage die »Renaissance«. Aber man braucht doch nur die ersten drei Novellen oder auch die letzte des Gesamtwerks zu lesen: Wo bleibt hier das sinnliche Vergnügen? Es gibt viel zu lachen im *Decameron.* Wir lassen es uns nicht finster reden. Es ist keine »mittelalterliche« Anleitung zur Weltverachtung; aber arglos, treuherzig, direkt oder naiv erzählerisch ist es in keiner Zeile. Gewiß kommt da ein Ehemann überraschend früh von der Arbeit zurück, und die Ehefrau versteckt ihren Liebhaber im Faß – aber dies wird von einer Gruppe junger Leute erzählt, die sich nur wenige Kilometer außerhalb der pestverwüsteten Stadt für vierzehn Tage vergnügen. Sie schaffen sich durch Erzählen Trost. Daher ist das *Decameron* immer zugleich witzig und ernst, grüblerisch und anschaulich, umwegig-raffiniert und von artifizieller Einfachheit. Was heißt schon »Lebensfreude«? Der Denker Cavalcanti macht seinen Mitbürgern klar: Was sie als »Leben« ansehen, ist nichts als der Tod (VI 9).

Ein solches Buch wegen seines »Realismus« zu rühmen, heißt, es zu banalisieren. Es gibt auf der Erde kein Land, in dem ein Herrscher in Finanznot sich durch eine Erzählung von der geplanten Zwangsmaßnahme gegen reiche Kaufleute abhalten läßt; ich weiß noch weniger, wo in der Ringparabel der »Realismus« steckt. Diese Geschichte ist wie fast alle anderen höchst »unwahrscheinlich«; die Komik im *Decameron* beruht oft darauf, daß es etwas anschaulich macht, was wir nicht für möglich halten. Selbst die Pestschilderung ist eine Montage von literarischen Anspielungen; sie steckt voller Zitate. Sie ist eine Konstruktion, die zeigen soll, daß alle politische Organisation zusammenbrach, daß die medizinische Wissenschaft versagte, daß die religiöse Weltdeutung keine Kraft mehr hatte; selbst die natürlichste aller menschlichen Verbindungen, die zwischen Eltern und Kindern, löste sich auf. »Realistisch« sind allenfalls die Details; die Konstruktion ist eher surrealistisch. Im *Decameron* macht ein Maximum von Erfindung und verbaler Anstrengung ein Unwahrscheinliches plausibel. Das ist kein »Realismus«, sondern die Auflösung der realistischen Illusionen durch ingeniös erfundene Details.

Das *Decameron* bildet auch nicht die spätmittelalterliche

Gesellschaft ab. Es war ein Mißverständnis, es als Epos der Kaufmannschaft zu rühmen. Es repräsentiert nicht, wie man gemeint hat, »die bürgerlichen Werte«. Es war schlicht falsch, aus ihm eine Verherrlichung der neuen Wendigkeit der florentinischen Fernkaufleute herauszulesen: Gewiß, sie treten hier auf, die Tuchhändler und die Notare; ihr Vorrat an Reden und Konzepten wird durchleuchtet, aber wie distanziert Boccaccio die Geldleute schildert, das zeigt gleich die erste Novelle. Und wer immer noch glaubt, Boccaccio bewundere die Vorurteilslosigkeit, mit der diese neue Klasse ihren Geldvorteil kalkulierte, der lese die Geschichte von den Kaufleuten in Messina, die ihrer Schwester eine ungeplante Heirat verbieten (IV 5). Es gibt kein einfaches Motto, das man über das *Decameron* schreiben dürfte. Unbefriedigend ist auch die übliche Etikettierung als Werk des Übergangs vom Mittelalter zur Renaissance. Solche Redensarten dienen nur dem Festhalten an veralteten und vereinfachenden Bildern dieser Epochen. Für solche Beschreibungen ist das *Decameron* zu perspektivenreich und zu hinterlistig. Aber wenn jemand schon ein Motto sucht, dann ist es nicht Sex, nicht Lebensfreude, nicht Kaufmanns-Epos oder »Realismus«, sondern:
Nieder mit dem Geld! Es lebe die Liebe!
Dies sind Boccaccios eigene Worte. Genaugenommen ruft einer seiner Erzähler dieses Motto aus, aber auch dies ist nur *eine* Sichtweise auf das Ganze des Lebens. Zwar sagt Boccaccio, sein Werk entstamme der Erfahrung der Liebe und diene der Liebe, aber neben der *Liebe* ist immer auch *Fortuna* zu nennen, und dann gibt es auch die Macht der intelligenten Rede. Bei dem Versuch einer allumfassenden Lebensorientierung gibt es kein vereinzelt bleibendes Leitmotiv.
Dies ist kein Grund, zu rasch über Boccaccios Kritik am

Geldwesen hinwegzugehen. Seine negative Bewertung entsprang nicht, wie man gemeint hat, einer »konservativen« Weltanschauung oder einer sehnsüchtigen Rückerinnerung an die agrarische Aristokratie, sondern sie speist sich aus antik-philosophischen Wurzeln, sie entspricht der Dynamik der ersten franziskanischen Bewegung, und sie führt die Florenz-Kritik Dantes auf neue Weise fort.

Die Nähe zu Dante ist allgegenwärtig. Schon die Hundertzahl verweist auf die hundert Gesänge der *Göttlichen Komödie.* Zahllose Dante-Assoziationen – Vokabeln, Metaphern, Namen, Motive – halten im Text diesen Rückbezug wach. Und doch ist bei Boccaccio alles anders. Die irdische Welt ist nicht mehr durchsichtig für die drei Jenseitsbereiche von Hölle, Fegefeuer und Himmel. Die erste Novelle des Decameron stellt daher klar: Wir können nicht mehr wissen, wer in der Hölle und wer im Himmel ist. Deshalb, aber auch aus anderen politischen, sozialen und intellektuellen Gründen war eine Rückkehr zu Dante ausgeschlossen; Boccaccio mußte, Dantes Sprache im Ohr, neu anfangen. Daher begründet Boccaccios Buch mit den zehn Erzählern – poetisch, ironisch, philosophisch – eine neue Welt. Dies erklärt die Abwandlung des Buchtitels: Aus *Hexameron* wird *Decameron.* Boccaccio gab seinem Buch den Beinamen *Galeotto.* Er nahm als Untertitel, was für Dante Anlaß zur Sünde und der ewigen Verdammnis war. Dies war eine denkgeschichtliche Zäsur: Die Zeit Dantes ist vorbei. Eine Neugründung ist fällig.

Aber die neue Welt ist fiktiv und prekär. Die Pest hat die Zerstörung sichtbar gemacht, die das Leben in Florenz schon *vor* der Seuche befallen hatte. Dafür war Dante mit seiner Kritik an der Wolfsstadt Florenz, insbesondere im 15. Gesang des *Inferno*, der beredteste Zeuge. Jetzt suchen zehn junge Menschen in Erzählungen eine neue Orientierung. Aber sie *leben* bereits in brüderlicher Eintracht und Heiterkeit die neue Moral.

Boccaccio hat eine neue Menschenwelt jenseits der Pestkatastrophe erdacht. Er hat einen neuen Stil und eine neue Literaturgattung geschaffen; er hat einen tiefgreifenden geschichtlichen Wandel künstlerisch gestaltet. Als er im Dezember 1375 starb, hatte die Welt seit seiner Geburt sich radikal verändert. Er war im Sommer 1313 geboren, als uneheliches Kind, wahrscheinlich in Florenz, nicht in Paris, wie man immer noch liest. Damals war der Kaiser noch der Herr der Welt. Oder es sah doch so aus, als könne er es bald wieder werden: Kaiser Heinrich VII. kam mit Macht nach Italien; das Reich und seine Friedensordnung versprachen dem zerrissenen Italien den Frieden. Dante hatte sein Kommen leidenschaftlich begrüßt, doch die kaiserliche Belagerung der widerspenstigen Stadt Florenz scheiterte, und ein, zwei Monate später starb der jugendliche Herrscher auf dem Zug nach Süden: Die Städte mit ihren inneren und äußeren Konflikten blieben sich selbst überlassen; der Frieden war fern gerückt, die Reichsidee versank.

Die neue, die städtische Ökonomie hatte inzwischen ihren Höhepunkt überschritten. Zuvor hatte sie alle Lebensverhältnisse umgewälzt. Die Geldwirtschaft hatte den Klerus und die alte Aristokratie als Führungsschicht zurückgedrängt und ungeheure bürgerliche Vermögen geschaffen. Zugleich hatte sie eine neue Armut erzeugt, jenes Elend, das den Kaufmannssohn Francesco im benachbarten Assisi so erschütterte, daß er den vornehmen Wohnturm seiner reichen Familie für immer verließ. Der Fernhandel und die neue Finanzwirtschaft duldeten die agrarische Welt des frühen Mittelalters nur noch in zurückgebliebenen Gebieten. Ein System von Handelswegen und Geldschienen hatte die bekannte Welt überzogen. Marco Polo sah das Ufer des Pazifik. Schiffe, die den Atlantik überqueren sollten, waren von Genua aus aufgebrochen, ohne je zurückzukehren.

Die ersten Jahrzehnte des Jahrhunderts standen noch im Zeichen des ökonomischen Aufstiegs, der Stadterweiterung und des entstehenden Bankwesens. Aber dann, nach 1315, überstürzten sich Krisen, wie man sie seit dem ausgehenden elften Jahrhundert nicht mehr gekannt hatte: Überregionale Hungersnöte kehrten zurück; mächtige Banken machten Pleite; Handelsfirmen brachen zusammen.

Der Vater Boccaccios stand als Bankier im Dienste der florentinischen Geldleute Bardi. Er war der Finanzier des Königs Robert von Neapel. Natürlich wollte er seinen Sohn auf den rechten Weg bringen und steckte ihn in ein neapolitanisches Geschäftsunternehmen. Der junge Giovanni sollte die Kaufmannschaft von der Pike auf lernen. Es wurde nichts daraus: Giovanni interessierte sich nicht für Zahlen.

Der Vater startete einen zweiten Versuch: Wenn er schon kein Geschäftsmann werden wollte, dann sollte der gescheiterte Lehrling wenigstens Rechtswissenschaft studieren. Aber auch daraus wurde nichts. Giovanni interessierte sich auch nicht für Paragraphen. Ihn faszinierte der Hof mit seinen weiten kulturellen, auch wissenschaftlichen Beziehungen zur Welt der Araber, Juden und Griechen, mit engen Verbindungen zu Avignon und Paris, selbst bis ins ferne Oxford. Der Jurastudent machte den Damen den Hof und schrieb Verse; er vertiefte sich mit König Robert in die Philosophie und die Medizin.

Vor allem warf er sich auf die Literatur, die antike und die zeitgenössische. Er verschlang französische Liebesdichtung; er las mit Verehrung Dante und Petrarca. Doch das Bankhaus Bardi machte Pleite: Die politischen Beziehungen zwischen Florenz und Neapel verschlechterten sich. 1340/41 ging die Familie zurück ins bürgerliche Florenz. Giovanni hat dort nie recht Fuß gefaßt; er wollte nach Neapel zurück, aber alle seine Pläne scheiterten; mit 62 Jahren starb er in der toskanischen Kleinstadt Certaldo.

Damit ging der letzte der drei großen Florentiner: Dante, Petrarca und Boccaccio haben eine neue menschlich-literarisch-politische Welt geschaffen; sie haben den toskanischen Dialekt in der Weltliteratur durchgesetzt; in ihrer Stadt sich zu behaupten, vermochten sie nicht. Dante war im Exil gestorben und lag in Ravenna begraben, Petrarca hatte nach einem langen Wanderleben bei Padua die letzte Ruhe gefunden. Boccaccio starb draußen in der Zwiebelstadt. Florenz, die Lichtstadt der neueren Zeit, erkannte seine Söhne erst an, nachdem sie im Exil gestorben waren.

Die enthüllende Krise dieser Lebensspanne war die große Pest von 1348/49. Sie deckte auf; sie zeigte, was war und was fehlte. Sie zu überleben, brauchten die Menschen Phantasie und Poesie. Nicht als habe erst die Pest Boccaccio zum Dichter gemacht. Aber sie gab ihm den Anstoß zu seinem großen Werk. Oder besser: Er sprach die poetisch-philosophisch-politische Wahrheit dieses ungeheuren Ereignisses aus, indem er es beschrieb und im *Zehntagewerk* eine Gegenwelt zu ihm schuf.

II

Im Landesmuseum zu Trier steht unscheinbar in einer Ecke der Torso einer antiken Venus-Statue. Man muß nach ihm suchen; die Figur wurde demoliert und ist schwer zu erkennen; sie wurde im christlichen Mittelalter bis zur Unkenntlichkeit entstellt. Sie stand über Jahrhunderte im Kloster Sankt Matthias in Trier. Die Pilger, die zu dem einzigen Apostelgrab nördlich der Alpen wallfahrteten, bewiesen an der antiken Statue ihren Glaubenseifer, indem sie mit Steinen nach dem verstümmelten Marmorblock warfen. Es handelte sich nicht etwa um Willkürakte von Randalierern. Der monastisch sanktionierte Steinwurf gehörte zum Ritual der Wallfahrt. Eine Inschrift hält dies lateinisch und deutsch triumphierend fest: Früher war sie ein Gott, heute steht sie »hie der Welt zum Spott«.

Dieser religiöse Vandalismus herrschte im Mittelalter nicht überall, aber er gehörte zum Alltag. Heute rühmen manche den Benediktinerklöstern nach, sie hätten die antike Kultur bewahrt und gepflegt. Das stimmt auch regional und temporär, aber wie das zertrümmerte Venusbild von Trier beweist, gab es auch einen fundamentalistischen Haß der Mönche gegen die antike Kultur, gegen ihre heidnischen Götter und deren Bildnisse: Sie hetzten Pilger auf, das qualitätsvolle Bild einer nackten Frau unter frommen Gesängen zu zerstören.

Heute verbirgt man dieses geschichtliche Faktum in Trier und anderswo schamhaft. Amerikanische christliche Abtreibungsgegner erschießen zwar schon einmal den Arzt einer Frauenklinik, aber sie wüten nicht mehr gegen die heidnische Kunst. Im Westen hat eine kulturelle Revolution gesiegt, zu deren Vorkämpfern Boccaccio gehört hat. Er hat sie nicht allein vollbracht, aber er war ihr wirksamster Wortführer. Bis ins 18. Jahrhundert, also volle fünf Jahrhunderte lang, war er nicht so sehr durch sein *Decameron* bekannt, sondern durch sein großes, lateinisch geschriebenes Buch über die antiken Gottheiten. Boccaccio hat die erste große Darstellung der antiken Götter-Mythologie geschaffen. Er brach damit einen alten Bann. Denn seit der christlichen Antike sah man in den antiken Göttern nur Dämonen. Man hielt sie nicht etwa für Phantasiegebilde der Menschen und für bloße Projektionen; sie waren real-existierende Teufel; sie bevölkerten die Lüfte und setzten alles daran, die Menschen zu verführen durch ihre Trugbilder. Indem Boccaccio die antiken Gottheiten verständnisvoll erklärte, gab er Malern und Bildhauern ein Arbeitsfeld zurück und erschloß die antike Dichtung neu. Der Kirchenvater Augustin hatte von Homer und Vergil gesagt, ihre Gedichte seien wohlklingendes Geschwätz. Mit dieser Abwertung, die sich nie völlig durchsetzen konnte und die auch Dante verwarf, ging es seit dem vierzehnten Jahrhundert zu Ende. Boccaccio hat als Theoretiker der antiken Kunst und Dichtung die antike Kultur rehabilitiert. Er hat zugleich gelehrte Studien angeregt und eine neue, weltoffene und sinnenfreudigere kulturelle Atmosphäre mitgeschaffen. Boccaccio wird heute, seit dem Zusammenbruch der humanistischen Tradition, als Denker und Neuerer oft unterschätzt: Dabei war er der erste Mensch im lateinischen Westen, der Platons Dialoge in der Ursprache lesen konnte. Er war der erste, der Dantes *Göttliche Komödie* öffentlich erklärt hat. Er war ein Schalk; er wußte sich raffiniert zu verstecken, aber er war ein schonungsloser Kritiker, kein Herrenschriftsteller. Er war ein selbständiger Kopf und ein bedeutender Gelehrter. Mit seinem Freund Petrarca zusammen bewirkte er das Wiederaufleben der antiken Kunst und Kultur. Christliche Pilger demolieren bei uns heute keinen antiken Frauentorso mehr. Petrarcas und Boccaccios kulturelle Wende hat sich durchgesetzt. Boccaccio hat nicht nur erzählt; er hat denkend und gestaltend die Welt verändert.

III

Das Wort »Hauptwerk« ist immer gefährlich. Es läßt Lesegewohnheiten einfrieren. Aber bei Boccaccios *Decameron* trifft es einmal zu. Das *Decameron* hat die italienische Kunstprosa geschaffen; es hat der Kaufmannswelt des vierzehnten Jahrhunderts ein kulturelles Selbstbewußtsein vermittelt. Durch Boccaccios eigene literarische Erfindungen, aber auch als Sammelbecken orientalischer, antiker und mittelalterlich-volkstümlicher Erzählstoffe hat es die europäische Literatur der Folgezeit geprägt. Chaucer und Skakespeare haben davon profitiert; Lessing fand hier die Parabel von den drei Ringen.

Eine Gruppe von zehn jungen Leuten entflieht für vierzehn Tage der Pest in Florenz und erzählt in zehn Tagen jeweils zehn Geschichten. So entsteht eine Sammlung von genau einhundert Novellen. Das Grauen der Pest steht im Hintergrund, aber die jungen Leute, sieben Frauen und drei junge Männer, verbieten sich, davon zu reden. Sie befolgen das Motto *aufgeklärter* Psychiater: zudeckend arbeiten! Sie verdrängen; sie erfreuen sich an bunten Geschichten. Sie laden ein zu einer Neubewertung des Verhältnisses von Sein und Schein. Sie schaffen einen Schein von täuschendem Realitätsgrad. Sie bedenken, daß Schein so viel wert sein kann wie Sein, wenn es zum Beispiel um Jungfräulichkeit oder um die Ehre eines Ehemannes geht. Sie leben in einer Kunstwelt ohne Tod und Schuld. Jeder der zehn Tage endet mit Musik und Tanz.

Dieses Riesenwerk, tausend Seiten stark, voller Einfälle und Überraschungen, läßt sich nicht kurz zusammenfassen. Ein erster Zugang ist nicht allzu schwer; jede der hundert Geschichten läßt sich zur Not auch für sich lesen. Boccaccio schreibt anschaulich und lebendig. Hier lauert zwar die Realismus-Falle, aber vor ihr habe ich schon gewarnt: Diese Geschichten sind verrückt-gewagte Konstruktionen, Gedankenexperimente und schärfste Kritik. Sie bilden das zeitgenössische Leben nicht einfach ab; sie kritisieren vernichtend den Gesellschaftsverfall im neuen Zeitalter des Geldes. Boccaccio ist voller Pessimismus; er verklärt weder die altadlige Vergangenheit noch gar das Zeitalter der Kaufleute, und doch will er aufmuntern und trösten; er will unterhalten und erfreuen, aber er will auch »raten« und »beweisen«; er zeigt, was das Leben ist und was es sein könnte, nicht erst im Paradies, sondern hier auf Erden, nicht mehr nur für Männer, nein, auch für Frauen.

Der mitdenkende Leser wird über die einzelne Novelle hinausdrängen; er fragt nach dem Aufbau des *Decameron*. Er will sich darüber klarwerden, wer zu ihm spricht. Der Autor Boccaccio hat ein listiges Versteckspiel inszeniert: Er tut so, als habe er nichts erfunden; er versichert uns, er habe nur die Geschichten getreu aufgeschrieben, die draußen vor der Stadt tatsächlich erzählt worden seien. Im eigenen Namen spricht der Autor nur in der *Einleitung (Auftakt, Der Schwarze Tod, Der Beschluß, Draußen)*, sodann in der *Einleitung zum vierten Tag (Die Gänse)* und in seinem *Schlußwort (Coda)*. Er gibt zu, die Überschriften der einzelnen Novellen stammten von ihm. Er meinte damit nicht die einzeiligen, denn die haben Gustav Seibt und der Übersetzer erfunden; Boccaccios Geständnis bezog sich auf die mehrzeiligen Kurzfassungen, die zu Beginn jeder Erzählung stehen. Die habe er darübergesetzt, vermerkt er listig, damit ein Leser, der partout nichts Unkeusches lesen will, sie überschlagen könne; er erkenne an der Inhaltsangabe, was in einer Geschichte vorkomme. Man mache die Probe auf dieses Boccaccio-Exempel und lese die Novelle vom *Vogelfang* (V 4) und vergleiche sie mit Boccaccios Inhaltsangabe. Deren drei Zeilen lassen nicht ahnen, was auf den Leser zukommt. Boccaccios knappe Zusammenfassungen verstecken regelmäßig alles Skandalöse; sie führen, was die »saftigen« Stellen angeht, notorisch in die Irre; sie sind ein weiteres taktisches Spiel des Autors.

Am ehesten erfahren wir etwas von ihm und seinen poetischen Intentionen in den beiden Selbstverteidigungen, in denen er seinen Kritikern antwortet, also in der *Einleitung zum vierten Tag (Die Gänse)* und im *Schlußwort (Coda)*. Auch hier fehlt es nicht an Schalkereien. Besonders in der *Coda* verbirgt er seine Gedankenarbeit und Gelehrsamkeit; er tut so, als verzichte er auf seinen didaktisch-moralphilosophischen Anspruch; er spielt alles Gewichtige herunter; er schwimme immer oben; er sei leicht wie Öl. Wer ernsthafte Beschäftigung habe, brauche seine Geschichten nicht zu lesen, sie hätten kein erhebliches Gewicht, sie sollen schließlich nicht in Kirchen oder Universitäten verlesen werden, sondern draußen in Gärten, zur Entspannung. Immerhin erfahren wir bei dieser Gelegenheit, was man ihm vorgehalten und wie er sich verteidigt hat. Er habe, warf man ihm vor, die hohe Konzeption von Poesie verraten. Das bezog sich darauf, daß er in der

Volkssprache, nicht in Latein, daß er in Prosa und nicht in Reimen, daß er von Alltagserfahrungen, nicht von antiken oder mittelalterlichen Heroen gesprochen hat. Im *Decameron* kommen zwar auch antike Personen vor, aber das Besondere war, daß es als florentinische Prosa Dichtung sein wollte und es von genau lokalisierten Ereignissen und noch lebenden Personen sprach. Boccaccios kurze Selbstverteidigung wurde die erste Apologie des Prosaschriftstellers.

Ferner mußte Boccaccio sich gegen den Vorwurf wehren, er habe den Frauen zuviel zugestanden und der herrschenden Frauenverachtung zu frech widersprochen; er habe sich sprachliche Freiheiten herausgenommen und sexuelle Tabus durchbrochen. Ein weiterer Anklagepunkt war seine Kritik am Klerus. Er hat ihnen in der Tat übel mitgespielt, den Söhnen des heiligen Franz und des heiligen Dominikus, deren Riesenscheunen aus der Zeit um 1300 in Florenz heute noch stehen. Die Größe ihrer Klöster bei S. Croce und Santa Maria Novella gibt immer noch einen anschaulichen Begriff von ihrer großen Zahl und gesellschaftlichen Präsenz. Schon Dante hatte ihnen vorgehalten, sie hätten sich gar weit von den Ideen ihrer Gründer entfernt.

Kleruskritik und sexuelle Libertinage, das waren die Hauptanklagepunkte. Boccaccio wehrt sich gegen den Vorwurf, er habe dem Sex ungebührlich viel Raum gegeben vor allem in der *Einleitung zum vierten Tag*. Die Erzählung von den *Gänsen* skizziert seine Philosophie einer fast naturalistischen Lebensnähe. Danach ist es nicht nur unmöglich, der Faszination der sexuellen Differenz zu widerstehen; es ist nicht einmal wünschenswert. Das Ideal der Askese war nicht nur schwer zu verwirklichen; es war falsch. Daher ist es auch irreführend, das *Decameron* zu lesen, als handle es vom Widerspruch zwischen Ideal und Leben. Eine solche Charakteristik trifft selbst für Schiller nur teilweise zu, für Boccaccio ist sie verfehlt. Bei ihm geht es um Ernsteres: Die bisherigen Ideale selbst sind krank. Im *Decameron* sterben Götter in heiterer Euthanasie. Die Komik kommt nicht daher, daß das Leben anders ist als die Ideale. Hier blamieren die de facto anerkannten Ideale sich vor dem Leben; sie führen *von sich aus* zur Bigotterie, zu Sophisterei und Treuebruch. Vor ihnen rettet sich, wer kann. Liebende, die sich ihnen entziehen, kommen nicht wirklich zu Schaden; daher können wir bei diesen Erzählungen lachen. Die wirklichen Frauen, heißt es in der Geschichte von den *Gänsen*, sind schöner als die gemalten Engel, die der Vater dem Jungen immer gezeigt hat.

Bei seiner Selbstverteidigung kommt es Boccaccio zustatten, daß sein Werk auf drei Ebenen spielt: Der Verfasser ist nicht die zehn Erzähler, und die jungen Leute sind nicht das Erzählte. Auf die Taten komme es an, nicht auf die Worte, und die zehn jungen Leute hat der Autor sorgfältig als Muster der Keuschheit gezeichnet. Um so eher können sie freimütig reden. Außerdem, erwidert Boccaccio, stecke die Sprache voller sexueller Anspielungen; wer sie alle vermeiden wolle, müsse verstummen.

Auf den Vorwurf, er verspotte den Klerus, hat Boccaccio, wie besonders die *Coda* zeigt, geantwortet, indem er weiter gespottet hat. Jeder seiner damaligen Leser konnte im Alltag überprüfen, ob es in seiner Stadt die Kleriker gab, wie er sie im *Decameron* angetroffen hatte, vielleicht ein wenig verhuscht, ein wenig kleiner.

Zudem gebrauchte Boccaccio die Ausrede, es seien die jungen Leute, nicht er, gewesen, die solche Geschichten erzählt hätten. Auch hier *spielt* er mit dem »Realismus«: Er sei gerne

bereit, seine Geschichten zu ändern, wenn ihm jemand beweise, daß sie anders erzählt worden sind.
Die drei verschiedenen Ebenen (Autor, Erzähler, erzählte Novellen) und die Zehnzahl der Erzähler – das waren entscheidende strukturbildende Kunstgriffe. Weil es zehn Erzähler sind, nicht einer, entfalten sich die verschiedensten Tonarten und Sprachlagen. Zudem gibt es für jeden Tag (den ersten und den neunten ausgenommen) ein Rahmenthema, das lose umspielt wird; so ergeben sich zehnmal zehn Farbkombinationen. Manche Gelehrte rätseln an den Namen der sieben Erzählerinnen (Pampinea, Elissa, Fiammetta) und der drei Erzähler herum; sie suchen darin eine tiefere Bedeutung und wollen sie in den Erzählungen wiederfinden. Die sieben Erzählerinnen sollen die sieben freien Künste darstellen, die drei Erzähler die drei Seelenteile. Dazu ist erstens zu sagen, daß es kein Kunstverstand, sondern Borniertheit ist, wenn man in eine mittelalterliche Kirche tritt, dort die Pfeiler zählt und nach Zahlensymbolik sucht. Zweitens sollen wir erklären, was im Text steht, nicht, was wir hinzu erfinden. Im Text steht von der gesuchten Zahlensymbolik nichts. Das hat seinen guten Grund: Für eine so plump-eindeutige Beziehung von Figur und Bedeutung ist im *Decameron* kein Platz mehr; für eine so direkte Symbolik ist Boccaccio zu raffiniert. Halten wir uns an das, was Boccaccio ausspricht. Dazu gehört zum Beispiel, daß Pampinea und Dioneo eine Sonderrolle einnehmen. Pampinea ist die Vordenkerin und hat durch Nachdenklichkeit und Energie eine Führungsrolle. Sie entwirft das Grundgesetz der Gruppe. Dioneo darf frei wählen, was er erzählt; er ist an keine Themenvorgabe gebunden; er kommt an allen zehn Tagen als letzter an die Reihe. Er nimmt sich besondere Freiheiten der Redeweisen heraus; er

ist ein Freund von Anzüglichkeiten. Aber wie wenig man ihn darauf festlegen darf, zeigt die Erzählung von Griselda: Nur am Anfang und mit den Schlußsätzen kommt Dioneo mit seinem Sonderregister zu Wort; aber wenn er im Laufe der Geschichte die Gestalt der Griselda zeichnet, erhebt er sich zu moralistisch-metaphysischen Höhenflügen, die heutigen Lesern ebenso »unnatürlich« vorkommen wie schon Boccaccios Zeitgenossen. In Dioneo fallen Sinnesfreude und radikale Gedankenarbeit zusammen; er ist ein Koinzidenzphänomen. In ihm nur die verkörperte Lebenslust zu sehen, ist ein Rückfall in eindeutige Relationen von Bezeichnendem und Bezeichnetem, die Boccaccio hinter sich gelassen hat. Es ist kein Zufall, daß er das Wort zur letzten Novelle des *Decameron* erhält.

IV

Das *Decameron* hat Themenkomplexe, aber keine einlinige Steigerung. Die erste Geschichte erzählt vom schlechtesten Mann, die letzte von der weisesten Frau. Aber die erste Geschichte erzählt auch von einem heiligen Bettelmönch – einem weißen Raben; die letzte erzählt vom tierischen Stumpfsinn des Markgrafen Gualtieri. Der Kontrast zwischen Cepperello und Griselda ist klar, aber er wird moderiert durch die anderen Hauptgestalten, und es gibt zwischen der Eingangs- und der Schlußnovelle keine psychologische Entwicklung. Es gibt ein Chaos von Lebensmomenten, ein offenes Spiel von Entsprechungen, von Ähnlichkeiten und Unähnlichkeiten. Es gibt keinen roten Faden und schon gar nicht einen metaphysisch-religiösen Aufstieg. Die Gruppe der zehn Erzähler ist spielerisch schein-hierarchisch gegliedert; sie gehorcht jedem Tag einem anderen, einem gewählten »König«, der die Themen vergibt. Doch sind diese Themenvorgaben locker formuliert: Abenteuererzählungen mit gutem Ausgang (2. Tag), lange Wege zum Glück (3. Tag), Liebesgeschichten mit traurigem Ende (4. Tag) oder mit dem Sieg der Liebenden (5. Tag). Es folgen Erzählungen vom Spiel, das Fortuna mit Menschen treibt, und Novellen, in denen ein witziges Wort die Situation wendet (6. Tag). Der siebte Tag handelt davon, wie Frauen eifersüchtige, geizige oder dumme Männer hereinlegen. Der achte Tag wird angekündigt, als gehe es jetzt um die Fehler der Männer und um die Tugenden der Frauen, aber näher besehen legen jetzt Menschen sich gegenseitig herein. Am neunten Tag herrscht freie Themenwahl, am zehnten geht es um Beispiele von Großherzigkeit.

Wie man sieht, sind die Themen der zehn Tage nicht scharf gegeneinander abgegrenzt. So steht schon in den ersten drei Tagen die Liebe im Zentrum. Fortuna treibt immer ihr Spiel; sie macht Reisen zum Abenteuer. Intelligent-witzige Antworten wenden – wie die Ringparabel – vom Anfang des Buches an zuweilen das Schicksal. Zudem bleiben zwei Tage ohne Hauptthema, und an jedem Tag darf Dioneo eine Geschichte erzählen, die nicht zum Thema gehört. So entsteht der Eindruck von flutendem Leben. Die drei wichtigen Elemente Liebe, Schicksal und kluge Reaktion eines einzelnen – sie treten in immer neue, immer überraschende Wechselwirkungen; sie bilden unübersichtliche Knäuel, die das starre Schema von 10 x 10 und die einheitliche Themensetzung der Königinnen vergessen machen. Der Leser soll eintauchen in die Unübersichtlichkeit und Unvorhersehbarkeit menschlicher Begebenheiten; er braucht sich nicht Rechenschaft zu geben, an welchem Tag, bei welchem Erzähler und bei welchem Thema er gerade steht; er kann es im Grunde auch nicht, selbst dann nicht, wenn ihm ordnungsliebende Literaturwissenschaftler Tabellen der Themen und Tage zur Hand geben.

Die vorliegende Auswahl läßt die Drei-Ebenen-Struktur des *Decameron* intakt; daher wurden alle Texte übersetzt, in denen Boccaccio in erster Person spricht. Der Leser hat alles zur Hand, was ihn die Intention des Autors rekonstruieren hilft. Insbesondere wurde nicht auf die gewaltige Pestschilderung verzichtet; sie ist der dunkle Hintergrund, auf dem sich alle Heiterkeit entfaltet. Der Leser ist dabei, wie sich die Gruppe der zehn jungen Leute bildet; dabei ist die Gründungsrede der Pampinea besonders wichtig; sie rechtfertigt den Auszug aus der pestverwüsteten Stadt Florenz; sie erklärt den Sinn des Erzählens: Die Frauen sollen Vergnügen haben; aber die Geschichten sollen auch belehren und beweisen; sie sollen zeigen, was man erstreben und was man vermeiden soll; sie sollen eine anschauliche ethisch-politische Philosophie vermitteln.

Von den hundert Geschichten wurden hier vierundzwanzig (wenn wir die Erzählung über die *Gänse* hinzurechnen) ausgewählt. Sie lassen sich dem Thema *Männer und Frauen* zuordnen und ermöglichen zugleich eine Einsicht in den Aufbau des Gesamtwerks. Es sind die berühmtesten darunter: die Ringparabel, die Erzählung vom Falken und die Geschichte vom Bettelmönch Alberto, der seine Geliebte in der Gestalt des Erzengels Gabriel besucht. Aber im Licht neuer geschichtlicher Erfahrungen ändern sich auch die Vorlieben für bestimmte Geschichten. Und wenn Welten zusammenbrechen, trifft dies Männer wie Frauen. Deshalb gehören auch die Geschichten hierher, die Erfahrungen der Brüchigkeit gestalten, Plaudereien aus der moralischen, der politischen, der religiösen und sprachlichen Krise des vierzehnten Jahrhunderts. Dazu gehören die ersten drei Novellen des ersten Tages, bei denen auch der Zusammenhang erhalten bleiben mußte, vor allem aber die Heroinengestalt der Griselda, die das Gesamtwerk beschließt. Der Blick des Lesers gleitet von den Männern der ersten drei Novellen, in denen noch keine Frauen auftreten, zu den drei bunten Schicksalsnovellen, die Männer und Frauen auf je verschiedene Weise verbinden (II 5 – 7), weiter zu Masetto, der im Frauenkloster den Hahn im Korb spielt (III 1). Wer die Pest vergessen und die drei ersten Novellen nur überflogen hätte, könnte bis dahin Boccaccio noch für einen detailverliebten Erzähler halten, aber die Tochter-Vater-Tragödie der Ghismunda (IV 1) fordert dann spätestens, unser Bild vom sinnenfrohen Plauderer Boccaccio zu vertiefen. Zunächst einmal wegen der Psychologie des Vater-Tochter-Verhältnisses in dieser Novelle, sodann wegen des Selbstbewußtseins dieser jungen Frau, die sowohl die Autorität des selbstsüchtigen Vaters unterminiert wie den Dünkel der Aristokraten zugunsten armer Leute kritisiert. Hier klingen Töne weiblicher Selbständigkeit an, die Filippa aufgreift, indem sie Gleichheit vor dem Gesetz einfordert (VI 7). In Griseldas Kampf mit einer feindlichen Fortuna erreicht diese Linie ihren Höhepunkt. Griselda ist die *Weise*. Das Bauernmädchen eignet sich den Inbegriff der antiken Philosophie an; ihr Ehemann, der Fürst, wird von zufälligen Einfällen hin und her geschüttelt. Diese Novelle ist der Höhepunkt von Boccaccios anschaulicher Moralphiloso-

phie; sie bringt Boccaccios eigensten Akzent in der Darstellung des Verhältnisses von Männern und Frauen.
Die letzte Novelle ist zu lesen in Erinnerung an Ghismunda (IV 1) und an Filippa (VI 7), aber sie steht auch in Zusammenhang mit den Geschichten des siebten Tages, an dem Frauen ihre Männer betrügen; daher habe ich einen zusammenhängenden Block von vier besonders lustigen Novellen aufgenommen, welche die Vieldeutigkeit von weiblicher Klugheit und Wendigkeit zeigen. Denn das *Decameron* insgesamt geht auch nicht auf die Formel steigender Artikulation weiblicher Überlegenheit. Sie wäre zwar nicht falsch, denn den Schwächeren, den Frauen, soll Mut zugesprochen werden, aber auch diese Formel reicht nicht aus. Dazu passiert einfach zu viel. Nach den tragisch-heroischen Gestalten wie Ghismunda muß es auch wieder etwas zum Lachen geben; deshalb tritt Pater Alberto direkt hinter Tankred auf (IV 2 nach IV 1), und die Liebesgeschichten mit glücklichem Ausgang (5. Tag) lassen die Trauerspiele des vierten Tages ein wenig verblassen.

Das Verhältnis von Männern und Frauen stellt Boccaccio nicht in den Rahmen einer vermeintlich zeitlosen Psychologie, sondern er analysiert es in verschiedenen gesellschaftlichen Schichten (Hocharistokratie in IV 1 und X 10, Kaufleute in IV 5, Unter- und Mittelschicht in VII 1–4). Er studiert den Verfall alt-feudaler Lebensformen und den Übergang zur Kaufmannswelt. Diesen Wandel zeigt insbesondere die Erzählung vom Falken (V 9); sie ist der poetische Abschied von einer versinkenden Lebensform. Boccaccio, der scharfe Analytiker der männlichen Kaufmannswelt (besonders in I 1 und in IV 5), hat zugleich die Befangenheit, ja intellektuelle Beschränktheit der Hocharistokraten vorgeführt (besonders in IV 1 und X 10), er verfolgt, wie es Frauen ergeht in diesen Sozialwelten. Er zeigt, wie sie zum Opfer werden. Sie werden in den Wahnsinn und schließlich in den Tod getrieben (IV 4); andererseits kann aber ein Bauernmädchen gegen den Fürsten Gualtieri Selbständigkeit gewinnen. Boccaccio kennt auch geldgierige, dumme, verlogene und eitle Frauen. Wie hätte der Erzengel Gabriel sonst eine Geliebte finden können? Boccaccios Palette ist breit, hier wie sonst, aber insgesamt zeigt sein *Decameron* eine Bewegungsrichtung auf weibliche Größe (von II 6 und 7 über IV 1 und 5, zu VI 7 und zuletzt X 10), und diese Linie vollzieht die vorliegende Übersetzung nach. Gleichzeitig macht sie deutlich: Das *Decameron* beschränkt sich nicht auf diese Emanzipationslinie; es hat andere Themen, die Männer wie Frauen gleichermaßen betreffen: Die Undurchsichtigkeit innerer Zustände anderer Menschen und die daraus folgende sprachliche Krise (I 1), der Funktionsverlust der christlichen Religion in Katastrophenerfahrungen (Pestschilderung), die Abwesenheit der kaiserlichen Autorität und die Korruption am päpstlichen Hof (I 2), die Suche nach neuen Lebensregeln angesichts des allgemeinen Autoritätsabbaus. Wie sollen Männer und Frauen leben, wenn die Welt nicht mehr – wie bei Dante – den Ausblick ins Jenseits freigibt? Die Realität ist opak geworden. Die Wahrheit der Religionen läßt sich theoretisch nicht mehr ermitteln (I 3). Kein Kaiser kommt mehr, um Italien den Frieden zu bringen. Gegenüber der Pest sind alle Einfälle der einzelnen, alle Vorkehrungen der Ärzte und alle Zeremonien der Priester wirkungslos, ja von tragischer Komik. Das *Decameron* weiß sich als poetisches Werk einer neuen geschichtlichen Situation. Es artikuliert eine veränderte Erfahrung und eine komplizierter gewordene Reflexion. Es ist »mittelalterlich«, gewiß, denn es ist zwischen 1349 und 1351 geschrieben. Aber es ist »mittelalterlich« nur in dem exakten Sinne, daß es die sozialen, politischen, religiösen und linguistischen Erschütterungen der Jahre 1315 bis 1349 verarbeitet. Es ist nicht »mittelalterlich« im restaurativ-neoromantischen Sinne von Legendenstil, Zahlensymbolik, gotischer Finalisierung des Lebensweges und der Heiligenverehrung. Es zeigt vielmehr, welche »unmittelalterlichen« Erfahrungen die Menschen um 1350 machen mußten und welche »unmittelalterlichen« Reaktionen ihnen möglich waren. »Mittelalterliche« Motive der Folklore und der Volksreligion konnte Boccaccio benutzen, aber nur in neuer Funktion, nicht in direkter Anknüpfung. Die Welt Bernhards von Clairveaux, die Ideenkathedrale des Thomas von Aquino, sie lagen bereits weit zurück. Der moderne Leser und auch manche Literaturwissenschaftler unterschätzen die Zeitstrecken und die Denkschübe, die es innerhalb des sogenannten »Mittelalters« gab. Boccaccio gehört zum Mittelalter als der Dichter seiner Krise; er läßt seine jungen Frauen eine neue Lebensform finden. Die Novellen wollen belehren, sie wollen, wie es immer wieder heißt, sogar »beweisen«, nämlich neue, einfache Lebensregeln, die der Unübersichtlichkeit des Lebens und der Auflösung tradierter Ordnungen standhalten. Boccaccio war sich darüber im klaren und hat es ausgesprochen, daß er nicht eine neue Lebensordnung suchen konnte, ohne an antike Philosophen und an die avanciertesten Positionen der zeitgenössischen Theorie (Wilhelm von Ockham) anzuknüpfen.

V

Ein italienischer Forscher hat Boccaccio einen Feministen genannt. Das geht zu weit, auch wenn in der Zehnergruppe die drei Männer unwichtig sind, fast bis zur Entbehrlichkeit. Bei Anreden werden sie regelmäßig vergessen. Dennoch: »Boccaccio als Feminist« – das ist eine Modernisierung, die Geschmack und historischer Takt verbieten. Sie könnte dazu führen, die literarische Stilisierung – ich schreibe nur, um verliebte Frauen zu trösten, sagt er im *Vorwort* – realistisch zu nehmen, die Ovid-Nachklänge zu überhören, die antiken Vorlagen (Apuleius, Der Goldene Esel) zu übersehen und die Kritik an Frauen zu überlesen, die das *Decameron auch* enthält. Boccaccio wollte selbstverständlich auch von Männern gelesen werden. Dennoch bedeutet Boccaccio einen markanten Wendepunkt in der Geschichte des Verhältnisses von Männern zu Frauen: Der Verfasser des *Decameron* beschreibt ihre empörende Lage. Sie sind eingeschlossen in finstere Wohntürme; sie werden ständig eifersüchtig bewacht. Sie und nicht die Männer bedürfen der Ermutigung. Wenn sie sich verlieben, müssen sie dies in ihrem Innern versteckt halten. Aber heimliche Liebe läßt mehr leiden als offene. Hinzu kommen die vielen äußeren Einschränkungen, denen Frauen im 14. Jahrhundert unterworfen waren. Sie durften nicht allein das Haus verlassen. Sie müssen sich nach den Plänen und Wünschen ihrer Väter, ihrer Ehemänner und ihrer Brüder richten. Da sie nichts selbständig unternehmen dürfen, wälzen sie trübe Gedanken hin und her. Sie können sich nicht ablenken wie die Männer, die sich nach außen wenden können, zu Spielen und Geschäften. Die Frauen können sich gegen die Melancholie schwer wehren, während die Männer

auf die Jagd gehen, herumreiten, um Geld spielen oder ihre Geschäfte betreiben.
Fortuna läßt immer die Schwächeren im Stich, und dies sind die Frauen. Dafür nun, erklärt Boccaccio, sollen die Erzählungen des *Decameron* einspringen. Diese Novellen sollen ablenken und zu allgemeinen Überlegungen einladen; sie geben den Frauen, die nicht zum Studium nach Bologna gehen können, einen Begriff von Welt. Sie zeigen, was gutes und was schlechtes Leben ist. Das *Decameron* ist anschauliche Moralphilosophie für Frauen, freilich für die vornehmen Kaufmannstöchter, nicht für deren Dienerinnen.
Aber natürlich ist es nicht *nur* für Frauen geschrieben. Es entfaltet erzählend einen neuen Begriff vom richtigen Leben; es zeigt die Lächerlichkeit des sogenannten Normalen. Es kennt auch überirdische Ausmaße von Gutsein und von Verworfenheit. Die ganze Skala menschlicher Möglichkeiten entfaltet sich breit. Niemand wird geschont, weder Könige noch Kaufleute. Die Sympathie des Autors gilt pfiffigen kleinen Leuten, die sich dem Druck der Großen zu entziehen wissen. Boccaccio verteidigt Gelehrte, die neue Wege gehen, vor allem aber verteidigt er Liebende, die einen Weg finden, um zusammenzukommen.

VI

Das Buch war ein Skandal. Vor allem der Klerus tobte: Er fand sich scharf gezeichnet in seiner Geldgier und Heuchelei. Schonungsloser konnte man ihn nicht bloßstellen. Jeder konnte nun sehen, wie der Klerus seine Sonderinteressen verfolgte. Den Menschen in ihrer Not gibt er nichts mehr. Er treibt Reliquienschwindel und Ketzerjagd; er lebt von der schamlosen Ausbeutung der Bevölkerung; er berauscht sich im sinnlosen Wortgeklingel der Predigt. Dies alles stellt das *Decameron* plastisch vor uns. Boccaccios Kritik war vernichtend, denn sie zeigte: Der Klerus erhebt die höchsten Ansprüche, hat aber – wie besonders die Pesterfahrung gezeigt hat – jede humane Funktion verloren, gerade auch bei seelischer Not. Er predigt Wasser, trinkt aber Wein. Das *Decameron* erteilt die Lektion: auf Taten, nicht auf Worte achten. Aber Boccaccio geht einen Schritt weiter: Der Klerus verrät nicht nur seine Ideale, sondern seine Ideale verleugnen die menschliche Natur.

Was menschlich ist, das müssen wir auch sagen dürfen. Mit diesem Argument hat Boccaccio das Feld des Sagbaren ausgeweitet wie wenige Schriftsteller sonst. Die Liebe treibt die Welt zu Paaren – warum sollten wir uns nicht erzählen dürfen, wie das zugeht? Zumal wenn Dichtung »wahr« sein soll? Pornographie hat er ohnehin nicht geschrieben.

Seine schönste Geschichte ist die traurigste: Drei reiche Pisaner Kaufmannsbrüder verweigern aus Geschäftssinn ihrer Schwester die Liebe zu einem kleinen Angestellten, und als alles Zureden nicht hilft, bringen sie ihn um. Diese Novelle handelt nicht einfach von Liebe und Tod, sondern vom Widerspruch zwischen bürgerlichem Kaufmannsgeist und Liebe. Sie zeichnet die Eiseskälte der neuen Kaufmannsschicht genauso scharf wie andere Novellen die Verrücktheiten der Fürsten. Für die Liebe bleibt bei Kalkulationen kein Platz. Geld macht böse. Scharf akzentuiert der Erzähler die Verschlagenheit und die Verstellungskunst der Brüder, die brutale Logik der Firma, die dann doch zugrunde geht. Er zeigt, auf welcher Seite die Unmoral zu finden ist. Sie liegt nicht bei dem ungleichen und unverheirateten Liebespaar, sondern bei seinen Mördern. Dies war Boccaccios Botschaft.

Der Widerstand war groß; er nahm mit der Zeit zu. Hatte das *Decameron* von etwa 1450 bis 1550 zahlreiche Leser und Bewunderer, nahm der Widerstand seit der Gegenreformation in der zweiten Hälfte des 16. Jahrhunderts zu. Boccaccio wurde geschmäht und zensiert, totgeschwiegen und verboten. Unter diesem Druck verengte sich sein Bild auf das eines erotischen Schriftstellers. Und im Gegenschlag dazu wurde und wird er heute erneut umgedeutet zum Erbauungsbuch, als *warne* er vor der Liebe. Für diese Versöhner haben Ghismunda und Filippa umsonst geredet. Da sahen seine Gegner klarer; sie bekämpften ihn als den Verteidiger der nackten Venus. Daß Liebe *auch* sinnlich ist, soll sie menschlich sein, das vergaben sie ihm nicht. Denn darüber läßt die Geschichte von den *Gänsen* (IV Einleitung) keinen Zweifel: Die Moral, die nach der Pest gesucht wird, hält sich an die Natur. Sie bricht mit der Bigotterie, die Liebe und Lebenskraft verleugnet. Ohne diese gibt es keinen Neubeginn, zumal nicht nach Katastrophen.

Kurt Flasch

Bibliographische Hinweise

Übersetzt habe ich auf der Grundlage des kritischen Textes:
Giovanni Boccaccio, Decameron. A cura di V. Branca, Einaudi: Turin 1984.
Meine Auffassung des *Decameron* habe ich entwickelt in:
Kurt Flasch, Giovanni Boccaccio, Poesie nach der Pest, Dieterich'sche Verlagsbuchhandlung: Mainz 1992.

Für andere Werke Boccaccios wurde die noch nicht abgeschlossene Gesamtausgabe benutzt:
Giovanni Boccaccio, Tutte le opere, ed. V. Branca, Mondadori: Mailand 1964ff.
Daneben sind noch wichtig:
- Opere Latine Minori. Ed. A.F. Massèra, Laterza: Bari 1928.
- Genealogie deorum gentilium. Ed. V. Romano. 2 Bde. Laterza: Bari 1951.

Literatur über das Decameron

ALMANSI, G.
– The Writer as Liar: Narrative technique in the Decameron, London-Boston 1975.
AUERBACH, E.
– Mimesis. Dargestellte Wirklichkeit in der abendländischen Literatur, Bern-München ³1964.
BARATTO, M.
– Realtà e stile nel »Decameron«, Vicenza 1970.
BARBERI SQUAROTTI, G.
– Il potere della parola. Studi sul Decameron, Neapel 1983.
BARTHES, R.
– Introduction à l'analyse structurale des récits. In: Communications 8 (1966), 1–27.
BETTINZOLI, A.
– Per una definizione delle presenze dantesche nel Decameron. In: Studi sul Boccaccio 13 (1981/82), 267–326, und 14 (1983/84), 209–240.
BILANOVICH, G.
– Restauri boccacceschi, Rom 1947.
BOSCO, U.
– Il »Decameron«, Saggio 1929.
– Il Boccaccio e il Rinascimento. In: Saggi sul Rinascimento Italiano, Florenz 1970.
BRANCA, V.
– Giovanni Boccaccio, Profilo biografico, Florenz 1977.
– (zusammen mit P.G. Ricci) Un autografo del Decameron, Padua 1962.
– Boccaccio medievale, Florenz, zuerst 1956, ⁵1981.
BROCKMEIER, P.
Decameron. Zwanzig ausgewählte Novellen, übersetzt, herausgegeben, Stuttgart 1988.
BROCKMEIER, P.
– Lust und Herrschaft. Studien über gesellschaftliche Aspekte der Novellistik, Stuttgart 1972.
BRUCKER, G. A.
– Florentine Politics and Society 1343–1378, Princeton (N.Y.) 1962.

– Florence and the Black Death. In: Boccaccio, Secoli di Vita, hg. von Marga Cottino-Jones und Edward F. Tuttle, Ravenna 1977, 21–39.
BRUNI, F.
– Boccaccio. L'invenzione della letteratura mezzana, Bologna 1990.
COTTINO-JONES, M.
– An Anatomy of Boccaccio's Style, Neapel 1968.
– Fabula vs. Figura: Another Interpretation of the Griselda Story. In: Italica 50 (1973), 38–52.
– The City/Country Conflict in the »Decameron«. In: Studi sul Boccaccio 8 (1974), 147–184.
– Magic and Superstition in the Decameron. In: Italian Quarterly 72 (1975), 5–32.
– Order from Chaos. Social and Aesthetic Harmonies in Boccaccio's Decameron, Washington 1982.
COTTINO-JONES, M., und TUTTLE, E. F. (Hg.)
– Boccaccio: Secoli di Vita, Ravenna 1977.
CROCE, B.
– Poesia popolare e poesia d'arte: Studi sulla poesia italiana dal tre al cinquecento, Bari 1933.
DELCORNO, C.
– Studi sugli »exempla« e il »Decameron«. In: Studi sul Boccaccio 15 (1985), 189–214.
DOMBROSKI, R. S. (Ed.)
– Critical Perspectives on the Decameron, London 1976.
DOTTI, U.
– Boccaccio, Mailand 1963.
FERRERI, R.
– Innovazione e tradizione nel Boccaccio, Rom 1981.
GARIN, E.
– Medioevo e Rinascimento, Bari, zuerst 1954, ²1961.
– L'età nuova, Neapel 1969.
GETTO, G.
– Vita di forme e forme di vita nel »Decameron«, Turin 1958.
GIVENS, A.
– La dottrina d'amore nel Boccaccio, Messina-Florenz 1968.
HASTINGS, R.
– Nature and Reason in the Decameron, Manchester 1975.
HOLLANDER, R.
– Boccaccio's Two Venuses, New York 1977.
– Boccaccio's Dante: Imitative Distance (Dec. I 1 and VI 10). In: Studi sul Boccaccio 13 (1981/82), 169–198.
KIRKHAM, V.
– The Signs of Reason in Boccaccio's Fiction, Florenz 1993.

LANDAU, M.
– Die Quellen des Decamerone, ²Stuttgart 1887.
MARINO, L.
– The Decameron Cornice: Allusion, Allegory and Iconology, Ravenna 1979.
MARTELLOTTI, G.
– Dante e Boccaccio e altri scrittori dall'Umanesimo al Romanticismo, Florenz 1983.
MARTI, M.
– Dante Boccaccio Leopardi. Studi, Neapel 1980.
MUSCETTA, C.
– Giovanni Boccaccio, Bari 1972.
NEUSCHÄFER, H.-J.
– Boccaccio und der Beginn der Novelle, München 1969.
Ó CUILLEANÁIN, C.
– Religion and the Clergy in Boccaccio's Decameron, Rom 1984.
PADOAN, G.
– Il Boccaccio, le Muse, il Parnasso et l'Arno, Florenz 1978.
POTTER J. H.
– Five Frames for the »Decameron«, Princeton 1982.
RAMAT, R.
– Indicazoni per una lettura del »Decameron«. In: Scritti su Giovanni Boccaccio, hg. von Sergio Gensini, Società Storica della Valdelsa 1964, 7–19.
RICCI, P. G.
– Studi sulla vita e le opere del Boccaccio, Mailand-Neapel 1985.
RUSSO, L.
– Letture critiche del Decameron, Bari 1956.
RUSSO, V.
– Con le muse in Parnasso. Tre studi su Boccaccio, Neapel 1984.
SCAGLIONE, A.
– Nature and Love in the Late Middle Ages. An Essay on the Cultural Context of the Decameron, Berkeley/Los Angeles 1963.
– Giovanni Boccaccio, or the Narrative Vocation. In: Boccaccio: Secoli di Vita, hg. von Marga Cottino-Jones und Edward F. Tuttle, Ravenna 1977, 81–104.
SEGRE, C.
– Lingua, stile, società, Mailand 1963.
TARTARO, A.
– Boccaccio (Storia della critica, 6), Palermo 1981.
TODOROV, T.
– Grammaire du Décaméron, Den Haag 1969.
WALLACE, D.
– G. Boccaccio, Decameron, Cambridge 1991.

Andrea Camilleri

Der unschickliche Antrag

Roman

Aus dem Italienischen von Moshe Kahn

Band 15053

Wie der simple Antrag auf ein Telefon im Jahr 1891 in Sizilien zum Auslöser für zahllose Wirren, Intrigen, Morde und Liebesdramen wird, so daß am Ende halb Sizilien in den Fall verwickelt ist, davon erzählt dieser höchst komische Roman von Andrea Camilleri, dem Erfolgsautor aus Italien.

»Die dringende Empfehlung, Camilleri zu lesen,
ist alles andere als ein unschicklicher Antrag.«
Die Welt

»Camilleri ist geistreich,
weise und absolut unterhaltsam.«
Aspekte, ZDF

Fischer Taschenbuch Verlag

fi 15053 / 1

Andrea Camilleri

Die Mühlen des Herrn

Roman

Aus dem Italienischen von Moshe Kahn

Band 15125

In Camilleris berühmt-berüchtigtem Sizilien soll ein neuer Inspekteur aus Rom die fiskalischen Einnahmen aus den Mühlenbetrieben kontrollieren. Die Suche nach den Drahtziehern einer umfassenden Steuerhinterziehung erweist sich als hochexplosiv. Ein gerissener Mafiosi, ein eifriger Inspekteur, ein gieriger Pfarrer und eine schöne Witwe: ein jeder will etwas anderes. Doch alle verwickeln sich in einem Netz aus Korruption, mafiosen Intrigen, Sprach- und Liebesverwirrungen.

»Spannend und zwerchfellerschütternd komisch.«

»Andrea Camilleri – ›Italiens neuestes Erzählwunder – ein großer Fabulierer und begnadeter Erzähler vor dem Herrn‹.«
Focus

Fischer Taschenbuch Verlag

fi 15125 / 1

Andrea Camilleri

Der vertauschte Sohn

Roman

Aus dem Italienischen von Moshe Kahn

Band 15720

Camilleris Sizilien ist auch die Heimat eines der bedeutendsten italienischen Autoren des 20. Jahrhunderts: Luigi Pirandello, der große Theaterautor und Erzähler. Wie ein Glühwürmchen will Pirandello 1867 vom Himmel gefallen oder aber als Säugling von Hexen vertauscht worden sein. Der große Schriftsteller sah sich gerne als vertauschten Sohn. Andrea Camilleri erzählt eine ergreifende sizilianische Familiengeschichte und ein außerordentliches Leben, das zwischen Phantastischem und Realem oszilliert. Und es versteht sich von selbst, nur ein Sizilianer vom Schlag Camilleris kann auf diese Weise erzählen: komisch, detailreich, in prallen kleinen Szenen, manchmal märchenhaft und unheimlich oder derb realistisch.

»Camilleri, der Mann aus Agrigent
ist ein Chronist dieser Welt:
geistreich, weise und absolut unterhaltsam.
Ein Könner.«
aspekte

Fischer Taschenbuch Verlag

fi 15720 / 1

Gabriel García Márquez
Werke

»Ohne die reichen Bücher von Gabriel García Márquez
wäre unsere Welt entschieden ärmer.«
Frankfurter Allgemeine Zeitung

Hundert Jahre Einsamkeit
Roman
Aus dem Spanischen
von C. Meyer-Clason
Band 16250

Die Liebe in den Zeiten der Cholera
Roman
Aus dem Spanischen
von Dagmar Ploetz
Band 16251

Der Herbst des Patriarchen
Roman
Aus dem Spanischen
von C. Meyer-Clason
Band 16255

Der General in seinem Labyrinth
Roman
Aus dem Spanischen
von Dagmar Ploetz
Band 16254

Chronik eines angekündigten Todes
Roman
Aus dem Spanischen
von C. Meyer-Clason
Band 16253

Laubsturm
Roman
Aus dem Spanischen
von C. Meyer-Clason
Band 16261

Die böse Stunde
Roman
Aus dem Spanischen
von Christiane und
Curt Meyer-Clason
Band 16260

Der Oberst hat niemand, der ihm schreibt
Aus dem Spanischen
von C. Meyer-Clason
Band 16259

Von der Liebe und anderen Dämonen
Roman
Aus dem Spanischen
von Dagmar Ploetz
Band 16252

Fischer Taschenbuch Verlag

fi 555 056 / 1 / a

Gabriel García Márquez

Werke

»Gabriel García Márquez hat den Lesern in aller Welt die Augen geöffnet vor den wunderbaren Wirklichkeiten seiner kolumbianischen Heimat an den schwülen Gestaden des karibischen Meers, wo die Rohrdommeln segeln, wo sintflutartig der Regen fällt und die Erinnerungen, Träume und Delirien aufsteigen aus dampfender Feuchtigkeit.«
Der Spiegel

Augen eines blauen Hundes
Frühe Erzählungen
Aus dem Spanischen von C. Meyer-Clason
Band 16256

Das Leichenbegängnis der Großen Mama
Erzählungen
Aus dem Spanischen von C. Meyer-Clason
Band 16264

Die unglaubliche und traurige Geschichte von der einfältigen Eréndira und ihrer herzlosen Großmutter
Erzählungen
Aus dem Spanischen von C. Meyer-Clason
Band 16265

Zwölf Geschichten aus der Fremde
Aus dem Spanischen von Dagmar Ploetz und Dieter E. Zimmer
Band 16262

Bericht eines Schiffbrüchigen
Aus dem Spanischen von Christiane und Curt Meyer-Clason
Band 16258

Das Abenteuer des Miguel Littín
Illegal in Chile
Aus dem Spanischen von Ulli Langenbrinck
Band 16257

Über Gabriel García Márquez:

Plinio Apuleyo Mendoza
Der Geruch der Guayave
Gespräche mit Gabriel García Márquez
Aus dem Spanischen von Tom Koenigs
Band 16263

»Eine Fundgrube für García Márquez-Leser.«
Kölner Stadt-Anzeiger

Fischer Taschenbuch Verlag

fi 555 056 / 1 / b

Jorge Luis Borges
Werke in 20 Bänden

Herausgegeben von
Gisbert Haefs und Fritz Arnold

Als Textgrundlage dienen die Gesamtausgaben *Obras completas* (1974/1989) und *Obras completas en colaboración* (1979) sowie später veröffentlichte Einzelbände. Alle Texte sind vollständig und werden in der von Borges zuletzt bestimmten Fassung wiedergegeben. Die bisher vorliegenden Übersetzungen wurden von Gisbert Haefs revidiert bzw. ergänzt, bisher auf Deutsch unveröffentlichte Texte neu übersetzt. Die Gedichtbände sind zweisprachig. Jeder Band enthält ein editorisches Nachwort und Anmerkungen.

Mond gegenüber
Fervor de Buenos Aires/Buenos Aires mit Inbrunst
Luna de enfrente/Mond gegenüber
Cuaderno San Martín/Notizheft San Martín
Gedichte 1923-1929
Band 10577

Kabbala und Tango
Evaristo Carriego/Evaristo Carriego
Discusión/Diskussionen
Essays 1930-1932
Band 10578

Niedertracht und Ewigkeit
Historia universal de la infamia/
Universalgeschichte der Niedertracht
Historia de la eternidad/Geschichte der Ewigkeit
Erzählungen und Essays 1935-1936
Band 10579

fi 1599 / 8 a

Jorge Luis Borges · Werke in 20 Bänden

Das Buch von Himmel und Hölle
(mit Adolfo Bioy Casares)
El libro del cielo y del infierno
Anthologie 1960
Band 10587

Schatten und Tiger
Elogio de la sombra/Lob des Schattens
El oro de los tigres/Das Gold der Tiger
Gedichte 1966-1972
Band 10588

Spiegel und Maske
El informe de Brodie/David Brodies Bericht
El libro de arena/Das Sandbuch
La memoria de Shakespeare/Shakespeares Gedächtnis
Erzählungen 1970-1983
Band 10589

Rose und Münze
La rosa profunda/Die tiefe Rose
La moneda de hierro/Die eiserne Münze
Historia de la noche/Geschichte der Nacht
Gedichte 1973-1977
Band 10590

Buch der Träume
(mit Roy Bartholomew)
El libro de los sueños
Anthologie 1976
Band 10591

fi 1599 / 10 c

Jorge Luis Borges · Werke in 20 Bänden

Die letzte Reise des Odysseus
Borges, oral/Borges, mündlich · *Siete noches*/Sieben Nächte
Nueve ensayos dantescos/Neun danteske Essays
Vorträge und Essays 1978-1982
Band 10592

Besitz des Gestern
La cifra/Die Ziffer
Los conjurados/Die Verschworenen
Gedichte 1981-1985
Band 10593

Persönliche Bibliothek
Prólogos/Vorworte
Biblioteca personal/Persönliche Bibliothek
Vorworte 1975-1985
Band 10594

Mord nach Modell
(mit Adolfo Bioy Casares)
Seis problemas para don Isidro Parodi/
Sechs Aufgaben für Don Isidro Parodi
Dos fantasías memorables/Zwei denkwürdige Phantasien
Un modelo para la muerte/Ein Modell für den Tod
Erzählungen 1942-1946
Band 10595

Zwielicht und Pomp
(mit Adolfo Bioy Casares)
Crónicas de Bustos Domec/Chroniken von Bustos Domecq
Nuevos cuentos de Bustos Domecq/
Neue Geschichten von Bustos Domecq
Erzählungen 1967-1977
Band 10596

Fischer Taschenbuch Verlag

fi 1599 / 8 d

Fjodor Dostojewskij

Der Idiot

Roman

Aus dem Russischen neu übersetzt von Swetlana Geier

Band 13510

Im Mittelpunkt dieses Romans steht Fürst Myschkin, ein tragischer Don Quijote, der als »wahrhaft guter Mensch« über die dünne Kruste wandelt, unter der die Themen der Zeit widerhallen: Rußland und Europa, östliche Mystik und Religiosität gegen Industrialisierung, Eisenbahnen und Nihilismus. Fürst Myschkin kehrt von einem Sanatoriumsaufenthalt in der Schweiz nach St. Petersburg zurück. Im Zug lernt er Rogoschin kennen, der von seiner Leidenschaft zu Nastassja Filippowna erzählt, einer »gefallenen Frau«. Rogoschin zieht ihn in ein Dreieck: Aus den sich auf ihn zustürzenden Figuren kann Myschkin sich nicht mehr befreien, noch kann er Rogoschin von einem Mord zurückhalten. Am Ende ist er wie vor dem Sanatoriumsaufenthalt ein »Idiot«, ein heiliger Narr, der dem 19. Jahrhundert und uns einen Spiegel vorhält.

Fischer Taschenbuch Verlag

fi 1521 / 5

Fjodor Dostojewskij

Verbrechen und Strafe

Roman

Aus dem Russischen neu übersetzt von Swetlana Geier

Band 12997

Raskolnikow entstammt einer verarmten bürgerlichen Familie. In der schrankähnlichen Enge seines Zimmers ist der »euklidische Verstand«, der der Diener des Lebens sein sollte, zum Herrscher geworden. Raskolnikow ist Utilitarist. Um eines naturgemäß unklar gefaßten Begriffs des wissenschaftlichen oder sozialen Fortschritts willen, scheint es ihm erlaubt, eine alte Wucherin, die »nicht besser als eine Laus ist«, zu töten und mit dem geraubten Geld sein Studium zu finanzieren. Sein Herz wehrt sich ebenso wie sein Unterbewußtsein gegen die geplante Tat, doch von sozialer Not gedrängt und gefangen in lebensfeindlichen Ideen, wird er zum Mörder. Das Delirium und die grenzenlose Einsamkeit, die dem Verbrechen folgen, lassen ihn erkennen, daß die Funktionen des »euklidischen Verstandes« nicht die einzige bestimmende Dimension der menschlichen Persönlichkeit ausmachen. Leidvoll, aber bereichert durch die einfühlsame Scharfsicht des Untersuchungsrichters Porfirij und durch die frisch erwachte Liebe zu Sonja Marmeladowa, erfährt er, daß der Weg aus der Vereinsamung nur über Geständnis *und* Strafe führen kann. Auch wenn die »Reue« ihm eher fremd ist, die Liebe errettet ihn schließlich.

Fischer Taschenbuch Verlag

fi 1561 / 7